R. A. SALVATORE

Schattenelf 2

R. A. Salvatore wurde 1959 in Massachusetts geboren. Bereits sein erster Roman »Der gesprungene Kristall« machte ihn bekannt und legte den Grundstein zu seinen weltweit beliebten Romanen aus den Vergessenen Welten um den Dunkelelf »Drizzt Do 'Urden«.

Von R. A. Salvatore bereits erschienen:

Aus den Vergessenen Welten:

Die Vergessenen Welten 1–6: 1. Der gesprungene Kristall (24549), 2. Die verschlungenen Pfade (24550), 3. Die silbernen Ströme (24551), 4. Das Tal der Dunkelheit (24552), 5. Der magische Stein (24553), 6. Der ewige Traum (24554)

Die Saga vom Dunkelelf: 1. Der dritte Sohn (24562), 2. Im Reich der Spinne (24S64), 3. Der Wächter im Dunkel (24565), 4. Im Zeichen des Panthers (24566), 5. In Acht und Bann (24567), 6. Der Hüter des Waldes (24568)

Das Lied von Deneir: 1. Das Elixier der Wünsche (24703), 2. Die Schatten von Shilmista (24704), 3. Die Masken der Nacht (24705), 4. Die Festung des Zwielichts (24735), 5. Der Fluch des Alchemisten (24736)

Die Vergessenen Welten, weitere Bände: 1. Das Vermächtnis (24663) [= 7. Band], 2. Nacht ohne Sterne (24664) [= 8. Band], 3. Brüder des Dunkels (24706) [= 9. Band], 4. Die Küste der Schwerter (24741) [= 10. Band], 5. Kristall der Finsternis (24931) [= 11. Band], 6. Schattenzeit (24973) [= 12. Band], 7. Der schwarze Zauber (24168) [= 13. Band], 8. Die Rückkehr der Hoffnung (24227) [= 14. Band]

Die Rückkehr des Dunkelelf: 1. Die Invasion der Orks (24284), 2. Kampf der Kreaturen (24299)

Aus der Drachenwelt:

Drachenwelt: 1. Der Speer des Kriegers (24652), 2. Der Dolch des Drachen (24653), 3. Die Rückkehr des Drachenjägers (24654)

Von der Dämonendämmerung:

Dämonendämmerung: 1. Nachtvogel (24892), 2. Juwelen des Himmels (24893), 3. Das verwunschene Tal (24905), 4. Straße der Schatten (24906), 5. Der steinerne Arm (24936), 6. Abtei im Zwielicht (24937), 7. Der ewige Fluch (24988), 8. Das brennende Herz (24989)

Schattenelf: 1. Der dunkle Sohn (24990), 2. Das Turnier (24994), 3. Der Herr der Flammen (24995), 4. Feuerzauber (24996), 5. Die Unterwerfung (24136), 6. Der letzte Kampf (24137)

Außerdem von R. A. Salvatore:

Star Wars: Episode II. Angriff der Klonkrieger (35761), Das Erbe der Jedi-Ritter 1. Die Abtrünnigen (35414)

Weitere Bände sind in Vorbereitung.

R. A. Salvatore

Das Turnier

Schattenelf 2

Ins Deutsche übertragen
von Caspar Holz

BLANVALET

Die amerikanische Originalausgabe erschien unter dem Titel
»Ascendance. Book 1 of the Second Demonwars Saga« (Parts 3 + 4)
bei Del Rey/Ballantine Books, New York.

Umwelthinweis:
Alle bedruckten Materialien dieses Taschenbuches
sind chlorfrei und umweltschonend.

Blanvalet Taschenbücher erscheinen im Goldmann Verlag,
einem Unternehmen der Verlagsgruppe Random House GmbH.

2. Auflage
Deutsche Erstveröffentlichung 9/2002

This translation was published by arrangement with
The Ballantine Publishing Group,
a division of Random House, Inc.
Umschlaggestaltung: Design Team München
Umschlagillustration: Agt. Schlück/Arena
Satz: deutsch-türkischer fotosatz, Berlin
Druck: GGP Media, Pößneck
Titelnummer: 24994
Redaktion: Alexander Groß
V. B. · Herstellung: Peter Papenbrok
Printed in Germany
ISBN 3-442-24994-5
www.blanvalet-verlag.de

In den letzten paar Jahren hat sich so viel verändert, was mich aus der Bahn hätte werfen können. Aber glücklicherweise gibt es einige Dinge, auf die ich bauen kann – Felsen in der Brandung. Für Diane, Bryan, Geno und Caitlin, auf die ich mich immer verlassen konnte.

Barbakan
Berg Aida
ALPINADOR
Waldlande
Moorlande
Andur'Blough Inninness (Nebeltal)
Wilderlande
Masur Delaval
KÖNIGREICH DES BÄREN
Großer Gürtel
Mantis Arm
BEHREN
Katzenbucht
1
2
3
4
5
6
7
8
9
10
11
12
13
14
19

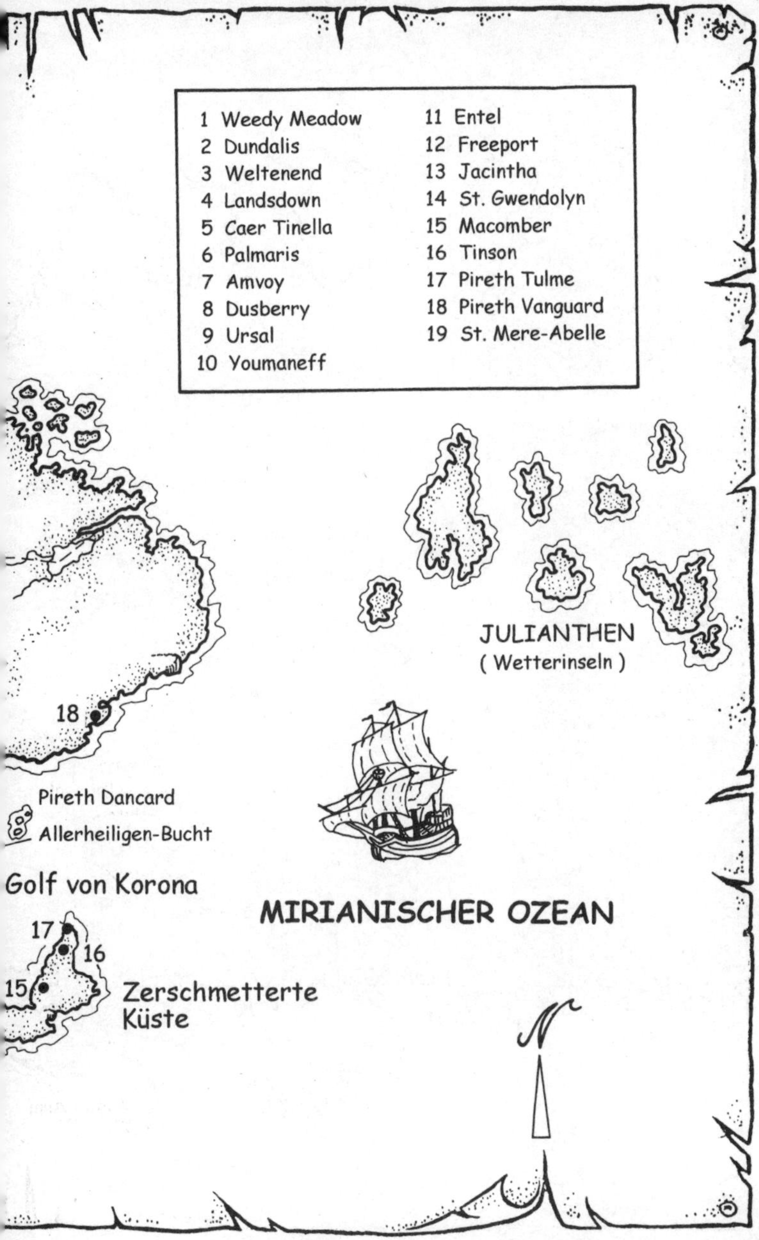

1 Weedy Meadow
2 Dundalis
3 Weltenend
4 Landsdown
5 Caer Tinella
6 Palmaris
7 Amvoy
8 Dusberry
9 Ursal
10 Youmaneff
11 Entel
12 Freeport
13 Jacintha
14 St. Gwendolyn
15 Macomber
16 Tinson
17 Pireth Tulme
18 Pireth Vanguard
19 St. Mere-Abelle
JULIANTHEN
(Wetterinseln)
18
Pireth Dancard
Allerheiligen-Bucht
Golf von Korona
MIRIANISCHER OZEAN
17
16
15
Zerschmetterte
Küste
N

Teil Eins

Das Ende der Unzufriedenheit

Was habe ich nicht alles in den Monaten mit Marcalo De'Unnero und Sadye, der Bardin, gelernt! Mich schaudert bei dem Gedanken, dass ich diesen Mann töten wollte, der mir so viel über die längst vergangene Geschichte der Welt und sogar über die vergleichsweise jungen Ereignisse, an denen er so großen Anteil hatte, beigebracht hat.

Er hat meinen Vater keineswegs gehasst. Anfangs fand ich diesen Umstand so überraschend, dass ich seinen Worten erst glauben konnte, nachdem ich das Orakel aufgesucht hatte und sie mir bestätigen ließ. Das Bild im Spiegel, bei dem es sich um den Geist von Nachtvogel handeln muss, hat mir eine Menge Gefühle gegenüber Marcalo De'Unnero offenbart, an erster Stelle Respekt. Sie waren Gegner, das stimmt, aber ich denke, selbst im Kampf auf Leben und Tod können Gegner noch so etwas wie Liebe füreinander empfinden.

Marcalo De'Unnero hat sich auch meiner weiteren Ausbildung angenommen. Sein Kampfstil unterscheidet sich sehr von dem, den die Elfen mir beibrachten. Der Bilnelle dasada, *das habe ich jetzt gelernt, ist größtenteils eine Gleichgewichts- und Fußtechnik, eine Methode des schnellen Rückzugs und Angriffs. Kombiniert mit De'Unneros fliegenden*

Händen und Füßen, entsteht daraus eine wahrhaft gefährliche Mischung, mit der wir beide während unserer ersten Übungskämpfe experimentiert haben. Ich bin für diese Übungskämpfe wirklich dankbar! Seit unserer Ankunft im zivilisierten Palmaris vor mehreren Monaten führen wir ein friedliches und beschauliches Leben; der einzige nennenswerte Zwischenfall war ein Beinahe-Ausbruch gegen Ende des Jahres des Herrn 842. Früher, als ich noch durch das Grenzgebiet der Wilderlande streifte, hätte ich die Ereignisse dieses Abends nicht weiter bemerkenswert gefunden, hier in Palmaris aber war ich geradezu froh über diesen leisen Hauch von Abenteuer.
Es gibt Augenblicke in diesem nicht enden wollenden, eintönigen Dasein, da könnte ich vor überschüssiger Energie geradezu verrückt werden.
Aber dann ist Marcalo De'Unnero stets zur Stelle, um mich zu beruhigen. Diese Tage und Monate seien eine Zeit der Vorbereitung, erklärt er dann, eine Zeit, in der ich alles nur Erdenkliche über meine Umgebung lernen könne. Ich glaube, er hat wirklich große Pläne für uns drei, obwohl er nie auch nur die geringste Andeutung darüber macht.
Also trainiere ich mit ihm und lausche aufmerksam jedem seiner Worte. Anschließend nehme ich diese geistigen und körperlichen Lektionen mit zum Orakel, wo ich Abend für Abend meinem anderen Tutor, dem Geist meines Vaters – vielleicht ist es auch meine ausgeprägte Selbsterkenntnis –, begegne und das Wissen ergänze, das Marcalo De'Unnero mir vermittelt hat.
Auch Sadyes Oden höre ich mir sehr genau an, und in diesen alten Gesängen habe ich eine Bestätigung für meinen Verdacht gefunden. Es sind nicht die Großzügigen und Freundlichen, die Bescheidenen oder die Stillen aus meinen Volk, die sich unsterblich gemacht haben. Nein, es sind die Krieger und die Eroberer, die Kühnen und die Starken, deren Namen Un-

sterblichkeit erlangen. Selbst der Namensgeber der Kirche, Sankt Abelle, war ein Krieger, ein Zauberer, der ganz allein – so heißt es in der Ode – die Sturmmauer einer gewaltigen Festung, einer Hochburg der Yatols, eingerissen hat.
Und jetzt ist er der Patron des mächtigsten Ordens der Welt, ein Mann, dessen Namen täglich Tausende und Abertausende auf den Lippen führen. Dadurch ist er lebendig geblieben. Das hat ihn unsterblich gemacht.
Ich bin sicher, eines Tages wird man sich auf die gleiche Weise auch an Aydrian, den Nachtfalken, erinnern, eine Behauptung, der mein Freund De'Unnero nicht widerspricht. Jedes Mal, wenn ich auf diese Dinge zu sprechen komme, nickt er nur grinsend, und seine dunklen Augen funkeln. Er verheimlicht mir etwas, das unseren Weg und noch etwas anderes, Wichtigeres, betrifft. Jede Woche frage ich ihn danach, woraufhin er nur amüsiert lacht und mich bittet, etwas Geduld zu haben.
Geduld.
Wäre ich nicht überzeugt, dass der Gewinn groß und kolossal sein wird, ich wäre kaum im Stande, diese ereignislosen Tage und Nächte in Palmaris geduldig über mich ergehen zu lassen. Aber mittlerweile vertraue ich Marcalo De'Unnero und Sadye. Sie wissen, was ich will, und haben versprochen, mir zu zeigen, wie ich es erreichen kann. Ich vermute, im Grunde wünscht sich Marcalo De'Unnero für sich selbst das Gleiche. Und so werden wir beide, wir drei, uns gemeinsam auf den Weg in die Unsterblichkeit machen.

Aydrian, der Nachtfalke

1. Constances düstere Pläne

Es war ein langer und harter Winter. Das Jahr 842 wurde in Ursal mit einem tobenden Schneesturm eingeläutet, der sowohl das Schloss als auch die Abtei St. Honce unter gewaltigen Schneemassen begrub. Jilseponie war eine der wenigen, die das Schloss regelmäßig verließen, um den Armen zu helfen und die Kranken mit Hilfe ihres Seelensteins zu heilen; dieses Unwetter aber war so heftig, dass selbst die sonst so entschlossene Königin ihre täglichen Rundgänge vorerst einstellen musste.

Ihr Gemahl war mit Daween Kusaad, dem Botschafter Behrens beschäftigt, und da sie diesen Mann als überaus unangenehm empfand, hatte sie sich entschieden, Danube nicht länger Gesellschaft zu leisten, sondern einen Spaziergang durch das weitläufige Schloss zu machen und die komplizierten Muster der Wandbehänge und die prächtigen Schnitzereien an Türen und Wänden, die kunstvollen Glasornamente der großen Fenster oder einfach den Ausblick auf die verschneite Stadt zu genießen.

Auf einem dieser Ausflüge in den Ostturm des Schlosses vernahm Jilseponie das Klacken von Holz auf Holz und wusste augenblicklich, dass es von einem Übungskampf herrührte. Sie wunderte sich ein wenig, dass hier oben jemand trainierte, doch als sie sich zu dem besagten Raum begab, eintrat und sah, um wen es sich handelte, wurde ihr sofort alles klar.

Merwick Pemblebury Ursal war mittlerweile vierzehn, ein Jahr älter als sein Bruder, den er um mehrere Zoll überragte. Torrence ähnelte vom Körperbau her eher seinem Vater und war der stämmigere der beiden.

Amüsiert und auch ein wenig erstaunt beobachtete Jilseponie, wie die beiden, offenbar ohne von ihrer Anwesenheit Notiz zu nehmen, ihren Kampf fortsetzten. Merwicks Fehler waren unschwer zu erkennen – er kämpfte wie ein Berserker, obwohl er seinen Gegner eigentlich mit seiner größeren Reichweite hätte in Schach halten können.

Sie hatte Torrences Stil schon bei vielen Kämpfern beobachtet – es war der bevorzugte Stil jener Zeit, der sich unhandlicher, schwerer Waffen bediente, mit denen man den Gegner brutal zu Boden knüppelte. Es war ein Stil, der durch die noch unausgereifte Schmiedekunst der Zeit begünstigt wurde, die einer aus minderwertigem Metall gefertigten, aber schwereren Waffe vermutlich größere Chancen einräumte, einen heftigen Zusammenprall zu überstehen.

Es war eben jener Stil, für dessen mühelose Bezwingung der *Bilnelle dasada* entwickelt worden war.

Jilseponie sah den beiden Jungen weiter bei ihrem Übungskampf zu; und der Umstand, dass das aberwitzige Tempo nicht im Mindesten nachgelassen hatte, war ein guter Beweis für ihren Trainingseifer und ihre Entschlossenheit. Es verriet Jilseponie etwas Wichtiges über ihren Charakter.

Sie war durchaus nicht überrascht, dass sie die beiden so sehr mochte – auch wenn sie sie nur selten sah, da Constance alles daransetzte, die beiden von ihr fern zu halten. Im Grunde mochte sie auch ihre Mutter, hatte sie immer schon gemocht. Die Gepflogenheiten bei Hofe erforderten, dass Frauen nicht mehr als schmückendes Beiwerk waren und nur selten, und schon gar nicht öffentlich, sagen durften, was sie dachten. Constance dagegen war stets eine der engsten Beraterinnen Danubes gewesen, eine kluge und starke Persönlichkeit. Dass sie in den Jahren, bevor Danube sich in Jilseponie verliebt hatte, seine Mätresse gewesen war, bereitete ihr nur wenig Kummer, denn

Jilseponie war sich Danubes Liebe zu ihr sicher. Außerdem konnte sie ihm seine Vergangenheit ebenso wenig zum Vorwurf machen wie er ihr die ihre.

Trotzdem war ihr Verhältnis zu Constance mittlerweile unübersehbar angespannt. Es gelang Constance nur schwerlich, ihre Gefühle zu verbergen, wenn sie Jilseponie erblickte, was der Königin verriet, dass sie Danube noch immer liebte und dass die Frau darüber hinaus natürlich auch ihre Kinder schützen wollte.

Und auch das konnte Jilseponie ihr wohl kaum zum Vorwurf machen.

So waren sie denn, eher aufgrund der Umstände als wegen ihrer Persönlichkeit, nicht gerade Freundinnen, und Jilseponie vermochte sich nicht recht vorzustellen, wie sich ihr Verhältnis verbessern ließe. In einem Punkt bestand für sie jedoch kein Zweifel: Sie war für das Erbe von Merwick und Torrence keine Bedrohung. Nach Prinz Midalis von Vanguard waren die beiden Danubes Erben. Als sie sie jetzt aus einiger Entfernung beobachtete, war Jilseponie überzeugt, dass sie auf dem besten Wege waren, sich auf ihren Platz im Leben vorzubereiten.

Vielleicht war es das unbewusste Bedürfnis, die Beziehung zwischen ihr und Constance wenigstens ein bisschen zu verbessern, das sie weiter in den Raum hineingehen ließ.

»Seid gegrüßt«, sagte sie lächelnd, woraufhin die beiden Jungen ihren Übungskampf unterbrachen und sich überrascht und auch ein wenig ängstlich zu Jilseponie umwandten. Torrence wich einen Schritt zurück, Merwick aber, vielleicht ermuntert durch die offenkundige Furchtsamkeit seines Bruders, trat vor und präsentierte sein Holzschwert zum vorschriftsmäßigen Gruß.

»Königin Jilseponie«, sagte er mit einer tiefen Verbeugung.

Jilseponies erster Gedanke war, den Jungen lächelnd aufzufordern, er solle sich entspannen und nicht so förmlich sein; sie unterdrückte diesen Impuls jedoch und entbot stattdessen das, was man als königliches Nicken bezeichnete, ein leichtes Absenken des Kinns bei aufrechter Körperhaltung.

Merwick senkte sein Schwert und verbeugte sich erneut.

»Du kämpfst sehr geschickt«, lobte ihn Jilseponie und sah dann zu Torrence. »Ihr alle beide.«

»Wir üben viel«, sagte Merwick.

»Immerzu«, warf Torrence, allen Mut zusammennehmend, ein.

»Das ist auch richtig so«, erwiderte Jilseponie und streckte die Hand aus, woraufhin ihr Merwick sein Schwert überließ. »Und zwar nicht nur, weil ihr eines Tages vielleicht euch selbst oder das Königreich werdet verteidigen müssen, sondern auch …« Sie zögerte, unsicher, wie sie dies so jungen Männern, fast noch Kinder, erklären sollte. »Wenn ihr euch eures Könnens mit der Klinge sicher seid – wirklich sicher –, werdet ihr seltener den Wunsch verspüren, diese Klingen auch tatsächlich zu benutzen. Und wenn ihr eurer Fertigkeit im Kampf sicher seid, werdet ihr feststellen, dass ihr den Kopf frei habt, um kluge Entscheidungen zu treffen und andere Menschen weniger als Gefahr zu sehen, sondern sie mehr nach ihrem Charakter zu beurteilen.«

Sie bemerkte, dass die beiden Jungen förmlich an ihren Lippen hingen. Constance hatte sich zweifellos größte Mühe gegeben, die Einstellung der beiden ihr gegenüber zu vergiften, aber offenbar hatte ihr Ruf sogar größeres Gewicht als die Worte ihrer Mutter.

»Darf ich euch einen Rat geben?«, fragte sie.

»Ich dachte, das hättet Ihr gerade getan, Mylady«, antwortete Merwick und versuchte sich an einem charmanten Lächeln.

»Ich meinte mit der Waffe«, erwiderte Jilseponie lachend.

»Ich weiß, nur die vortrefflichsten Ausbilder kümmern sich um euch –«

»Kommandant Antiddes, und manchmal sogar Herzog Kalas persönlich«, rief Torrence dazwischen, senkte jedoch sofort den Blick, als Jilseponie ihn ansah.

»Ja, natürlich«, sagte sie. »Aber ich bin im Umgang mit der Klinge auch nicht völlig unerfahren.«

Merwicks Kichern verriet ihr, dass er ihre Behauptung für eine ziemliche Untertreibung hielt.

»Mir ist da etwas aufgefallen«, fuhr Jilseponie fort. »Greif mich bitte genauso an, wie du eben deinen Bruder angegriffen hast«, bat sie Torrence, trat einen Schritt zurück und hielt das Holzschwert vor ihren Körper.

Sämtliche Alarmglocken schrillten und erinnerten sie klar und deutlich an die unmissverständliche Warnung Lady Dassleronds, die Geheimnisse des *Bilnelle dasada* niemals preiszugeben. Doch das hatte sie auch gar nicht vor – weder den Stil selbst noch seine präzisen, ausgewogenen Bewegungen oder Trainingsmethoden, vielleicht aber ein kleines Stück seines geistigen Hintergrunds. Sie nahm scheinbar eine Verteidigungshaltung ein, aus der sie aber Torrences Angriff, sobald dieser zum Hieb ausholte, sofort abblocken konnte.

Sie hatte vor, ihn anschließend mit einer blitzartigen Attacke außer Gefecht zu setzen. Aber als Torrence gerade zum Angriff ansetzen wollte, vernahmen sie von der Seite ein Scheppern und ein erschrockenes Keuchen.

Dort stand Constance Pemblebury, einen zerbrochenen Teller mit einer verschütteten Mahlzeit vor ihren Füßen.

»Mutter!«, riefen Merwick und Torrence wie aus einem Mund.

»Ich wollte nur …«, begann Jilseponie, doch Constance hörten ihnen überhaupt nicht zu.

»Was habt *Ihr* hier zu suchen?«, entfuhr es der Frau, deren Stimme dem Zischen einer Schlange glich. »Wie könnt Ihr es wagen?«, fügte sie sofort hinzu, bevor Jilseponie etwas erwidern konnte. »Ihr beide ...raus mit euch!«, schrie sie ihre Söhne an, die sich beeilten, zu gehorchen. Nur Merwick blieb noch einmal kurz stehen, um Jilseponie sein Übungsschwert wieder abzunehmen. Dabei bedachte er sie mit einem stummen, entschuldigenden Blick; dann liefen er und sein Bruder, die es nicht wagten, sich der Anordnung ihrer Mutter zu widersetzen, auch schon aus dem Trainingsraum und waren verschwunden.

»Ihr habt hier nichts verloren. Dazu habt Ihr kein Recht«, protestierte Constance, die ihrem Ärger gegenüber Jilseponie so ungehemmt freien Lauf ließ wie noch nie zuvor.

»Ich wollte lediglich –«, setzte die Königin zu einer Erwiderung an.

»Sie sind die Thronerben!«, schrie Constance sie an. »Sie. Nicht Ihr! Die Ungehörigkeit Eures Tuns ist geradezu erschütternd! Durch Euer Eingreifen hätte einer meiner Söhne schwer verletzt werden können – begreift Ihr überhaupt, was für einen Krieg das nach sich ziehen könnte, welche Verratsvorwürfe?«

»Was?«, stammelte Jilseponie, ihren Ohren kaum trauend. Erst in diesem Augenblick dämmerte ihr, wie abgrundtief Constance sie hasste. Dass Constance nicht gerade erfreut war, sie in der Nähe ihrer Söhne zu erblicken, kam für sie nicht überraschend, aber das Ausmaß ihres Zorns überstieg jedes vernünftige Maß.

»Ich habe das Bett mit ihm geteilt! Den lebenden Beweis dafür konntet Ihr soeben vor Euch sehen«, ereiferte sich Constance und nahm eine trotzige und hochmütige Haltung ein.

Jilseponie starrte sie fassungslos an.

»Wie hat sich Danube durch meine Reize betört gefühlt«, fuhr sie taktlos fort, und während sie ihr Liebesspiel mit Danube in allen Einzelheiten schilderte, verwandelte sich Jilseponies Fassungslosigkeit in mitleidiges Bedauern.

Denn Constances Niedertracht verfehlte die gewünschte Wirkung auf Jilseponie. Auch sie hatte wahre Liebe kennen gelernt, sie wusste genau, worauf es in einer Beziehung ankam, und wusste dies auch zu würdigen. Sie überlegte, ob sie Constance erklären sollte, dass sie nichts von ihr zu befürchten habe, dass sie Danube ganz sicher keine Erben gebären werde, die Merwicks und Torrences Ansprüche gefährden könnten, behielt den Gedanken dann aber doch für sich. Was immer sie auch sagte, sie würde diese Frau niemals besänftigen können. Nein, es war nicht allein die Angst um ihre Kinder, die Constance so wütend hatte werden lassen. Ihre Liebe zu Danube stand ihr deutlich ins Gesicht geschrieben.

Es bedrückte Jilseponie, wie tief Constance noch immer für ihren Gemahl empfand, aber daran konnte sie nichts ändern; schließlich konnte sie Danube seine Gefühle nicht vorschreiben.

Also wartete sie, bis Constances Ärger verraucht war, empfahl sich dann ruhig und überließ die Frau sich selbst.

Sie sollte sowohl Constance als auch Merwick und Torrence viele Monate nicht wiedersehen.

»Du solltest mit Herzog Kalas auf die Jagd gehen«, sagte Jilseponie zu Danube, nachdem dieser soeben des Herzogs jüngste Einladung ausgeschlagen hatte. Der Frühling draußen vor Schloss Ursal stand in voller Blüte; die Luft war warm und klar und der beschwerliche Winter längst vergessen. »Du kannst ihn nicht einfach übergehen, und das solltest du auch nicht, er ist schließlich dein bester Freund.«

König Danube bedachte sie mit einem warmherzigen Blick. »Wie behandelt er dich, meine Liebe?«, fragte er.

»Wie es sich für einen Ehrenmann gehört«, erwiderte Jilseponie freundlich lächelnd.

Es war gelogen.

König Danube musterte sie argwöhnisch.

Woraufhin Jilseponie nur noch strahlender und überzeugender lächelte und damit ihrem Gemahl ein ebensolches Lächeln entlockte. In Wahrheit aber behandelte sie überhaupt niemand gut an Danubes Hof, und erst recht nicht Herzog Kalas. Von Anfang an hatten alle der neuen Königin die kalte Schulter gezeigt, dieser Außenstehenden, die so unverfroren in ihren exklusiven Zirkel eingedrungen war; in den Wochen nach dem Übungskampf mit Merwick und Torrence aber hatten sich die Dinge für sie weiter verschlechtert. Selbstverständlich gab sich Herzog Kalas ihr gegenüber in der Öffentlichkeit stets höflich, und bei den wenigen Gelegenheiten, da er Jilseponie allein begegnet war, hatte er keine Mühe gescheut, sie mit Komplimenten zu überhäufen. Trotzdem hatte sie mehr als einmal mit angehört, wie er sich im Beisein anderer Angehöriger des Adels auf ihre Kosten amüsierte. All das kümmerte Jilseponie jedoch nicht wirklich. Sie war zu der Erkenntnis gelangt, dass diese wohlbehüteten Menschen, die sich allen anderen überlegen fühlten, es nicht wert waren, dass man ihretwegen seelisch litt.

»Du musst jetzt gehen«, fuhr Jilseponie fort. »Er reitet mit Herzog Tetrafel in den Westen des Landes, und Tetrafel würde sich sehr geschmeichelt fühlen, wenn du ihn begleitest.«

König Danube lehnte sich zurück und dachte über ihren Vorschlag nach. Herzog Tetrafel war gesundheitlich angeschlagen, und das bereits seit mehr als einem Dutzend Jahren, seit er in den Westen aufgebrochen war, um eine direkte Route durch den Großen Gürtel in das unterworfene Königreich To-gai zu suchen. Gefunden hatte er, eigenen Berichten zufolge, einen Stamm merkwürdiger Wesen, die den größten Teil seines Erkundungstrupps ins Torfmoor gejagt und die Leichen seiner Männer anschließend als groteske Marionetten wieder zum Leben erweckt hatten.

Seitdem war der Herzog der Wilderlande nie wieder der Alte geworden.

»Ich würde es vorziehen, hier zu bleiben, bei dir«, erklärte König Danube, beugte sich zu Jilseponies Thron hinüber und legte ihr behutsam eine Hand aufs Bein.

Als sie ihre Hand auf seine schob, schlich sich ein leichter Ausdruck von Traurigkeit in ihr Lächeln.

»Ist dir nicht gut?«, erkundigte sich Danube, dem nichts entging.

Jilseponie sah ihm in die Augen und seufzte. In letzter Zeit litt sie häufig unter Schmerzen, vor allem im Unterleib. Sie schrieb sie den Narben zu, die sie bei ihrem ersten Kampf mit Markwart auf dem Feld vor Palmaris davongetragen hatte, als dieser ihr Kind tötete. Und tatsächlich, wenn sie sich mit Hilfe des Seelensteins untersuchte, konnte sie zahlreiche innere Verletzungen erkennen. Sie wusste nicht, warum die Schmerzen in letzter Zeit schlimmer geworden waren.

Es schmerzte sie, dass sie die Annäherungsversuche ihres Gemahls zurückweisen musste, aber die Beschwerden ließen sich einfach nicht ignorieren. Noch immer hegte sie für Danube nicht die gleichen Gefühle wie damals für Elbryan. Ihre Beziehung zu dem Hüter war von Leidenschaft und Liebe bestimmt und von der Wildheit der Jugend und der Gefährlichkeit der damaligen Zeit erfüllt gewesen. Die Beziehung zu Danube hatte eher etwas Gezähmtes und Betuliches, aber sie wollte ihn ganz sicher nicht verletzen.

»Ich werde Kalas und die anderen begleiten«, entschied Danube, dessen Gesichtsausdruck verriet, dass er seiner Frau vertraute und sehr wohl wusste, dass sie nicht einfach nach Ausflüchten suchte, um nicht das Bett mit ihm teilen zu müssen.

Jilseponie wusste dieses Vertrauen zu schätzen, denn es war vollauf berechtigt. Was immer der Grund für ihre Niedergeschlagenheit war, sie hoffte, dass sie bald vorüberging und sie ihre eheliche Beziehung mit ihrem Mann wieder aufnehmen konnte; sie befürchtete jedoch, dass es etwas tiefer Gehendes, vielleicht sogar Dauerhaftes war, das – so ihre größte Befürchtung – zusehends schlimmer wurde.

»Ich werde noch vor unserem Jahrestag zurück sein«, versprach Danube, beugte sich herüber und küsste sie zärtlich auf die Wange.

»Und ich werde dich erwarten, mein Geliebter«, erwiderte Jilseponie.

Daraufhin erhob sich Danube und ging. Er sah nicht mehr, wie seine Frau unter einem weiteren Krampf zusammenzuckte.

»Zu viel!«, sagte Abt Ohwan aufgebracht. »Ihr habt ihr zu viel von den Kräutern verabreicht.«

»Eine Überdosis ist gar nicht möglich«, erwiderte Constance Pemblebury ebenso hitzig. »Sie kann ihm kein Kind gebären! So einfach ist das.«

»Ihr seid im Verabreichen von Kräutern überaus bewandert«, sagte Abt Ohwan vorwurfsvoll, was natürlich durchaus zutraf, da Constance den größten Teil ihres Lebens als Kurtisane zugebracht hatte und die Damen an Danubes Hof mit der Anwendung gewisser Kräuter zur Verhinderung ungewollter Schwangerschaften bestens vertraut waren. »Und Ihr wisst auch, dass die Verabreichung einer Überdosis großen Schaden anrichten und sogar den Tod zur Folge haben kann. Das wisst Ihr, Lady Constance. Ihr seht doch, wie sie sich beim Gehen und sogar im Sitzen vor Krämpfen windet.«

Constances Lippen wurden überaus schmal; sie wandte sich verächtlich ab.

»Ich werde mich da nicht hineinziehen lassen!«, ereiferte sich Abt Ohwan.

»Das ist doch längst geschehen!«, erwiderte Constance und fuhr erneut zu ihm herum.

Der Abt bewahrte die Fassung – hauptsächlich, weil er Königin Jilseponie, die Oberste Ordensschwester seiner Abtei und eine einflussreiche Stimme sowohl innerhalb des Ordens als auch im Staat, mehr fürchtete als Constance Pemblebury, ob sie nun Königinmutter des Bärenreiches wurde oder nicht. »Schluss damit«, sagte er mit leiser Stimme und schüttelte den Kopf.

Seine offenkundige Entschlossenheit vergrößerte Constances Wut. »Auf keinen Fall!«, schrie sie, offenbar kurz vor einem hysterischen Anfall. »Ihr werdet mich auch in Zukunft mit sämtlichen Kräutern versorgen, die ich benötige! Sie darf auf keinen Fall schwanger werden. Das darf einfach nicht passieren!« Sie war beim Sprechen auf ihrem Stuhl immer weiter nach vorn gerutscht; jetzt sprang sie auf und stürzte auf Abt Ohwan zu.

Er packte ihre Handgelenke und hielt sie sich vom Leib. Plötzlich fing sie an zu schluchzen, und die Anspannung schien aus ihrem Körper zu weichen. Als Abt Ohwan daraufhin seinen Griff ein wenig lockerte, riss Constance eine Hand los und schlug ihm mit aller Kraft ins Gesicht. »Ihr werdet es tun!«, zischte sie.

Abt Ohwan nahm die Frau fest in die Arme und versuchte, mehrmals ihren Namen murmelnd, sie wieder zu beruhigen. Schließlich wurde Constance tatsächlich ruhiger, und Ohwan ließ sie zögernd los.

»Ihr werdet es tun!«, wiederholte sie gefasst, als sie ihre Beherrschung wiedergefunden hatte. »Oder ich mache Eure Mittäterschaft öffentlich bekannt, und zwar nicht nur, was die Beschaffung der Kräuter anbelangt, die ich bei der Königin benutze, was an sich bereits Hochverrat wäre, sondern auch, was Eure und die Rolle der Abtei St. Honce betrifft, die Ihr bei der Erhaltung der Unfruchtbarkeit der Kurtisanen derzeit spielt und immer schon gespielt habt. Wie wird die Bevölkerung Ursals wohl auf die Aufdeckung solcher geheim gehaltener Verbrechen ihrer geliebten Kirche und ihrer ach so geliebten Adligen reagieren?«

»Ihr redet Unsinn, Frau«, ereiferte sich Abt Ohwan.

Constance ließ den Kopf hängen, und abermals schien die Anspannung aus ihrem Körper zu weichen. »Ich bin in einer verzweifelten Lage, Abt Ohwan«, gestand sie. »Ich werde alles in meiner Macht Stehende tun, um das rechtmäßige Erbe meiner Kinder zu sichern.«

Hätte sie Abt Ohwan bei diesen Worten angesehen, wäre sie vielleicht dann zu dem Schluss gekommen, dass er ihre Einschätzung über dieses »rechtmäßige Erbe« keineswegs teilte.

»Ihr werdet ihr damit großes Leid zufügen«, gab Abt Ohwan zu bedenken, nachdem er eine Weile gebraucht hatte, um seine Gedanken zu ordnen.

Constance sah ihn an, einen flehenden Ausdruck im Gesicht. »Wollt Ihr etwa, dass die königliche Erbfolge auf diese Frau übergeht?«

Die Frage entbehrte nicht einer gewissen Pikanterie, denn obwohl diese Frau – wie übrigens auch Ohwan – im Kollegium Meister Fio Bou-raiy unterstützt hatte, hegte Abt Ohwan keine große Sympathie für Jilseponie. Er zog die ältere Kirche vor, die Kirche Markwarts vor dem Erscheinen des Dämons, bevor seine Welt wie die so vieler anderer völlig auf den Kopf gestellt worden war. Die neue Ordnung, die die Abellikaner in Gestalt von Reformatoren wie Braumin Herde und Abt Haney von St. Belfour – und natürlich auch Königin Jilseponie selbst – heimgesucht hatte, passte ihm ganz und gar und war der Grund für jenes Unbehagen, das stets mit der Zerstörung von Traditionen einhergeht, ein Gefühl, als ob man den Boden unter den Füßen verlöre.

»Ich werde Euch genug geben, damit sie unfruchtbar bleibt«, erklärte er sich schließlich einverstanden, und Constance sah ihn strahlend an. »Aber nicht ein Gramm mehr«, fügte er hinzu, als er ihr Lächeln bemerkte. »Zugegeben, es wäre für alle besser, wenn Königin Jilseponie nicht schwanger würde, aber ich werde mich auf keinen Fall an ihrer Ermordung beteiligen, Constance! Der König wird mit Eurem Freund Kalas zwei Wochen auf Reisen sein. Während dieser Zeit werdet Ihr keine Kräuter in Jilseponies Mahlzeiten mischen, habt Ihr das verstanden?«

Constance sah ihm fest in die Augen, nickte aber schließlich.

»Und zwar überhaupt keine«, betonte er. »Sobald er zurück ist, könnt Ihr zur üblichen, ungefährlichen Dosis zurückkehren. Aber nicht mehr, hört Ihr?«

Wieder wurden Constances Lippen überaus schmal, schließlich aber willigte sie, wenn auch widerstrebend, mit einem Nicken ein.

Als sie unmittelbar darauf St. Honce verließ, schwirrte ihr der Kopf vor lauter Plänen und Intrigen, hauptsächlich aber vor Verärgerung. Längst ging es nicht mehr einfach nur darum, Jilseponies Unfruchtbarkeit zu garantieren, wie sie gegenüber Abt Ohwan behauptet hatte. Nein, Constance genoss es mittlerweile zu sehen, wie Jilseponie sich unter Schmerzen wand, sie genoss es, wenn sie hörte, dass König Danube neuerdings nicht mehr das Bett mit ihr teilte und nicht einmal mehr im selben Zimmer schlief. Sie hatte sich gewissen Fantasien hingegeben, ihr Plan könnte König Danube und Jilseponie auseinander bringen, und der lebensfrohe König würde, wenn er so lange auf die Zärtlichkeiten einer Frau verzichten musste, zu ihr zurückkehren.

Wenn Jilseponie dabei ums Leben kam, umso besser.

»Doch halt«, sagte sie leise, als sie den kleinen zum Schloss führenden Innenhof überquerte. »Ich darf nichts überstürzen. Ich muss mich an Abt Ohwans Regeln halten. Und genau das werde ich auch tun.«

Entschlossen nickend ging Constance zwischen zwei mit ausdrucksloser Miene vor sich hin dämmernden Schlosswachen hindurch.

Als sie hinter ihnen das Schloss betrat, sahen sich die beiden kurz an und grinsten wissend – Constances Benehmen hatte in letzter Zeit häufig Anlass zum Schmunzeln gegeben –, bevor sie kopfschüttelnd wieder ihre unerschütterliche Haltung einnahmen.

2. Ein Spuk

»Bist du dir dessen ganz sicher?«, fragte Marcalo De'Unnero, ebenso angestrengt wie vergeblich darum bemüht, sich die Erregung in seinem wettergegerbten Gesicht nicht anmerken zu lassen.

Sadye hatte ein schelmisches Funkeln in den Augen.

»Woher willst du so genau wissen ...«, setzte De'Unnero an, unterbrach sich dann aber und winkte ab. Er war klug genug, seiner gerissenen Gefährtin nicht zu misstrauen. Wenn Sadye sagte, dass Nachtvogels Waffen, das prächtige Schwert Sturmwind und der Bogen, Falkenschwinge, Seite an Seite in einem Hügelgrab unweit von Dundalis lagen, dann war Marcalo De'Unnero bereit, ihre Behauptung als Tatsache zu akzeptieren.

»Sie werden möglicherweise bewacht«, überlegte der ehemalige Mönch.

»Das Gehölz liegt außerhalb des Dorfes; dorthin verschlägt es nur wenige, zumal Jilseponie jetzt auf dem Thron sitzt und Roger Flinkfinger die Stadt Palmaris unsicher macht«, erwiderte Sadye. »Außer diesen beiden dürften sich nur wenige stark genug dafür interessieren. Die Zeit für Heldentaten ist lange vorbei.«

De'Unnero musste abermals schmunzeln, diesmal aber war sein Lächeln nicht ganz ungetrübt, denn es stimmte ihn ein wenig traurig, dass all die folgenschweren, gerade mal ein Dutzend Jahre zurückliegenden Ereignisse, Elbryans Heldentaten eingeschlossen, so schnell in Vergessenheit geraten waren. Er musste allerdings zugeben, dass Sadyes Einschätzung den Tatsachen entsprach. Abgesehen von gewissen Gedenkfeiern – De'Unnero war zu Ohren gekommen, dass Avelyn Desbris in Kürze heilig gesprochen werden sollte – und den Vorteilen für die Sieger, für die Braumin Herdes Bischofsrobe und der Königinnenmantel auf Jilseponies Schultern als Beweis gelten konnten, waren diese unruhigen Jahre nahezu völlig aus dem allgemeinen Bewusstsein verschwunden.

In den Jahren, die er sich im Grenzgebiet zu den Wilderlanden herumgetrieben hatte, war so viel passiert! Wenn man von den Folgen absah, die er womöglich für seinen jüngeren Gefährten hatte, kümmerte Jilseponies Aufstieg De'Unnero im Grunde nicht wirklich. Und auch Braumin Herdes Aufstieg bereitete ihm nicht gerade Kopfzerbrechen. Herde war ein anständiger, wenn auch irregeleiteter Mann, wie De'Unnero wusste; obwohl er in De'Unneros Augen weder über die Willensstärke noch die Ausstrahlung eines echten Bischofs verfügte und aufgrund seines Auftretens eher geeignet schien, eine winzige Kapelle draußen auf dem Land zu leiten, bereitete sein Aufstieg in das Amt des Bischofs von Palmaris De'Unnero keine großen Sorgen.

Am meisten betrübte ihn die allgemeine Richtung des Ordens; zum einen die Nachricht, dass Jilseponie als Oberste Ordensschwester und als Königin fungierte, aber auch, dass Fio Bou-raiy, ein Mann, den Marcalo De'Unnero von ganzem Herzen verabscheute, jetzt ehrwürdiger Vater des Abellikaner-Ordens war. Diese Tatsachen nagten an ihm, auch wenn diesem so heimgesuchten Mann die Fähigkeit, sich überhaupt wieder um diese Dinge sorgen zu können, eher wie eine Erlösung erschien. Jahrelang hatte er ausschließlich ums nackte Überleben kämpfen müssen. Jetzt jedoch waren Sadye und Aydrian bei ihm, die den Wertiger nicht nur ablenken und hervorlocken konnten, sondern die auch in der Lage waren, den unter diesem katzenhaften Äußeren schlummernden Funken seiner Menschlichkeit anzusprechen, bis zu der Person Marcalo De'Unneros vorzudringen und ihm zu helfen, die Bestie in die Schranken zu weisen. Aydrian war auch der Grund dafür, dass Marcalo De'Unnero wieder in Palmaris leben und, wie bereits mehrfach geschehen, Roger Flinkfinger auf der Straße begegnen konnte, ohne dass dieser ihn erkannte und ohne befürchten zu müssen, dass die Bestie hervorbrach. Wegen Aydrian musste Marcalo De'Unnero sich nicht länger um sein nacktes Überleben kümmern und konnte wieder dazu übergehen, sich auf die wichtigeren Dinge des Lebens zu konzentrieren. Die Welt stand ihm wieder offen.

Diesen Gedanken im Hinterkopf, hatte er geplant, Palmaris zusammen mit seinen beiden Freunden zu verlassen und zu seinem bislang kühnsten Schachzug auszuholen, einer Reise, die ihn quer durch die südlichen Gefilde des Königreiches bis in das ferne Entel und, wenn alles gut ging, noch sehr viel weiter führen würde.

Aber jetzt diese Nachricht von dem Schwert und dem Bogen Nachtvogels …

»Bis nach Caer Tinella sind es zwei Wochen, und von dort bis Dundalis zwei weitere«, sagte er. »Wenn wir riskieren, in den

Norden zu reisen, und dort von den ersten Schneefällen überrascht werden, könnten wir frühestens zu Beginn des Frühlings im nächsten Jahr in die südlichen Regionen aufbrechen. Möglicherweise verlieren wir dann ein volles Jahr bei unserer Suche.«

»Und das ist es wert?«, fragte Sadye, deren Tonfall deutlich anzumerken war, dass sie durchaus dieser Meinung war.

De'Unnero lächelte. »Also meinetwegen, soll der Junge die Spielzeuge seines Vaters suchen«, erklärte er sich einverstanden. »Vielleicht werden sie uns eines Tages noch von Nutzen sein.«

Er hoffte nur, dass die Information nicht auch irgendwelchen Grabräubern in die Hände gefallen war. Es wäre überaus ärgerlich, wenn sie diese weite Reise auf sich nahmen, nur um festzustellen, dass die Gräber bereits ausgeräumt worden waren.

Es war an einem kalten und windigen Herbsttag, als De'Unnero, Sadye und Aydrian einen Hügel kurz vor Caer Tinella erreichten, ein Tag ganz ähnlich dem, an dem die Weihung der Kapelle stattgefunden hatte, die zurzeit sowohl Marcalo De'Unneros Blickfeld wie auch sein ganzes Denken beherrschte.

Das weiß getünchte Bauwerk – klein für eine Abtei des Abellikaner-Ordens, aber geradezu riesig verglichen mit den anderen Gebäuden der kleinen Ortschaft – stand auf einer Erhebung, die es sogar noch größer wirken ließ. Darüber, oben auf einem kleinen Glockenturm, erhob sich die Statue eines Arms, eine in die Höhe gereckte Faust, eine Faust, die Marcalo De'Unnero sofort wiedererkannte. Den ursprünglichen Arm, den Arm Avelyns, hatte er in versteinerter Form auf einem Bergplateau hunderte von Meilen nördlich von hier gesehen. Und wie er sich an diesen Mann erinnerte! An den abtrünnig gewordenen Ordensbruder, den Mörder von Meister Siherton, der im Grunde die Katastrophe, die sich jetzt als Abellikaner-Orden bezeichnete, überhaupt erst herbeigeführt hatte. Wenn die Menschen von

Marcalo De'Unnero sprachen, meinten sie gewöhnlich den Gegenspieler Nachtvogels und Jilseponies, in Wahrheit aber empfand De'Unnero eigentlich sogar Respekt für die beiden. Den hatten sie durchaus verdient. Nicht dagegen Avelyn, den De'Unnero stets von ganzem Herzen gehasst hatte. In De'Unneros Augen war dieser Trunkenbold der Legende unwürdig, die man um ihn herum wob, und eine ihm geweihte Kapelle an so herausragender Stelle auf einem Hügel inmitten der aufstrebenden Gemeinde Caer Tinella erblicken zu müssen, war fast mehr, als De'Unnero ertragen konnte.

»Du wusstest doch, dass sie einen Helden aus ihm machen würden«, sagte Sadye, die keine Mühe hatte, die Verachtung und Verzweiflung in seinem Gesicht zu erkennen. »Sie bezeichnen ihn nicht nur als ihren Erlöser, der die Welt vor der Rotfleckenpest gerettet hat, sondern sehen in ihm auch den Mann, der die leibliche Manifestation Bestesbulzibars vernichtet hat. Du weißt, dass er Ende des Jahres zum Heiligen ernannt werden soll. Kann dich da diese Kapelle wirklich noch überraschen?«

»Ob sie mich überrascht oder nicht, hat nur wenig damit zu tun, wie sehr ich diesen Ort verabscheue«, erwiderte De'Unnero.

»Wieso kümmert Euch das überhaupt?«, wagte Aydrian einzuwerfen. »Ihr seid aus dem Orden ausgeschieden, behauptet Ihr jedenfalls. Nehmt die Kapelle einfach als weiteren Grund, weshalb Ihr gezwungen wart, den Orden zu verlassen, und als Beweis für die endlose Folge von Irrtümern, von denen Ihr unentwegt sprecht.«

De'Unneros Hand schnellte vor, und er packte den jungen Mann am Kragen. »Behaupte ich?«, fuhr er ihn wütend an. »Zweifelst du etwa an meinen Worten?«

Sadye ging sofort dazwischen, schob De'Unneros Hand beiseite und sah ihm fest in die Augen, wodurch sie ihn zwang, sie ebenfalls anzusehen, statt diesen albernen Streit mit Aydrian fortzusetzen. »Ich weiß, warum es dich kümmert, ihn aber nicht«, erklärte sie. »Schließlich hast du ihn nur ziemlich oberflächlich in deine – in unsere Pläne eingeweiht.«

De'Unnero entspannte sich wieder und nickte. »Ich fühle mich durch den Anblick dieses Gebäudes beleidigt«, sagte er ruhig zu Aydrian. »Es ist ein Symbol für alles, was mit dem einstmals so mächtigen Abellikaner-Orden nicht in Ordnung ist. Sie ist das Vermächtnis jenes Mannes, der alles, was früher einmal war, zerstört hat.«

»Die derzeitigen Kirchenoberen sind da offenbar anderer Meinung«, erwiderte Aydrian, der keine Anstalten machte, vor De'Unnero klein beizugeben.

»Die Kirchenoberen«, blaffte De'Unnero mit unüberhörbarer Verachtung. »Fallidische Ratten, alle miteinander«, schnaubte er in Anspielung auf eine in den südlichen Regionen von Mantis Arm beheimatete Nagerart, die dafür bekannt war, dass sie oft zu tausenden einem irregeleiteten Einzeltier in den Schlick der Fallidischen Bucht folgten, wo sie von einer ebenso plötzlichen wie alles vernichtenden Flut ins offene Meer gespült wurden und ertranken.

»Und den Beweis dafür«, fuhr De'Unnero fort und deutete mit theatralischer Geste auf die Kapelle, »den Beweis, mein junger Freund, siehst du dort vor dir.«

Er knurrte und fauchte und schlug sich mit der geballten Faust fest gegen sein Bein; offenbar stand er kurz vor einem Ausbruch.

»Sie wird nicht lange Bestand haben«, versprach De'Unnero.

Ihre Laute in der einen Hand, legte Sadye ihm ihre freie Hand auf die Schulter und atmete sichtlich auf, als die Anspannung aus De'Unneros Körper wich.

»Sie wird nicht lange Bestand haben«, wiederholte der ehemalige Mönch, diesmal vollkommen ruhig und gefasst.

Sadye zeigte eine besorgte Miene, Aydrian dagegen lächelte nur.

Als Aydrian mitten in der Nacht aufwachte und sah, dass De'Unnero ihr Lager in dem Wäldchen nahe Caer Tinella verlassen hatte, konnte er sich unschwer vorstellen, wohin sein Gefährte verschwunden war. Er nahm sein Schwert und seinen Beutel mit den magischen Steinen und schlüpfte, nach einem kurzen Blick zu der tief und fest schlafenden Sadye, aus dem Zelt.

Geräuschlos betrat er Caer Tinella und drückte sich von Schatten zu Schatten, obwohl die Straßen menschenleer zu sein schienen. Am Fuß des Hügels angelangt, sah er, dass im Innern der Kapelle eine kleine Kerze brannte.

Er schlich hinauf und spähte durch ein Fenster. Dort stand Marcalo De'Unnero, und ihm gegenüber ein hoch gewachsener Mann von Ende zwanzig oder Anfang dreißig. Der Anblick des Fremden neben De'Unnero erinnerte Aydrian erneut daran, wie jung sein Gefährte für sein angebliches Alter von fast fünfzig Jahren wirkte; wenn er die beiden so vor sich sah, konnte er sich durchaus vorstellen, dass sie gleichaltrig waren.

Nicht zum ersten Mal kam Aydrian der Gedanke, dass der Wertiger das Geheimnis der Unsterblichkeit barg.

Die beiden unterhielten sich leise, und Aydrian konnte die Worte von seinem Standort aus nicht verstehen. Er schlich um das Gebäude herum und stellte zu seiner Erleichterung fest, dass die Tür nur angelehnt war, also schlüpfte er hinein, duckte sich hinter eine Säule und spitzte die Ohren.

»Dann seid Ihr also derselbe Bruder Castinagis, der am Barbakan gefangen genommen und nach Palmaris verschleppt wurde, um dort an der Seite eines Mannes mit Namen Nachtvogel vor Gericht gestellt zu werden?«, fragte De'Unnero gerade.

Aydrian konnte deutlich die Geringschätzung aus seinem Ton heraushören, eine unmissverständliche Warnung an sein Gegenüber.

»Der bin ich tatsächlich«, erwiderte der andere mit einem unüberhörbaren Anflug von Argwohn. Als Aydrian einen Blick um die Säule riskierte und er das Gesicht des Mönchs sah, fiel ihm auf, dass dieser De'Unnero unverwandt musterte, so als versuchte er sich zu erinnern, wo er ihn schon einmal gesehen hatte. De'Unnero hatte gegenüber Aydrian einmal erwähnt, wie sehr ihn die Jahre auf der Straße äußerlich verändert hatten; der Umstand, dass er und der ehemalige Mönch in Palmaris mehreren von De'Unneros früheren Feinden begegnet waren, ohne erkannt zu werden, schien seine Behauptung zu bestätigen. »Ich bin jetzt Pastor Castinagis, denn Bischof Braumin hielt es für angeraten, mir die Verantwortung für diese Kapelle zu übertragen.«

»Aha«, sagte De'Unnero, um dann ganz beiläufig hinzuzufügen: »Bischof Braumin war schon immer ein Trottel.«

Das ließ den Pastor stutzen, und sein Gesicht nahm einen verwirrten Ausdruck an.

»Habt Ihr vielleicht geglaubt, ich würde Bischof Braumin …« Hier schüttelte De'Unnero verächtlich schnaubend den Kopf, so als halte er den Titel für einen schlechten Scherz. »Habt Ihr tatsächlich geglaubt, ich würde Bischof Braumin nach all den Jahren mit offenen Armen willkommen heißen? Verändert sich die Wahrheit vielleicht schon allein dadurch, dass die Zeit vergeht?«

»Wer seid Ihr überhaupt?«, fragte Castinagis, dessen Zögern Aydrian verriet, dass es ihm allmählich dämmerte.

»Wieso hat man Euch damals, vor all den Jahren, eigentlich nicht vor Gericht gestellt?«, konterte De'Unnero mit einer Gegenfrage. »Glaubt Ihr vielleicht, die simple Tatsache, dass

Nachtvogel und Jilseponie die Oberhand behalten haben, spricht Euch von Euren Verbrechen gegen den Abellikaner-Orden frei?«

»Was soll der Unsinn?«, hob der Mann zornig seine Stimme.

»Unsinn?«, blaffte De'Unnero empört. »Erinnert Ihr Euch etwa nicht mehr an die geheimen Treffen in den Gewölben der Abtei St. Mere-Abelle, wo Ihr und die anderen Euch zum Verrat gegen die Kirche verschworen habt? Erinnert Ihr Euch nicht mehr an die verbotenen Lesungen aus den alten Schriften, bei denen Braumin gewöhnlich den Vorsitz hatte?«

»De'Unnero«, entfuhr es Castinagis tonlos; er wich einen Schritt zurück.

»Ganz recht, De'Unnero«, sagte der ehemalige Mönch. »Meister De'Unnero. Ich bin gekommen, um jenen Prozess zum Abschluss zu bringen, der vor all den Jahren in Palmaris niedergeschlagen wurde.«

»Man hat Euch in Schimpf und Schande davongejagt«, stammelte Castinagis. »Die Kirche hat die Wahrheit längst erkannt.«

»Eure Wahrheit!«, rief De'Unnero, und Aydrian glaubte ein kaum merkliches katzenhaftes Knurren unter seinen Worten zu hören. »So schreiben Sieger die Geschichte um, damit sie in einem günstigen Licht dastehen!«

»Selbst nach dem Bund von Avelyn redet Ihr noch so dummes Zeug?«, erwiderte Castinagis. Offenbar hatte er nach dem ersten Schrecken über das Wiedersehen mit seinem alten Widersacher seinen Mut wiedergefunden. »Mittlerweile kennt die ganze Welt die Wahrheit über Avelyn und Jilseponie, die jetzt übrigens Königin ist.«

»Die ganze Welt *glaubt* diese Lügen«, korrigierte ihn De'Unnero. »Aber ich werde ihr die Wahrheit vor Augen führen. Oh ja, das werde ich!« Bei diesen Worten trat er auf Castinagis zu und stieß ihm den Finger hart gegen die Brust.

»Verlasst sofort diesen Ort!«, schrie Castinagis ihn an. »In Gottes Namen –«

Der Rest seiner Äußerung blieb ihm im Halse stecken, als De'Unnero ihn abermals mit seinem gestreckten Finger bearbeitete; diesmal stieß er ihn Castinagis in die Kehle. Röchelnd stolperte der Pastor nach hinten; De'Unnero folgte ihm.

Mittlerweile erwartete Aydrian jeden Moment, dass der Tiger hervorbrechen würde, doch De'Unnero, fest entschlossen, den Kampf mit allen seinen menschlichen Sinnen zu genießen, benötigte die große Katze in diesem Augenblick nicht.

Er ging auf Castinagis zu und versetzte dem Mann einen deftigen Schlag ins Gesicht. Castinagis stolperte nach hinten und wäre sicher hingefallen, hätte die Altareinfassung dies nicht verhindert.

»Zu bedauerlich, Bruder, dass Ihr Euer Kampftraining aufgegeben habt«, höhnte De'Unnero, ihm mit dem Finger drohend. »Ihr seid mehr als ein Jahrzehnt jünger als ich, und trotzdem seid Ihr völlig verweichlicht.«

Mit einem wütenden Knurren stieß sich Castinagis von dem Holzgeländer ab und warf sich blindlings auf seinen Gegner.

De'Unnero schlug seine Hände zur Seite, doch das konnte den kräftig gebauten Pastor nicht aufhalten. Er schaffte es, De'Unnero bei den Schultern zu packen und seinen Gegner zurückzuschieben.

De'Unnero zuckte nicht mit der Wimper; er riss die Hand hoch, schloss sie fest um Castinagis' Luftröhre und begann genießerisch zuzudrücken.

Wie von Sinnen versuchte Castinagis den Arm des Mannes zu fassen zu bekommen; als es ihm nicht gelang, den Griff zu lösen, versuchte er De'Unnero ins Gesicht zu schlagen. Doch De'Unnero war viel zu gewandt; er brachte seine freie Hand nach oben und lenkte den Schlag zur Seite ab. Schließlich ließ er die Luftröhre los, stieß Castinagis mit gestreckter Hand gegen den Kehlkopf und rammte ihm mit voller Wucht das Knie in den Unterleib.

Als sich der Pastor daraufhin vor Schmerzen krümmte, griff ihm De'Unnero ins Haar und riss seinen Kopf wieder hoch. »Die Verhandlung ist eröffnet«, verkündete er, packte Castinagis' Kinn mit der freien Hand, machte ein, zwei schnelle Schritte, wirbelte den Mann herum und schleuderte ihn mit mächtigem Schwung gegen das Geländer, so dass er hart mit dem Rücken dagegen schlug und mit dem Genick auf dem Geländer liegen blieb.

»Schuldig«, verkündete De'Unnero.

Obwohl Aydrian den Kopf wegdrehte, als De'Unnero dem Pastor mit einem wuchtigen Unterarmhieb gegen die Stirn schlug, vernahm er deutlich das entsetzliche Knacken, als dessen Nackenwirbel brach.

Der junge Krieger brauchte lange, sehr lange, um seine Fassung wiederzuerlangen. »Was habt Ihr getan?«, brachte er schließlich mühsam heraus, als er auf unsicheren Beinen hinter der Säule hervorkam. Der Anblick des toten Mannes erschreckte ihn.

»Was ich schon damals vor vielen Jahren in Palmaris hätte tun sollen«, erwiderte De'Unnero. Wenn ihn Aydrians Anblick überraschte oder irgendwie aus dem Konzept brachte, so wusste er dies gut zu verbergen.

»Müssen wir jetzt wieder fliehen?«, fragte Aydrian verwirrt.

De'Unnero schnaubte verächtlich und grinste, als sei dies nun wirklich vollkommen nebensächlich. Mit einem Seitenblick auf Aydrian verließ er die Kapelle.

Aydrian schaute ihm nach, beobachtete jeden seiner Schritte, bemerkte die Leichtigkeit, den Frieden, der über ihn gekommen war, und wusste nicht, was er von alldem halten sollte. Auch er hatte schon getötet, aber das hier ... das war völlig anders und bei weitem schlimmer.

Dennoch tat sich Aydrian schwer, Marcalo De'Unnero zu verurteilen, der von diesen heuchlerischen Priestern so schändlich behandelt worden war. Er betrachtete den toten Castinagis, der an der Altareinfassung lehnte, und überlegte, wie er verhindern konnte, dass dieser Zwischenfall De'Unnero zwang, sich wieder in der Wildnis zu verstecken.

Er holte seinen Rubin hervor.

Kurze Zeit darauf stieß Sadye zu De'Unnero und Aydrian, als diese den hoch in den Nachthimmel züngelnden Flammen der brennenden Kapelle Avelyns zusahen, während die völlig verwirrten und verängstigten Bewohner der Stadt, unfähig, die lodernden Flammen unter Kontrolle zu bekommen, ziellos durcheinander liefen.

Den sichtlich zufriedenen De'Unnero zog es als Ersten fort; er entfernte sich zum Wald und schlug eine nördliche Richtung ein.

Wie sich herausstellte, entsprach die Information, die Sadye in Dundalis erhalten hatte, genau den Tatsachen, daher übernahm sie im Wald die Führung bis zu jenem Gehölz, in dem sich die Hügelgräber Elbryans und Mathers befanden.

Dort angekommen, machte sich De'Unnero sofort an die Arbeit, entfernte einen Stein nach dem anderen, warf sie geradezu verbissen zur Seite. Doch einige Würfe später dämmerte ihm, dass etwas nicht stimmte, denn er schien kein Stück voranzukommen. Er nahm den nächsten Stein in die Hand, trat einen Schritt zurück und betrachtete das offenkundig noch immer unberührte Hügelgrab.

»Magie«, sagte Sadye, und De'Unnero nickte. Als er sich daraufhin zu Aydrian umwandte, schien der junge Krieger abgelenkt zu sein und gedankenverloren in die Bäume zu starren.

»Das Hügelgrab wurde mit Hilfe von Magie versiegelt«, sagte De'Unnero ziemlich laut, so dass Aydrian auf ihn aufmerksam wurde. »Aber womit genau?«, fuhr er fort, als er den verdutzten Gesichtsausdruck des Jungen sah.

Aydrian wirkte unschlüssig. Achselzuckend sagte er: »Vielleicht ein Bann. Vielleicht auch nicht.« Er schüttelte den Kopf.

»Das Hügelgrab wurde mit Magie versiegelt«, wiederholte De'Unnero. »Ich kann die Steine nicht entfernen.« Bei diesen Worten wanderte sein Blick zurück zu dem scheinbar unberührten Grab.

Jetzt sah auch Aydrian zum Grab hinüber, schwieg aber weiterhin.

»Mir war klar, dass es unmöglich so einfach sein konnte!«, schäumte De'Unnero nach einer Weile. »Das alles passte viel zu gut zusammen.«

»Es ist gut, dass es nicht zu einfach ist«, überlegte Sadye. »Sonst wären die Grabbeigaben wahrscheinlich längst gestohlen worden.«

Wieder schien es, als erfasste Aydrian die Situation erst in diesem Moment. »Erdmagie«, sagte er dann, seltsam abwesend, den Blick auf die Hügelgräber gerichtet. »Lady Dasslerонds Smaragd besitzt solche Kräfte.«

»Magische Steine?«, fragte De'Unnero. »Dann könntest du ihre Magie doch mit deinen magischen Steinen aufheben.«

Aydrian schien unschlüssig. »Wenn es um Erdmagie geht, kann fast niemand Lady Dasslerond etwas vormachen«, sagte er, verzog das Gesicht und schüttelte den Kopf. »Hier ist noch mehr«, sagte er. »Ich kann es deutlich spüren.«

»Wie gehen wir also vor?«, fragte De'Unnero.

»Das werde ich schon sehr bald wissen«, antwortete Aydrian. Er ging zu einem aus dem Boden herausragenden Felsen, in dem er eine winzige Höhle entdeckte. Dort nahm er seinen Beutel zur Hand und wühlte darin herum, bis er den in eine dicke Decke gehüllten Spiegel gefunden hatte.

Anschließend stattete er dem Orakel einen Besuch ab, wo er auf ein seltsames Bild im Spiegel stieß, ein Feld voller kleiner Schneekuppeln mit brennenden Kerzen darin. Er begriff sofort, was damit gemeint war und was von ihm erwartet wurde – er sollte diese leuchtenden Schneekuppeln bauen, um mit ihrer Hilfe die Geister seines Vaters und Großonkels herbeizurufen. Trotzdem suchte er noch nach einer anderen Möglichkeit, denn bis zum ersten Schnee konnte es noch Wochen dauern. Außerdem wusste er, dass De'Unnero nicht die Absicht hatte, den Winter hier oben in den Bergen zu verbringen.

Als Aydrian eine Stunde später wieder aus der Höhle herauskletterte, wusste er, dass er kaum Alternativen hatte. Lautlos schlich er an dem Lager vorbei, das De'Unnero und Sadye aufgeschlagen hatten, verschwand entschlossen wieder im Gehölz und nahm seinen Hämatit, seinen Graphit und seinen Sonnenstein heraus.

Zuerst machte er sich mit physischer Gewalt an den Steinen zu schaffen, indem er einen gewaltigen, Steine zermalmenden Lichtblitz erzeugte. Doch wie schon bei De'Unneros Grabungsversuchen schien dieses aggressive Vorgehen die Unversehrtheit des Hügelgrabes kaum beeinträchtigen zu können.

Als Nächstes nahm Aydrian den Sonnenstein zu Hilfe, den Stein für die Antimagie. Deutlich konnte er die Bande, kräftige Erdbande, spüren, die Dasslerond hier zum Einsatz gebracht hatte. Mit Leib und Seele machte er sich über sie her, versuchte seine Negativenergie einzusetzen, um ihre Macht zu brechen oder wenigstens zu mindern. Schon bald musste er erkennen, dass er ebenso gut hätte versuchen können, der Erde selbst ihre Kraft zu rauben. Es handelte sich hier um einen sehr alten Zauber, der stärker war als Dasslerond; es waren uralte und überaus kräftige Bande, eine Art Bund zwischen der Herrscherin der Elfen und der Erde.

»Warst du das etwa?«, fragte ihn De'Unnero, als er zum Lagerplatz zurückkehrte. Sowohl der ehemalige Mönch als auch Sadye waren aufgesprungen; Aydrians gewaltige Donnerschläge hatten sie aus dem Schlaf gerissen.

»Alles vergeblich«, erwiderte er. »Der Ort ist mit einem Zauber belegt, den ich nicht umgehen kann.«

»Aber irgendeine Möglichkeit wird es doch wohl geben?«, fragte Sadye sofort.

»Ich muss den ersten Schnee abwarten«, erklärte Aydrian. »Ein andere Möglichkeit gibt es nicht.«

De'Unnero, alles andere als begeistert, wollte etwas erwidern, nahm sich dann aber zusammen und nickte bloß. »Also gut, von mir aus«, sagte er.

Seine Reaktion war zweifellos überraschend für Aydrian, und in gewisser Hinsicht war es nicht die Antwort, die er hatte hören wollen. Geduld war nicht seine starke Seite, zumal er aus verschiedenen Gründen gehofft hatte, De'Unnero würde von dieser Mission entweder erst einmal Abstand nehmen und sich anderen Dingen zuwenden, oder sich aber mehr Mühe geben, einen Weg zu finden, wie sich Aydrians Vorhaben mit einer List doch noch bewerkstelligen ließe.

»Dann sollten wir morgen Früh nach Dundalis gehen«, sagte Sadye. »Ich habe keine Lust, die nächsten Wochen auf dem nackten Waldboden zu schlafen.«

Also begaben sie sich am nächsten Morgen zu dritt in den kleinen Ort, wo sie von den zurückgezogen lebenden Bewohnern freundlich aufgenommen wurden, die, wie so viele im Grenzgebiet zur Wildnis lebende Menschen, ganz versessen darauf waren, Neuigkeiten aus der weiten Welt zu erfahren. De'Unnero wurde leicht nervös, als er den Namen des einzigen

Gasthauses im Ort las – Zur Geselligen Runde –, denn denselben Namen hatte die Schenke von Jilseponies Adoptiveltern in Palmaris gehabt. Und auch den Schankwirt kannte er, einen alten Mann mit Namen Belster O'Comely; Belster, mittlerweile halb blind und nicht bei bester Gesundheit, schien die wahre Identität der drei Fremden, die in sein Dorf gekommen waren, aber nicht cinmal zu ahnen.

Also blieben sie und lebten, während der Herbst allmählich in den Winter überging, unter den Bewohnern der winzigen Ortschaft, wie sie es während der letzten Jahre schon in so vielen Orten getan hatten. Wie es das Schicksal wollte, fiel der erste Schnee in diesem Jahr ziemlich spät.

Die ersten Schneestürme setzten eines frühen Morgens ein und hielten bis zum späten Nachmittag an. Es hatte noch nicht wieder ganz aufgehört zu schneien, als Aydrian, einen Beutel mit Kerzen am Gürtel, bereits unterwegs war und sich, durch die Schneeverwehungen stapfend, einen Weg in das Gehölz und zu den Hügelgräbern bahnte. Im Schutz der dichten Nadelhölzer waren die Hügelgräber nicht vollständig unter dem Schnee begraben worden.

Aydrian machte sich sofort an die Arbeit. Tief gebückt zog er kreuz und quer über das Feld und formte kleine Kuppeln aus Schnee, versah sie mit einer Öffnung und bestückte jede von ihnen mit einer Kerze. Als die letzte Schneekuppel fertig war, entzündete er die Kerzen mit Hilfe seines Rubins, dann kehrte er, in Sichtweite der Schneekuppeln, in das Gehölz zurück und wartete.

Und wartete.

Kurz darauf nickte er ein oder glaubte dies zumindest, denn seine gesamte Umgebung bekam schlagartig etwas Traumhaftes und Unwirkliches. Er stellte sich vor, wie die Steine wie von selbst die beiden Grabhügel freigaben, stellte sich vor …

Aydrians Sinne kehrten ruckartig zurück, als sich das schauerliche Bild eines halb verwesten Leichnams genau vor ihm aufrichtete. Schwerfällig hob dieser den Arm und holte aus, und falls Aydrian noch Zweifel an der Echtheit dieser Erscheinung hatte, so wurden diese umgehend beseitigt, als er plötzlich mit schmerzendem Unterkiefer durch die Luft flog.

Sofort war er wieder auf den Beinen und erkannte, um was es sich in Wahrheit handelte: um einen Test für die Hüter, die es auf die von den Elfen hergestellten Werkzeuge und Waffen ihrer Vorfahren abgesehen hatten. Besiegte er den Geist im Kampf, erwarb er sich damit das Recht, dessen Waffe zu tragen. In diesem Moment ging Aydrian die Bedeutung einiger Schattenbilder auf, die er in den letzten Wochen bei Orakel gesehen hatte, verschwommene Bilder von Elbryan, wie er genau an diesem Ort mit dem Geist Mathers gerungen hatte, um sich das Recht auf das Schwert Sturmwind zu verdienen.

Wortlos, ohne die geringste Gefühlsregung zu zeigen, kam der Geist auf ihn zu. Aydrian musterte ihn von Kopf bis Fuß und brauchte nicht mehr zu den Gräbern hinüberzusehen, um zu wissen, dass sich das richtige Grab – Elbryans nämlich – aufgetan und dieses Grauen erregende Wesen freigegeben hatte. Dies war tatsächlich sein Vater, wie der junge Hüter zweifelsfrei erkannte, und er wusste auch, dass jetzt von ihm erwartet wurde, dass er zu seiner Waffe griff und diese gespenstische Erscheinung zurückschlug.

Schon die Vorstellung, dass dieser Kampf von ihm erwartet wurde – seitens der Elfen nämlich, von denen der Zauber stammte –, ließ Aydrian vor der Aufgabe zurückschrecken. Es widerstrebte ihm zutiefst, sich von Lady Dasslerond vorschreiben zu lassen, was er zu tun hatte.

Er tauchte unter dem nächsten Hieb des angreifenden Geistes weg; als er dann aber zur Seite krabbeln wollte, traf ihn eine

Rückhand an der Schulter, und er wurde abermals durch die Luft geschleudert. Er stolperte auf den offenen Grabhügel zu und sah tief in dessen dunklem Inneren das polierte Holz eines prachtvollen Bogens schimmern.

Und er sah, wie die Steine des anderen Grabhügels in Bewegung gerieten. Sofort wurde ihm klar, dass er in ernsthaften Schwierigkeiten war, denn offenbar hatte er mit seinen leuchtenden Schneekuppeln beide Geister zum Leben erweckt.

Er drehte sich von dem offenen Grab weg, stolperte, stützte sich mit dem Rücken an einem Baum ab und sah, wie der Geist seines Vaters immer näher kam, wie die Steine des zweiten Grabhügels herunterpolterten, bis das Grab sich auftat und das zweite, noch stärker verweste und scheußlichere Wesen aus dem Reich der Toten auferstand.

Aydrian kämpfte darum, nicht die Fassung zu verlieren. Hätte sich doch nur zuerst das andere Grab geöffnet, in dem Sturmwind lag! Mit dem Schwert in der Hand hätte er sich sofort auf Elbryans Geist stürzen und ihn blitzschnell niederstrecken können, bevor sich Mathers Geist in den Kampf einmischte.

Doch halt, überlegte er. Genau das erwartete man doch von ihm; es war genau das Vorgehen, das diese widerwärtige Dasslerond von ihm geradezu *verlangte*.

Erst in diesem Augenblick gewahrte Aydrian, dass er einen der magischen Steine in der Hand hielt, einen Hämatit, den Seelenstein, das Tor, das ihm den Weg ins Reich seiner Gegner öffnen konnte, vielleicht sogar …

Dann stand der erste Geist unmittelbar vor ihm, und Aydrian, ein Grinsen im Gesicht, hob den Arm, jagte seine gesamte ungeheure Willenskraft in den Seelenstein und durch ihn hindurch und traf den nichts ahnenden Geist mit einem gewaltigen Stoß magischer Energie. Der Geist blieb unvermittelt stehen; er schien leicht zu schwanken.

Aydrian versuchte, hinter die verweste, greifbare Fassade und bis zum Geist selbst vorzudringen, bis zu jenem winzigen Flackern von Elbryans Bewusstsein, das sich noch bewahrt hatte. Daran klammerte er sich mit seiner spirituellen Kraft, an dieses Flackern wandte er sich, und nicht etwa an diese Verhöhnung menschlicher Sterblichkeit. Schließlich kämpfte Aydrian allein mit seiner Willenskraft und seinen magischen Kräften gegen die ältesten und stärksten Bande, die es überhaupt gab, die Bande des Todes.

Staunend, aber stets bemüht, in seiner Konzentration nicht nachzulassen, verfolgte er, wie diese scheußliche Gestalt sich zu verwandeln begann, wie die faulige Haut eine gesunde, lebendig-frische Farbe annahm und eine leere Augenhöhle sich wieder füllte, als ein eingeschrumpfter Augapfel an seinen Platz zurückschnellte. Und in diesem Auge flackerte so etwas wie eine Seele auf, ein Funken Leben.

Und plötzlich war das Wesen vor ihm mehr Elbryan als Elbryans Geist.

Doch schon nahte der zweite Geist. Aydrian spielte mit dem Gedanken, sich auf ihn zu werfen, ahnte jedoch, dass dieser zweite Kampf weit schwieriger werden würde, da Mather bereits sehr viel länger tot und seine Seele weitaus fester in den Klauen des Todes gefangen war.

Als Elbryan sich zurückzog und den Weg frei machte für die groteske Erscheinung Mathers, zögerte er unschlüssig. Dann warf sich der Geist plötzlich auf ihn, packte ihn an der Kehle, hob ihn mit erstaunlicher Kraft hoch und drückte ihn gegen einen Baum. Er musste sich wehren, musste sich wieder in den Hämatit fallen lassen und diese unmenschlich kräftige Kreatur angreifen. Er musste einen Weg finden, sich aus deren Griff zu befreien, denn ihm drohte die Luft auszugehen.

Aber es war unmöglich.

Seinen Körper hin und her windend, versuchte Aydrian sich gedanklich so weit zu befreien, dass er die Kraft des Hämatits wiederfinden konnte. Aber es war zwecklos, wie er sofort erkannte, als ihm allmählich schwarz vor Augen wurde. Mit jeder Sekunde, die verstrich, entfernte sich sein Bewusstsein weiter aus seiner verzweifelten Situation und ließ sich immer tiefer in die verheißungsvolle Dunkelheit sinken.

Er vernahm ein Schwirren, gefolgt von einem ekelhaften Knistern, dann war er plötzlich frei, landete auf den Füßen und torkelte zur Seite. Auf allen vieren landend blickte er sich kurz um und sah Mathers Geist mit den Stummeln, die einmal seine Arme gewesen waren, wild auf das halb aus Geist, halb aus Mensch bestehende Wesen einprügeln, das einmal Elbryan gewesen war und jetzt eine blinkende Elfenklinge schwang.

Aydrian krabbelte noch ein Stück weiter weg, kroch bis zum nächsten offenen Grab, dem er den Bogen Falkenschwinge entnahm. Zu seinem Erstaunen war er, mitsamt Sehne und einem Köcher voller Pfeile, offenbar unbeschädigt erhalten geblieben. Rasch rappelte er sich auf, trat einige Schritte zurück und fuhr herum, um den noch immer andauernden Kampf zu verfolgen, in dem Elbryan soeben Mathers Geist in Stücke schlug, genau wie er dies vor vielen Jahren schon einmal getan hatte, um sich Sturmwind zu verdienen, eben jenes Schwert, das er jetzt wieder in den Händen hielt.

Als Mather schließlich zu Boden ging, kam das eigenartige, weder tote noch lebendige Wesen, dieses Etwas, das teils der Geist von Aydrians Vater war, teils dessen Fleisch und Blut, zwei Teile, die nicht wirklich miteinander verbunden waren, langsam auf ihn zu und ließ das Schwert sinken.

Aydrian warf einen Blick auf seinen Hämatit und fragte sich, wie weit er in diesem Augenblick noch gehen und ob er die Bande des Todes irgendwie zerreißen und seinen Vater wiederauferstehen lassen konnte. Eine Vorstellung, die ihm unglaublich, unfassbar und letztlich auch erschreckend vorkam.

Das Wesen kam langsam näher und musterte Aydrian mit einem Blick, in dem sich dunkle Ahnung, Entsetzen, Neugier und Verwirrung mischten. Die spirituelle Verbindung war bis zu einem gewissen Grad erhalten geblieben; sie ermöglichte es Aydrian, jeden einzelnen Gedanken dieses Wesens zu empfangen: seine Überlegungen, wer es selber sei und wer Aydrian wohl sein mochte.

»Ganz recht, du kennst mich«, wandte er sich an den Geist und richtete sich stolz zu voller Größe auf. »Ich bin dein Sohn.«

Das Wesen musterte ihn aus immer größer werdenden Augen, dann wurde der Anflug eines Lächelns sichtbar, das seine starren Mundwinkel nach oben bog.

Aydrian erkannte die beiden Möglichkeiten, die ihm jetzt noch blieben, denn diese Scheußlichkeit, deren schiere Existenz die Sinne des jungen Hüters beleidigte, durfte nicht länger Bestand haben. Er umklammerte den Hämatit in der Absicht, noch einmal in das Reich der Finsternis einzutauchen und noch entschlossener für eine vollständige Wiederauferstehung zu kämpfen, aber erneut machte ihm der bloße Gedanke daran große Angst.

Stattdessen riss er Falkenschwinge hoch und legte einen Pfeil an die Sehne. Das Wesen, halb Gespenst, halb Hüter, bedachte ihn mit einem verwirrten, traurigen Blick.

Aydrian schoss den Pfeil ab. Er bohrte sich mit einem dumpfen Geräusch ins Ziel, und die Kreatur taumelte nach hinten.

Elbryan musterte Aydrian noch verwirrter als zuvor.

Ein zweiter Pfeil traf sein Ziel, dann ein dritter; die Kreatur schien nach und nach alles Menschenähnliche zu verlieren und begann, immer mehr einer Leiche zu ähneln. Der vierte Treffer streckte sie zu Boden.

Am Morgen erwachte Aydrian zitternd, merkwürdigerweise aber unverletzt unmittelbar neben den scheinbar unberührten Hügelgräbern. Selbst die letzten Spuren des Schnees lagen wieder auf den Gräbern, genau so, wie Aydrian es vom Abend zuvor in Erinnerung hatte, bevor sein Schneekuppelzauber die Geister herbeigerufen hatte.

Einen entscheidenden Unterschied gab es jedoch, der Aydrian ziemlich verwirrte und die Grenze zwischen Tag und Traum verwischte: Falkenschwinge und Sturmwind, die beiden Waffen seines Vaters, lagen auf ihrem jeweiligen Hügelgrab, als warteten sie auf ihn.

Er nahm Bogen und Köcher, schlang beides über seine Schulter und ergriff ehrfurchtsvoll das mächtige Schwert, die Elfenklinge Sturmwind, dessen Knauf aus einem magischen Stein in den Farben Weiß und Himmelblau bestand, der an die ziehenden Wolken eines Sommertags erinnerte.

Seine neuen Besitztümer griffbereit, mit neu gewonnenen Erkenntnissen und dennoch verwirrter als zuvor, was nach diesem Leben folgen mochte, verließ ein sichtlich mitgenommener Aydrian das kleine Gehölz.

3. Jilseponies Kampf mit den Dämonen

Sie konnte nicht anders: Jedes Mal, wenn sie sich aufrichtete, zuckte sie zusammen, denn die Schmerzen in ihrem Bauch wollten einfach nicht nachlassen. Den Sommer über war es ein wenig besser gewesen. Da hatte der Schmerz mehrere Monate lang sogar so weit nachgelassen, dass fast nichts mehr zu spüren gewesen war. Jetzt aber, da die Wende des Jahres des Herrn 842 nur noch zwei Monate entfernt war und man bereits die Vorbereitungen für das Fest zum Jahresende traf, waren die Schmerzen in zehnfacher Stärke zurückgekehrt.

Sie ließ sich aber nichts anmerken und kam ihren Pflichten nach, so gut es eben ging. Ab und zu allerdings, meist wenn irgendein Adliger ihr das Leben besonders schwer machte, waren die Schmerzen stärker als ihre Vernunft, und Jilseponie ließ ihrer Verärgerung freien Lauf. Einmal hatte sie eine eher unscheinbare Hofdame dabei ertappt, wie sie über sie kicherte, als sie an ihr vorüberging, und gehört, wie die Frau einer Freundin tuschelnd das Gerücht anvertraute, die Königin habe sich einen Liebhaber genommen. Als sie genau in diesem Moment ein tückischer Krampf heimsuchte, war sie, durch den plötzlichen Schmerz nicht mehr ganz Herrin ihres Tuns, sofort auf die Dame aus dem Adelsstand zugegangen und hatte sie geohrfeigt.

Jetzt, da sie in ihrem Schlafgemach saß – nicht in dem, das sie mit König Danube teilte – und über den Zwischenfall nachdachte, konnte sich Jilseponie ein Lächeln nicht verkneifen. Zwar hatte sie sich unbestreitbar ungehörig benommen – sie hätte die Frau festnehmen lassen können, aber einen Untertan zu schlagen, stieß auf äußerste Ablehnung –, aber sie musste, zumindest sich selbst, eingestehen, dass sie es durchaus genossen hatte. Die Hofdame hatte ihr direkt in die Augen gesehen und ihr gedroht: »Ich wünschte, Ihr wärt nicht die Königin.«

»Ihr solltet froh sein, dass ich es bin«, hatte Jilseponie erwidert, die nicht im Traum daran dachte, klein beizugeben, und deren Schmerzen an der Mauer ihres Zorns abprallten. »Denn sonst würde ich Euch bewusstlos schlagen, und Eure Freundin ebenfalls.« Bei ihren letzten Worten hatte sie die andere Hofdame, die einzige Zeugin des Zwischenfalls, mit strengem Blick angesehen.

Selbstverständlich blieb ihr Vorgehen nicht ganz folgenlos; in den Kreisen der gesellschaftlichen Elite nahmen die Gerüchte überhand, es war sogar die Rede davon, die Hofdame werde von König Danube eine öffentliche Entschuldigung Jilseponies für ihr abstoßendes Benehmen verlangen. Sollte diese Forderung tatsächlich erhoben werden, geriete Danube dadurch wahrlich in eine Zwickmühle.

Jilseponie war jedoch nach wie vor überzeugt, dass die Ohrfeige dies alles wert gewesen war. Sie konnte kaum noch zählen, wie oft sie dem Drang widerstanden hatte, sich zu einem Streit mit diesen heuchlerischen, durch und durch widerwärtigen Frauen des Adels hinreißen zu lassen, insbesondere mit dem kleinen Kreis um Constance Pemblebury, aber auch mit einigen der arroganteren und törichteren Herren des Adels.

Aber leider ließen die Pflichten ihres Amtes das nicht zu.

Also versuchte sie einfach darüber hinwegzusehen und ihre Aufmerksamkeit und Kraft auf erfreulichere Unternehmungen zu richten. Die meisten Adligen verbrachten ihre Mußestunden folgendermaßen: Man ging auf die Jagd, spielte um Geld, feierte Feste und machte den Damen den Hof. Jilseponies einziges Vergnügen dagegen bestand darin, dem Tun Avelyns und Elbryans nachzueifern. Noch immer setzte sie sich nach Kräften für die Angelegenheiten der Bedürftigsten ein, auch wenn die Methoden sich zweifellos geändert hatten. Früher hatte sie mit dem Schwert in der Hand gegen Pauris und Goblins gekämpft, jetzt musste sie unbedeutende Lords und ungerechte, überkommene Traditionen sowie eine ineffektive Bürokratie mit Worten niederringen und die Autorität ihres Amtes dazu benutzen, ihren Einfluss gegen die Justiz geltend zu machen.

Es war ein langwieriger und oft enttäuschender Prozess. Die Traditionen waren ebenso festgefahren wie die Menschen, die nicht von ihnen lassen wollten, und noch immer betrachtete man Jilseponie zu sehr als Außenseiterin, als dass sie ohne weiteres eine Veränderung zum Besseren hätte bewirken können.

Und jetzt das; die Krämpfe waren zurückgekehrt, folgten ihr auf Schritt und Tritt und strahlten von ihrem brennenden Unterleib aus, bis ihr ganzer Körper schmerzte und sie sich kaum noch konzentrieren konnte. Bislang hatte sie es vermieden, den Schmerzen mit ihrem Seelenstein nachzuspüren, teils, weil sie noch nie so heftig gewesen waren, aber auch, weil sie diesen speziellen Aspekt ihres Körpers einfach nicht ins Zentrum ihres Bewusstseins rücken wollte. Markwarts Attacke, damals vor den Toren von Palmaris, hatte sie einen sehr viel höheren Preis gekostet als nur ihr ungeborenes Kind. Der Dämon in Markwart hatte sie im Wesen ihrer Weiblichkeit getroffen, war bis in ihre intimsten und persönlichsten Sphären vorgedrungen und hatte sie, im wahrsten Sinne des Wortes, vergewaltigt. Wenn sie in ihren Unterleib vordrang, und sei es nur zu Heilungszwecken, wäre sie gezwungen, all diese Gefühle des Verletztwerdens noch einmal zu durchleben.

Doch sie hatte keine Wahl; dafür waren die Schmerzen viel zu heftig. Selbst wenn sie ihre Befürchtungen, Markwarts Angriff könnte möglicherweise ein lebensbedrohliches Problem verursacht haben, verdrängte, sie wirkten sich negativ auf ihre Stellung und ihre Pflichten aus und beeinträchtigten sie in ihrer Lebensfreude als Königin und als Gemahlin.

Also nahm sie ihren Seelenstein zur Hand und begab sich, in Gedanken bei Elbryan, auf ihre schwere Reise. Statt ihren schmerzhaften Erinnerungen aus dem Weg zu gehen, versuchte sie sie in einem positiven Licht zu sehen; sie erinnerte sich an ihr ungeborenes Kind und durchlebte noch einmal die Freude, neues Leben in sich heranwachsen zu spüren.

Sie drang vor bis in ihren leeren Unterleib, sah die Narben dort, entdeckte aber auch etwas sehr viel Beängstigenderes, Lebendigeres und Bösartigeres. Es zeigte sich ihr in Gestalt tausender winziger Dämonen, winziger, brauner beißender Geschöpfe, die gierig an ihr fraßen.

Jilseponie war so verwirrt, dass sie sich anstrengen musste, um nicht die Fassung zu verlieren, dann aber stürzte sie sich genauso auf diese Kreaturen, wie sie sich einst auf die Rotfleckenpest gestürzt hatte. Lange Zeit bearbeitete sie sie mit ihren Heilkräften und vernichtete sie allein durch ihre Berührung.

Schließlich stellte sich ein Gefühl körperlicher und seelischer Erleichterung ein, denn im Gegensatz zur Pest schienen sich diese Dämonen nicht schneller zu vermehren, als sie sie vernichten konnte. Sie brauchte lange, sehr lange, aber als sie schließlich aus ihrer Trance erwachte, fühlte sie sich bei aller Erschöpfung so gut wie schon seit einem Jahr nicht mehr.

Sie ließ sich auf ihr Bett sinken und spürte keinerlei Schmerzen, keine Krämpfe mehr in ihrem Unterleib. Körperlich quälte sie gar nichts mehr, dafür schossen ihr jetzt unzählige Fragen durch den Kopf. Hatte sie wirklich einen echten, dauerhaften Sieg errungen? Hatte sie diese Krankheit, diese Entzündung oder was immer es war, besiegt? Und was hieß das für sie und Danube? Würde sie dem König einen Erben gebären können?

Und, viel wichtiger, wollte sie das überhaupt?

Nein, Jilseponie entschied sich, diesen Gedanken erst einmal nicht weiterzuverfolgen. Obwohl sie an einen Erfolg noch nicht recht glauben wollte, erschrak sie, wenn sie über die Folgen der Heilung nachdachte. Sie war sich voll und ganz darüber im Klaren, dass ein Kind von ihr an Danubes Hof niemals willkommen sein würde.

Unsinn, nein, sagte sich Jilseponie. Sie hatte die Wunden, die Markwart ihr zugefügt hatte, gar nicht geheilt; sie waren viel zu alt und zu tief, um durch die Steinmagie geheilt zu werden. Nein, sie hatte sich von einer Entzündung kuriert, die sie – möglicherweise aufgrund dieser früheren Verletzungen – befallen hatte.

Welche Begleiterscheinungen auch immer damit verbunden sein mochten, körperlich fühlte sich die Königin des Bärenreiches jetzt zweifellos besser und war geradezu entzückt, als eine ihrer Dienerinnen mit einem Tablett mit Essen in der Hand erschien. Jilseponie hatte, während die Dienerin die verschiedenen Gerichte aufdeckte, an einem kleinen Tisch neben ihrem Bett Platz genommen, und zum ersten Mal seit Monaten betrachtete sie ihr Essen mit Appetit. Sie nahm sich vor, das köstliche Mahl in vollen Zügen zu genießen.

Die Dienerin ließ sie allein; sie nahm Messer und Gabel zur Hand und wollte gerade ihren ersten Bissen abschneiden …

… als sie völlig verdutzt innehielt und, überzeugt, dass ihre Augen ihr einen Streich spielten, mehrmals mit den Augen blinzelte. Vielleicht war der jüngste Eingriff in ihre intimsten Körperteile für diese plötzliche Erkenntnis verantwortlich, vielleicht auch ein winziges Überbleibsel der Verbindung zwischen ihr und dem Hämatit, aber was auch immer der Grund sein mochte, sie sah sie wieder.

Die winzigen Dämonen blickten ihr bedrohlich aus ihrem Essen entgegen. Sie konnte ihre Gefräßigkeit geradezu spüren.

Zitternd schob Jilseponie ihren Stuhl zurück und holte abermals ihren Seelenstein hervor. Sie zögerte – was, wenn sich herausstellte, dass das Essen selbst Gift für sie war? Was, wenn die Wunden, die der Dämon ihr beigebracht hatte, irgendwie einen körperlichen Widerwillen gegen die Nahrungsaufnahme ausgelöst hatten? Wie sollte sie dann weiterleben? Wie …

Jilseponie verwarf die unsinnigen Ängste, ließ sich in den Seelenstein sinken und unterzog ihre Speisen einer Untersuchung auf einer anderen, tieferen Ebene. Was sie dabei herausfand, ließ sie aufatmen, andererseits verschlimmerten sich ihre

Befürchtungen noch. Nein, es waren durchaus nicht die Speisen selbst, die Gift für sie waren, sondern etwas in den Speisen, das man ihnen beigemischt hatte.

Sie fegte den Teller vom Tisch, sodass er scheppernd auf dem Boden zersprang, wankte zum Bett, ließ sich kraftlos darauf sinken und versuchte die Neuigkeiten zu ordnen und die erstaunlichen Schlussfolgerungen zu verdauen. Wollte jemand sie vergiften?

»Vielleicht ist es ja nur ein Gewürz, das sich nicht mit meinen Körpersäften verträgt«, sagte die Königin laut, obwohl sie es besser wusste; sie wusste, dass diese winzigen, gierigen Dämonen kein Gewürz waren, sondern eindeutig ein Gift, ein vorsätzlich verabreichtes Gift.

Rasch kleidete sie sich an und ging daran, seine Spur zurückzuverfolgen. Die Dienerin, zweifellos eine unbeteiligte Handlangerin des eigentlichen Täters, führte sie bereitwillig in die riesige Schlossküche und zum Küchenchef, der Befehl hatte, die Mahlzeiten für König und Königin persönlich zuzubereiten.

Das Lächeln des Küchenchefs erlosch, als Jilseponie das übrige Küchenpersonal nach draußen schickte; für ihn ein untrügliches Zeichen, dass etwas nicht in Ordnung war, etwas, über das er, wie sein Gesichtsausdruck verriet, nur zu gut Bescheid wusste. Bereits nach kürzester Zeit brach er unter ihrem eindringlichen Blick und ihren unverblümten Fragen zusammen und verriet der Königin, woher das Gift stammte. Die Quelle überraschte und entsetzte Jilseponie zutiefst.

»Ich kann Eure Mittäterschaft, wie in Angelinas Fall, nicht einfach auf sich beruhen lassen«, stellte Jilseponie, sich auf die Dienerin beziehend, mit Bestimmtheit fest.

»Ich … ich wusste nichts davon, meine Königin«, stammelte der Küchenchef.

»Oh, Ihr wusstet sehr wohl davon«, konterte Jilseponie. »Von dem Augenblick an, da ich das übrige Küchenpersonal bat, die Küche zu verlassen, stand es Euch ins Gesicht geschrieben. Ihr wusstet davon.«

»Habt Erbarmen, meine Königin«, jammerte er. Er hielt sein Schicksal für besiegelt und warf sich ihr zu Füßen. »Ich konnte es ihm nicht abschlagen! Ich bin nur ein einfacher Koch, ohne jeden Einfluss, ein Mann –«

»Steht auf«, befahl Jilseponie. Sie wartete, bis der Mann sich erhoben hatte, bevor sie fortfuhr, und benutzte diesen Augenblick, um sich über ihre Verärgerung klar zu werden. Ein Teil von ihr wäre am liebsten auf diesen Mann losgegangen; sie fragte sich, ob es nicht sogar ihre Pflicht war, ihn der Schlosswache zu übergeben, damit ihm der Prozess gemacht und er bestraft würde. Ein anderer Teil dagegen konnte ein gewisses Verständnis für die unangenehme Lage aufbringen, in der sich dieser Mann gesehen haben musste, der zwischen zwei widerstreitende Kräfte geraten war, die ihn mühelos vernichten konnten. In Anbetracht ihres geringen Ansehens bei Hofe und demzufolge auch beim Personal, war es sogar verständlich, dass er sich gegen Jilseponie und für den unbekannten Täter entschieden hatte.

»Ihr würdet es fertig bringen, mich zu töten?«, fragte sie den Küchenchef, und die Art, wie er erbleichte, der Ausdruck tiefsten Entsetzens auf ihrem Gesicht, verriet ihr, dass ihn ihre Unterstellung aufrichtig schockierte.

»Ihr habt Gift unter mein Essen gemischt«, stellte Jilseponie ruhig fest.

»Gift?«, keuchte der Mann. »Aber alle jungen Damen … ich meine …«

Jetzt war es an Jilseponie, ein überraschtes Gesicht zu machen. Sie nahm den Mann beiseite, drückte ihn auf einen Stuhl und half ihm, sich wieder zu beruhigen; dann forderte sie ihn auf, ihr alles ganz genau zu erklären.

Also beichtete er ihr die Wahrheit über das Gift, dass es sich um unter den Kurtisanen verbreitete Kräuter zur Schwangerschaftsverhütung handelte, und erklärte ihr, woher die Damen ihre Kräuter bezogen, nämlich von eben jenem Mann, der ihn vor einiger Zeit aufgesucht und ihn aufgefordert hatte, diese Kräuter in das Essen der Königin zu mischen, wie er es auch bei den für die im Schloss lebenden Kurtisanen bestimmten Speisen tat.

Kurtisanen, von denen es nur wenige gab, unter ihnen Constance Pemblebury.

Auf einmal sah sich Jilseponie, was den Küchenchef anbetraf, in einer äußerst verzwickten Lage. »Wie soll ich Euch je wieder vertrauen?«, fragte sie ihn. »Wo doch gerade Ihr mein Vertrauen genießen solltet.«

»Bitte, tötet mich nicht«, wimmerte der Mann leise, zitternd, den Blick gesenkt und bemüht, sein Schluchzen zu unterdrücken. »Ich werde fortgehen, weit fort. Ihr werdet mich nie wiedersehen.«

»Nein«, unterbrach ihn Jilseponie, und der Mann sah in Todesangst zu ihr auf. »Nein, weder werdet Ihr Euren Posten aufgeben, noch wird jemand von diesem Missgeschick erfahren.« Sie sah ihn streng an, wenn auch nicht gänzlich ohne Mitgefühl. »Ihr habt die Situation falsch eingeschätzt, ein Fehler, den Ihr nicht noch einmal machen werdet.«

Der Gesichtsausdruck des Küchenchefs zeigte Verwirrung, so als hätte er nicht verstanden oder traue seinen Ohren nicht.

»Ihr seid in vielerlei Hinsicht ein Beschützer von König und Königin des Bärenreiches«, fuhr sie fort, einen königlichen, herrischen Tonfall anschlagend. »Ihr wacht genauso über die Gesundheit von König Danube und Königin Jilseponie wie Herzog Kalas in seiner Funktion als Befehlshaber der Allheart-Brigade. In diesem Licht müsst Ihr Euren Posten sehen. Und Ihr müsst begreifen, welche Verantwortung sich aus dem Vertrauen ergibt, das wir Euch entgegenbringen, und diese akzeptieren. Unsere Speisen unterliegen Eurer persönlichen Kontrolle. Ihr bereitet sie zu, kostet vor und beschützt damit die Krone.«

»Und ich habe versagt.«

»Das habt Ihr, wie jeder Mann und jede Frau irgendwann einmal versagt«, erwiderte Jilseponie, nahm das Kinn des Mannes in die Hand und zwang ihn, ihr ins Gesicht zu sehen. »Ich nehme an, Ihr habt von meinem heldenhaften Kampf in den Nordlanden gehört«, sagte sie mit einem amüsierten Lachen, als wollte sie sich selbst herabwürdigen.

»Gegen den geflügelten Dämon und die Pest, aber ja, Mylady«, antwortete der Küchenchef.

»Irgendwann einmal muss ich mich zu Euch setzen und Euch von meinen zahlreichen Irrtümern erzählen«, sagte sie und musste erneut lachen.

Der Mann hätte nicht verblüffter dreinschauen können, und es dauerte lange, bis er den Mut fand, sie zu fragen: »Was werdet Ihr jetzt mit mir machen?«

»Ich werde Euch in den nächsten Tagen sehr genau im Auge behalten«, antwortete sie ohne das geringste Zögern. »Um der Sicherheit meines Gemahls willen vertraue ich darauf, dass Euch ein solcher Fehler nicht noch einmal unterläuft.«

Dem Küchenchef klappte der Unterkiefer herunter, und eine Zeit lang saß er einfach nur da und starrte sie an. »Nein, Mylady«, erwiderte er schließlich. »Ich werde Euch nicht enttäuschen und das Entgegenkommen, das Ihr mir an diesem Tag gezeigt habt, niemals vergessen.«

Jilseponie lächelte ihm freundlich zu und ging. Sie war unsicher, ob es richtig gewesen war, sich ganz auf eine Ahnung, ein Gefühl, zu verlassen, und sie war fest entschlossen, ihre Drohung wahr zu machen und die Zubereitung der Speisen sowohl für ihren Gemahl als auch für sich selbst sorgfältig zu überwachen.

Eins wusste sie jedoch sicher: Sie fühlte sich gut damit, wie sie den Koch behandelt hatte. Sie fühlte sich, als hätte sie ganz im Geiste Avelyns gehandelt. Denn wie viele Diebe und sogar Mörder waren auf das Bergplateau beim Barbakan gestiegen und hatten sich dem Bund angeschlossen, der sie vor der Rotfleckenpest gerettet hatte?

Tief in ihrem Herzen wusste Jilseponie, dass dieser Mann in vielerlei Hinsicht durchaus ihrer Dienerin glich, die von dem wirklich Mächtigen im Hintergrund benutzt und ausgenutzt worden war.

Mit ihm würde sie nicht so großzügig verfahren.

Als sie auf ihrem Weg zu Abt Ohwans Zimmer die Abtei St. Honce durchquerte, überkam sie ein seltsames Gefühl der Zufriedenheit. Zuerst war Jilseponie überrascht, bis sie sich die Zeit nahm innezuhalten und sich zu vergegenwärtigen, dass sie es war, die in dieser Situation sämtliche Fäden in der Hand hielt. Sie war schon des Öfteren mit den Mächtigen der abellikanischen Kirche aneinander geraten, und oft war die Lage äußerst kritisch gewesen, diesmal aber …

Diesmal wusste sie, dass Abt Ohwan ihr hilflos ausgeliefert war, dass er nichts vorbringen konnte und würde, um sich ihren Forderungen zu widersetzen.

Sie klopfte leise an seine Tür und trat sofort ein, ohne seine Antwort abzuwarten. Er saß an seinem Schreibtisch und sah aus ungläubigen Augen zu ihr auf. Gerade wollte er etwas sagen, als Jilseponie die Tür mit voller Wucht hinter sich zuschlug und ihn mit einem energischen Blick bedachte. »Ihr vergiftet seit geraumer Zeit meine Speisen«, stellte sie ohne Umschweife fest.

Abt Ohwan stammelte ein paar Worte, begann sich zu erheben, ließ sich dann aber wieder erschrocken auf seinen Stuhl zurückfallen. Es sah aus, als würde er einfach zu Boden stürzen.

»Wagt nicht, es abzustreiten«, fuhr Jilseponie fort. »Ich habe das Mittel gefunden, und ich habe den Mann gesprochen, der die Kräuter auf Eure ausdrückliche Anweisung hin in mein Essen gemischt hat.«

»Aber doch kein Gift!«, erwiderte Abt Ohwan und erhob sich zitternd. »Kein Gift.«

»Doch, Gift«, wiederholte Jilseponie.

»Kräuter, um zu verhindern, dass Ihr schwanger werdet, weiter nichts«, versuchte sich der Abt herauszureden. »So versteht doch, ich hatte keine andere Wahl.«

Jilseponies Gesicht war deutlich anzusehen, dass sie weit davon entfernt war, zu verstehen.

»Ihr ... Ihr kommt einfach hierher und bringt alles durcheinander«, ging Abt Ohwan dreist in die Offensive und kam rasch um seinen Schreibtisch herum. »Es gibt, oder gab, eine feste Regel hier in Ursal, eine Regel, mit der Ihr offensichtlich nicht vertraut seid.«

»Ich bin auf Einladung des einzigen Menschen nach Ursal gekommen, der das Recht hat, zu behaupten, ich hätte Verwirrung bei Hofe gestiftet«, erwiderte Jilseponie nachdrücklich. »Weil es ganz in seinem Gutdünken liegt, Verwirrung bei Hof zu stiften. Und falls ich mit meiner Anwesenheit auf Schloss Ursal die abgeschiedene, kleine Welt ein wenig durcheinander bringe, die sich die Adligen und die Kirchenoberen geschaffen haben, dann ist das vielleicht gar nicht mal so verkehrt!«

Abt Ohwan versuchte, beschwichtigend abzuwinken; angesichts dieser starken Frau ließ sein aufbrausendes Gehabe zusehends nach. »Es war kein Gift«, wiederholte er.

»Über die Kräuter weiß ich nichts, außer dass die mir verabreichte Menge mich schon bald getötet hätte«, entgegnete Jilseponie.

»Ach was!«, protestierte der Abt. »Sie sollten lediglich verhindern, dass Ihr schwanger werdet. Wollt Ihr mir daraus einen Vorwurf machen? Begreift Ihr nicht, welch ein Schock es für Staat und Kirche wäre, wenn das geschähe?«

Diese letzte, lächerliche Bemerkung machte keinen Eindruck auf Jilseponie, die längst über seine erste Behauptung nachdachte. Dass es eine Lüge war, wusste sie; sie wusste, dass man ihr eine viel zu hohe Dosis dieser Kräuter verabreicht hatte, andererseits vermochte sie nicht zu bestreiten, dass das Gesicht des Mannes und sein Ton durchaus aufrichtig wirkten. Die Lösung war schnell gefunden. »Und diese Kräuter verabreicht Ihr auch Constance, um ihre Unfruchtbarkeit sicherzustellen?«, fragte Jilseponie.

»Selbstverständlich«, antwortete Ohwan. »Schon seit Jahrhunderten ist es die Pflicht des Abts von St. Honce, alle Kurtisanen zu versorgen.«

»Und auch die Königinnen?«, hakte Jilseponie nach. »Ohne deren Einwilligung?«

Abt Ohwan schüttelte den Kopf. »Es ist noch nie vorgekommen, dass eine Königin als Oberste Ordensschwester gleichzeitig unter die Gerichtsbarkeit der Abtei St. Honce fiel«, erwiderte er.

»Ich falle nicht unter Eure Gerichtsbarkeit, Abt Ohwan«, sagte Jilseponie mit leiser, bedrohlicher Stimme. »Verratet mir eins«, fuhr sie einen Moment später fort, »an wen liefert Ihr diese Kräuter? An jede Frau gesondert?«

»Sie werden in entsprechende Portionen für jede Küche aufgeteilt und anschließend einem Kurier übergeben«, erklärte der Abt arglos, und erst als er merkte, was er da sagte, bekam seine Miene einen gequälten Ausdruck, und er begriff, worauf Jilseponie hinauswollte: nämlich dass Constance und die anderen Kurtisanen mühelos mehr als die entsprechende Menge für Jilseponies Speisen abzweigen konnten.

Jilseponie schüttelte den Kopf über die unfassbare Dummheit des Mannes.

»Ihr seid entweder ein Lügner oder ein Narr«, stellte sie fest.

»Ich flehe Euch an, Oberste Ordensschwester«, stammelte Abt Ohwan. »Meine Königin.«

»Ihr werdet von Eurem Amt zurücktreten«, verlangte Jilseponie. »Und in einer unbedeutenden Kapelle sehr weit von Ursal und dem Hof entfernt als Pastor Euren Dienst versehen.«

»Aber ich bin Abt von St. Honce!«, protestierte Ohwan.

»Nicht mehr!«, erwiderte Jilseponie. »Ihr werdet sofort, noch heute, von hier verschwinden, sonst werde ich Euren Verrat gegenüber König Danube und der Öffentlichkeit aufdecken und Euch in Misskredit und Schande bringen, wie Ihr es verdient.«

»Damit brecht Ihr einen Krieg zwischen Staat und Kirche vom Zaun«, rief Abt Ohwan verzweifelt.

»Die Kirche wird Euch gänzlich fallen lassen«, versicherte ihm Jilseponie. »Wie Ihr sehr wohl wisst. Ich biete Euch die Gelegenheit, auch weiterhin Eurer Berufung nachzugehen und jene Rechtschaffenheit wiederzufinden, die Ihr offenbar verloren habt, aber seid versichert, ich mache Euch dieses Angebot nur widerstrebend. Nehmt es sofort und bedingungslos an, sonst gehe ich augenblicklich zum König und erzähle ihm eine Geschichte, die sein Blut in Wallung bringen wird.«

Abt Ohwans Gesichtsausdruck durchlief eine ganze Reihe von Gefühlen, angefangen bei Angst über Trotz bis hin zu blanker Wut. Schließlich aber, gleichsam wie ein in die Enge getriebenes Tier, straffte er die Schultern und richtete sich zu voller Größe auf. »Ihr wollt also Gott spielen«, sagte er, mit Verachtung in der Stimme, das Gesicht zu einer Maske glühenden Hasses erstarrt.

Jilseponie ließ sich davon nicht beeindrucken. »Verhielte ich mich stattdessen wie ein Mensch, würdet Ihr jetzt in einer Lache Eures eigenen Blutes liegen«, erwiderte sie so kalt und ruhig, dass Abt Ohwan erbleichte.

Jilseponie war sich über ihr Vorgehen unsicher, als sie, ausgestattet mit den Informationen, die sie dem am Boden zerstörten Abt anschließend noch entlockt hatte, nach Schloss Ursal zurückkehrte. Sie hatte diese Auseinandersetzung nie gewollt und war darüber zutiefst betrübt. Aber ebenso wenig war dies eine Auseinandersetzung, der sie aus dem Weg gehen konnte, und ganz gewiss keine, die sie zu verlieren beabsichtigte.

Sie klopfte an Constance PemblEburys Tür, und diesmal wartete sie ab, ob sich etwas regte.

Eine verschlafen dreinblickende Constance kam an die Tür, öffnete sie einen Spalt weit und spähte hinaus. Ein Anflug von Verärgerung zeigte sich auf ihrem Gesicht, als sie sah, wer sie um diese Zeit noch störte; trotzdem gelang es ihr, die Fassung zu bewahren.

»Ich muss mit Euch sprechen«, sagte Jilseponie.

»Dann sprecht.«

»Unter vier Augen.«

»Sagt hier und jetzt, was Ihr zu sagen habt, oder geht wieder«, erwiderte Constance, ihre Schultern straffend. »Ich habe keine Zeit für –«

Jilseponie drängte sich mit der Schulter voran durch die Tür, bevor sie ausreden konnte, trat ins Zimmer und schlug die Tür hinter sich zu.

»Königin oder nicht«, rief Constance hochmütig, »Ihr habt nicht das Recht, in meine Privatgemächer einzudringen.«

»Eine unbedeutende Übertretung, würde ich sagen, verglichen mit dem Recht, in meinen Körper einzudringen, das Ihr Euch anmaßt«, konterte Jilseponie.

Constance wollte etwas erwidern, hielt dann aber, von der zutreffenden Anschuldigung überrascht, unvermittelt inne. »W-was?«, stammelte sie. »Ihr redet dummes Zeug.«

»Ich komme soeben von Abt Ohwan«, erwiderte Jilseponie ruhig. »Und davor war ich in der Küche von Schloss Ursal. Ich bin über die Kräuter zur Schwangerschaftsverhütung bestens informiert, Constance, und übrigens auch über die Dosis, die Ihr unter meine Speisen zu mischen beliebt.«

»Wie wollt Ihr jemals beweisen …?«, begann Constance, bemüht, ihre trotzig-dreiste Haltung aufrechtzuerhalten.

»Hat es Euch etwa nicht genügt, dass ich unfruchtbar bin?«, fiel Jilseponie ihr ins Wort. »Musstet Ihr mir auch noch nach dem Leben trachten?«

»Ihr wisst doch gar nicht …«

»Doch, ich weiß«, blaffte Jilseponie mit einer solchen Heftigkeit, dass Constance einen Schritt zurückwich. »Und König Danube wird es ebenfalls erfahren, es sei denn –«

»Es sei denn, was?«, unterbrach Constance sie ungeduldiger, als sie eigentlich vorgehabt hatte.

»Es sei denn, Constance Pemblebury nimmt ihren Abschied von Schloss Ursal und aus Ursal überhaupt«, erklärte Jilseponie. »Geht fort von hier, Constance. Nach Yorkey oder Entel, oder auch bis hinunter nach Behren, falls Euch das mehr zusagt. Aber auf jeden Fall weit weg.«

»Kommt nicht in Frage!«, kreischte Constance.

»Ihr habt keine andere Wahl«, erwiderte Jilseponie ruhig. »Ich weiß, was Ihr getan habt und kann es öffentlich beweisen, solltet Ihr mich dazu zwingen. Ich kann Euren Verrat gegenüber König und Hof offen legen, und, was weitaus schlimmer für Euch wäre, vor der gesamten Bevölkerung von Ursal, sollte dies nötig werden. Wollt Ihr mich wirklich zwingen, diesen Weg einzuschlagen und Euch völlig zu vernichten?«

»Ich kann nicht von hier fort!«

»Ihr könnt hier nicht bleiben«, beeilte sich Jilseponie sie zu korrigieren. »Dies ist keine Diskussion. Ich bin hergekommen, um Euch diese eine Chance einzuräumen, aus Ursal und aus meinem Leben zu verschwinden. In meinem eigenen Hause dulde ich keine Meuchelmörderin.«

»In Eurem Haus?«, rief Constance empört und ging mit gestrecktem Finger auf Jilseponie zu. »Euer Haus? Ihr gehört nicht mal hierher, Bäuerin. Euer Haus steht in den Waldlanden, bei all den anderen ungehobelten Kreaturen.«

Jilseponie schlug ihr mitten ins Gesicht, woraufhin Constance wie vom Blitz getroffen zurückwich.

»Seid vernünftig und zwingt mich nicht, andere Saiten aufzuziehen«, erwiderte Jilseponie leise und ruhig, wenn auch mit großem Nachdruck. »Ihr habt mich verraten und Euch damit, wie immer Ihr selbst darüber denkt, des Verrats an der Krone schuldig gemacht. Das ist eine schlichte, unleugbare Tatsache. Zwingt Ihr mich, Euren Verrat offen zu legen, so werde ich das tun, und dann gnade Euch Gott, Constance Pemblebury, Euch und Euren Kindern, die doch einmal Könige werden sollten.«

Bei der Erwähnung ihrer Kinder schien ihr ganzer Zorn zu verfliegen. Sie stand zitternd und wie erstarrt da, während ihre Augen unruhig umherwanderten, so als suche sie nach einem Ausweg.

»Geht fort von hier«, wiederholte Jilseponie. »Und zwar weit fort, und lasst Euch im Schloss und in der Stadt nicht mehr blicken.«

Constance zitterte so heftig, dass Jilseponie schon befürchtete, sie würde einfach zusammenbrechen. »Meine Kinder«, sagte Constance, ihre Stimme kaum mehr als ein tonloses Flüstern.

»Sie dürfen auf Schloss Ursal bleiben, so dies Euer Wunsch ist«, erwiderte Jilseponie. »Oder nehmt sie mit, die Entscheidung liegt bei Euch. Habt Ihr nie bemerkt, dass ich keine Bedrohung bin, weder für Merwick und Torrence noch für ihren Anspruch auf den Thron, falls das Schicksal es so will?« Jilseponie schüttelte den Kopf und lachte hilflos. Auch für Constance war sie nie eine Bedrohung gewesen, dachte sie. Ein Teil von ihr hätte der in die Enge getriebenen Frau das in diesem Augenblick am liebsten erklärt, hätte versucht, ihr vernünftig zuzureden und zu retten, was ...

Ja, was eigentlich? Schließlich war sie jetzt wirklich zu weit gegangen. Ihr Verhältnis zu Constance Pemblebury war nicht mehr zu kitten, erst recht nicht, wenn man in Betracht zog, dass sie nach wie vor keinen Hehl aus ihren Gefühlen für Danube machte. Constances Hass auf Jilseponie hatte sehr viel tiefer liegende Gründe als die Sorge um ihre Kinder. Constances Hass wurzelte in einer irrationalen und unauflösbaren Eifersucht, und da Jilseponie König Danubes aufrichtige Gefühle nicht ändern konnte, konnte sie tun und sagen, was sie wollte, das zerrüttete Verhältnis war nicht mehr zu retten. Angesichts der schieren Bosheit dieser Frau und ihrer Busenfreunde bei Hofe verspürte Jilseponie eigentlich auch nicht den Wunsch danach. Nein, abgesehen von einer öffentlichen Anklage wegen Verrats, blieb Jilseponie nur eine einzige Möglichkeit: Sie musste ihren ursprünglichen Plan weiterverfolgen.

»Es gibt zwischen uns nichts mehr zu besprechen«, sagte sie und verbat sich jede weitere Äußerung Constances mit einer Handbewegung. »Ich habe Euch vor die Wahl gestellt – Ihr müsst tun, was Ihr für am besten haltet, aber ich warne Euch noch einmal, ich bin im Besitz sämtlicher Beweise, die ich benötige, um Euch öffentlich vor Gericht verurteilen zu lassen.«

Als Constance zu einer Erwiderung ansetzen wollte, winkte sie ab, bedachte sie mit einem letzten festen Blick, machte auf dem Absatz kehrt und ging zur Tür.

»Wie lange?«, vernahm sie hinter sich die mit zittriger Stimme vorgebrachte Frage.

Jilseponie drehte sich um, und bei dem Bild des Jammers, das Constance Pemblebury bot, wäre sie beinahe weich geworden.

»Wie lange habe ich noch Zeit, bis ich aufbrechen muss?«, fragte sie mit brechender Stimme.

»Morgen ist Euer letzter Tag auf Schloss Ursal; danach habt Ihr noch einen Tag Zeit, um Eure Abreise aus der Stadt zu regeln«, antwortete Jilseponie, die sehr wohl wusste, dass es Constance kaum Schwierigkeiten bereiten dürfte, sich eine Passage von einem ihrer reichen und einflussreichen Freunde zu sichern. »Und zerreißt Euch über Eure überraschende Abreise ja nicht den Mund«, warnte Jilseponie sie. »Bringt Ihr mich irgendwie damit in Verbindung, oder äußert Ihr Euch abfällig über mich, werde ich meine Beweise vorlegen und einen Prozess verlangen.«

»Hexe«, murmelte Constance, als die Königin abermals Anstalten machte zu gehen.

Jilseponie nahm die Beleidigung hin und setzte ihren Weg fort. Sie fühlte sich wohl mit ihrer großzügigen Entscheidung; trotzdem wurde sie den Verdacht nicht los, dass Constance ihr noch einmal Schwierigkeiten machen würde, wenn sie sie jetzt ihrer Wege ziehen ließ.

4. Lady Dassleronds entsetzliches Geheimnis

Da sie auf den ersten Schnee hatten warten müssen, hatte sich ihre Abreise zwangsläufig verschoben, und so saßen die drei den Winter über in Dundalis fest, was für Aydrian, De'Unnero und Sadye aber durchaus nicht nur unangenehme Seiten hatte. Die Bewohner von Dundalis behandelten sie zuvorkommend und hatten sie geradezu mit offenen Armen aufgenommen. Dundalis war seit Elbryans Kindheitstagen gewachsen, und da die Stadt an der Hauptroute zum Barbakan und zum Bund von Avelyn lag, hatte sich ihre Bevölkerung seit den Tagen der Pest nahezu verdreifacht. Trotzdem hatte sich die Einstellung der Menschen im Vergleich zu den ursprünglichen Einwohnern von Dundalis und den anderen Ortschaften im Grenzgebiet kaum verändert. Durch Notwendigkeit eng verbunden und auf vertrauensvollem Fuß mit ihren Nachbarn, hatten die Bewohner von Dundalis vor allem dank ihres Zusammengehörigkeitsgefühls überlebt; daher wurden Aydrian mit seinen Fähigkeiten als Spurensucher, De'Unnero mit seinem handwerklichen Geschick und Sadye mit ihren unterhaltsamen Liedern schon bald zu einem festen Bestandteil der Gemeinschaft.

Dort oben im hohen Norden, in einer dunklen Nacht im tiefsten Winter, wurden die drei Zeugen eines seltenen Anblicks: der Halo, die spektakulären vielfarbigen Ringe Koronas, erstrahlte majestätisch am nächtlichen Himmel, in einer irrealen, übernatürlichen Schönheit, die die Grenzen alles Irdischen zu sprengen schien. Für De'Unnero und Sadye kam dieser Anblick einer spirituellen Erfahrung gleich, die dem ehemaligen Mönch als Bestätigung dafür diente, dass er trotz der Übergriffe des Wertigers weder in St. Mere-Abelle noch bei Gott in Ungnade gefallen war. Auf Aydrian hatte der Halo eine sehr viel verwirrendere Wirkung; er schien ihm beweisen zu wollen, dass es vielleicht doch noch etwas Wichtigeres und Größeres gab als seine sterbliche Hülle und sein zeitlich begrenztes Dasein. Der junge Mann hatte sich längst ganz eigene Theorien zur Unsterblichkeit zurechtgelegt, daher hatte dies, vor allem nach seinem Zusammentreffen mit den Toten, eine seltsam beunruhigende Wirkung auf ihn.

Aber auch sonst wurden die Nächte in Dundalis zur Kulisse für scheinbar mystische Geschehnisse: Musik, berückend und melancholisch, wehte mit der abendlichen Brise heran. Oft saßen die drei einfach nur da und lauschten den fernen Klängen. De'Unnero glaubte als Einziger von ihnen zu wissen, woher sie stammten, und der ehemalige Mönch war alles andere als erfreut, auf diese Weise zu erfahren, dass dieser niederträchtige Bradwarden noch immer in den Waldlanden hauste.

Er spielte mit dem Gedanken, in seiner Tigergestalt loszuziehen und mit dem Zentaur zu kämpfen, schlug sich das jedoch rasch wieder aus dem Kopf. Denn der stets zweckmäßig denkende De'Unnero war sich darüber im Klaren, dass er, wenn er Bradwarden angriff, ohne ihn zu töten, andere, vor allem Jilseponie, darauf aufmerksam machen würde, dass er noch unter den Lebenden weilte. Und in Anbetracht des familiären Hintergrunds seines jüngsten Begleiters wäre das alles andere als vorteilhaft.

»Du weißt, woher das kommt«, sagte Sadye eines Abends zu ihm, als das Flötenspiel in ihre kleine Hütte drang.

»Kann schon sein«, erwiderte De'Unnero. »Vielleicht aber auch nicht. Es ist nicht weiter wichtig.«

»Ich würde den, der da spielt, gern kennen lernen.«

»Kommt nicht in Frage«, blaffte De'Unnero, lächelte dann aber schnell, um die Stimmung wieder zu entspannen. »Der Waldgeist, wie er genannt wird, beglückt die Waldlande schon seit Jahrzehnten mit seinem Flötenspiel«, erläuterte er, und dieser Teil seiner ausweichenden Antwort entsprach durchaus der Wahrheit. »Es heißt, er sei halb Mensch, halb Pferd.«

Sadyes Augen verengten sich zu schmalen Schlitzen. »Dann ist es also Bradwarden«, folgerte sie mit einem verschmitzten Lächeln.

De'Unnero wusste, er war ertappt – es war unmöglich, Sadye

hinters Licht zu führen. »Mag sein«, räumte er ein. »Ein Zusammentreffen wäre also bestenfalls verhängnisvoll.«

Nickend bekundete Sadye, dass sie verstand und ebenso dachte. »Ich würde ihm trotzdem liebend gern einmal über den Weg laufen«, sagte sie leise und rutschte näher an De'Unnero heran, damit er seine kräftigen Arme um sie legen konnte.

»Ich auch«, antwortete der ehemalige Mönch leise, der im Gegensatz zu Sadye wusste, dass seine Freude über ein Zusammentreffen mit dem lästigen Zentaur ganz anderer Natur sein würde.

Und noch ein anderer Ruf drang in diesen langen, dunklen Nächten bis zu ihnen – oder zumindest bis zu Aydrian.

»Dort draußen ist etwas«, sagte er eines Abends gegen Ende des Winters zu seinen beiden Gefährten. »Es ruft mich.«

De'Unnero warf Sadye einen Blick zu. Die beiden taten gut daran, ihre Bestürzung zu verbergen, denn natürlich dachten sie, der Junge spreche von Bradwarden oder vielleicht von einem anderen früheren Freund seines verstorbenen Vaters.

»Und was ist es?«, hakte Sadye nach.

»Ich weiß es nicht«, gestand Aydrian. »Ich weiß nur, dass es mich ruft – vielleicht sogar nur mich.«

»Achte gar nicht darauf«, riet ihm De'Unnero. »Unsere Tage hier sind gezählt, und es gibt nichts, was unsere Mühe oder Zeit noch lohnen würde.«

»Aber –«

»Beachte es nicht«, wiederholte der ehemalige Mönch, diesmal mit mehr Nachdruck. »Man darf die Wälder rund um Dundalis nicht unterschätzen. Da draußen gibt es eine Menge Dinge, denen man besser aus dem Wege geht – womöglich gehören auch Lady Dasslerond und ihre Sippschaft dazu.«

Seine Anspielung auf die Touel'alfar gab Aydrian zu denken, also nickte er nur, entschuldigte sich und legte sich in sein Bett. Kurz darauf war er eingeschlafen.

Nur um wenig später wieder aufzuwachen: Abermals vernahm er dieses seltsame und beharrliche Rufen in seinem Kopf. Er spürte, dass an dieser merkwürdigen Art der Gedankenübertragung Steinmagie beteiligt war, obwohl sie ihm völlig unbekannt vorkam und mit nichts zu vergleichen war, was er bei Dasslerond oder einem der anderen Elfen beobachtet hatte. Sogar die Quelle der Gedankenübertragung schien irgendwie anders als alles, was Aydrian je kennen gelernt hatte. Er überlegte, ob er De'Unnero wecken und darauf bestehen sollte, dass sie nachsehen gingen, doch als er genauer darüber nachdachte, fiel ihm die strikte Warnung des Mönchs wieder ein, und er beschloss, dass die Entscheidung ganz allein bei ihm lag.

Kurz darauf hatte er sich angezogen und verließ die Hütte, Falkenschwinge über seiner Schulter und Sturmwind an seiner Hüfte. Bei Tag traute er sich nicht, seine neuesten Errungenschaften offen zu zeigen, nachts aber, das wusste er, war kein Mensch in der Stadt auf den Beinen.

Die Umgebung von Dundalis lag noch immer unter einer tiefen Schneedecke; trotzdem fand Aydrian genügend vom Wind freigewehte Pfade, um in die ungefähre Richtung zu gehen, aus der der Ruf gekommen war. Stundenlang wanderte er vor sich hin, viel zu aufgeregt, um den eisigen Wind als störend zu empfinden. Schließlich, auf einer kleinen Lichtung einige Meilen außerhalb von Dundalis, wurde seine Mühe belohnt.

Dort stand ein Hengst, wie Aydrian ihn noch nie gesehen hatte. Nicht einmal die Existenz eines so prachtvollen Tieres hätte er für möglich gehalten. Das Fell des Pferdes glänzte schwarz im Mondschein; eine weiße Blesse zierte die Stelle zwischen seinen Augen und eine weiße Zeichnung die Fesseln seiner kräftigen Beine. Die wild zerzauste schwarze Mähne verriet Aydrian, dass dieses Tier zu niemandem gehörte, niemandes Besitz war.

Als er das Rufen abermals vernahm, spürte er deutlich, dass

diese Begrüßung, Frage oder Kontaktaufnahme das Pferd ebenso verstörte wie ihn selbst.

Dann bäumte sich der Hengst auf, und Aydrian bemerkte ein Blinken in der muskulösen Partie mitten auf seiner kräftigen Brust.

»Ein magischer Stein«, hauchte er, und schlagartig wurde ihm klar, dass die telepathische Verbindung daher rührte. »Wer bist du?«, fragte er und trat näher heran.

Das Pferd bäumte sich abermals auf und wieherte bedrohlich, doch Aydrian blieb standhaft. Er griff in seinen Beutel, holte den Seelenstein hervor und ließ seinen Geist forschend ausschwärmen.

Anfangs ließ sich Symphonie – denn obwohl Aydrian das Tier noch nie zuvor gesehen hatte, bestand kein Zweifel daran, dass dies Symphonie, Nachtvogels Pferd, war – bereitwillig auf diesen Gedankenaustausch ein, dann aber, ganz unvermittelt und aus einem für Aydrian unerfindlichen Grund, sperrte sich der Hengst. Offenbar hatte ihn irgendetwas alarmiert und beunruhigt. Aydrian riss die Augen auf, blinzelte und sah gerade noch, wie der Hengst sich wiehernd aufbäumte, nach ihm austrat und mit wenigen Sprüngen im Wald verschwand.

Selbstverständlich war Aydrian nicht gewillt, Symphonie einfach so entkommen zu lassen. Nein, er hatte längst beschlossen, dass dies sein Pferd sein würde. Es war ein königliches Pferd, das Pferd eines Siegers, ein unvergleichliches Pferd für einen unvergleichlichen Führer. Er ließ sich abermals in den Seelenstein sinken und bedrängte Symphonie aggressiv mit seinen Gedanken, aber nicht etwa, um mit dem Tier zu verhandeln, sondern um seinen Gehorsam einzufordern.

Das Pferd reagierte mit einer Woge aus Verweigerung und Abscheu und schleuderte Aydrian ein ganzes Bollwerk aus instinktiver, animalischer Angst und Wut entgegen.

Aber sie befanden sich im Reich der magischen Steine, und kein Geschöpf der Welt hätte Aydrians Willenskraft widerstehen können. Der Kampf, ein Bändigen oder Zureiten, ganz so, wie man es physisch mit einem Sattel machte, wollte kein Ende nehmen. Je weiter Symphonie zurückwich, desto energischer setzte Aydrian nach. Erneut versuchte sich das Pferd seinem Einfluss zu entziehen, doch in diesem Reich gab es kein Entkommen, keinen Ort, wohin der kräftige Hengst hätte fliehen können. Unnachgiebig, und mit wachsender Zuversicht und Heftigkeit, kämpfte Aydrian weiter.

Als Aydrian die Verbindung schließlich kappte, kam Symphonie artig zu ihm getrabt. Zum allerersten Mal hatte es Symphonie nicht mit einem ebenbürtigen Partner, sondern mit einem Herrn und Meister zu tun.

Der zukünftige König hatte sein Ross gefunden.

»Du hast bestimmt mindestens zwanzig Winter auf dem Buckel«, sagte Aydrian, als er das prachtvolle Tier in Augenschein nahm.

»Ich würde eher auf dreißig tippen«, ließ sich eine sonore Stimme seitlich hinter ihm vernehmen. Aydrian erschrak, zog Sturmwind, fuhr herum und sah sich einem stattlichen Wesen mit Menschenkopf und -torso auf einem Pferderumpf gegenüber.

»Wer bist du, Junge, und was treibst du hier mit meinem Freund Symphonie?«, wollte der Zentaur wissen.

»Symphonie?«, wiederholte Aydrian leise, dem es fast den Atem verschlug, denn plötzlich fügte sich das Bild zusammen. Natürlich hatte er schon von Symphonie gehört, und auch den Sprecher, Bradwarden, erkannte er aus Belli'mar Juraviels Erzählungen wieder. Ja, das alles ergab durchaus einen Sinn. Lächelnd sah er den Zentaur an, der seinen Blick jedoch nur kurz erwiderte.

Denn jetzt bemerkte Bradwarden das Schwert in Aydrians Hand und erkannte es sofort. »Sieh an, dann bist du also gar kein einfacher Grabräuber«, schloss der Zentaur.

Aydrian folgte Bradwardens Blick zu seiner Hand, zu Sturmwind. »Davon kann keine Rede sein«, erwiderte er. »Ich habe mir aus dem Wald und den Gräbern nur meinen rechtmäßigen Besitz geholt.« Bei den letzten Worten hob er die Hand und tätschelte den Hals des Pferdes – seines Pferdes. »Sturmwind ging von Mather auf Nachtvogel über. Falkenschwinge gehörte Nachtvogel, genau wie Symphonie. Und jetzt gehen alle drei, wie es seine Richtigkeit hat, in Nachtfalkes Besitz über.«

Bradwarden musterte ihn skeptisch. »Nachtfalke?«, fragte er.

»Tai'maqwilloq«, erklärte Aydrian voller Stolz. »Nachtfalke, das bin ich, der Hüter von Festertool, der Sohn des –«

»Ein Hüter?«, fiel Bradwarden ihm ins Wort. »Und wo, bitte, hast du gelernt, wie man ein Hüter wird?«

Aydrian, dem der abfällige Unterton missfiel, straffte die Schultern. »Ich erhielt mein Wissen von den Ausbildern der Hüter, so wie es seine Richtigkeit hat«, erwiderte er.

Daraufhin wurde Bradwardens Miene noch verdutzter, denn er war nicht davon unterrichtet worden, dass ein neuer Hüter zu ihm unterwegs war; er war sicher, dass Dasslerond und Juraviel ihn vorgewarnt hätten. Darüber hinaus schien dieser Junge kaum alt genug, um die harte Ausbildung, die die Touel'alfar den Hütern abverlangten, bereits abgeschlossen zu haben.

»Am besten, du lässt das Pferd jetzt wieder los, Junge, und gibst mir den Bogen und das Schwert, bis ich –«

»Kommt doch und holt sie Euch«, forderte Aydrian ihn grinsend heraus.

»Führ dich nicht auf wie ein Narr, Junge«, warnte Bradwarden.

»Mein Vater hat sie getragen, also trage ich sie auch«, erwiderte Aydrian energisch, woraufhin Bradwarden, schon im Begriff, auf ihn zuzugehen, abrupt stehen blieb.

»Was sagst du da?«, fragte er.

»Diese Waffen haben Nachtvogel gehört«, antwortete Aydrian, »daher gehen sie jetzt auf Nachtfalke, den Sohn Nachtvogels, über. Ich denke nicht daran, Euch um Erlaubnis zu fragen, ob ich mir mein rechtmäßiges Eigentum nehmen darf.«

»Den Sohn Nachtvogels?«, fragte Bradwarden zweifelnd.

Aydrian sah ihm entschlossen in die Augen, bereit, sein Eigentum zu verteidigen.

»Willst du damit etwa sagen, dass du der von den Touel'alfar benannte Nachfolger Nachtvogels bist?«, fragte der Zentaur.

»Ich bin Nachtvogels Sohn. In unseren Adern fließt dasselbe Blut, und bald verbinden uns auch dieselben Taten«, versicherte ihm Aydrian. »Nachtvogel, Elbryan, war mein Vater, und ich bin, genau wie er, ein ausgebildeter Hüter. Ich beanspruche Falkenschwinge, Sturmwind und Symphonie für mich, und wer mir diesen Anspruch streitig machen will, der möge jetzt gleich vor mich hintreten und die Wahrheit kennen lernen.« Beim Sprechen hatte er mit dem Schwert in der Luft herumgefuchtelt, so dass Symphonie sich erneut wiehernd aufbäumte.

Bradwarden wusste nicht recht, was er sagen sollte, also stand er einfach nur kopfschüttelnd da und vermochte nicht einmal etwas einzuwenden, als Aydrian Symphonie bestieg und davontrabte.

Die nächsten Tage waren für Bradwarden überaus verdrießlich. Er wusste, dass er Aydrian gleich an Ort und Stelle hätte die Stirn bieten und diesen offenkundigen Lügner und arroganten Kerl hätte zwingen müssen, ihm die ganze Geschichte zu erzählen. Und doch konnte Bradwarden nicht bestreiten, dass er beim Anblick des Jungen eine gewisse Vertrautheit gespürt hatte, ein

Gefühl, das ihn nicht mehr losließ, der junge Krieger könnte vielleicht doch die Wahrheit gesagt haben.

Aber wie war das möglich?

Ursprünglich hatte Bradwarden angenommen, es wäre eine Kleinigkeit, den jungen Nachtvogel wiederzufinden; schließlich konnte er davon ausgehen, dass der »Hüter« diesen Landstrich durchstreifen würde, wie dies Nachtvogel viele Jahre lang getan hatte. Bereits wenige Tage später musste er zu seiner Überraschung jedoch feststellen, dass Aydrian und seine Begleiter, ein älterer Mann und eine Frau, Dundalis in südlicher Richtung verlassen hatten – Aydrian auf dem Rücken eines großen, schwarzen Hengstes.

Bradwarden verfolgte sie bis weit hinter Caer Tinella. Aber leider schlugen die drei ein so rasantes Tempo an, als erwarteten sie geradezu, verfolgt zu werden, daher musste der Zentaur schon bald einsehen, dass er sie frühestens in Palmaris würde einholen können.

Also kehrte er in seinen heimatlichen Wald zurück, zu den Hügelgräbern und Pfaden, auf denen man Symphonies Spuren so oft hatte sehen können, wenn er die Wildpferde aus der Gegend anführte. Er versuchte, Nachtfalke und alles übrige aus seinen Gedanken zu verdrängen – natürlich war Bradwarden niemals Symphonies Beschützer gewesen, wie auch Elbryan niemals sein Herr gewesen war. Ebenso wenig mochte der Zentaur so tun, als durchschaute er die Pläne Dassleronds und ihrer Hüter.

All das versuchte er, während die Wochen ins Land gingen, aus seinen Gedanken zu verbannen, obwohl es ihm natürlich nicht gelang. Und als eines Nachts eine leise und melodische Stimme nach ihm rief, nahmen seine Sorgen sogar noch beträchtlich zu.

»Wie konntet Ihr mir das nur verschweigen?«, fauchte der

Zentaur, als Dasslerond und mehrere andere Touel'alfar in sein Blickfeld traten.

»Dann ist er also hier gewesen«, folgerte Dasslerond.

»Ihr schickt einen Hüter her, ohne mich vorher zu warnen?«, fragte der Zentaur. »Als ich das Schwert und den Bogen in seinen Händen sah, hätte ich den Jungen fast umgebracht.«

Es war nicht zu übersehen, dass seine Worte Dasslerond und die anderen überraschten und bestürzten. Offenkundig alles andere als erfreut, dass die Hügelgräber geplündert worden waren, sahen sie einander an. »Der Sohn Nachtvogels ist kein Hüter«, stellte die Herrscherin von Caer'alfar kategorisch fest.

Bradwarden wollte etwas erwidern, stockte, setzte abermals an, doch dann wurde ihm die volle Bedeutung ihrer Worte bewusst und er brachte, völlig überwältigt, eine ganze Weile nur Gestammel hervor. »Der Sohn Nachtvogels?«, rief er schließlich. »Wollt Ihr damit sagen, er hat das wörtlich gemeint?«

»Was hat er denn gesagt?«

»Er hat behauptet, er sei der verdammte Sohn Nachtvogels, bloß habe ich nicht geglaubt, dass er das wirklich ernst meinte!«, brüllte Bradwarden. »Wie ist das möglich? Ich kannte Nachtvogel, seit Ihr ihn aus Eurer Obhut entlassen hattet, und auch Jilseponie kannte ich. Sie verlor ihr einziges Kind als …« Bradwarden unterbrach sich, als ihm die entsetzliche Wahrheit dämmerte. »Ihr wollt doch nicht allen Ernstes behaupten …«, begann er zögernd und schüttelte den Kopf.

»Aydrian ist der Sohn von Nachtvogel und Jilseponie«, erwiderte Dasslerond kühl. »Den man Jilseponie vor den Toren von Palmaris weggenommen hat, da sonst Mutter und Kind den Attacken von Markwart zum Opfer gefallen wären.«

Bradwarden verschlug es die Sprache.

»Wir haben getan, was wir für das Beste hielten«, fuhr Dasslerond fort.

»Ihr habt ihr kein Sterbenswort davon gesagt!«, rief Bradwarden zornig. »Sie sitzt im weit entfernten Ursal auf dem Thron und weiß nicht mal, dass sie die Mutter eines Kindes ist – eines Kindes von Nachtvogel. Was seid Ihr doch dumm! Ich sollte Euch mit meinen eigenen Händen erwürgen!«

»Genug jetzt!«, herrschte Dasslerond ihn an und bedeutete ihren Begleitern, sich wieder zu beruhigen, die nur darauf zu warten schienen, sich auf den Zentaur zu stürzen, falls er ihrer geliebten Herrscherin auch nur einen Schritt zu nahe kommen sollte. »Es entspricht nicht unserem Stil, uns gegenüber minderen Rassen zu rechtfertigen.«

»Nicht einmal, wenn Ihr gegen jeden Anstand gehandelt habt?«, fragte Bradwarden.

»Ich tue, was getan werden muss«, konterte Lady Dasslerond. »Und zwar für die Touel'alfar, und nicht etwa für das Gefühlsleben einer unbedeutenden, kleinen Menschenfrau.«

»Die immerhin Königin des Bärenreiches ist«, erinnerte sie Bradwarden.

»Ganz recht«, erwiderte Dasslerond. »Genau aus diesem Grund habe ich Euch ausgewählt, Bradwarden. Jilseponie weiß über uns Bescheid.«

»Ihr und Euresgleichen seid in letzter Zeit mehr als nur ein paar Geschichten, die man sich am Lagerfeuer erzählt«, entgegnete Bradwarden.

»Sie ist über Andur'Blough Inninness und einige andere Geheimnisse im Bilde.«

»Sorgt Ihr Euch etwa noch immer, sie könnte die Geheimnisse Eures Schwerttanzes verraten?«, fragte Bradwarden ungläubig. »Seit über zwanzig Monaten sitzt sie jetzt auf dem Thron. Wenn sie einen Krieg hätte anzetteln wollen –«

»Wir haben unser Land allein aus Gründen der Vorsicht verlassen«, fiel Dasslerond ihm ins Wort. »Um uns so gut wie möglich bei Euch zu informieren; schließlich seid Ihr mit Jilseponie gut bekannt.«

Der Zentaur dachte eine Weile über ihre Worte nach und wog sie gegen den äußerst unwahrscheinlichen Zufall ab, dass sich Lady Dasslerond, die ihr geschütztes Tal nur selten verließ, ausgerechnet diesen Zeitpunkt, so kurz nach dem Erscheinen und neuerlichen Verschwinden dieses jungen Burschen, der sich Nachtfalke nannte, dafür ausgesucht haben sollte. Dann erkannte er die offenkundige Lüge.

»Ihr habt das Tal verlassen, weil Ihr spürtet, dass jemand den Bogen und das Schwert berührt hat«, sagte er vorwurfsvoll; schließlich wusste er nur zu gut, dass die Elfen zu solchen Dingen fähig waren und eine seltsame Verbindung zu allem unterhielten, was elfisch war oder von Elfenhand gemacht. »Ihr seid gekommen, nachdem der Junge das Tal heimlich verlassen hatte; wie konntet Ihr nur glauben, so etwas geheim halten zu können?«, schrie er. »Und auch noch der Mutter die Wahrheit vorzuenthalten! Aber jetzt seid Ihr zu weit gegangen. Was für ein entsetzliches Geheimnis habt Ihr da für Euch behalten.«

»Es ist sogar noch entsetzlicher, als Ihr denkt«, erwiderte Lady Dasslerond kühl, und sowohl ihr Tonfall als auch ihre Zustimmung gaben dem zornentbrannten Zentaur erneut zu denken. »Der Junge ist unberechenbar und mit Vernunft nicht zu erreichen. Er ist kein Hüter und hat es nicht verdient, das Schwert und den Bogen zu tragen. Belli'mar Juraviel wäre sicher zutiefst gekränkt, wenn er erführe, dass der letzte Bogen, den sein Vater gefertigt hat, Aydrian in die Hände gefallen ist.«

Bradwarden konnte kaum glauben, was sie da sagte.

»Sollte ich je Gelegenheit erhalten, Aydrian zu vernichten, ich würde es auf der Stelle tun«, sagte Dasslerond kalt.

»Er ist der Sohn von Nachtvogel und Jilseponie, das ist keine Kleinigkeit«, erwiderte der Zentaur.

Dasslerond schüttelte den Kopf. »Von beiden und von keinem der beiden, behaupte ich«, beharrte sie. »Er ist die Ausgeburt von etwas sehr viel Finsterem.« Wehmütig hob sie den Kopf und blickte den Zentaur an. »Wir hatten in Aydrian schon den Retter von Andur'Blough Inninness gesehen«, gestand sie. »Wir dachten, mit seiner Abstammung und seinem Trainingseifer würde er zu einem Mann heranwachsen, der im Stande wäre, den Makel des Dämons von unserem Land zu tilgen. Aber leider, fürchte ich, hat unser Retter uns verlassen, um noch weit größeren Schaden über die Welt zu bringen.«

Ihr Tonfall war derart ernst, dass sie alle Proteste Bradwardens im Keim erstickte. Schließlich kannte er sie lange genug, um zu wissen, dass sie in diesen Dingen nicht leichtfertig daherredete, dass sie, die Bestesbulzibar die Stirn geboten hatte, ihre Ängste nicht ohne weiteres eingestand.

»Ihr hättet es Jilseponie sagen sollen«, erklärte er.

Dasslerond, halb nickend, halb mit den Achseln zuckend, gab es weder zu noch widersprach sie. »So einfach liegen die Dinge nicht«, sagte sie. »Denn zurzeit zieht er durch die Lande. Vielleicht erfährt Jilseponie schon bald von seiner Existenz. Ich bezweifle nämlich, dass ein Bursche wie Aydrian mit seinen Heldentaten hinter dem Berg hält – oder aber das Schicksal hat ein Einsehen und der Junge kommt irgendwie ums Leben.«

»Harte Worte«, sagte Bradwarden.

Dasslerond bedachte ihn abermals mit einem unverbindlichen Blick; ihre Gleichgültigkeit war von einer Kälte, die Bradwarden unmissverständlich vor Augen führte, wie tief ihr Hass auf Aydrian saß, und die dem Zentaur ein Frösteln über den Rücken jagte. »Wir hatten gehofft, ihn hier draußen anzutreffen«, sagte sie.

»Er ist längst nicht mehr hier.«

»Ist vielleicht auch besser so, jedenfalls für uns«, räumte

Dasslerond ein, und wieder stutzte Bradwarden, denn in diesem Augenblick ging ihm auf, wie stark und mächtig dieser abtrünnige Hüter sein musste.

»Wir möchten Euch lediglich darum bitten, Euch klug zu verhalten und keinem etwas zu erzählen«, fuhr Dasslerond fort. »Solltet Ihr Gelegenheit haben, Jilseponie zu sprechen, so gehe ich davon aus, dass Ihr nichts über das Kind verlauten lasst.«

»Ihr verlangt eine Menge.«

»Wäre Euch ein Krieg zwischen meinem Volk und dem Bärenreich lieber?«, fragte Lady Dasslerond. »Wer kann schon vorhersagen, wie Königin Jilseponie reagiert?«

Bradwarden glaubte Jilseponie zwar gut genug zu kennen, um eine solche Reaktion bei ihr ausschließen zu können, trotzdem musste er zugeben, dass Dasslerond nicht völlig Unrecht hatte. Der Zentaur hatte sich viele Jahre lang weitgehend aus der Politik und den Intrigen der Menschen herausgehalten und glaubte mittlerweile mit dieser Handlungsweise besser zu fahren. Schließlich einigte er sich mit Dasslerond und versprach, ein wachsames Auge auf dieses Gebiet zu werfen und sie zu informieren, sobald sich Aydrian, dieser junge Bursche namens Nachtfalke, wieder blicken ließ.

Später verabschiedete sich der Zentaur von der Elfenführerin und ihrem Gefolge und streifte durch den Wald. An jenem Abend setzte Bradwarden oft seine Flöte an die Lippen, um seine berückenden Lieder anzustimmen, brachte aber kein einziges Mal den Mut auf, auch nur einen Ton zu spielen.

Es schien, als sollte der Frieden des Waldes ungestört bleiben; mit dem Frieden in seinem Herzen jedoch war es vorbei.

Er wanderte zu Elbryans Grab und verbrachte viele Stunden im Gedenken an seinen alten Freund.

Und hoffte.

5. Auf der Straße nach Ursal

»Ich halte es für besser, wenn wir die Stadt umgehen«, sagte De'Unnero an Sadye gewandt, nachdem sie den Gipfel eines Hügels erstiegen hatten und die riesige Stadt Ursal mit den zahllosen Segeln jenseits der Hafenanlagen und das mächtige Schloss mitsamt der dem Wasser zugewandten Abtei vor sich sahen.

»Du hast Angst, Aydrian könnte hören, wie jemand über seine Mutter, die Königin, redet«, stellte Sadye fest, woraufhin die beiden sich zu Aydrian und Symphonie umdrehten, die soeben ein Stück hinter ihnen den Wasserlauf überquerten.

»Ich habe Angst, er könnte etwas aufschnappen, das er in den falschen Hals bekommt«, erklärte De'Unnero. »Ich denke, er ist jetzt so weit, dass er die Wahrheit erfahren kann, aber nicht all die vor Bewunderung triefenden Lügen, mit denen diese Wahrheit in den Straßen von Jilseponies Stadt zwangsläufig durchsetzt sein wird.« Er sah sich abermals nach Aydrian um. »Komm her, Junge«, rief er. »Komm her und wirf einen Blick auf die prächtigste Stadt der Welt.«

Aydrian brauchte Symphonie nicht anzutreiben; der prachtvolle Hengst schlug ganz von allein ein schnelleres Tempo an, als der Weg zu steigen begann. Das ehrfürchtige Staunen in Aydrians Gesicht war nicht zu übersehen, als auch er, mit großen Augen und einem strahlenden Lächeln, Ursal erblickte. Ohne nachzudenken, drängte er Symphonie weiterzugehen, doch De'Unnero schnappte sich die Zügel des Pferdes und hielt ihn zurück.

»Reiten wir denn nicht in die Stadt hinein?«, fragte Aydrian erstaunt.

»Jedenfalls nicht sofort«, erwiderte De'Unnero. »Wir haben

östlich von hier etwas zu erledigen. Etwas Wichtiges. Es wäre zurzeit nicht gerade klug, wenn wir uns in Ursal blicken ließen.«

Die letzten Worte ließen Aydrian aufhorchen, und er sah den ehemaligen Mönch fragend an.

»Siehst du das Schloss?«, fragte ihn De'Unnero.

»Wie könnte ich es übersehen?«, erwiderte Aydrian grinsend.

»Erzähl mir von deiner Mutter«, forderte De'Unnero ihn auf, und Aydrians Lächeln erlosch.

»Ich weiß nichts von ihr, nicht einmal ihren Namen«, erwiderte der junge Hüter verdrießlich. »Sie starb im Kindbett –«

»Nein, das tat sie keineswegs«, fiel ihm De'Unnero ins Wort.

Aydrians Gesicht erstarrte zu einer steinernen Maske.

»Ich erhielt die Bestätigung dafür während unseres Aufenthalts in Dundalis«, log De'Unnero, der nicht wollte, dass Aydrian herausfand, dass er ihn von Anfang an belogen hatte, und sei es nur durch Verschweigen. »Es verhält sich genau so, wie ich vermutet habe und wie es mir aus verlässlicher Quelle bestätigt wurde. Dein Vater, Nachtvogel, hatte nur eine einzige Geliebte, eine einzige Gemahlin, und diese Frau kam keineswegs bei deiner Geburt ums Leben, obwohl der Welt dadurch bestimmt eine Menge Elend erspart geblieben wäre.«

Die harten Worte ließen Sadye innerlich zusammenzucken.

»Siehst du das Schloss dort drüben, Junge?«, wiederholte De'Unnero seine Frage. »Dort lebt deine Mutter, Jilseponie, die Königin des Bärenreiches.«

»Was?«, rief der Junge völlig verdattert. Er wankte so sehr, dass er beinahe vom Pferd gefallen wäre.

»Jilseponie, einst die Gemahlin Elbryans und jetzt die Königin des Bärenreiches«, erklärte De'Unnero. »Sie war es, die dir auf einem Feld vor den Toren von Palmaris das Leben geschenkt hat. Daran besteht nicht der geringste Zweifel.«

»Aber Lady Dasslerond –«

»Hat dich angelogen«, beendete De'Unnero den Satz an seiner Stelle. »Überrascht dich das etwa?«

Aydrian wollte etwas erwidern, hielt dann jedoch inne, setzte abermals an, schließlich schüttelte er den Kopf, stöhnte auf und fing leise an zu weinen.

»Eins kann ich dir versichern, du hast durch deine Unwissenheit nichts verpasst«, fuhr De'Unnero fort.

Aydrian fuhr wütend zu ihm herum, und Sadye, die ihr Pferd hinter den jungen Hüter gelenkt hatte, bedachte De'Unnero mit einem strafenden Blick, schüttelte langsam den Kopf und versuchte dem ehemaligen Mönch klarzumachen, dass er dem Jungen zu viel auf einmal zumutete.

»Aber lassen wir das«, sagte De'Unnero unvermittelt und warf die Hände in die Luft. »Sieh dir das Schloss an, junger Krieger. Schloss Ursal, das Zuhause deiner Mutter, Jilseponie. Sieh es dir genau an und glaube fest daran, dass es eines Tages dir gehören wird, Aydrian.«

Der Hüter hielt an seiner wütenden Haltung und an seinem beleidigten Gesichtsausdruck fest, trotzdem war nicht zu übersehen, dass bei diesen verheißungsvollen Worten ein Leuchten in seinen Augen aufblitzte.

»Du wirst schon noch erleben, wie Jilseponie dich zum König ernennt«, versprach ihm De'Unnero. »Und wie sie dir erklärt, warum sie sich vor all den Jahren so verhalten hat – wenn du erst in Amt und Würden bist und sie dir einfach die Wahrheit sagen muss.

Aber bis dahin musst du noch viel lernen, sowohl über die Welt als auch über Jilseponie«, fuhr De'Unnero fort. »Und ich werde derjenige sein, der es dir beibringt. Ich werde dir alles über Königin Jilseponie erzählen.«

Er bedeutete den anderen, ihm zu folgen, und schlug einen

Weg ein, der sie um die südlichen Außenbezirke der riesigen Stadt führen würde. Marcalo De'Unnero hielt Wort; in den nächsten Tagen, während die drei sich einen Weg durch die weite, sanft geschwungene Hügellandschaft des südlichen Bärenreiches bahnten, erzählte er Aydrian tatsächlich von Jilseponie. Doch im Gegensatz zu seinen Geschichten über Aydrians Vater, in denen er von Elbryan stets voller Hochachtung gesprochen und ihn respektvoll einen würdigen Gegner genannt hatte, waren seine Ansichten über Jilseponie alles andere als schmeichelhaft. Nein, De'Unnero sprach in höchst zynischer und boshafter Weise von der Frau, behauptete, sie verhalte sich im Kampf nicht ehrenhaft, sondern hinterhältig, und machte sogar Andeutungen gegenüber Aydrian, sie habe ihn nach der Geburt wahrscheinlich einfach im Stich gelassen.

»Wenn ich dich so reden höre, möchte ich fast glauben, Jilseponie war dir noch verhasster als Nachtvogel«, bemerkte Sadye, als sie an jenem Abend, nachdem sie Aydrian Feuerholz sammeln geschickt hatten, unter sich waren und ihr Lager aufschlugen. »Und was du als hinterhältig im Kampf bezeichnet hast, war nichts anderes als der Einsatz ihrer magischen Steine, hab ich Recht? Was wohl kaum etwas anderes ist als die Tigertatze, derer ein gewisser Marcalo De'Unnero sich gern bedient.«

De'Unnero lachte ihr ins Gesicht. »Der Junge darf sich auf keinen Fall zu seiner Mutter hingezogen fühlen«, erklärte er. »Die Tatsache, dass er der Sohn der Königin ist, kann uns entweder eine gewaltige Katastrophe oder aber einen Riesenerfolg bescheren – es kommt ganz darauf an, wie wir die Situation handhaben, ohne Aydrians Gefühle zu verletzen.«

»Der zornige junge Prinz kehrt nach Hause zurück?«, fragte Sadye.

»Der zornige junge Prinz macht sein Zuhause dem Erdboden gleich«, verbesserte sie De'Unnero verschmitzt. »Und baut es wieder auf, schöner als je zuvor.« Plötzlich sah er, wie ein Anflug von Zweifel über Sadyes Gesicht huschte. »Was er von mir erfährt, entspricht durchaus der Wahrheit.«

»Vielleicht von deinem Standpunkt aus«, erwiderte sie.

»Könnte ich ihm, wenn ich ehrlich bin, einen anderen Standpunkt bieten?«, fragte De'Unnero. »Soll ich etwa behaupten, Jilseponie sei die Erleuchtung und Wahrheit in Person? Soll ich vielleicht der absurden Annahme zustimmen, dass Avelyn Desbris, dieser Mörder und Ketzer, tatsächlich all die Wunder bewirkt hat, die ihm andere zuschreiben? Soll ich mich vielleicht einfach mit dem gegenwärtigen Zustand des Königreiches – oder der Kirche – abfinden? Was bliebe dann noch für uns? Ein Dasein als Ausgestoßene und Geächtete?«

»Vielleicht eine Politik des persönlichen Vorteils?«, sagte Sadye.

»Ist das nicht längst so?«, erwiderte De'Unnero sofort. »Fio Bou-raiy ist der ehrwürdige Vater des Abellikaner-Ordens; dazu hätte es niemals kommen dürfen. Der Mann ist weder eine Führungspersönlichkeit noch ist er im Grunde seines Herzens Abellikaner. Er verfügt weder über Agronguerres Großzügigkeit noch über Markwarts grandiose visionäre Kraft. Er ist ein Bürokrat, weiter nichts, ein Intrigant erster Güte, dem man nicht vertrauen kann und der seines Amtes in keiner Hinsicht würdig ist.«

Sadye bedachte ihn abermals mit einem verschmitzten Lächeln. »Ich bitte dich, red nicht um den heißen Brei herum«, sagte sie sarkastisch. »Sag mir ganz offen ins Gesicht, wie du dich fühlst.«

De'Unnero lachte leise, denn erst jetzt erkannte er, wie tief er Fio Bou-raiy wirklich verabscheute. »Zweifellos hätte Abt Olin aus Entel Agronguerres Nachfolger werden sollen«, sagte er ruhig. »Allein die Politik des persönlichen Vorteils hat seinen Aufstieg verhindert. Du kannst dir nicht vorstellen, wie intrigant die Hierarchie in St. Mere-Abelle ist. Alles ist nur ein Spiel, ein Spiel, das weder etwas mit St. Abelles Lehren noch mit dem Willen Gottes zu tun hat.«

»Und wenn man uns schon zwingt, bei einem solchen Spiel mitzuspielen, dann sollten wir wenigstens dafür sorgen, dass wir auch gewinnen«, pflichtete Sadye ihm bei.

»Aydrian wird seine Mutter und alles, wofür sie mittlerweile steht, verachten, und das zu Recht«, erklärte De'Unnero. »Zumindest, wofür sie in der Kirche steht«, fügte er hinzu. »Wenn auch für ihre Position im Staat, gut, ich habe nichts dagegen.«

Sadye nickte und stellte keine weiteren Fragen, die auf eine gegenteilige Meinung hätten schließen lassen. Denn was immer sie von De'Unneros gegenwärtiger Taktik gegenüber dem Jungen halten mochte, eins wusste sie mit Sicherheit: Das alles machte ihr einen Riesenspaß.

Sie ließen die eindrucksvolle Silhouette des Großen Gürtels rechts liegen, behielten die untergehende Sonne im Rücken und schlugen ein zügiges Tempo an. Sie konnten das Meer riechen, lange bevor sie es sahen, und schließlich erblickten sie eine weitere große Stadt, die sich allerdings unübersehbar von Ursal unterschied; niedrige, bunt verzierte Steingebäude zogen sich auf mehreren Ebenen an endlosen, sanft abfallenden Hängen entlang, die zu den gewaltigen Hafenanlagen hinunterführten – Hafenanlagen, die größer waren als die von Palmaris und Ursal zusammen.

Und erst die Farben! Jedes Gebäude war mit rosa und weißem Stein verziert, der hell unter der südlichen Sonne leuchtete, und sämtliche Bewohner – von denen tausende und abertausende auf den zahllosen unter freiem Himmel liegenden Märkten ein gewaltiges Summen erzeugten – waren entweder in weiße Gewänder oder in Kleider von kräftig bunten Farben gehüllt.

Das war es, was Aydrian bei seinem ersten Blick auf Entel am meisten beeindruckte; die Farbenvielfalt und das geschäftige Treiben.

Wie verzaubert ritt er mit großen Augen an der Seite seiner Gefährten in die Stadt ein.

Marcalo De'Unneros Miene dagegen war nicht so arglos und naiv, obwohl er ebenso ungeduldig war wie der junge Hüter, denn er fragte sich, wie sein alter Freund – oder doch wenigstens Weggefährte – Abt Olin ihn nach all den Jahren empfangen würde.

»Er wird mich ganz bestimmt empfangen«, beharrte De'Unnero gegenüber den beiden Ordensbrüdern, die an den Toren von St. Bondabruce, der größeren der beiden Abteien in Entel, Wache standen.

»Guter Mann«, erwiderte einer der jungen Ordensbrüder mit seinem unverkennbar südlichen Akzent, bei dem das Wort »gut« eher wie »guhd« klang. »Es ist nicht mehr Abt Olins Gewohnheit, Besucher persönlich zu empfangen. Es steht Euch frei, einzutreten und zu beten – unsere Tore stehen jederzeit offen – und wenn Ihr am Abendgottesdienst teilnehmt, bekommt Ihr den ehrwürdigen Abt, so er uns heute Abend mit seiner Anwesenheit beehrt, vielleicht sogar kurz zu sehen.«

»Meldet mich«, verlangte De'Unnero, der große Mühe hatte, wenigstens nach außen hin ruhig zu bleiben. »Sagt ihm, ein alter Freund, ein früherer Meister aus St. Mere-Abelle, sei hier und wünsche ihn zu sprechen. Er wird mich mit Sicherheit empfangen.«

Die beiden Ordensbrüder wechselten einen Blick; ihre Skepsis war nicht zu übersehen. »Die einzigen mir bekannten ehemaligen Meister aus St. Mere-Abelle sind Vater Bou-raiy, Abt Glendenhook von St. Gwendolyn sowie Abt Tengemen von St.

Donnybar. Ganz offensichtlich seid Ihr nicht Vater Bou-raiy und auch nicht Glendenhook, der uns bereits einmal besuchte. Bleibt also Abt Tengemen; nun hat man mir allerdings erzählt, dass der Mann auf seinen Siebzigsten zugeht. Ich bitte Euch also, erspart mir weitere Albernheiten.«

Unvermittelt machte De'Unnero einen Schritt nach vorn, packte den verdutzten Ordensbruder und flüsterte ihm ungehalten ins Ohr: »Richtet Abt Olin aus, dass Marcalo De'Unnero hier ist und ihn zu sprechen wünscht.«

Der Ordensbruder riss sich los und trat, De'Unnero entsetzt anstarrend, einen Schritt zurück. Seinem Gesicht war anzusehen, dass ihm der Name nicht völlig unbekannt war.

»Er wird mich sicher sprechen wollen«, sagte De'Unnero, und als der jüngere Ordensbruder keinerlei Anstalten machte, sich von der Stelle zu rühren, fixierte er ihn mit einem drohenden Blick. »Wenn Ihr zu Abt Olin geht und er mir eine Audienz verweigert, habt Ihr Euch nichts zuschulden kommen lassen. Geht Ihr aber nicht und er erfährt später, dass man einen alten Freund und Bruder abgewiesen hat, ohne ihm auch nur die Gelegenheit zu geben, ihn zu sehen ...« Er ließ den Satz unbeendet.

Der verwirrte Ordensbruder sah zu seinem Gefährten, und als dieser nickte, verschwand er in der Abtei. Einige Augenblicke später kam er, sichtlich erregt, zurück. »Knöpft Eure Jacke auf«, wies er De'Unnero an. »Wenn Ihr wirklich der seid, der Ihr zu sein vorgebt ...«

»Dann sollte ich Euch diese Narbe zeigen«, antwortete De'Unnero und zog die beiden Hälften seines Hemdes auseinander. »Von einer Wunde, die ich beim Überfall der Pauris auf St. Mere-Abelle erhielt.«

Und tatsächlich, die Narben dieses Kampfes von vor so langer Zeit waren noch zu sehen. Der junge Ordensbruder verbeugte sich und bedeutete De'Unnero, ihm zu folgen.

»Wisst Ihr nicht genug über die Geschichte von Marcalo De'Unnero, um meine Identität zu prüfen, bevor Ihr zu Abt Olin geht?«, fragte ihn De'Unnero, und als der Ordensbruder daraufhin nur mit den Achseln zuckte und seinen Weg fortsetzte, packte De'Unnero ihn an der Schulter, so dass er stehen bleiben musste, und riss ihn herum.

»Wie alt seid Ihr?«, fuhr er ihn herrisch an.

»Zweiundzwanzig«, antwortete der Ordensbruder.

»*So* lange ist das noch nicht her«, sagte De'Unnero mit einem unverkennbar gekränkten Unterton in der Stimme. Sich vorzustellen, dass er und jene ungeheuerlichen Ereignisse, die das heutige Königreich geprägt hatten, so leicht in Vergessenheit geraten konnten! Noch dazu bei einem Bruder des Abellikaner-Ordens, der Kirche, die es sich zur Aufgabe gemacht hatte, das Andenken an die geschichtlichen Ereignisse zu bewahren!

Der junge Ordensbruder, offenbar völlig verunsichert, wie er darauf reagieren sollte, starrte ihn aus großen Augen an.

»Bringt mich jetzt endlich zu Abt Olin«, sagte De'Unnero entschieden und geradezu angewidert.

Als er Olins privates Audienzzimmer betrat, erkannte er den Mann kaum wieder; noch ein Umstand, der ihn in aller Bitterkeit daran erinnerte, dass seit ihren gemeinsamen Schlachten, seit jenen Zeiten, als Markwart versucht hatte, den Abellikaner-Orden zu neuen und größeren Höhen zu führen, nur um von Jilseponie und Elbryan in Chasewind Manor besiegt zu werden, viele Jahre vergangen waren. Alt, das Haar schütter und mittlerweile vollkommen weiß, saß der bucklige Abt Olin Gentille über seinen Schreibtisch gebeugt. Er wirkte viel gebrechlicher als in De'Unneros Erinnerung. Allerdings nur, bis er den Kopf hob.

Das Feuer war noch nicht erloschen, wie De'Unnero sofort erkannte. Zornig, innerlich brodelnd. Olins körperliche Gebrechlichkeit vermochte seine innere Energie gut zu überdecken; aber

Marcalo De'Unnero brauchte nur in diese glühenden Augen zu blicken, um zu wissen, dass es klug gewesen war, hierher zu kommen, dass dieser zornige alte Mann sich als wertvoller Verbündeter erweisen würde.

»Ich kann es kaum glauben«, begrüßte ihn Abt Olin murmelnd.

»Dass ich noch lebe? Oder dass ich es wage, mich wieder in der Öffentlichkeit zu zeigen?«, fragte De'Unnero.

»Beides«, antwortete Olin. »Der vom Pfad der Tugend abgekommene Bischof, der gescheiterte Anführer der Bruderschaft der Büßer, der sich als Wertiger offenbarte und damit auch als Baron Bildeboroughs Mörder. Und jetzt steht Ihr hier und erfreut Euch Eures Lebens, während so viele andere, deren Lebensweg wesentlich unkomplizierter schien, längst nicht mehr unter den Lebenden weilen.«

»Vielleicht ist es der Wille Gottes«, erwiderte De'Unnero, und obwohl es nur halb im Scherz gemeint war, brach Abt Olin in schnatterndes Gelächter aus.

»Gott hat diese Welt bereits vor langer Zeit verlassen«, erwiderte der alte Mann, und De'Unnero konnte seine Überraschung – oder seine Freude, dass Olin solche Blasphemien von sich gab – nicht verhehlen.

»Gott prüft uns bis an die Grenzen unserer Duldsamkeit«, erwiderte De'Unnero.

»Weit darüber hinaus«, murmelte Olin.

»Den Schwachen mag es so erscheinen«, konterte De'Unnero sofort. »Denn die Gebrochenen und Gescheiterten haben den höchsten Triumph am Ende nicht verdient. Seid Ihr gebrochen, Abt Olin?«

Der alte Mann musterte ihn misstrauisch. »Warum seid Ihr hergekommen?«, fragte er. »Warum lebt Ihr überhaupt noch, Marcalo De'Unnero?«

Jetzt war es an De'Unnero, lauthals zu lachen; aber als er wieder verstummte, trat er unvermittelt vor, stützte sich mit den Händen auf Abt Olins Schreibtisch und schob sein ernstes Gesicht ganz nah vor die stechenden Augen des alten Mannes. »Weil mein Leben noch nicht vorbei ist«, raunte er. »Weil wir weit, sehr weit, von unserem Weg abgekommen sind und ich die Absicht habe, bis zu meinem letzten Atemzug dafür zu kämpfen, dass die Kirche auf den rechten Weg zurückfindet.«

»Alles noch einmal von vorn?«, stöhnte Olin. »Sollen wir die Torheiten Markwarts etwa noch einmal aufwärmen? Er hat den Kampf verloren, dieser von Ehrgeiz zerfressene Narr, und ist dadurch in Misskredit geraten. Es gibt keinen Weg zurück. Weder im Hinblick auf die Kirche noch im Hinblick auf die Menschen.«

»Dann haltet ihr die Kirche in ihrer gegenwärtigen Form für korrekt?«, fragte De'Unnero skeptisch. »Und die Wahl Fio Bouraiys zum ehrwürdigen Vater für die richtige Entscheidung? Ihr glaubt, der Mann hat dieses Amt verdient?« Olins vergeblicher Versuch, seine finstere Miene angesichts dieser schmerzlichen Erinnerung zu verbergen, entging De'Unnero keineswegs.

»So lautete der Beschluss des Abtkollegiums«, erwiderte der alte Mann schmallippig. »Ich habe keine andere Wahl, als ihn zu akzeptieren.«

Daraufhin setzte De'Unnero ein hämisches Grinsen auf, beugte sich noch weiter vor und sagte leise: »Angenommen, ich könnte Euch eine andere Wahl bieten?«

Olin zuckte zurück und setzte sich so aufrecht hin, wie sein zerschundener Körper dies zuließ. Er faltete die Hände und starrte De'Unnero einen langen Moment an, ohne auch nur mit der Wimper zu zucken.

»Für dergleichen habe ich keine Zeit«, sagte der Abt nach einer Weile. »Ich bin überrascht und muss zugeben, es freut mich, zu sehen, dass Ihr lebt und hier seid. Ihr müsst verstehen, der Orden würde sich nie dazu herablassen, Euch ein Stimmrecht einzuräumen oder auch nur Gehör zu schenken. Der Orden würde Euch nicht einmal mehr als ganz gewöhnliches Mitglied aufnehmen, obwohl er doch angeblich Versöhnung predigt. Wisst Ihr, dass Jilseponie Königin des Bärenreiches ist? Wisst Ihr, dass sie darüber hinaus auch Oberste Ordensschwester von St. Honce ist und, wie manch einer nach Abt Ohwans ungeklärtem Verlassen der Abtei behauptet, bis zu einem gewissen Grad die Kontrolle übernommen hat? Wisst Ihr auch, dass Avelyn dank zweier von der Kirche anerkannter Wunder auf dem besten Wege ist, ein Heiliger zu werden?«

De'Unnero hatte den ganzen Vortrag nickend verfolgt, und sein selbstgefälliges Einverständnis schien Olin noch mehr in Rage zu bringen – ein weiteres Zeichen dafür, dass die Verbitterung des alten Mannes sehr tief saß. »Wie sehr hasst Ihr sie eigentlich?«, erkundigte sich De'Unnero mit ruhiger Stimme, woraufhin Olin sich den Rest seines Vortrags sparte und ihn ungläubig anstarrte.

»Wie sehr?«, drängte De'Unnero. »Fio Bou-raiy verachtet Ihr – habt Ihr immer schon –, und obgleich Ihr kein großer Freund Markwarts wart, wusstet Ihr doch, dass er im Großen und Ganzen Recht hatte; dass die Kirche innerlich verweichlicht war, bevor er etwas unternahm, und dass sie mittlerweile wieder verweichlicht ist. Die frommen Hüter ihrer Schäfchen«, sagte De'Unnero mit triefendem Sarkasmus. »Dies ist der Pfad der Duldsamkeit, der zum Verlust des Glaubens führt. Ein Weg, den wir mit heiligen Stätten für Mörder wie Avelyn säumen und auf dem wir einfältigen Huren wie dieser Jilseponie zu Rang und Namen verhelfen. Macht nicht so ein überraschtes Gesicht, Abt Olin! Ich spreche lediglich aus, was Euch längst bekannt sein dürfte und was Ihr am liebsten lauthals vom Glockenturm von

St. Bondabruce verkünden würdet. Wie anders sähe die abellikanische Kirche aus, wenn man Euch, wie es richtig gewesen wäre, zum ehrwürdigen Vater ernannt hätte? Wäre Jilseponie dann jetzt auch Oberste Ordensschwester?«

»Mit Sicherheit nicht!«, erwiderte Abt Olin mit aller Schärfe und schlug mit den Händen auf den Tisch. »Niemals!«

»Dann ändern wir es doch«, schlug De'Unnero vor. Sein verschwörerisches Grinsen kehrte zurück. »Nehmen wir uns der gesamten Kirche und des Staates an und führen wir sie wieder zurück auf den rechten Weg.«

»Und wie?«, fragte der alte Mann skeptisch. »Hat Euer Körper überlebt, Euer Verstand dagegen ist verdorrt? Seid Ihr am Ende gar das Gegenstück zu mir, einem gebrechlichen alten Greis?«

»Ich bin nicht allein nach Entel gekommen«, erklärte De'Unnero. »Ich reite an der Seite eines jungen Mannes, der das Schwert Elbryans und dessen Bogen mit sich führt und dessen Abstammungslinie unmittelbar bis zum Thron führt. Dabei weiß seine Mutter nicht einmal, dass es ihn gibt.«

»Was erzählt Ihr da für einen Unsinn?«

»Ich rede von Jilseponies und Elbryans Sohn, einem jungen Mann, der mit Schwert und magischen Steinen umzugehen weiß«, erklärte De'Unnero.

»Die Königin hat keinen Sohn«, protestierte Olin.

»Doch, hat sie«, widersprach De'Unnero. »Jenes Kind, das man verloren glaubte, als sie mit Vater Markwart kämpfte. Der Junge lebt.«

»Demzufolge habt Ihr die letzten zehn Jahre oder mehr mit ihm verbracht?«, folgerte Olin.

»Ich habe ihn erst kürzlich entdeckt«, gestand De'Unnero. »Übrigens rein zufällig. Noch nie war ich Zeuge eines sichereren Zeichen Gottes. Dieser Junge, Aydrian, hat mir die Möglichkeit gegeben, zurückzukehren, und darüber hinaus den Beweis, den ich brauchte, um zu wissen, dass mein Kampf nicht vergeblich war und, noch wichtiger, dass ich mich nicht geirrt habe.«

»Wie könnt Ihr Euch seiner Herkunft so sicher sein?«, fragte Abt Olin, offenbar neugierig geworden.

»Ich weiß es einfach«, antwortete De'Unnero. »Ich weiß es wegen seiner Gewandtheit im Umgang mit den magischen Steinen und wegen seines Geschicks in der Handhabung des Schwertes. Die Touel'alfar haben ihn bei sich aufgenommen und ausgebildet.«

»Dann ist er wie sein Vater und alles andere als Euer Verbündeter«, sagte Olin.

De'Unneros Grinsen zeigte Olin, dass er nicht hätte falscher liegen können.

»Was schlagt Ihr also vor?«, fragte Olin nach längerem Schweigen. »Wie soll ein unbekanntes Kind ungewisser Herkunft, das eindeutig nicht von Danubes Blut stammt, uns irgendetwas in die Hand geben, um jene Veränderungen zu bewirken, von denen Ihr soeben spracht? Oder wollt Ihr am Ende nur meine Zeit vergeuden, Marcalo De'Unnero, indem Ihr mir Dinge vorschlagt, die nicht zu verwirklichen sind?«

De'Unnero zog einen Stuhl heran und verbrachte den Rest des Tages damit, mit Olin in groben Zügen über seine Vorstellung von der Kirche und der Welt zu sprechen, eine Vorstellung, die, wie er wusste, bei dem alten Mann trotz seiner Bedenken und Zweifel auf offene Ohren stoßen würde. Sein zweites Geheimnis aber, das die Pergamentrollen betraf, die er all die Jahre hindurch aufbewahrt hatte und die jetzt eingerollt unter seiner Jacke steckten, enthüllte er dem Abt nicht.

Als sie fertig waren, saß Abt Olin lange Zeit zurückgelehnt auf seinem Stuhl, den Blick ins Leere gerichtet, und dachte nach. »Ich werde sehen, was ich in Erfahrung bringen kann«, willigte er schließlich ein. »Auch wenn mir völlig schleierhaft ist, wie das auch nur den geringsten Unterschied machen soll. Wir gehen darin überein, dass die Dinge nicht ganz unseren Wünschen entsprechen –«

»Nicht ganz den Wünschen Gottes entsprechen«, fiel De'Unnero ihm ins Wort; eine Bemerkung, die bei Abt Olin einen Lachanfall hervorrief.

»Zweifelt Ihr etwa daran?«

»Zweifle ich daran, dass es einen fürsorglichen Gott gibt?«, erwiderte Olin, und jetzt war es an De'Unnero, sich zurückzulehnen und den Mann genau zu betrachten, der ihm hier am Schreibtisch gegenübersaß. Er hatte diesen Raum in der Absicht betreten, an die Frömmigkeit zu appellieren, die er immer bei Abt Olin vermutet hatte, und das Gespräch, den Plan, in den Rang eines heiligen Kreuzzugs zu erheben. Sollte er sich etwa verrechnet haben? Er blickte Olin fest in die Augen und fragte ihn schließlich geradeheraus: »Spielt das wirklich eine Rolle?«

»Kommt morgen wieder zu mir, nach dem Abendgebet«, lautete Olins Antwort, woraufhin sich De'Unnero verabschiedete.

»So höret alle und meißelt in Stein«, las Abt Olin aus einem vor ihm auf dem Schreibtisch entrollten Pergament vor, gleich nachdem De'Unnero am folgenden Abend sein privates Audienzzimmer betreten und das Gefolge sich entfernt hatte. »Sollte Jilseponie ein Kind gebären, so wird dieses Kind, sei es männlich oder weiblich, unmittelbar nach mir und noch vor Prinz Midalis von Vanguard in die Thronfolge eintreten.« Olin hob lächelnd den Kopf. »So lautete König Danubes Erklärung am Tag seiner Eheschließung mit Jilseponie.«

Marcalo De'Unnero vernahm diese Worte mit einem Funkeln in den Augen – diese Verkündigung übertraf seine kühnsten Erwartungen. »Was hat König Danube sonst noch bezüglich etwaiger Nachkommen Jilseponies gesagt?«, fragte er fast so, als fürchte er sich vor der Antwort.

»Nichts«, erwiderte Olin. »Da er, wie wir alle, überzeugt war, dass Jilseponie noch nie ein Kind geboren hatte, sah er keinerlei Veranlassung, auf dieses mögliche Problem näher einzugehen. Zumal er damals – wie übrigens auch heute noch – in dem Glauben war, dass sie ihn niemals hintergehen würde. Und selbst wenn, so scheinen sich die Gerüchte zu bewahrheiten, dass sie unfruchtbar ist.«

»Er hat keine weiteren Erklärungen dazu abgegeben, weil es nichts weiter zu erklären gab«, führte De'Unnero den Gedanken zu Ende. »Aber was bedeutet das nun wirklich? Angesichts der außergewöhnlichen Situation würde diese Erklärung niemals einfach so akzeptiert werden.«

»Euer Begleiter wird den Thron nicht ohne einen Krieg besteigen«, versicherte Olin De'Unnero. »Im Falle von König Danubes Ableben aber hätte Euer Begleiter jedenfalls Anspruch auf den Thron, über den dann entweder die Adligen bei Hofe oder kriegerische Auseinandersetzungen entscheiden würden.«

De'Unnero lehnte sich auf seinem Stuhl zurück und ermahnte sich, dass Geduld der Schlüssel zu allem war. Er hatte eine Idee, einen langfristigen Plan, Aydrian ganz nach oben zu bringen, und Olins Information schien diesem Plan nicht entgegenzustehen.

»Wie viele Personen wissen, von wem dieser Junge abstammt?«, erkundigte sich Olin ernst. Erst jetzt begriff De'Unnero, dass das Zögern des Mannes ein reiner Schutzmechanismus war und dass Olin De'Unneros Verheißung von ganzem Herzen befürwortete.

»Vier«, antwortete De'Unnero. »Den Jungen und Euch selbst eingeschlossen.«

»Dann habt Ihr jetzt also ein Geheimnis«, sagte Abt Olin. »Ein mächtiges Geheimnis, das Euch aber vermutlich nichts weiter einbringen wird als …«

De'Unneros selbstgefälliges Grinsen, als der ehemalige Mönch in seine Jacke griff, ließ Olin stutzen.

De'Unnero holte die Pergamentrollen hervor und warf sie auf Olins Schreibtisch.

»Was ist das?«, fragte der alte Abt, als er sie auseinander rollte und sah, dass es Navigationskarten des Mirianischen Ozeans waren.

»Der Weg zu einem Schatz, der selbst König Danubes Vermögen in den Schatten stellt«, antwortete De'Unnero. »Der Seeweg nach Pimaninicuit.«

Olins leuchtende Augen schienen aus ihren Höhlen treten zu wollen. »Wie … wie ist das möglich?«, stammelte er. »Wieso habt Ihr … wie könnt Ihr glauben …« Er sah auf und schüttelte ungläubig den Kopf.

»Stellt Euch vor, welch ungeheure Reichtümer im Sand von Pimaniniciut vergraben liegen«, erklärte De'Unnero. »Magische Steine, die in Jahrhunderten, Jahrtausenden, vom Halo herabgeregnet sind.«

»Sie wurden nie gesegnet und sind daher schon lange nicht mehr magisch«, erwiderte Olin.

»Müssen sie das denn sein?«, fragte De'Unnero. »Ein Smaragd ist schließlich nicht wertlos, nur weil er keine magischen Kräfte besitzt.«

Abt Olin schob die Pergamentrollen wieder zu De'Unnero zurück. »Es ist verboten«, erklärte er. Offenbar machte ihm die Vorstellung Angst.

»Von wem?«

»Durch das Kirchenrecht!«, rief Olin. »Und zwar schon seit Anbeginn der Zeit. Seit den Tagen von St. Abelle!«

»Spielt das denn eine Rolle?«, erwiderte De'Unnero, Olins

Tonfall aus der Diskussion am Tag zuvor aufgreifend, als das Gespräch auf Gott gekommen war.

Olin ließ sich lange Zeit, um über seine Antwort und die vor ihm auf dem Schreibtisch liegenden Seekarten nachzudenken. »Was verlangt Ihr also von mir?«, fragte er schließlich ruhig. »Und wie lautet Euer Plan?«

»Ihr habt Kontakte zu Seeleuten«, antwortete De'Unnero. »Ich werde für die Reise Schiffe benötigen – und seid unbesorgt, falls es Ärger geben sollte, wird Euer Name ungenannt bleiben.«

»Wie viele Schiffe?«

»So viele wie möglich«, antwortete De'Unnero. »Denn jedes von ihnen wird mit einem königlichen Schatz in seinem Frachtraum zurückkehren, mit genau den finanziellen Mitteln, die wir für die Aufstellung einer Armee benötigen, den Mitteln, die wir dringend benötigen werden, wenn der Zeitpunkt gekommen ist, Aydrian auf den Thron des Bärenreiches zu hieven.«

»Ein Vorteil, den wir uns zunutze machen werden, um die Kirche umzugestalten«, beendete Abt Olin den Gedanken.

De'Unnero lächelte bloß.

»König Danube ist jünger als ich«, gab Olin zu bedenken. »Und zwar nicht bloß um Jahre, sondern um Jahrzehnte. Ich werde ihn wohl kaum überleben.«

Woraufhin De'Unnero nur finster lächelte.

6. Ein grauer Herbst

Es war ein grauer Herbst in Ursal im Jahr des Herrn 843; die Stimmung und die Farbe des Himmels waren eins.

»Werdet Ihr sie besuchen?«, fragte Herzog Kalas König Danube eines verregneten Nachmittags. Trotz des Regens und des eisigen Windes gingen die beiden im Garten spazieren und unterhielten sich über Constances und Danubes Söhne, die jetzt in Yorkeytown lebten, der größten Stadt der Grafschaft Yorkey, einer sanft geschwungenen Farmlandschaft östlich von Ursal und bevorzugter Zufluchtsort für den Adel an Danubes Hof.

»Mein Platz ist hier, an der Seite meiner Gemahlin«, erwiderte Danube entschlossen. Ihm entging nicht, dass Herzog Kalas zusammenzuckte.

»Gewöhnlich verbringen König und Königin den Winter voneinander getrennt«, erinnerte ihn Kalas.

»Damit der König bei seiner früheren Geliebten überwintern kann?«, erwiderte Danube mit einem amüsierten Lachen. »Bei der Mutter seiner beiden Kinder?«

»Constance würde sich sehr freuen, Euch zu sehen«, sagte Kalas, der die im Exil lebende Hofdame erst kürzlich besucht hatte und über den Anblick, der sich ihm dort geboten hatte, alles andere als erfreut gewesen war.

»Ich möchte nichts mehr davon hören«, sagte Danube.

»Es sind Eure Söhne, Eure Thronerben«, gab Kalas zu bedenken. »Ihr tragt die Verantwortung für die Zukunft des Königreiches – eine Verantwortung, die größer ist als irgendwelche Pflichten gegenüber Eurer Gemahlin, wie ich behaupten möchte.«

»Hütet Eure Zunge!«

Danube war stehen geblieben, als er die Warnung aussprach, hatte sich umgedreht und Kalas fest in die Augen gesehen, doch der Herzog, der bereits vor Danubes Thronbesteigung dessen Freund gewesen war, weigerte sich, klein beizugeben, und hielt dem Blick seines Königs stand.

»Als Ihr König wurdet, wusstet Ihr, dass es Zeiten geben würde, in denen Eure persönlichen Vorlieben zurückzustehen haben würden«, erklärte Kalas. »Zeiten, in denen die Verpflichtungen des Königs gegenüber dem Königreich schwerer wiegen würden als die Vorlieben eines einzelnen Mannes, ganz gleich, um wen es sich handelt. Das Gleiche trifft auf meine Stellung als Herzog von Wester-Honce zu, und dessen bin ich mir sehr wohl bewusst. Wäre ich jemals nach Palmaris gegangen, um dort als Baron zu dienen, wenn ich die Möglichkeit gehabt hätte, selbst darüber zu entscheiden?«

König Danube zuckte nicht mit der Wimper.

»Merwick und Torrence stehen in der Erbfolge der Krone«, sagte Kalas. »Merwick gleich nach Eurem Bruder, der in einem wilden Landstrich lebt, und Torrence unmittelbar nach ihm. Sehr wahrscheinlich wird einer von beiden eines Tages zum König des Bärenreiches gekrönt werden. Oder sollte ich mich da etwa irren?«

Danube wandte den Blick ab.

»Die beiden werden einen vortrefflichen König abgeben, wenn sie so weit vom Hof und von ihrem Vater entfernt aufwachsen«, bemerkte Kalas mit unverhohlenem Spott. »Und wie verstimmt werden sie erst sein, wenn sie erfahren, dass ihr Vater sie nicht einmal besuchen wollte? Vielleicht solltet Ihr Eure Verpflichtung gegenüber Jilseponie im Falle Eures Todes noch einmal überdenken. Wie wird Euer Nachfolger, falls es nicht Midalis ist, gegenüber der Königin empfinden?«

Danube atmete tief durch. Am liebsten hätte er Kalas für seine Unverschämtheiten geohrfeigt. Aber womit sollte er Kalas' Worte widerlegen? Und warum hatte Constance beschlossen, Ursal zu verlassen? Dieser Zwischenfall hatte Danubes Leben völlig auf den Kopf gestellt, denn viele am Hof gaben insgeheim Jilseponie die Schuld daran. Überall hörte Danube, wie zornig tuschelnd über seine Gemahlin hergezogen wurde, überall sah er die vorwurfsvollen Blicke, mit denen Jilseponie bedacht wurde, wann immer sie sich in der Öffentlichkeit zeigte.

»Warum ist sie nur abgereist?«, sagte er laut, eher zu sich selbst als zu Kalas.

»Weil sie es nicht ertragen konnte, Euch an Jilseponies Seite zu sehen«, antwortete Kalas. Und das war seine ehrliche Meinung, denn selbstverständlich hatte Constance niemandem die Wahrheit gebeichtet: dass sie versucht hatte, Jilseponie zu vergiften. Und auch Jilseponie hatte weder Danube noch irgendjemandem sonst etwas über den Vorfall erzählt.

»Sie wusste, wie es tatsächlich um mein Herz bestellt war, lange bevor Jilseponie Königin wurde«, erwiderte Danube. »Ich bin jahrelang nach Palmaris gereist, um Jilseponie zu besuchen, ohne Constance auch nur ein einziges Mal zu verschweigen, wie ich empfinde.«

»Wollt Ihr etwa von mir hören, Ihr hättet keinen Fehler gemacht?«, fragte ihn Kalas unverblümt.

Danube sah ihm fest ins Gesicht.

»Aber das habt Ihr«, wagte Kalas zu bemerken, woraufhin Danube zusammenzuckte, ohne ihn jedoch zu unterbrechen oder am Weiterreden zu hindern. »Ihr hättet Jilseponie als Mätresse nehmen und sie in Palmaris lassen sollen, wo sie hingehört. Und wenn Ihr schon eine Königin ernennen müsst, dann hätte dies Constance Pemblebury sein müssen. Stattdessen habt Ihr beschlossen, Eure persönlichen Belange über die des Hofes zu stellen –«

»Ihr und Euer verdammter Hof sollt in Bestesbulzibars Höllenfeuer schmoren!«, brüllte Danube. »Ihr wagt es, anzudeuten, Königin Jilseponie gehöre nicht nach Ursal, weil sich diese überparfümierten Frauenzimmer darüber ärgern, dass eine Außenseiterin in ihren feinen Zirkel eingedrungen ist und ihnen den Thron gestohlen hat, auf den die meisten von ihnen ein Auge geworfen hatten? Wohlgemerkt den Thron, nicht etwa den Mann, der an der Seite der Königin darauf sitzt. Nein, niemals!«

»Ihr bezweifelt, dass Constance Euch geliebt hat?«, fragte Herzog Kalas ungläubig.

Danube verkniff sich eine Erwiderung und murmelte dann: »Wie könnt Ihr es wagen, so mit mir zu sprechen?«

»Bin ich etwa nicht Euer Freund?«, fragte Kalas schlicht.

»Wenn Ihr mein Freund wärt, hättet Ihr mir beistehen müssen«, erwiderte Danube spitz und deutete mit dem Finger auf Kalas. »Mir fällt auf, dass Herzog Bree Kalas nur wenig dazu beigetragen hat, Jilseponie die Eingewöhnung in Ursal zu erleichtern. Ebenso wenig ist mir zu Ohren gekommen, dass er seine Königin, *die Gemahlin seines Freundes*, gegen die gehässigen Gerüchte in Schutz genommen hätte, die sie auf Schritt und Tritt verfolgen!«

Kalas und Danube starrten einander eindringlich an, denn beide erkannten, dass dieser Streit sich schon lange angekündigt hatte, und beide wussten und bedauerten, dass es von diesem kritischen Punkt an kein Zurück mehr gab.

»Ich werde den Winter in Yorkeytown verbringen«, brach Kalas das Schweigen.

»Constance hätte nicht fortgehen sollen«, sagte Danube ruhig.

»Sie glaubte, keine Wahl zu haben.«

»Ich hätte es nicht zulassen dürfen.«

Herzog Kalas verschlug es fast den Atem, und er bekam große Augen.

»Ich hätte nicht zulassen dürfen, dass die Kinder fortgehen«, stellte Danube klar. »Sie werden im Frühjahr nach Ursal zurückkehren und den Sommer hier verbringen; von mir aus können sie dann jeden Winter wieder nach Yorkeytown reisen, um bei ihrer Mutter zu sein, wenn sie das möchten. Selbstverständlich kann auch Constance nach Ursal zurückkehren. Ja, das ist meine Entscheidung.« Er hob den Kopf, sah Kalas an und zog eine Braue hoch. »Möchtet Ihr etwas dazu sagen?«

»Ihr seid der König. Ihr könnt und werdet tun, was immer Ihr für das Beste haltet«, erwiderte Herzog Kalas diplomatisch, auch wenn sich ein leichter Anflug von Sarkasmus in seinen Tonfall schlich.

Kalas machte eine steife Verbeugung, drehte sich um und ging davon; und Danube war jenseits allen Zweifels klar, dass sich ihr Verhältnis für immer gewandelt hatte.

Sie tat, als höre sie weder das vorwurfsvolle Tuscheln noch das sich anschließende Gekicher; als aber Kenikan, der Küchenchef, ein Tablett mit Leckereien in der Hand, kurz darauf ins Zimmer trat und sich das Gekicher der Frauen, nur lauter diesmal, wiederholte, fand Jilseponie es schon schwieriger, die beiden nicht zu beachten.

Jilseponie wusste, dass sie das jüngste Gerücht, sie und der Küchenchef verbinde mittlerweile mehr als bloße Freundschaft, nicht auf die leichte Schulter nehmen durfte. Denn bei diesem Gerücht ging es um Täuschung und Verrat, und das konnte nicht nur ihren Ruf ruinieren, sondern würde auch Danube zutiefst verletzen.

Den Blick geradeaus gerichtet, die Miene völlig ungerührt, änderte Jilseponie leicht ihren Kurs, so dass sie ganz nah an den beiden Frauen vorüberging. »An Eurer Stelle wäre ich vorsichtig, welches Gewäsch mir über die Lippen kommt«, raunte sie ihnen zu; es war das erste Mal seit Monaten, dass sie sich, abgesehen von ihrer Auseinandersetzung mit Constance natürlich, die Mühe machte, den tratschenden Weibern die Stirn zu bieten.

»Königin Jilseponies Ruf müsst Ihr nicht fürchten«, fuhr sie mit ruhiger Stimme fort, während sie, den Blick weiter nach vorn und nicht auf die beiden Frauen gerichtet, gemächlich an ihnen vorüberschlenderte. »Aber ich würde Euch raten, den Ruf der Gemahlin von Nachtvogel zu fürchten.«

Dann schaute sie doch kurz zu den beiden hinüber und sah, wie die eine erbleichte und die andere sie ungläubig anstarrte, so als hätte Jilseponie soeben die Spannung dieses kleinen Zusammenstoßes über jedes vernünftige Maß hinaus gesteigert – exakt aus diesem Grund hatte Jilseponie ihnen körperliche Folgen angedroht. Diese Hofdamen waren es gewohnt, ihre Kämpfe mit den Mitteln des Tratsches auszutragen, mit Getuschel hinter vorgehaltener Hand und hinterhältigen Gerüchten. Aber einem Gegner offen gegenüberzutreten und ihm ins Gesicht zu blicken, ging über ihre Fähigkeiten.

Jilseponie merkte sich diese verwirrten und bestürzten Gesichter gut, als sie das kleine gesellige Beisammensein verließ und sich quer durch das ganze Schloss zu den Privatgemächern begab, die sie mit Danube teilte.

Dort fand sie ihren Gemahl vor, der einen ganz und gar unglücklichen Eindruck machte. Obwohl er den Blick zu Boden gerichtet hatte und es vermied, sie anzusehen, nahm sie ihm gegenüber Platz und wartete, dass er das Gespräch begann.

»Was würde ich dafür geben, wenn ich ein Kind mit dir hätte«, sagte Danube schließlich, ohne aufzusehen.

Jilseponie wollte etwas erwidern, hielt dann aber inne und versuchte einzuschätzen, was genau er damit meinte. Sprach Danube von einem Kind als Ausdruck ihrer Liebe oder hatte er andere, politische, Gründe? Sein Ton gab ihr das untrügliche Gefühl, dass eher Letzteres zutraf.

»Würde es die Dinge bei Hof für dich einfacher machen?«, fragte Jilseponie.

Danube, den Blick noch immer zu Boden gerichtet, zuckte mit den Achseln, und dieses völlig untypische Verhalten sagte Jilseponie, dass hier etwas auf entsetzliche Weise nicht stimmte, dass ihm womöglich die Gerüchte über sie und den Küchenchef zu Ohren gekommen waren.

»Oder würde das alles nur noch komplizierter machen?«, hakte sie nach.

»Es würde mir meine Alternativen deutlich vor Augen führen«, erläuterte der König. Die unerwartete Antwort ließ Jilseponie stutzen. Sie sah ihn fragend an.

»Ich fürchte, ich bin gezwungen, Merwick und Torrence ins Schloss zurückzuholen«, erklärte Danube. »Wenigstens für einen Teil des Jahres, damit sie ihre Pflichten als mögliche Thronfolger kennen lernen.«

»Aber ja, natürlich«, antwortete Jilseponie, um Begeisterung bemüht. Schließlich hatte sie persönlich nie etwas gegen Merwick und Torrence gehabt; obwohl sie sie weder besonders gut kannte noch ihre Eignung als Anwärter auf den Thron einzuschätzen vermochte, hatte ihr keiner der beiden jemals Anlass gegeben, von dieser Vorstellung Abstand zu nehmen.

Überraschenderweise schien ihre begeisterte Zustimmung Danubes Laune keineswegs zu verbessern.

»Was meinst du, wäre es besser, wenn ich dich als Nachfolgerin benennen würde?«, fragte er sie aus heiterem Himmel. »Nach Midalis vielleicht, aber noch vor Merwick und Torrence?«

Jilseponie verzog das Gesicht und ging fieberhaft sämtliche Ablehnungsgründe durch, die ihr über die Lippen sprudeln wollten. »Wie kommst du nur auf eine solche Idee?«, fragte sie.

»Du bist die Königin«, antwortete Danube schlicht; endlich hob er doch den Kopf und sah seine Frau an.

»Nein«, erwiderte sie entschieden. »Ich möchte auf keinen Fall tiefer in die politischen Machenschaften Ursals eingebunden werden. Mein Leben ist auch so schon kompliziert genug –«

»Sorgenvoll genug, meinst du wohl«, warf Danube ein.

Jilseponie versuchte nicht einmal zu widersprechen. »Meine mögliche Inthronisierung war nie Teil unserer Abmachung, weder vor meiner Ankunft in Palmaris noch danach. Ich sehe keinen Grund, an der gültigen Vereinbarung – einem feierlichen Schwur, den du deinem Bruder und den anderen Adligen gegenüber geleistet hast und der in eine völlig andere Richtung zielt – etwas zu ändern. Wenn du jetzt etwas veränderst, wenn du deine Meinung und damit die konventionelle Thronfolge änderst, wäre das ein offener Vertrauensbruch gegenüber vielen am Hof, von denen eine Menge mich bereits jetzt als ihre Feindin betrachten.«

»Vielleicht hat der Hofstaat mein Vertrauen nicht verdient«, erklärte Danube.

Wieder hielt Jilseponie inne, um seine überraschende Äußerung zu verdauen. »Ich möchte dir nichts vormachen«, sagte sie schließlich. »Falls sich bei unserem nächsten großen Fest ein Spalt mitten im großen Ballsaal auftun und die Hälfte deines höfischen Gefolges in einem bodenlosen Schlund versinken sollte, wäre ich die Letzte, die den Verlust beklagen würde. Aber ich bin nicht hergekommen, um den Hof von Ursal in seinen Grundfesten zu erschüttern, und ich möchte auch nicht in diese Rolle gedrängt werden. Und ich möchte niemals herrschende Königin sein.«

»Aber das ergibt sich doch alles einfach aus der schlichten Tatsache, dass du hier an meiner Seite bist!«, schrie Danube sie unvermittelt an. »Den Hof spalten?«, ahmte er sie ungläubig nach. »Hast du das nicht längst getan? Habe ich es nicht getan, indem ich dich hierher geholt habe? Wo ist denn Constance? Wo ist Kalas?«

»Kalas?«, wiederholte Jilseponie; sie hatte weder etwas von dem Zerwürfnis zwischen König und Herzog gehört noch von Kalas' Plänen, Ursal zu verlassen. Danube schien sie jedoch gar nicht zu hören.

»Vielleicht war es ein Fehler, dich herzuholen, denn verglichen mit dir und den Gepflogenheiten der Nordlande erscheint das Leben hier bei Hofe wirklich blass und sogar in meinen Augen niederträchtig, obwohl ich in exakt diesen Verhältnissen groß geworden bin«, fuhr Danube unbeirrbar fort. »All deine Ideale, deine wundersamen Vorstellungen von Freundschaft ... sie können gegen die Tatsachen des Lebens hier einfach nicht bestehen.«

»*Meine* Ideale?«, wiederholte Jilseponie. »Teilst du sie etwa nicht? Was ist denn mit unseren gemeinsamen Zeiten in Palmaris? Was mit deinem Angebot – deiner Entscheidung –, mich hierher zu holen? Glaubst du, das war ein Fehler?«

»Mir war nicht bewusst, wie tief –«

»Wie seicht es an deinem Hof zugeht«, fiel ihm Jilseponie ins Wort. »Welch eine Ironie, aber die haben weder ich noch du zu verantworten.«

Danube sah ihr fest ins Gesicht. »Es geht das Gerücht, du hättest Kräuter zu dir genommen, die gleichen Kräuter, die auch Kurtisanen benutzen, um eine Schwangerschaft zu verhüten«, sagte er.

Wie gern hätte Jilseponie ihm gleich hier und jetzt alles erzählt, wie gern hätte sie ihm von Constance und ihrer Verschwörung berichtet, die Königin nicht nur unfruchtbar zu machen, sondern sie sogar aus dem Weg zu räumen! Vielleicht war es falsch gewesen, Constance einfach so, ohne Erklärung, wegzuschicken. Vielleicht hätte sie alles ans Licht bringen und die Frau in einem öffentlichen Gerichtsverfahren verurteilen lassen sollen. Vielleicht sollte sie das jetzt nachholen.

Jilseponie musste tief durchatmen, allein schon, um den Gedanken zu Ende zu denken, denn über die Folgen eines solchen Vorgehens war sie sich durchaus im Klaren: die völlige Zerstörung des Hofes in seiner gegenwärtigen Form, gepaart mit schon seit langem schwärender Missgunst seitens mächtiger

Großgrundbesitzer und Adliger, die ihren Gemahl bis ans Ende seiner Tage verfolgen konnten.

»Ich nehme diese Kräuter nicht«, antwortete sie wahrheitsgemäß. »Und ich habe auch niemals wissentlich Substanzen eingenommen, die eine Schwangerschaft verhüten würden.«

Danube musterte sie eine ganze Weile; im sicheren Gefühl, die Wahrheit gesagt zu haben, zuckte sie nicht mit der Wimper.

»Liebst du mich?«, fragte Danube plötzlich.

»Genau deswegen habe ich mein früheres Leben aufgegeben und bin nach Ursal gekommen«, antwortete Jilseponie. »Daran hat sich nichts geändert.«

Danube musterte sie noch eindringlicher. »Liebst du mich genauso, wie du Elbryan geliebt hast?«

Jilseponie zuckte innerlich zusammen und erschrak, ihr Atem entwich in einem einzigen, langen Stoßseufzer. Wie konnte er sie das nur fragen! Wie sollte sie die beiden miteinander vergleichen, wo sie doch jetzt an einem völlig anderen Punkt ihres Lebens stand? »Ich habe dich in dieser Sache nie angelogen«, antwortete sie nach einer langen, verlegenen Pause. »Von Anfang an habe ich dir die Unterschiede zwischen –«

»Erspar mir das«, bat Danube und hob abwehrend die Hand.

Wäre er aufgestanden und hätte sie geohrfeigt, er hätte Jilseponie nicht heftiger kränken können.

An diesem Abend hatte Herzog Kalas seine schäbigste Kleidung angelegt und sich absichtlich weder rasiert noch besonders sorgfältig gewaschen. Er musste unbedingt einmal fort von Danube und all dem Prunk bei Hofe, und das bedeutete für Kalas einen Abstecher in das Vergnügungsviertel Ursals, in die Gasthäuser, in denen sich das Landvolk traf, um zu tratschen und die Tatsachen ihres jämmerlichen Daseins im Alkohol zu ersäufen. Es war eine seiner heimlichen Vergnügungen, von denen weder Danube noch sonst jemand aus dem Adel etwas wusste, mit Ausnahme Constances, die ihn vor langer Zeit sogar schon bei diesen Unternehmungen begleitet hatte.

Er betrat das Gasthaus, einen überheblichen Ausdruck im Gesicht, da er sich den zahllosen Bauern hier absolut überlegen fühlte; trotzdem versuchte er, sich so weit unter sie zu mischen, dass gar nicht erst der Verdacht aufkam, er könnte der herrschenden Klasse angehören. Gesenkten Kopfes, die Ohren offen und ohne ein Wort zu sprechen, schob er sich bis zum Tresen vor und bestellte einen Krug Bier; anschließend suchte er sich ein stilles Eckchen, wo er sich behaglich niederließ, um den jüngsten Gerüchten zu lauschen.

Wie nicht anders zu erwarten, kreisten sie ausnahmslos um Jilseponie; einige tuschelten, sie habe eine Affäre mit dem Chefkoch von Schloss Ursal oder einem anderen Mann – mehr als einmal fiel der Name Roger Flinkfinger, und selbst eine schlüpfrige Anspielung auf Abt Braumin Herde aus Palmaris war zu hören. Dies alles fand natürlich unter reichlich Gelächter und spöttischen Bemerkungen statt.

Kalas wusste genau, wo alles seinen Anfang genommen hatte. Seit Jilseponie den Fuß auf Ursals Boden gesetzt hatte und sogar schon früher, während der zahllosen Sommer, als Danube die Stadt mit Ziel Palmaris verlassen hatte, was viele der einfachen Bewohner Ursals als Schmähung ihrer Stadt empfanden, hatten Constance und ihre zahlreichen Freunde eine heimliche Verleumdungskampagne gegen sie in Gang gesetzt.

Aber trotz all der Gerüchte, die aus dem engsten Freundeskreis um Constance bis hinunter in diese Kreise vorgedrungen waren, konnte Kalas kaum glauben, welches Vergnügen das gemeine Volk daran fand, diese Gerüchte zu pflegen und sie in aller Ausführlichkeit zu verbreiten.

Sie schwelgten geradezu darin, machten ihrer Empörung und

ihrem Spott mit unübersehbarer Wonne Luft, verspotteten Jilseponie und äfften sie auf unverschämte Weise nach.

Kalas vermochte nicht zu leugnen, dass er diesem Gerede mit gemischten Gefühlen begegnete. Einerseits verabscheute er den Wankelmut der Menschen – denn war diese Frau nicht nur einmal zu ihrer verehrten und gefeierten Heldin geworden, sondern sogar zweimal? Hatte sie nicht, um den Preis einer großen persönlichen Tragödie, einen glorreichen Sieg gegen den korrupten Abt Markwart errungen? Und noch viel wichtiger und beeindruckender, hatte Jilseponie in jenen entsetzlichen Jahren der Rotfleckenpest der Welt nicht den Weg zur Erlösung gezeigt? Oder genauer, glaubte dies das Landvolk etwa nicht von ganzem Herzen? Und doch hockten sie hier und schwatzten bösartig, und zwar, wie Kalas sich stillschweigend eingestehen musste, nicht durch Jilseponies Schuld. Einen Vorwurf allerdings musste man der Frau vielleicht doch machen: den Vorwurf frecher Selbstüberschätzung und unbegründeten Stolzes; des Irrglaubens, sie könne sich über ihren niederen Rang erheben und sich unter die Menschen edler Abstammung mischen. Jilseponie stammte aus keiner Adelsfamilie und war sich dessen sehr wohl bewusst; warum hatte sie dann zugestimmt, als Königin an Danubes Hof zu kommen? Wie konnte sie es wagen, so zu tun, als sei sie etwas, das sie ganz offensichtlich nicht war?

Herzog Kalas nahm einen tiefen Schluck von seinem Bier, schob den Krug dann über den Tisch zu einem Schankmädchen und bat sie, ihm noch einen zu bringen. So wie er die Quelle dieses bäuerlichen Spotts mit gemischten Gefühlen betrachtete, so hegte er auch gemischte Gefühle, was die möglichen Folgen betraf. Als Adliger an Danubes Hof hätte er am liebsten sein Schwert gezogen und jeden dieser Bauern niedergestreckt, der die Frechheit besaß, auf diese Weise über die Mächtigen zu reden.

Trotzdem tat es Kalas nicht Leid, zu sehen, wie Jilseponie zum Ziel ihres Gespötts wurde, zu sehen, wie diese Leute sich gierig auf jedes Gerücht stürzten, obwohl es vielleicht nicht den geringsten greifbaren Beweis dafür gab. Sollten sie diese Frau, die seine Freundin Constance so verletzt hatte, ruhig durch den Schmutz ihres bäuerlichen Tratsches ziehen; sollten sie ihr ruhig all die Kränkungen heimzahlen, die sie Danubes Hof schon durch ihre bloße Anwesenheit zugefügt hatte! Und was Danubes sinkenden Stern anbelangte – hatte er sich das alles nicht selbst zuzuschreiben, indem er Kalas' Rat und den vieler anderer in den Wind geschlagen und eine Bäuerin geheiratet hatte?

In diesem Moment kam sein zweites Bier; er leerte es in einem Zug, nahm sich dann, als das Schankmädchen bereits wieder gehen wollte, ein drittes von dessen Tablett, trank dieses ebenfalls aus und bedeutete dem jungen Ding, ihm ein weiteres zu bringen.

Er brauchte das berauschende Getränk. Was immer Kalas an Rechtfertigungen vorbringen mochte, es gab noch einen anderen Grund, auch wenn Herzog Kalas dies niemals eingestehen würde, weder sich selbst noch einem anderen: Jilseponie hatte, damals vor vielen Jahren in Palmaris, bevor sie ihre Affäre mit König Danube begann, seine Annäherungsversuche zurückgewiesen.

Danube hatte, genau wie Jilseponie, eine falsche Entscheidung getroffen, und nun war der gesamte Hof deswegen in Aufruhr. »Was für ein mieses Gesöff; gerade gut genug für den primitiven Geschmack von Bauern«, brummte der Herzog, seine Stimme voller Sarkasmus und Zorn. »Wie passend für eine Königin.«

Sie saß im abgedunkelten Zimmer und starrte auf den undurchsichtigen Vorhang, der ihr den Blick auf die Außenwelt versperrte. Vorhin noch hatte sie Merwick und Torrence dort draußen fechten und streiten gehört, doch jetzt waren sie längst gegangen, zweifellos um ihre neuen Freunde zu treffen, die sie seit ihrem Umzug nach Yorkeytown gefunden hatten.

Constance hatte keine neuen Freunde gefunden, und eigentlich lief ihr schon bei der Vorstellung ein Schauer über den Rücken. Sie sah fürchterlich aus und war sich dessen bewusst – wie hätte sie sich da unter die gesellschaftliche Elite Yorkeytowns mischen sollen?

Dort draußen, hinter dem Fenster, war es bereits Mittag; trotzdem trug Constance noch immer ihr einfaches Nachtkleid, und obwohl es nicht offensichtlich verschmutzt war, hatte sie es doch seit drei Tagen nicht gewechselt. Wie hatte sie so schnell so tief sinken können? Sie hatte Königin des Bärenreiches werden wollen und sich anschließend in eine Position gebracht, die ihr wahrscheinlich den Rang der Königinmutter eingetragen hätte. Und jetzt saß sie hier, von ihrer verhassten Widersacherin aus Ursal verbannt, während Jilseponie sie mit den Indizien ihres Verbrechens unter Druck setzte, als könnte sie ihr mit des Todes eigener Sichelklinge drohen.

»Sie hat gegen mich intrigiert«, murmelte Constance. »Von Anfang an. Sie hat jeden meiner Schritte verfolgt, mich geködert und abgewartet. Diese Hexe! Sie hat nur darauf gewartet, dass die arme Constance ihren endlosen Schmähungen nachgibt und sich zu verteidigen sucht. Und als ich es dann tat – ja, als Constance Pemblebury dann versuchte, ihre Stellung und ihre Kinder zu schützen –, warst du sofort zur Stelle, du verfluchte Hexe, bereit, das alles tränenreich deinem Gemahl, dem König, zu unterbreiten. Was seid Ihr doch für eine schöne und gerissene Frau, Königin Jilseponie!«

Am Ende schluchzte sie nur noch, ließ ihr Gesicht in die Hände sinken, während sich ihre Schultern zuckend auf und ab bewegten. Sie war so durcheinander, dass sie die Ränder unter ihren Augen regelrecht zu spüren glaubte, denn seit ihrer Ankunft in Yorkeytown hatte sie nicht mehr durchgeschlafen. Constance brauchte unbedingt Schlaf und war sich dessen auch bewusst, aber sie konnte nicht, traute sich nicht. Denn Danube und Jilseponie, einander wie Liebende in den Armen liegend, verfolgten sie bis in ihre Träume.

Sie hob den Kopf und starrte abermals auf den Vorhang. Fast konnte sie sich nicht mehr an die Zeit vor den großen Veränderungen in Ursal erinnern, vor Jilseponies Eintreffen. Die Zeit, als sie neben Danube und Kalas über die Felder geritten war und ihr die Tür zu seinem Schlafgemach so oft offen gestanden hatte.

Wie tief war sie gesunken! Constance war im Grunde ihres Herzens klar, dass es für all dies nur einen einzigen Grund gab, und dieser Grund war eine einzelne Frau.

Über eintausend Meilen weiter östlich stand der achtzehnjährige Aydrian am Bug der *Rontlemors Traum*, einem der größten Schiffe, das je gebaut worden war, einem gewaltigen Dreimaster. Daheim im Bärenreich bereiteten die Menschen derweil die Feier zur Wende des Jahres des Herrn 844 vor, oder sie verriegelten und vernagelten nur ihre Häuser, um den nächsten Winter zu überstehen.

Hier draußen aber, auf den glitzernd hellen Wogen des Mirianischen Ozeans, schien es weder Jahreszeiten noch Zeitgefühl zu geben. Was blieb, war ein Gefühl völliger Zeitlosigkeit, von Ewigkeit im endlosen Auf und Ab der immerwährenden Dünung und des niemals endenden Lebenskreislaufs, der sich unmittelbar unter dem tiefblauen Himmelszelt abspielte. Aydrian, seit seinem Aufenthalt bei den Touel'alfar im Einklang mit der Natur, konnte nicht bestreiten, dass ihn ein Gefühl von Frieden und Gelassenheit überkam; vielleicht zum allerersten Mal in seinem Leben existierte er gänzlich in der Gegenwart, ohne ständig an Vergangenheit oder Zukunft oder die Folgen seines Tuns zu denken. Er tat überhaupt nichts, existierte einfach nur. Er kam sich vor wie ein riesiges Gefäß, ließ sich von der Gischt des Meeres, den Sonnenstrahlen und den Gerüchen an Körper und Seele durchdringen.

Und das war seltsam angenehm; denn er war klug genug, sich nicht beirren zu lassen und nicht über das Gefühl nachzudenken, denn das hätte diesen magischen Augenblick zerstört.

Zwanzig Schritte hinter seinem Rücken, in der Nähe der Deckmitte, reagierten Marcalo De'Unnero und Sadye ganz anders auf diese Seereise.

»Der Krieg in Behren wird sich für uns vorteilhaft auswirken, vorausgesetzt, wir stellen es richtig an«, überlegte De'Unnero gerade, denn Olin hatte ihm und seinen Gefährten von dem Aufruhr erzählt, der auf das Königreich im Süden übergegriffen hatte, ein Aufruhr in einer westlichen Provinz To-gais, der zu einer allgemeinen Revolte gegen den Häuptling der Chezru und seine strenge Yatol-Herrschaft geworden war. Aydrian, der die Ursache erahnte, hatte die Neuigkeiten mit einem wissenden Grinsen aufgenommen.

»Olin befürchtet, wir könnten eine ähnliche Revolte wie die Yatols provozieren«, gab Sadye zu bedenken. »Und bei seinen Schilderungen, wie das gemeine Volk sich gegen eine Kirche erhebt, ist mir auch nicht gerade warm ums Herz geworden.«

»Olin betrachtet die Lage von einem falschen Standpunkt aus«, versuchte De'Unnero sie zu beruhigen. »Wir werden einen weltlichen Aufstand im Bärenreich anzetteln, Aydrian, nach Danubes eigenen Worten der rechtmäßige Thronerbe, als Galionsfigur benutzen und anschließend daran gehen, die erforderlichen Veränderungen innerhalb der Kirche durchzusetzen.«

»Danube wird ihn nicht akzeptieren«, stellte Sadye nüchtern fest.

»Du gehst davon aus, dass Danube überhaupt von seiner Existenz erfährt«, erwiderte De'Unnero verschlagen.

»Danubes Anhänger werden ihn sogar noch viel weniger akzeptieren«, beharrte Sadye, der immer wieder die gleichen alten Zweifel und Bedenken kamen.

De'Unnero hatte sich mit ihrer Nervosität abgefunden. Während der letzten Monate hatten sie diese Diskussion viele Male geführt, und nahezu täglich, seit sie Abt Olin getroffen und damit begonnen hatten, ihren großen Plänen die ersten Taten folgen zu lassen.

»Abt Olin hat keinen Zweifel an seiner Überzeugung gelassen, dass Aydrian niemals ohne Krieg den Thron besteigen kann«, fügte Sadye hinzu.

Die Bemerkung kümmerte De'Unnero nicht im Mindesten, eine Einstellung, die sein Gesicht angemessen widerspiegelte. »Deswegen ja auch unsere derzeitige Reise«, erwiderte er. »Du machst dir keine Vorstellung, wie viel Macht Reichtum bedeutet. Du hast dich viel zu lange am Rand der Gesellschaft und der Zivilisation aufgehalten, wo die Menschen viel zu sehr mit ihren täglichen Bedürfnissen beschäftigt sind, um in größeren Zusammenhängen zu denken.«

»Wie umfangreich werden denn diese Geldmittel sein müssen, um die Armee aufzustellen, die du dir vorstellst?«, fragte Sadye. »Die Kingsmen stehen treu zu Danube, ebenso die Küstenwache und die Allheart-Brigade«, stellte sie fest. »Seine Armee zählt mehrere zehntausend Mann – wo sollen wir, selbst mit allen Reichtümern der Welt, so viele Soldaten hernehmen?«

De'Unnero zwinkerte ihr zu und sah hinüber zum Rest seines Flottenverbandes, einem bunten Durcheinander aus einem Dutzend Schiffen, die in Größe und Bauart von der schweren *Ront-*

lemors Traum bis zu den leicht dahingleitenden Piratenseglern und Einmastern reichten. Olin hatte die Flotte kurzfristig und unter dem simplen Versprechen auf schnellen Gewinn zusammengestellt. Wie viel mehr konnten Olin und De'Unnero erreichen, wenn diese Reichtümer erst verfügbar waren?

Sadyes Bedenken hatten aber durchaus auch etwas für sich, wie er wusste, trotzdem zerbrach er sich ihretwegen nicht übermäßig den Kopf. Ein Beutel Edelsteine, magisch oder nicht, vermochte Einstellung und Loyalität eines Mannes grundlegend zu verändern, und De'Unnero und Olin würden schon bald genug Edelsteine besitzen, um die Loyalität eines jeden Mannes im Bärenreich auf eine harte Probe zu stellen.

Er ließ den Blick abermals über die Flottille wandern, bis sein Blick schließlich am Schiff eines besonders verabscheuungswürdigen Piraten hängen blieb. Wie würde er wohl reagieren, wenn sein Frachtraum bis zum Rand mit Edelsteinen gefüllt war?, überlegte De'Unnero. Würde er abdrehen und sich aus dem Staub machen? Fast hoffte Marcalo De'Unnero es, denn anschließend würden er in seiner Katzengestalt und Aydrian mit seinen magischen Steinen, dem Piraten samt Mannschaft den Garaus machen.

Eine spaßige Vorstellung.

Vorn am Bug sonnte sich Aydrian noch immer in dem Gefühl, ganz in der Gegenwart zu leben; keine Sorge trübte seine Gedanken, und Körper und Geist waren im Einklang mit ihrer Umgebung.

Er wusste, dies war nur die Ruhe vor dem Sturm, doch daran verschwendete er jetzt keinen Gedanken. Der Welt standen gewaltige Umwälzungen bevor, und er würde die magischen Steine in Händen halten, die diese Explosion bewirkten.

Der Name Aydrian würde noch viele tausend Jahre überdauern.

Teil Zwei

SCHLOSS URSAL IM ZWIELICHT

Der Eifer und die Entschlossenheit, mit der sie an die Sache herangehen, ist einfach erstaunlich – und mindestens ebenso spektakulär wie die Frachträume voller Edelsteine, die wir von diesem fernen, unbelebten Eiland mitgebracht haben. Abt Olin gebietet über einhundert Händler, die sie von Behren bis in den Golf von Korona verkaufen, und parallel dazu lassen er und De'Unnero über einhundert hart arbeitende Agenten Söldner anwerben und – noch weit beeindruckender – die Truppen des Königs auf jeder Befehlsebene unterwandern. Mit jedem Tag nehmen ihre Pläne festere Gestalt an, und das Ziel – die Krone Ursals und die Vorherrschaft über die abellikanische Kirche – scheint jetzt so greifbar nah wie nie zuvor.

Sie sind im Glauben, sich meiner Person und Herkunft zu bedienen, um sich dadurch eine sichere Stellung zu verschaffen. Wie ihre Edelsteine betrachten sie mich als nützlichen Gebrauchsgegenstand, und zumindest Olin und De'Unnero unterschätzen mich aufgrund meines Alters.

Aber ich bin nicht mehr derselbe unbedarfte Knabe, den Marcalo De'Unnero vor all den Jahren aufspürte. In diesem Sommer werde ich meinen neunzehnten Geburtstag begehen, und dank meiner Zeit bei den Touel'alfar, dank all der Dinge, die ich von De'Unnero und Sadye lernen konnte, und all dessen,

was ich auf meinen Reisen erlebt habe, sind mein Verständnis und meine Kenntnis dieser Gesellschaft und seiner Menschen ausgeprägter als bei meinen Altersgenossen.
Deshalb können sie mich auch nicht ausnützen, wie sie glauben. Eher ist es umgekehrt; ich benutze sie, um den Weg zu finden, der mich zu meiner Bestimmung führt. De'Unnero und Olin sind Werkzeuge in meiner Hand; sie werden nach den Zielen innerhalb der Kirche greifen, und ich werde sie bis zuletzt darin unterstützen. Letztendlich aber gebietet der König, und es ist Aydrian, nicht De'Unnero und auch nicht Olin, der für dieses Amt geboren wurde. Bis ich den Thron bestiegen habe, werde ich sie in dem Glauben lassen, sie könnten mich zu ihrem Werkzeug machen, danach jedoch …
Danach werde ich sie gerade noch so lange dulden, wie ihr Tun meinen eigenen Zielen nicht im Wege steht.
Ganz amüsant finde ich, dass De'Unnero und Olin im Wesentlichen dieselben Ziele verfolgen. Beide sehen sich als ehrwürdiger Vater einer neu gestalteten Kirche.
De'Unnero spricht ohne Unterlass davon, dass er Olin als Anwärter auf diesen Posten sieht, um im selben Atemzug zu erklären, er wolle sich auf diese Aufgabe vorbereiten, um nach Olins Tod, den beide schon recht bald erwarten, sein Nachfolger zu werden.
Ich glaube ihm keinen Moment.
Seit wir uns das erste Mal begegnet sind, predigt mir De'Unnero Geduld und versichert mir, dass es ein weiter Weg sein wird bis zu unserem Ziel. Dabei weiß ich, dass er alles andere als geduldig ist – genau wie ich. Er hat es verstanden, bis hierhin den richtigen Weg zu wählen, und wird von nun an jeden Schritt sorgfältig abwägen, aber ist das Ziel erst mal in Sicht, kommt das angestrebte Amt in greifbare Nähe, wird sich seine Geduld erschöpft haben, und Abt Olin wird abgeschoben oder vielleicht auch einfach umgebracht werden.

Denn eins ist völlig ausgeschlossen: dass Marcalo De'Unnero die Schätze, die wir aus Pimaninicuit mitgebracht haben – Unmengen von Säcken voller Edelsteine –, jemals freiwillig teilen wird, um eine Armee aufzustellen, die Olin zu irgendeinem Amt verhilft. In meinem Fall liegen die Dinge wahrscheinlich anders, da De'Unnero meine Inthronisierung für ein einfacheres Unterfangen hält als die Übernahme der Kirche, die sehr viel tiefer als das Königreich von Demokratie und Tradition durchdrungen ist. Mehr als einmal sagte er zu mir: »Mach einen Mann zum König, und das Volk wird ihn akzeptieren, weil es nicht anders kann. Den Thron zu übernehmen, ist sehr viel einfacher, als ihn zu halten.«
Ich habe mittlerweile eine Menge über die Gesellschaft meines Volkes gelernt, und vor allem habe ich begriffen, warum Lady Dasslerond und die Touel'alfar die Menschen hassen – oder zumindest verachten. All das Chaos, die heimlichen Pläne, von denen jedes Herz durchdrungen ist, und diese mörderische Treulosigkeit!
Und doch fällt es den Elfen sehr viel leichter, so zu empfinden, wie sie es eben tun, und im Einklang mit ihren angeblich höheren Prinzipien zu handeln, denn ihre Lebenserwartung beträgt mehrere Jahrhunderte. Ihre Geduld gründet allein auf Zeit; erreichen sie ein bestimmtes Ziel nicht in diesem Jahrhundert, so bringen sie die dafür erforderliche Zeit und Geduld bestimmt im nächsten auf. Die Touel'alfar sind außer Stande, die niederschmetternde Wahrheit der menschlichen Existenz zu begreifen: dass das Leben viel zu kurz ist, um Träume zu verwirklichen. Und ebenso wenig begreifen sie, dass es sich lohnen könnte, alles, sogar das Leben selbst, aufs Spiel zu setzen, denn ein solches Risiko könnte einen Elfen sechs Jahrhunderte seines Daseins kosten. Wie hoch ist im Vergleich dazu das Risiko eines Menschen, selbst eines jungen Menschen wie mir? Ein paar Jahrzehnte? Vermutlich gerade

mal deren zwei oder drei, wenn man die Zeit nimmt, die man bei guter Gesundheit und voller Vitalität erlebt.
Es besteht noch ein weiterer grundlegender Unterschied zwischen den Lebensauffassungen der Arten. Ganz ähnlich den Menschen bewahren die Elfen die Erinnerung an ihre toten Helden, aber eben auch an ihre lebenden. Den Menschen ist ein solcher Luxus nicht beschieden; viele, die nach meiner Thronübernahme offen ihre Feindschaft aussprechen, werden mich überleben und mich zeit meines Lebens mit einem Schleier aus boshaften Bemerkungen, wenn nicht gar Verrat, umgeben.
Das Wichtigste für die Existenz des Menschen ist daher sein Vermächtnis. In hundert Jahren, wenn die Freunde des derzeitigen Regimes längst nicht mehr leben und die Länder, die ich noch erobern werde, voll und ganz im Bärenreich aufgegangen sind, wird der Name König Aydrians nur umso heller erstrahlen. Und in zweihundert Jahren sogar noch heller.
In eintausend Jahren dann wird die Legende die Wirklichkeit längst übertroffen haben, denn dann sind bestenfalls noch die Monumente meiner Herrschaft übrig, die Schlösser und Paläste, die neu gezogenen Grenzen sowie die prächtige Stadt Aydrian, die jetzt noch Ursal heißt. In eintausend Jahren wird man mich für einen Gott halten – für größer, als je ein lebender Mensch sein könnte.
Zu dieser Gewissheit bin ich durch Sadyes Lieder gelangt. Die Geschichte ist voll von ähnlichen Beispielen.
Ich sehe, wie die Bedingungen um mich herum immer günstiger werden.
Geduld, nur Geduld.

Aydrian, der Nachtfalke

7. Eine Frage des Stils

Sein Genörgel endete mit dem Tag, an dem man ihm das erste fertige Teilstück umschnallte, einen leicht gebogenen Metallpanzer, der über die Arme geschoben wurde und seinen Brustkorb vorne und an beiden Seiten bis unter die Achselhöhlen schützte. Bis zu diesem Augenblick war Aydrian überzeugt gewesen, dass die Rüstung, die man eigens für ihn anfertigte, eher von Nachteil als von Vorteil sei, dass sie ihn in seiner Beweglichkeit behindern und der Schnelligkeit seiner Füße berauben werde und er von Gegnern getroffen werden könnte, die ansonsten mit ihren Klingen nicht einmal in seine Nähe kommen würden.

Aydrian musste mehrmals an sich herabsehen, um zu begreifen, dass er den metallenen Panzer bereits anhatte, denn er spürte kaum mehr Gewicht als von einem Hemd aus schwerem Stoff.

»Es kommt einzig auf das Anpassen an«, sagte Garech Callowag, der Waffenschmied, den Olin für die Herstellung von Aydrians Rüstung aus einem kleinen Dorf hatte kommen lassen. Als ehemaliger Ausstatter der Allheart-Brigade würde sich Garech vermutlich als unschätzbare Hilfe erweisen – und das nicht nur wegen seiner außergewöhnlichen Arbeit für Aydrian, der um jeden Preis geschützt werden musste, sondern auch wegen seiner Vorschläge, wie sich die Rüstungen der Söldnerarmee verbessern ließen, die derzeit insgeheim im ganzen Land aufgestellt wurde. »Richtig verteilt und körpergenau angepasst, wird er sie kaum spüren.«

»Ich spüre sie überhaupt nicht«, sagte Aydrian offensichtlich überrascht und beeindruckt und vollführte blitzschnell eine Finte mit anschließendem Rückzug.

»Körpergenau?«, wiederholte Sadye fragend, und Aydrian merkte deutlich, wie sie bei dieser Bemerkung seinen nahezu nackten Körper von Kopf bis Fuß aus ihren braunen Augen musterte. In letzter Zeit schien sie das immer häufiger zu tun. »Und wenn der Körper seine Form verändert?«

»Ich habe von Anfang an erklärt, dass eine Aufgabe, wie sie Meister De'Unnero von mir verlangt, eine ausgiebige Beschäftigung mit der Materie erfordert«, erläuterte Garech. »Wir werden sie wöchentlich anpassen, und noch öfter, falls eine Verwundung seine Körperhaltung verändert.«

»Das ist ziemlich unwahrscheinlich«, warf Aydrian ein, und Sadye musste lachen. Der junge Mann bedachte die Bardin mit einem forschen Blick, bemerkte ihr Schmunzeln und das Funkeln in ihren Augen und fragte sich – bestimmt nicht zum ersten Mal –, ob sie sich womöglich zu ihm hingezogen fühlte. Schließlich stand Sadye Aydrian altersmäßig erheblich näher als De'Unnero.

Wie sollte er auf mögliche Annäherungsversuche dieser Frau reagieren? Die Frage verwirrte Aydrian nicht wenig, zumal er nicht bestreiten konnte, dass er eine ganze Menge für Sadye empfand, von Lust bis hin zu Respekt. Nichtsdestotrotz blieb die Tatsache, dass De'Unnero für ihn und seine Bestimmung wichtig war. Ohne De'Unnero würde Aydrian es auf seinem Weg nach oben sehr viel schwerer haben. Ohne De'Unnero verstünde er wohl kaum das innere Gefüge des Militärs, ganz zu schweigen von den komplizierteren Abläufen innerhalb der abellikanischen Kirche.

»Bis die Rüstung endgültig fertig ist, wird es noch drei Monate dauern«, erklärte Garech, dessen Worte Aydrian aus seinen ebenso verwirrenden wie amüsanten Gedanken rissen.

»Und wie wird ihr Gewicht dann sein?«, fragte Sadye.

»Zweifellos beträchtlich«, musste Garech zugeben. »Ich kann Euch jedoch versichern, dass es perfekt verteilt sein wird, so dass Euer junger Krieger es kaum spürt.«

»Ich werde es überhaupt nicht spüren«, verbesserte ihn Aydrian. »Oder ich ziehe sie gar nicht erst an.«

»Meister De'Unnero war absolut eindeutig in seiner Vorgabe, dass Ihr geschützt werden müsst, junger Krieger«, erwiderte Garech. »Ich habe die Ritter der Allhearts ausgestattet, deren Rüstung geradezu legendär ist; trotzdem wird die blinkende Rüstung der Allhearts verblassen neben der, die ich für Euch konstruiere. Da ich Euch auf Schritt und Tritt begleiten werde, um sie den Anforderungen entsprechend zu ändern, wird sie erheblich dünner und weniger sperrig sein. Auf der ganzen Welt wird es keine zweite Rüstung geben wie diese.«

Aydrian zweifelte nicht an seinen Worten, und im Grunde freute ihn Garechs Selbstvertrauen sogar. Man stelle die besten Handwerker ein und lasse sie ihre Arbeit tun, war Marcalo De'Unneros Devise, wenn es darum ging, wahre Macht zu erlangen, eine Devise, die Aydrian nur zu gern befolgte. Garech war zweifellos der beste verfügbare Mann und der beste Waffenschmied weit und breit – sonst hätte er schließlich nicht als Ausstatter der Allhearts in den Diensten des Königs gestanden. Es gab jedoch noch eine andere Art von Rüstung, und von der verstand er wenig.

»Ich habe Euch Edelsteine gegeben, die in das Metall eingesetzt werden sollen. Kann Euch das gelingen, ohne die Steine zu beschädigen?«, fragte Aydrian.

»Oh, Ihr mögt es gern ein wenig prunkvoll?«, fragte Garech mit einem amüsierten Lachen. Offenbar schrieb er Aydrians Nachfrage ausschließlich dessen Eitelkeit zu.

Aydrian sah hinüber zu Sadye, sah die Glut in ihren Augen

und spürte, dass sie ganz genau wusste, welche Absicht sich in Wahrheit hinter seiner Bemerkung verbarg – schließlich trug sie selbst stets ein mit Edelsteinen verstärkes Instrument bei sich.

»Ganz recht, ich mag es gern ein wenig prunkvoll«, beantwortete er Garechs Frage.

»Nun, sie wird glänzen und blinken«, erwiderte der Waffenschmied, noch immer ohne zu begreifen, was Aydrian tatsächlich mit seiner Frage bezweckte. »Meister De'Unnero hat ausdrücklich die edelsten Metalle verlangt, die zudem äußerst fein poliert und mit Silber und Gold abgesetzt sein werden. Eure Feinde werden geblendet sein, wenn sich die Sonne in Eurer Rüstung spiegelt, junger Krieger.«

»Die Edelsteine«, wiederholte Aydrian und musste sich zwingen, ruhig zu bleiben. »Ich werde Euch anweisen, wo Ihr sie anbringen müsst.«

Garech wich einen Schritt zurück. Offensichtlich war er es nicht gewöhnt, dass man ihm vorschrieb, wie er seine Arbeit zu machen hatte. Er schaute zu Sadye hinüber, sah, wie sie nickte, und blickte dann auf die Stelle, wo er das kleine Säckchen mit den Edelsteinen, die Bezahlung für seine Dienste, hingelegt hatte; es enthielt ein größeres Vermögen, als er je besessen hatte, als er sich jemals hätte träumen lassen.

Als Aydrian die begehrlichen Blicke des Waffenschmieds sah, wusste er, dass er seinen Willen ohne weitere Diskussionen bekommen würde.

Am nächsten Tag war er wieder in der Werkstatt, die Olin Garech im unteren Stockwerk von St. Bondabruce eingerichtet hatte, und am darauffolgenden ebenfalls, wie auch in den beiden nächsten Wochen. Jeden Tag erwachte Aydrian in der Hoffnung, De'Unnero werde zurückkehren und etwas Wichtigeres für ihn zu tun haben als diese ermüdende Prozedur; er sah ohnehin keinen Sinn in der nervenaufreibenden Anpasserei, da ihm das

Einsetzen der magischen Steine seiner Ansicht nach ohnehin jeden erforderlichen Vorteil bescherte. Doch sobald er unschlüssig wurde, war Sadye zur Stelle, baute sich vor ihm auf, machte ihm Vorwürfe und redete ihm scharf ins Gewissen, alles hänge davon ab, dass seine Sicherheit gewährleistet war.

»Du solltest dich geehrt fühlen, dass wir deinetwegen weder Kosten noch Mühen scheuen«, sagte sie dann stets, woraufhin Aydrian nur mit den Achseln zuckte.

Die einzige Aufregung ergab sich für den jungen Hüter gegen Ende des Anpassens, als Abt Olin unerwartet in Begleitung eines unbekannten Mannes in die Werkstatt kam, eines muskelbepackten Kerls mit dem krausen Haar und der dunklen Haut eines Südbehrenesers. Er trug ein gewaltiges Schwert auf den Rücken geschnallt, dessen Klinge leicht gebogen war und keinen Handschutz oberhalb des Hefts aufwies.

»Endlich habe ich eine Waffe gefunden, die einem König angemessen ist«, verkündete Olin. Auf sein Nicken zog der hoch gewachsene Mann das Schwert hinter seinem Rücken hervor und präsentierte es respektvoll.

Aydrian stieg zwar nicht von dem Podest herab, auf dem Garech ihm die Rüstung angepasst hatte, aber er betrachtete das offenkundig vortreffliche Schwert aufmerksam, dessen Klinge glänzte und dessen Schneide, wie er sofort erkannte, als der Hüne sie herumdrehte, unglaublich scharf war.

Aydrian warf einen Seitenblick auf Sadye; beide wussten genau, dass das Schwert, das Aydrian zurzeit trug, wohl kaum jemals seinesgleichen finden würde.

»Geschmiedet von Ramous Sou-dabayda«, verkündete Abt Olin feierlich, so als sei der Name von besonderer Wichtigkeit.

Aydrians Gesicht verriet, dass er die Anspielung nicht verstand.

»Er war der erste Waffenschmied ganz Behrens«, fügte Abt

Olin als Erklärung an, was nicht etwa Aydrian, sondern Garech Callowag zu einem verächtlichen Schnauben animierte.

Der kräftig gebaute Kerl verengte seine Augen zu bedrohlich schmalen Schlitzen und sah den Waffenschmied an.

»Behreneser waren uns, was Waffen und Rüstungen anbelangt, niemals überlegen«, erklärte Garech.

»Nicht in der Menge, das stimmt«, erwiderte Abt Olin. »Denn sie verfügen über sehr viel weniger Rohstoffe, die sie verarbeiten können. In Behren, wo es nur wenig Wald gibt, ist es schon schwierig genug, den Brennstoff für die Essen aufzutreiben.

Aber in der Qualität durchaus«, fuhr der Abt mit glänzenden Augen fort. »Es kann wohl kaum ein Zweifel an der Vortrefflichkeit der alten behrenesischen Techniken bestehen, wie zum Beispiel dem tausendfachen Falzen des Metalls – wie bei diesem Schwert hier.«

Aydrian besah sich das Schwert genauer.

»Ja, ganz recht!«, erklärte Olin. »Es handelt sich um eine gefalzte Klinge, die mit jedem Hieb und durch jede Abnutzung nicht etwa schartiger, sondern schärfer wird!« Er bedeutete dem kräftigen Kerl, zu Aydrian hinüberzutreten. »So nimm es schon in die Hand!«, forderte er den jungen Hüter ungeduldig auf. »Nimm es und spüre, wie gut es in der Hand liegt.«

Aydrian ergriff die Klinge mit einer Hand, schwang sie mühelos, packte sie dann mit beiden Händen und ließ sie mit einer kraftvollen, schneidenden Bewegung nach unten sausen. Es war zweifellos eine prachtvolle und aufgrund ihrer leichten Krümmung überaus elegante Waffe. Aber gerade die Krümmung und die immer währende Schärfe der Schneide gaben Aydrian die Gewissheit, dass sie ihm nicht einmal als Ersatz für das prächtige Schwert Sturmwind dienen konnte. Dieses Schwert war eine Hiebwaffe, ganz ähnlich denen, die die Männer aus dem Bärenreich trugen. Aydrian dagegen bevorzugte einen Stil des schnellen Vorstoßens und Zustechens, eher ein Vor und Zurück als eine kreisförmige Bewegung, und für diesen Stil, den *Bilnelle dasada*, kamen nur die leichteren, galvanisierten Waffen in Frage, wie sie die Touel'alfar herstellten.

»Eine vorzügliche Waffe«, bestätigte er und warf sie dem groß gewachsenen Mann wieder zu, dessen Miene sofort einen niedergeschlagenen Ausdruck annahm. »Meine Empfehlung an Ramous Sou-dabayda.«

»Es gehört dir!«, beharrte Abt Olin.

»Es gehört weder mir, noch würde ich mich jemals dazu herablassen, es zu tragen«, verbesserte ihn Aydrian. »Es passt nicht zu mir.«

»Die Waffe ziemt sich für einen König!«, rief Olin empört. »Und zwar für jeden König, aus welchem Königreich auch immer! Lehnst du sie etwa ab, weil sie in Behren und nicht im Bärenreich hergestellt wurde?«

Aydrian grinste und betrachtete den alten Abt, der regelrecht zitterte, so aufgebracht war er über Aydrians Ablehnung. Jetzt zeigte Olin sein wahres Gesicht, wie der junge Hüter aus De'Unneros Erzählungen über den Abt wusste. Es war ein perfektes Beispiel dafür, warum Abt Olin niemals das Amt des ehrwürdigen Vaters würde erringen können, warum die anderen aus der abellikanischen Kirche Angst davor hatten, ihn mit einer Machtposition zu betrauen. Denn Olin fühlte sich von ganzem Herzen mit diesem Königreich im Süden verbunden. Alles Behrenesische fand bei ihm grundsätzlich Anklang und berührte ihn auf einer emotionalen Ebene, die er sich vermutlich nicht einmal selbst erklären konnte. Bestimmt wäre Olin vollends begeistert, wenn er den König des Bärenreiches bei Staatsakten mit einer in Behren geschmiedeten Waffe auftreten sähe.

»Ich lehne es ab, weil es nicht zu meinem Kampfstil passt«, erklärte Aydrian vollkommen ruhig. »Mit einem solchen Schwert, selbst wenn es so wunderbar gefertigt ist wie dieses hier, stünde ich im Kampf auf verlorenem Posten. Ich lehne es ab, weil ich nicht die Absicht habe, mein Leben aufs Spiel zu setzen, nur um Eure persönlichen Vorlieben zu befriedigen.«

Abt Olin bekam so große Augen, dass sie ihm fast aus dem Kopf zu fallen schienen, und auch das scharfe Geräusch, mit dem die etwas abseits stehende Sadye die Luft einsog, erinnerte den jungen Hüter, dass er womöglich ein wenig zu weit gegangen war.

»Es gibt auf der ganzen Welt keine größeren Krieger als die behrenesischen Chezhou-Lei«, stellte Abt Olin kategorisch fest.

»Die aber in einem ganz speziellen Stil ausgebildet sind«, versuchte Aydrian zu erklären.

»Einem Stil, den zu lernen dir gut anstünde!«, beharrte Olin, sah zu dem hünenhaften Mann hinüber und klatschte scharf in die Hände.

Der Behreneser hielt das Schwert senkrecht vor seinen Körper, fand seinen Mittelpunkt, sein Gleichgewicht. Dann begann er mit einer Abfolge von Bewegungen, die sich von Aydrians allmorgendlichem Schwerttanz völlig unterschieden und doch vom Sinn her ganz ähnlich waren: Sie schufen eine Art fließendes Gedächtnis in seiner Muskulatur, das es ihm ermöglichte, selbst kompliziierteste Bewegungsabläufe fast ohne nachzudenken und in extrem hohem Tempo auszuführen. Der Tanz zog sich hin, wurde dynamischer und endete schließlich damit, dass der hünenhafte Mann sich mit kaum noch nachvollziehbarer Geschwindigkeit und Präzision von rechts nach links und diagonal vor und zurück bewegte.

Dann hielt er unvermittelt inne. Das Schwert genau vor seinem Körper, nahm der Krieger wieder seine konzentrierte Grundhaltung ein. Olin strahlte über das ganze Gesicht, und Sadye applaudierte sogar.

»Ist er ein Chezhou-Lei?«, fragte Aydrian.

»So ist es«, antwortete Olin. »Du tätest gut daran, von ihm zu lernen.«

Das wollte Aydrian gar nicht bestreiten – wenn er neue Techniken erlernte, würde er einige der Bewegungen vermutlich in seinen eigenen Kampfstil einbauen können; allerdings hielt er die Angelegenheit nicht für dringlich. Denn beim Zusehen hatte er zahlreiche Lücken in der Verteidigung bemerkt, die er mit Hilfe des *Bilnelle dasada* sehr gut hätte nutzen können.

»Ich glaube eher nicht«, erwiderte Aydrian fast schon arrogant und bedeutete Garech mit einem Nicken, er möge mit seinem Anpassen fortfahren.

Aus dem Augenwinkel sah Aydrian, dass Olin vor Wut schäumte. »Es gibt auf der ganzen Welt keine vortrefflicheren Krieger«, begann der alte Abt zu protestieren.

»Doch, die gibt es!«, fiel ihm Aydrian ins Wort, und diesmal bekam nicht nur Abt Olin, sondern auch der hünenhafte Krieger vor Empörung und Zorn große Augen. »Sie werden Hüter genannt.« Er wollte noch hinzufügen, dass wahrscheinlich auch Marcalo De'Unnero im Stande wäre, jeden Chezhou-Lei im Kampf zu besiegen, verkniff sich die Bemerkung jedoch, denn er wusste genau, wenn er einen Krieger, selbst einen im Abellikaner-Orden ausgebildeten, über einen der von Olin so heiß geliebten Behreneser stellte, würde sich der alte Abt nur noch stärker provoziert fühlen.

»Ich weiß Eure Bemühungen zu schätzen, Abt Olin«, sagte Aydrian einen Moment später. Die Spannung war noch immer geradezu mit Händen greifbar. »Trotzdem, und bei allem Respekt, ich lehne Euer Angebot ab. Wenn meine Zeit es zulässt, werde ich vielleicht ein wenig Unterricht in diesem eindrucksvollen Kampfstil nehmen, aber das, was ich bereits weiß, wird er trotzdem nie ersetzen können.«

»Aus dir spricht die Torheit jugendlichen Stolzes«, erwiderte Olin.

Aydrian lachte amüsiert. »Ich habe Euren Stil gesehen, ich kann ihn also mit meinem vergleichen«, erklärte er ziemlich dreist. »Ihr dagegen habt mich noch nie kämpfen sehen.«

Abt Olins Miene verfinsterte sich. »Dann zeig es mir doch«, sagte er leise und drohend und nickte abermals seinem Begleiter zu, der daraufhin einen Schritt zurücktrat und Aydrian, das Schwert zum Salut erhoben, scharf musterte.

»Das ist wohl kaum der rechte Augenblick ...«, wandte Sadye ein, aus deren Miene die Sorge um Aydrian sprach. »Ihr wollt sie ohne Rüstung und mit echten Waffen gegeneinander kämpfen lassen?«

»Mit dieser Methode vervollkommnen die behrenesischen Chezhou-Lei ihr Können«, antwortete Abt Olin kühl. »Dabei wird manch einer verletzt oder sogar getötet, aber das ist eben der Preis der Vollkommenheit.«

Aydrian sprang breit grinsend von dem kleinen Sockel herunter; er konnte es gar nicht erwarten, sich der Herausforderung zu stellen. Er wollte schon zur Seitenwand der Werkstatt hinübergehen, wo er Sturmwind abgestellt hatte, als Sadye ihn am Arm festhielt und mit besorgtem Blick den Kopf schüttelte. »Es steht zu viel auf dem Spiel«, sagte sie, gleichermaßen zu Abt Olin und zu Aydrian. »Es kann nicht sein, dass unsere Pläne zunichte gemacht werden, nur weil Ihr unbedingt die Überlegenheit der behrenesischen Methoden beweisen wollt, Abt Olin. Oder weil Aydrian diese Herausforderung in seinem jugendlichen Stolz nicht ablehnen kann.«

Eine Zeit lang herrschte betretenes Schweigen.

»Nein, natürlich nicht«, sagte Abt Olin schließlich mit einem strengen Seitenblick auf Aydrian, den der junge Hüter jedoch zehnfach erwiderte.

»Ich werde das Chezhou-Schwert jedenfalls nicht annehmen«, wiederholte Aydrian. »Auf der ganzen Welt gibt es kein Schwert, das sich mit Sturmwind messen könnte, und wenn, doch dann gehört es einem anderen Hüter, und wo die sich befinden, weiß kein Mensch.«

»Die Entscheidung liegt natürlich ganz bei Euch, Meister Aydrian«, sagte Abt Olin mit leisem Spott, verbeugte sich, bedeutete seinem Begleiter, ihm zu folgen, und verließ den Raum.

»Du hast nicht gerade großes Vertrauen in mich«, sagte Aydrian zu Sadye.

»Bist du da so sicher?«, erwiderte sie.

»Du hast mich doch beim Schwertkampf gesehen«, sagte Aydrian, ihre Bemerkung überhörend. »Glaubst du etwa, ich hätte ihn nicht besiegen können?«

»Das ist doch ganz egal, denn unsere Sache hätte in jedem Fall darunter gelitten«, erklärte Sadye. »Abt Olin hat nicht das geringste Interesse daran, die Wahrheit über die Stärken oder Schwächen der behrenesischen Methoden zu erfahren. Er ist in den Traditionen des südlichen Königreiches verwurzelt, und wenn man ihm die Unsinnigkeit seines Verhaltens vor Augen führt, würde das seine Entschlossenheit, uns zu unterstützen, wohl kaum festigen. Ist das zu hoch für dich?«

Aydrian bedachte sie mit einem Lächeln, das Bewunderung und Zustimmung ausdrücken sollte, dann ging er wieder zu dem Sockel zurück, wo Garech wartete.

»Ihr hättet diesen Schurken mit dem Schwert durchbohren sollen, junger Mann«, flüsterte ihm Garech leise zu, und als Aydrian sich daraufhin kurz nach Sadye umsah, hätte er beinahe lauthals gelacht.

»Ich hätte nicht geglaubt, dass du dich zu uns gesellen würdest«, sagte Abt Olin etwas später zu Aydrian. Der alte Abt und sein Begleiter, der Chezhou-Lei, standen in dem privaten, an der Rückseite von St. Bondabruce gelegenen Kreuzgang, den Olin nach dem abendlichen Gottesdienst gewöhnlich aufsuchte, um dort zu meditieren. Er hatte Aydrian gegenüber durchblicken lassen, dass er hier sein würde und der junge Mann eingeladen sei, sich ihm anzuschließen. Obwohl er weiter nichts hinzugefügt hatte, war sowohl Olin als auch Aydrian klar, was diese Einladung tatsächlich bedeutete.

»Hat Sadye dich nicht gewarnt, wie gefährlich das sein könnte?«, fragte Olin.

»Gefährlich für mich oder für Euch?«, erwiderte Aydrian. Olins amüsiertes Lachen glich eher einem pfeifenden Keuchen.

»Ich wusste, du würdest dich der Herausforderung nicht entziehen können«, sagte der alte Mann im Tonfall selbstgewisser Überheblichkeit. »Ich weiß, wie ein Krieger fühlt, Aydrian, das kannst du mir glauben. Und ich weiß auch, dass du alle hochfliegenden Pläne und Träume, all unsere Hoffnungen und sogar dein Leben aufs Spiel setzen würdest, um deine Tapferkeit zu beweisen. Deswegen habe ich dich überraschend mit einer Herausforderung konfrontiert, denn wie so viele Menschen aus dem Bärenreich, die sich einbilden, dass die Welt an ihren Grenzen endet, möchtest du dich immer nur an dem messen, was du kennst, ohne jemals einen Gedanken an das Unbekannte zu verschwenden. Du hältst dich für den größten Krieger der Welt, dabei hast du nicht die geringste Ahnung von den Chezhou-Lei.«

Mehr als du denkst, dachte Aydrian, als er sich die Schwertdarbietung des Kriegers noch einmal in Erinnerung rief. Er musste sich zusammenreißen, um nicht zu grinsen.

»Oder von den Alpinadoranern«, fuhr Abt Olin fort. »Oder auch den Pauris – hast du überhaupt schon mal einen Pauri gesehen, junger Mann?«

Aydrian fand dies keiner Antwort wert, zumal er Olin in diesem Augenblick ohnehin kaum noch zuhörte, denn mittlerweile richtete er sein ganzes Augenmerk auf seinen Herausforderer, den muskelbepackten Chezhou-Lei-Krieger. Er sah die Entschlossenheit im Blick des Mannes; aus einigen alten Werken, die er an diesem Tag in der Bibliothek gelesen hatte, wusste er, dass die Chezhou-Lei diese Art des Wettstreits genauso ernst nahmen wie den echten Kampf. In jedem Kampf ging es um persönlichen Stolz und das Austesten der persönlichen Grenzen.

Aydrian sah das ganz genauso.

Abt Olin redete unaufhörlich weiter, sprach von den vielfältigen philosophischen Unterschieden innerhalb der Kulturen bezüglich Krieg und Kampftraining und der Rolle von Krieger und Kirche in der Gesellschaft. Hätte er genauer hingehört, Aydrian hätte ein paar wertvolle Erkenntnisse über die Enttäuschungen des alten Abts hinsichtlich des Abellikaner-Ordens gewinnen können, hätte sich ein klareres Bild machen können von den Vorstellungen, die der alte Olin verwirklicht sehen wollte. Denn anders als im Bärenreich waren die Yatol-Priester in Behren von Gott ausersehene Führer, die das Leben ihrer Untertanen bis ins Detail kontrollierten; sie waren wahre Hirten einer ihnen treu ergebenen Herde, während die Abellikaner ihre Macht mit dem weltlichen Thron teilen mussten.

In diesem Moment jedoch verschwendete Aydrian keinen Gedanken auf diese Dinge, er hörte nicht einmal, was Olin sagte, und das galt offensichtlich auch für den Chezhou-Lei-Krieger. Der muskelbepackte Hüne senkte den Kopf, um seinem jungen Gegner seinen Respekt zu bezeugen; dabei bemerkte Aydrian eine Narbe, die sich quer durch das dichte Gestrüpp seiner schwarzen, krausen Haare zog.

Der Mann war zweifelsohne kampferprobt.

Aydrian nahm eine ähnliche Körperhaltung ein und nickte

respektvoll. Er wartete auf ein Zeichen – er nahm an, von Olin –, dass der Kampf beginnen solle, aber offenbar war sein Nicken das Signal, auf das sein Gegner gewartet hatte.

Der Chezhou-Lei stürzte sich voller Ingrimm auf ihn, sein prachtvolles Schwert vor dem Körper von einer Hand in die andere wechselnd und im Kreis herumwirbelnd, so dass die Klinge vor ihm eine liegende Acht zu beschreiben schien.

Dieser allererste Ansturm, ein überfallartiger und brutaler Versuch, den Kampf zu beenden, bevor er überhaupt richtig begonnen hatte, überraschte Aydrian in seiner Heftigkeit auf dem falschen Fuß und hätte ihn um ein Haar seinen Stolz und seine heile Haut gekostet. Erwartet hatte er irgendein Vorgeplänkel, eine wohl überlegte Attacke, gefolgt von einem ebensolchen Konter, damit jeder sich besser auf den Kampfstil des anderen einstellen konnte.

Doch die Lehre der Chezhou-Lei verlangte, für Aydrian völlig fremd, einen Kampf nach Sekunden und nicht etwa Minuten zu beenden.

So wäre es dann auch fast gekommen. Aydrian hatte es allein seinen blitzschnellen Reflexen zu verdanken, dass der Kampf damit noch nicht zu Ende war. Der junge Krieger wich aus und warf, der näher kommenden Klinge ein winziges Stück voraus, den Oberkörper von rechts nach links, dann plötzlich, mit einer Kombination aus zwei wild entschlossenen Paraden, die dem Angriff ein wenig von seiner Wucht nahmen, tauchte er ganz darunter hinweg.

Nach dem nächsten Ausweichmanöver konnte er seine Füße endlich in einer einwandfreien *Bilnelle-dasada*-Stellung postieren, und sofort glitt er ohne erkennbare Bewegung des Oberkörpers blitzschnell zurück und nahm eine perfekt ausbalancierte Verteidigungshaltung ein.

Der Chezhou-Lei setzte seine verwirrende Schwertarbeit fort, ließ seine Waffe dann hinter dem Rücken verschwinden, wechselte sie in die andere Hand und beendete das Manöver mit einem geraden Stoß nach vorn, der aber nur hätte funktionieren können, wenn Aydrian sich von dem Gefuchtel hinter seinem Rücken hätte beeindrucken lassen.

Doch das war nicht der Fall. Bei den Elfen hatte er gelernt, Ablenkungsmanöver zu ignorieren und sich ausschließlich auf die Bewegungen zu konzentrieren, auf die es ankam. Also stieß er Sturmwind vor, als der stämmige Krieger sich mit gestrecktem Schwert nach vorne warf, und drückte dessen Klinge zur Seite.

Und wieder retteten ihn seine überlegenen Reflexe; denn jetzt lernte er den Vorteil einer gekrümmten Klinge kennen, einer Klinge, die eine Parade allein dadurch abwehrte, dass sie sie mit einer leichten Drehung an sich abgleiten ließ.

Aydrian riss sein Schwert augenblicklich vor den Körper, schlug sehr viel härter als sonst zur Seite aus, um die gekrümmte Klinge so weit wie möglich von seinem ungeschützten Körper wegzudrücken.

Der Chezhou-Lei schien das Manöver geahnt zu haben; sofort senkte er das Schwert und ließ es rotieren, eine kreisende Bewegung, mit der er Aydrian das Schwert fast aus der Hand gerissen hätte. Das alles ging so rasend schnell, dass er sein prächtiges Schwert rechtzeitig wieder in Position bringen konnte, um Aydrians überraschenden Vorstoß zu parieren.

Alles andere als entmutigt, glaubte sich Aydrian plötzlich im Vorteil. Er wich zurück, stieß von oben zu, wich abermals zurück, wiederholte die Attacke unten, dann griff er mit einer Serie von drei auf die Brust des Chezhou-Lei gezielten Stößen an.

Keine dieser fünf Attacken fand ihr Ziel, aber sie zwangen den sich mit hektischen Schwertbewegungen ungestüm verteidigenden Südländer in die Defensive.

Als er merkte, dass sein Schwung sich erschöpft hatte, als er die Wut und Überraschung im Gesicht des Chezhou-Lei sah, setzte Aydrian nicht weiter nach, sondern orientierte sich nach hinten und bereitete, zumindest zum Schein, seinen Rückzug vor.

Sofort ging der Krieger wieder auf ihn los und stieß mit seiner Klinge zu. Aydrian gelang es, die Attacke zu parieren. Sich immer weiter zurückziehend, näherte sich der junge Hüter einem ein Gartenspalier stützenden Pfosten – mit dem Hintergedanken, der Pfosten werde verhindern, dass der Chezhou-Lei mit seinem gekrümmten Schwert zu weit nach rechts gelangte.

Doch der Krieger stellte sich vorzüglich darauf ein und machte einen raschen Ausfallschritt nach links.

Genau das hatte Aydrian gehofft. Denn jetzt stand der muskelbepackte Mann nicht mehr unmittelbar vor ihm und konnte ihn auch nicht mehr zwingen, mit seinem Schwert seitlich weit ausholend zu parieren. Jedenfalls nicht nach links hinüber, also wechselte Aydrian sein Schwert blitzschnell in diese Hand. Als die Klinge des Chezhou-Lei sich hinter seine rechte Schulter senkte und seine Brust freigab, schlug Aydrian zu.

Die Eleganz des Kampfstils der Chezhou-Lei lag in seiner Schnelligkeit; für einen Konter waren die Bewegungen viel zu rasch, selbst wenn der Krieger durch sie immer wieder in angreifbare Positionen geriet.

Die Eleganz des *Bilnelle dasada* lag darin, dass er noch schneller war.

Aydrians Schwert durchstieß den weiten Ärmel des Chezhou-Lei, um sich gleich darauf, genau zwischen Ellbogen und Achselhöhle, in dessen rechten Arm zu bohren. Der unerwartete Treffer stoppte die wirbelnde Klinge, bevor der Behreneser sie über die Schulter heben konnte. Aydrian attackierte weiter und nagelte den Arm am Pfosten fest.

Der junge Hüter zuckte mit den Achseln, fast so, als ob er sich für den vermeintlichen Sieg entschuldigen wollte.

Olin, der etwas abseits stand, stockte der Atem. Offensichtlich war er der gleichen Meinung.

Der Chezhou-Lei sah die Sache anders. Er wechselte sein Schwert in die linke Hand und holte in weitem Bogen aus; Aydrian musste Sturmwind blitzschnell wieder herausziehen, den blutüberströmten rechten Arm freigeben und sich mehrere Schritte weit zurückziehen.

Wütend griff der Chezhou-Lei abermals an; doch inzwischen kannte Aydrian den Kampfstil des Mannes genau und passte die Schnelligkeit des *Bilnelle dasada* der Chezhou-Lei-Technik an. Nach außen hin wirkte die Chezhou-Lei-Technik eindrucksvoller, doch was die tatsächliche Schnelligkeit der Attacke betraf, war der *Bilnelle dasada* eindeutig überlegen.

Aydrians wissendes Grinsen schien den wütenden Chezhou-Lei nur zu noch wilderen Attacken anzustacheln; er überlegte schon, was er wohl noch alles anstellen musste, um diesem großartigen Krieger ein Zugeständnis abzuringen.

Er zuckte kurz mit den Achseln, eine eindeutige Aufforderung, die Niederlage zuzugeben. Der Chezhou-Lei hatte es ebenfalls bemerkt – was Aydrian an dem verzerrten Gesichtsausdruck erkannte, mit dem er darauf reagierte. War es Ehrgefühl, das ihn jetzt noch antrieb, ein verzweifeltes Aufbäumen wider besseres Wissen, das ihn zwang, noch einmal anzugreifen?

Aydrian wich weiter aus, parierte, zog sich, wenn nötig, auch zurück, schließlich aber zuckte er abermals mit den Achseln, resigniert diesmal, denn er hatte sich damit abgefunden, dass er die Überlegenheit seines Stil jenseits allen Zweifels beweisen musste. Er konzentrierte sich schärfer auf die wirbelnde Klinge.

Sie verfehlte ihn, und Aydrian griff mit einem tiefen Vorstoß an.

Wieder verfehlte ihn die Klinge, und wieder stieß er mit Sturmwind vor.

Dann ein dritter Fehlschlag – eher wegen des zu großen Schwungs als aus einem anderen Grund, wie Aydrian vermutete –, und zum dritten Mal machte der Hüter einen Ausfallschritt nach vorn.

Der Chezhou-Lei ließ immer noch nicht von ihm ab, doch diesmal zog Aydrian sich ganz zurück, hob Sturmwind und verkündete: »Du bist besiegt.«

Der etwas abseits stehende Olin machte ein völlig verdutztes Gesicht; Aydrians Attacken waren viel zu schnell gewesen, als dass er ihren Abschluss tatsächlich hätte mitbekommen können. Ihm waren sie eher wie der vergebliche Angriffsversuch eines hilflos in die Enge getriebenen Kämpfers vorgekommen.

Auch der Chezhou-Lei-Krieger machte ein verdutztes Gesicht, obwohl er offenkundig begriff, was es mit Aydrians Attacken auf sich hatte, und zwar noch bevor das Blut aus den drei säuberlichen Stichwunden in seiner Brust zu schießen begann.

Wie um sich zu entschuldigen sah er hinüber zu Olin, dann sank er auf die Knie.

Olin entfuhr ein spitzer Schrei; er eilte sofort nach einem Seelenstein rufend herbei, aber Aydrian stieß ihn einfach zur Seite und trat auf seinen besiegten Widersacher zu.

»Du bist ein überaus würdiger Gegner«, sagte er zu dem Mann, aus dessen Blick nichts als Respekt sprach.

»Das war eine ziemliche Dummheit«, sagte Sadye vorwurfsvoll, als Aydrian ihr nach Verlassen des Kreuzgangs ganz in der Nähe über den Weg lief. Offenbar wusste sie sehr genau, was sich hier gerade abgespielt hatte. Er wollte nickend an ihr vorbeigehen, aber natürlich hielt sie ihn fest.

Aydrian sah sie nur grinsend an.

»Oder willst du das etwa bestreiten?«, fragte sie. »Du hättest getötet werden können, und was wäre dann aus unseren Plänen geworden?«

»Wenn ich getötet worden wäre, wäre mir das wahrscheinlich ziemlich egal«, erwiderte Aydrian und grinste sie weiter an.

Sadye schüttelte seufzend den Kopf. »Der Chezhou-Lei ...«, begann sie.

»Lebt und ist verwundet, allerdings mehr in seinem Stolz als körperlich«, beruhigte Aydrian sie und zeigte ihr den Seelenstein, den er soeben bei dem Mann angewendet hatte.

»Abt Olin hat mir genauso misstraut wie Sturmwind«, fügte Aydrian hinzu.

»Und Kritik kannst du nicht ertragen, ja?«, fragte Sadye sarkastisch.

»Begreifst du denn nicht, wie wichtig Olin für diese Sache ist?«, fragte Aydrian. »Er – nicht wir – wird die Armee aufstellen. Er hat die Schiffe für die Fahrt nach Pimaninicuit bereitgestellt, genau wie die Flotte, die wir benötigen werden, um die Küste im Süden zu kontrollieren. Man darf seinen Einfluss innerhalb der Kirche weder unterschätzen noch ignorieren – Olins Anwesenheit ist es, die uns hier ein Standbein verschafft, so wie wir nur durch mich eine gewisse Chance auf die Krone haben. In der abellikanischen Kirche würde sicher niemand Marcalo De'Unneros Worten Glauben schenken.«

»Er ist wieder in Entel«, warf Sadye ein, und sowohl die Art, wie sie es sagte als auch ihr Gesicht verrieten Aydrian, dass ihr die unerwartete Rückkehr De'Unneros vielleicht gar nicht so angenehm war. Abermals kam Aydrian der Verdacht, dass diese sinnenfrohe, lüsterne junge Frau in ihm womöglich noch etwas ganz anderes sah als die Vorteile, die ihnen seine Herkunft verschaffte.

»Er sollte doch erst in einem Monat zurückkehren«, erwiderte Aydrian.

»Der Wertiger«, erinnerte ihn Sadye. »Gelegentlich fordert die Bestie ihre Freiheit. Er kann sich nicht lange von dir trennen, ohne dass die Gefahr einer Katastrophe besteht. Das ist eine Verantwortung, die du auch noch wirst übernehmen müssen; und ein weiterer Grund, weshalb es absoluter Unsinn war, die Herausforderung von Olins Chezhou-Lei-Krieger anzunehmen.«

»Eher wohl ein absoluter Spaß«, widersprach Aydrian, woraufhin Sadye ihn mit einem strengen Blick bedachte.

»Du täuschst dich, wenn du glaubst, ich mache mir etwas aus De'Unnero; mich interessiert ausschließlich, was ich durch ihn gewinnen kann«, sagte Aydrian kühl, Sadye genau musternd. Und tatsächlich, er sah, wie sie ganz leicht und dennoch viel sagend das Gesicht verzog.

Aydrian löste die Anspannung mit seinem typischen unschuldigen Lachen. »Abt Olin hat mir misstraut«, wiederholte er. »Und das durften wir auf keinen Fall zulassen, wenn wir unsere Ziele erreichen wollen. Jetzt habe ich das Vertrauen des Mannes, und das ist keine Kleinigkeit. Außerdem war es das Risiko wert, denn eigentlich war es gar keins.«

»Man darf die Chezhou-Lei nicht unterschätzen«, erwiderte Sadye grimmig.

»Wenn er mir im Schwertkampf überlegen gewesen wäre – was er nicht war –, hätte ich ihn vor seinem entscheidenden Hieb mit den magischen Steinen vernichtet«, beruhigte Aydrian sie. »Du glaubst, ich hätte den Chezhou-Lei unterschätzt, aber eigentlich liegt der Denkfehler bei dir. Du unterschätzt mich und meinen festen Willen, die Gipfel zu erklimmen, die du und De'Unnero mir seit unserer ersten Begegnung verlockend unter die Nase haltet. Eins versichere ich dir: Alles, was ihr plant, sind Dinge, nach denen ich schon trachtete, bevor wir uns zum ersten Mal begegnet sind. Und die werde ich auch erreichen.«

»Was wirst du erreichen?«

»Den höchsten Gipfel, den man sich nur vorstellen kann.«

»Und wo passe ich in deine hochfliegenden Pläne hinein?«, fragte Sadye.

Aydrian lächelte kokett; eine andere Antwort würde sie zurzeit nicht bekommen.

8. Schein und Sein

Alle drehten den Kopf nach ihnen um, als sie den langen, blumengesäumten Pfad zum rückwärtigen Tor von Schloss Ursal hinaufgingen.

Wenn er diesen Pfad allein entlangging, erzürnten die verdrießlichen Blicke der Leute Roger Flinkfinger gar nicht mal so sehr. Er war es gewohnt, dass man ihn anstarrte, mit Blicken, die von Ekel über Neugier bis hin zu Entsetzen reichten. Roger war als Kind sehr krank gewesen und wäre fast gestorben, und alle, die sich um ihn kümmerten, hatten ihn mehr als einmal schon fast aufgegeben. Seine Krankheit hatte sein Wachstum so sehr beeinträchtigt, dass er gerade mal fünf Fuß maß und überaus dürr war, weswegen seine Gesichtszüge – seine Augen, Ohren, Nase und Mund – für den übrigen Kopf zu groß geraten schienen. Zeit seines Lebens hatte Roger diese Blicke über sich ergehen lassen müssen.

Diesmal jedoch, das wusste er, steckte mehr als bloße Neugier hinter ihren unverschämten Blicken, zumal die meisten Zuschauer, vor allem die Frauen, auch gar nicht ihn im Visier hatten.

Denn neben ihm ging Dainsey, erhobenen Hauptes zwar, aber Roger spürte die Qualen, die sie zweifellos litt. Sie war eine

Bäuerin und hatte sich auf dem harten Pflaster von Palmaris durchgeschlagen, wo sie dank ihrer Gewitztheit und aller anderen ihr zu Verfügung stehenden Mittel überlebt hatte. Dainsey wusste sich in einer Gassenprügelei mit blanken Fäusten durchzusetzen und hatte sich wochenlang unter den entsetzlichsten Bedingungen vor Soldaten und Markwart treu ergebenen Mönchen versteckt. Dainsey hatte die Rotfleckenpest mit Mut und Würde überstanden, ohne dass man je ein Wort der Klage von ihr gehört hätte.

Diese fast unmerklichen Kränkungen dagegen hatten eine viel verheerendere Wirkung auf sie.

Die Adligen musterten sie, wie man einen durchnässten, völlig verdreckten Hund ansehen würde, der auf die Banketttafel gesprungen war. Ihre Blicke schrien geradezu »Bäuerin«, auch wenn sie nicht den Mut besaßen, es offen auszusprechen.

Und es stimmte ja, wie Roger nur zu gut wusste. Er und Dainsey waren Bauern, trotz ihrer gehobenen Stellung, die sie den Umständen in den Wirren nach dem Krieg und der Pestepidemie zu verdanken hatten. Sicher, Jilseponie hatte sie mit eleganten Kleidern ausstaffiert, doch im Grunde wussten sie beide gar nicht, wie man diese Kleidung trug. In feinen Kleidern wirkten die beiden verloren und vielleicht sogar noch deplatzierter als sonst.

Roger rief sich in Erinnerung, weshalb sie so früh, gleich zu Beginn des Frühlings, nach Ursal gekommen waren, sofort nachdem Straßen und Flüsse dies zugelassen hatten. Sie waren gekommen, um Pony beizustehen – nicht etwa Königin Jilseponie, sondern Pony Wyndon, ihrer lieben Freundin. Wenn er jetzt diese verzerrten Gesichter sah, diese schon von ihrer Gegenwart angewiderten Mienen, fühlte sich Roger nur darin bestätigt, wie dringend Pony gerade jetzt ihre Unterstützung nötig hatte.

Ihr ganzes derzeitiges Leben schien in Verbitterung zu versinken. Überall in den Straßen gingen Gerüchte um, entweder sie sei untreu oder König Danube, und dass das Paar kaum noch miteinander spreche. Jedes Gasthaus in Ursal und den umliegenden Ortschaften hallte wider von derben Scherzen über die Bauernkönigin.

All das schlug ihnen aus den Blicken dieser Menschen entgegen, die ihn jetzt musterten; am liebsten hätte Roger eine Waffe gezogen und sie niedergestreckt.

»Wie erträgt sie das nur tagein, tagaus?«, raunte Dainsey ihm zu. »Wie hält sie bloß diese Blicke aus, ohne sich dagegen zu wehren?«

»Wie soll sie sich denn wehren?«, lautete Rogers Gegenfrage. »Auf den Hof hätte das vernichtende Auswirkungen, und ihr Gemahl wäre zutiefst verletzt. Er ist der König, Dainsey; sie würde dadurch letztendlich noch viel mehr verlieren.«

»Vielleicht würde ihm ein ordentlicher Tritt in den Hintern gut tun, wenn er dieses hochnäsige Pack duldet«, ereiferte sich Dainsey.

Ihre schlichte Logik wirkte wie ein Schutzwall gegen die Blicke, und Dainseys liebenswerte Unkenntnis über das Leben bei Hofe entlockte Roger sogar ein kleines Lächeln.

Wenn es doch nur so einfach wäre!

»Gibt es vielleicht noch andere Herumtreiber, denen Ihr auf Schloss Ursal Unterschlupf zu gewähren beabsichtigt?«, fragte Herzog Kalas Jilseponie, als er die Königin auf einem hohen Balkon stehend vorfand, den Blick auf den Masur Delaval gerichtet.

Jilseponie, alles andere als überrascht, verkniff sich ihre schroffe Erwiderung. Was war dieser Kalas doch für ein Narr! Was waren sie alle für Narren, weil sie einfach nicht einsehen wollten, dass Roger Flinkfinger dieses Gemach auf Schloss Ursal sehr viel eher verdient hatte als so manch anderer. Wie viele Menschenleben hatte er im Dämonenkrieg gerettet? Fünfzig? Fünfhundert? Furchtlos hatte er sich in den Kampf gestürzt, war ganz allein nach Caer Tinella gegangen, um die Gefangenen der Pauris zu befreien, und hatte selbst dann noch unerschütterlich an seinen Prinzipien festgehalten, als er sich damit einen entsetzlichen Tod durch die Hand Markwarts einzuhandeln drohte. Und während dieser ganzen Zeit hatte der Adel geschlossen hier herumgesessen, sich an Wein und Elfentrester gütlich getan und sich mehr über seine elegante Garderobe den Kopf zerbrochen als über eine arme alte Witwe, die jeden Augenblick von den grässlichen Pauris in Caer Tinella hingerichtet werden konnte, hatte eher mit hinterrücks getuschelten Beleidigungen gekämpft als mit dem Schwert in der Hand und einer aufrechten Gesinnung.

Jilseponies Augen verengten sich zu schmalen Schlitzen, als Kalas sich unmittelbar neben ihr aufbaute und seine kräftigen Hände auf das Balkongeländer legte.

»Ihr wollt nicht begreifen, dass einige Leute einfach nicht hierher gehören«, erklärte er.

Jilseponie wandte sich zu ihm um, und ihre eisigen Blicke trafen sich.

»Andere dagegen unbedingt«, fügte der Herzog hinzu. Mittlerweile war Jilseponie auch nicht mehr überrascht, dass Kalas keine Mühe gescheut hatte, sie zu finden und zur Rede zu stellen. Der Herzog, wie überhaupt der gesamte Adel, hatte sie in letzter Zeit offen gemieden, jetzt dagegen war Kalas offenbar auf einen Streit aus. Seine letzte Andeutung verriet Jilseponie auch, warum: Er war soeben aus Yorkeytown und von Constance Pemblebury zurückgekehrt.

»Sie ist gebrochen und meidet die Öffentlichkeit«, fuhr Kalas fort, den Blick starr auf die Stadt gerichtet. »Alles, wonach sie sich immer gesehnt hat, wurde ihr genommen – ihr ganzes Leben hat man ihr gestohlen. Und das alles nur wegen der kleinlichen Eifersüchteleien einer Königin, die dieses Amtes gar nicht würdig ist.«

Jilseponie fuhr scharf zu ihm herum und schien ihn mit Blicken erdolchen zu wollen, woraufhin er sich ebenfalls umdrehte und ihren Blick erwiderte.

Sie schlug ihm mit der flachen Hand ins Gesicht.

Einen winzigen Augenblick lang glaubte sie, Kalas würde es ihr mit gleicher Münze heimzahlen; Jilseponie, ganz Kämpferin, hoffte es geradezu!

Doch er riss sich zusammen, lachte bloß und tat amüsiert. »Reicht es nicht, dass Ihr ihr den Mann, ihre große Liebe und den Vater ihrer Kinder, weggenommen habt?«, fragte er. »Müsst Ihr sie unbedingt ganz vernichten?«

»Ich habe Constance nichts getan«, erwiderte Jilseponie.

»Dann steht es ihr also frei, nach Ursal zurückzukehren?«

Jilseponie dachte einen Moment darüber nach. »Nein«, entschied sie.

Kalas stieß ein verächtliches Schnauben aus und schüttelte den Kopf. Er wandte sich mit einer angewiderten Handbewegung von Jilseponie ab und machte Anstalten, sich zu entfernen.

»Ihr haltet mich für kleinlich und eifersüchtig?«, rief Jilseponie ihm nach und konnte kaum glauben, dass ihr diese Worte über die Lippen kamen. Hatte sie es etwa nötig, sich vor Herzog Kalas zu rechtfertigen?

Der Herzog blieb stehen und drehte sich langsam wieder zu ihr um.

»Ich hätte noch ganz anders mit Constance umspringen können«, fuhr Jilseponie fort. Aus einem Grund, den sie selbst nicht recht verstand, musste sie sich dies endlich von der Seele reden.

Zu oft schon hatte sie gehässige Bemerkungen, schmerzhafte Gerüchte, Häme und angewiderte Blicke über sich ergehen lassen müssen. »Als Reaktion auf ihre Taten wäre das nur gerecht gewesen.«

»Etwa weil Danube sie liebt?«, fragte der Herzog.

»Weil er sie eben nicht liebt«, erwiderte Jilseponie.

»Nun, dann wird er wohl Jilseponie lieben«, sagte Kalas voller Sarkasmus, und diese Worte schmerzten sie am meisten, denn im Grunde wusste sie nicht einmal, ob dieser Sarkasmus nicht vielleicht angebracht war. In letzter Zeit war es zwischen ihr und dem König nicht gerade herzlich zugegangen. Ganz und gar nicht.

Also erzählte Jilseponie ihm, entgegen ihrem früheren Entschluss, dass Constance sich an ihrem Essen zu schaffen gemacht hatte, sich Kräuter von Abt Ohwan besorgt und den Küchenchef gezwungen hatte, sie in großen Mengen in ihr Essen zu mischen.

Während der gesamten Ausführungen starrte Herzog Kalas sie, offenbar wenig beeindruckt, mit ausdrucksloser Miene an. »Wenn sie verhindern wollte, dass Ihr Danubes Kind und damit einen neuen Thronfolger gebärt, dann bin ich völlig ihrer Meinung«, stellte der Herzog entschieden klar. »Wie übrigens, Euren eigenen Worten zufolge, offenbar auch viele andere, Eure eigene Kirche eingeschlossen.«

»Das allein erfüllt bereits den Tatbestand des Verrats«, erwiderte Jilseponie. »Aber Constances Ziele gingen weiter. Sie hat versucht, mich umzubringen, zu vergiften, um sich auf diese Weise wieder den Weg in Danubes Bett zu ebnen.«

Herzog Kalas stieß abermals ein verächtliches Schnauben aus. »Das behauptet Ihr«, sagte er unbeeindruckt. »Ich muss Euch noch einmal daran erinnern, dass es viele gibt, die ihr in diesem Punkt Recht geben würden.«

Jilseponie presste die Lippen aufeinander.

»Glaubt Ihr nach all den Jahren tatsächlich noch immer, dass Ihr hierher gehört?«, fragte der Herzog sie ganz unverblümt. »Seid Ihr Euch eigentlich bewusst, dass jedes Kind, das Ihr in die Welt setzt, Anspruch auf den Thron erheben könnte? Daher ist es besser für das Königreich, wenn Ihr unfruchtbar bleibt, aus welchem Grund auch immer.«

Jilseponie konnte kaum glauben, was sie da hörte. Sie war sich durchaus bewusst, dass diese Ansicht oft geäußert wurde, unter den Adligen ohnehin und, seit die Gerüchte in so großer Zahl die Runde machten, auch im gemeinen Volk. Aber sie hätte nie damit gerechnet, dass jemand, nicht einmal Kalas, sich erdreisten würde, ihr das offen ins Gesicht zu sagen.

»Constances Söhne wurden für die Übernahme des Throns angemessen erzogen und ausgebildet«, fuhr Herzog Kalas fort, das kantige Kinn entschlossen vorgereckt. »Sie sind reinen Geblüts und haben ein Anrecht auf den Thron sowie eine Verantwortung vor Gott und den Menschen, von der Ihr Euch, als Bäuerin, nicht einmal ansatzweise eine Vorstellung machen könnt. Sollten sie jemals auf den Thron berufen werden, würden sowohl Merwick als auch Torrence ihre Macht mit der Gelassenheit ihrer adligen Herkunft und einem Gespür für die natürliche Ordnung der Dinge ausüben. Für diese Rolle wurden sie erzogen.« Er bedachte Jilseponie mit einem festen Blick, dann lachte er abfällig. »Irgendein Bastard von Euch dagegen, dem zweifellos jede Sittlichkeit abginge –«

Sie trat auf ihn zu, um ihn ein weiteres Mal zu ohrfeigen, doch er fing ihre Hand ab.

Mit einer kaum wahrnehmbaren Drehung ihres Arms löste sie sich aus der Umklammerung und schloss ihre Bewegung mit einer schallenden Ohrfeige ab.

Herzog Kalas rieb sich lachend Kinn und Wange, beides übersät mit dunklen Stoppeln, so als wäre er gerade von einer Reise zurückgekehrt.

»Harsche Worte«, warnte ihn Jilseponie, »die einem Herzog an König Danubes Hof nicht anstehen.«

»Sagt bitte, werdet Ihr jetzt Euren Gemahl aufsuchen und mich vertreiben lassen?«, erwiderte der Herzog spöttisch. »Oder zieht es die ach so menschenfreundliche Königin Jilseponie vor, mich meines Ranges zu entheben und mich vielleicht sogar des Verrats anklagen und hinrichten zu lassen?«

»Vielleicht greife ich auch lieber selbst zum Schwert und bringe Euch eigenhändig um?«, fügte Jilseponie hinzu und machte ihm damit unmissverständlich klar, dass sie keine Königin aus dem Kreis der Kurtisanen war, sondern eine in vielen Schlachten erprobte Kriegerin. »Ihr verspottet mich, wenn Ihr glaubt, ich würde mich hinter der königlichen Robe meines Gemahls verstecken. So etwas gehört sich nicht für den edlen Krieger, der Ihr zu sein vorgebt.«

»Ihr seid nicht die Einzige mit Kampferfahrung«, warnte sie der Herzog.

»Und es ist Jahre her, dass ich in einen ernsthaften Kampf verwickelt war, wohingegen Ihr ständig mit Euren Allhearts übt«, gab Jilseponie ihm Recht, wenn auch in einem Ton, der keinen Zweifel daran ließ, dass dies ihrer Meinung nach nicht das Geringste ändern würde, sollte Herzog Kalas je auf die Idee verfallen, persönlich gegen sie zu kämpfen. Jilseponie spürte, wie sich die alte Leidenschaft wieder regte. Die unzähligen Auseinandersetzungen ihres täglichen Daseins mussten mit äußerster Umsicht und mit den Mitteln der Diplomatie bewältigt werden, und in vielerlei Hinsicht waren Wortgefechte einem Blutvergießen vorzuziehen. Ein Teil von Jilseponie aber, der Teil mit Namen Pony Wyndon, vermisste die alten Zeiten, in denen der Feind leichter zu erkennen, eindeutig böse und unverbesserlich war. Das Schwert sprach einfach eine deutlichere Sprache. Im Grunde fiel es Jilseponie entschieden leichter, das Blut eines erschlagenen Goblins oder Pauris von ihrem Schwert zu wischen, als ihre harschen Worte gegenüber Constance Pemblebury aus ihrem Gedächtnis zu löschen. Obwohl sie wusste, dass sich Constance ihr Schicksal selbst zuzuschreiben hatte, hegte sie für die Frau mehr Sympathie als für ihre damaligen Feinde.

Und jetzt stand Herzog Kalas hier und versuchte, ihre Verbitterung mit seinem Gerede bis zur Entladung aufzuheizen. Jilseponie, Pony, war nur zu bereit, sich auf seine Provokationen einzulassen.

»Constance wird nach Ursal zurückkehren«, stellte er kategorisch fest. »Dafür werde ich sorgen.«

Jilseponie hielt inne und dachte lange und ausgiebig darüber nach. »Das kümmert mich wenig«, erwiderte sie schließlich, wohl wissend, dass das nicht der Wahrheit entsprach. »Aber als Ihr Freund solltet Ihr sie warnen, sich genau zu überlegen, was sie tut – und das Gleiche gilt für Euch, Herzog. Ich fürchte, ich bin mit meiner Geduld am Ende; im Übrigen ist mein Schwert längst nicht so verrostet, wie Ihr zu hoffen scheint.«

»Eine Drohung, meine Königin?«

»Nein, ein Versprechen, mein Herzog.«

Obwohl Kalas abermals spöttisch schnaubte, konnte Jilseponie deutlich sehen, dass sie den Mann aus dem Konzept gebracht hatte. »Und das alles nur, weil ich eine Wahrheit ausgesprochen habe, die Königin Jilseponie nicht erträgt«, erwiderte er schließlich, verbeugte sich, machte kehrt und entfernte sich.

Diesmal war Jilseponie mehr als bereit, ihn gehen zu lassen.

Sie wandte sich wieder der Stadt zu, dem glitzernden Fluss und den weißen Segeln der zahllosen Schiffe. Sie war froh, dass Roger und Dainsey gekommen waren, um den Sommer mit ihr zu verbringen, froh, in diesem Gefängnis aus steinernen Mauern und hübschen Gärten wenigstens zwei Freunde in ihrer Nähe zu wissen.

»Zwei Freunde«, sagte sie leise, und dabei wanderte ihr Blick ebenso unabsichtlich wie unweigerlich nach rechts, zu jener Tür, die in den Flur und zu dem Treppenhaus führte, durch das sie in die Privatgemächer von König und Königin gelangen würde, ein Schlaf- und ein Wohnzimmer, in denen es in letzter Zeit sehr kalt und unpersönlich zugegangen war.

Als Roger das Zimmer betrat, verriet ihm Dainseys Blick sofort, dass sie einen Besucher in ihren Privatgemächern hatten. Und ihre defensive Körperhaltung, die Arme fest an den Seiten, sagte ihm auch gleich, wer dieser Besucher war – sogar noch bevor er ihrem Blick zu jener winzigen, im Schatten der einen Zimmerseite stehenden Gestalt folgte.

»Seid gegrüßt, Kelerin'tul«, wandte er sich an den Elfen, woraufhin das zierliche Wesen in die Zimmermitte trat – und Dainsey, wie vorherzusehen, ängstlich vor ihm zurückwich.

»Habt Ihr den nächsten Schritt schon unternommen?«, wollte der Elf wissen, ohne sich mit irgendwelchen Höflichkeitsfloskeln aufzuhalten.

»Ob ich mit Jilseponie gesprochen habe?«, erwiderte Roger. »In aller Offenheit? Ja, ganz wie Ihr mich angewiesen habt.«

Der Elf nickte und bedeutete ihm, fortzufahren.

Obwohl seine Darstellungen ein strahlendes Licht auf Jilseponie warfen, war Roger dies verhasst. Er war alles andere als erfreut über das Verhalten der Touel'alfar, ihre beharrliche Forderung, er solle nach Ursal reisen, um ihre Befürchtungen bezüglich der neuen Königin des Bärenreiches ein für alle Mal auszuräumen.

»Es verhält sich genau so, wie ich Euch bereits sagte«, versicherte er Kelerin'tul, einen leichten Anflug von Unmut in der

Stimme. »Jilseponie ist sich ihrer Verantwortung bewusst, seit jenem Tag, da Elbryan sie im *Bilnelle dasada* unterwiesen hat. Eure Herrscherin weiß das, und trotzdem besteht Ihr darauf?«

»Darauf, ein Auge auf sie zu halten?«, fragte Kelerin'tul. »Allerdings, und daran wird sich auch niemals etwas ändern.«

Roger war so angewidert, dass er beinahe losgebrüllt hätte.

»Offenkundig seid Ihr der Meinung, man sollte einem Freund mehr Vertrauen entgegenbringen?«, folgerte Kelerin'tul.

»Ihr spioniert ihr jetzt schon seit Jahren nach«, erwiderte Roger. »Und beobachtet jede ihrer Bewegungen, als würdet Ihr erwarten, sie könnte jeden Augenblick mit einer Armee in Eure Heimat einfallen – mit einer in Eurer Kampfkunst ausgebildeten Armee.«

»Erwarten?«, wiederholte Kelerin'tul. »Nein, das wäre vielleicht ein wenig übertrieben formuliert.«

»Aber Ihr befürchtet es«, sagte Roger.

»Wir sind ein vorsichtiges Volk«, gab der Elfe zu.

»Jilseponie wurde vor langer Zeit zu einer Freundin der Elfen erklärt«, protestierte Roger. »Bedeutet Euch das denn überhaupt nichts?«

Kelerin'tul lachte; es war ein melodisches Geräusch, wenn auch mit leicht spöttischem Beiklang. »Täte es das nicht, hätte man sie längst getötet«, versicherte ihm der Elf, und Roger zweifelte nicht daran, dass Kelerin'tul die Wahrheit sprach. »Außerdem hätte man ihr sonst bestimmt nicht erlaubt, nach Ursal zu gehen und an der Seite eines Menschenkönigs zu sitzen.«

»Weil Lady Dasslerond es so angeordnet hat«, sagte Roger sarkastisch.

»Ihr missdeutet unsere Lage, Roger Flinkfinger«, erwiderte der Elf. »Jilseponie ist eine Freundin der Elfen, ganz recht. Das seid Ihr auch, aber Ihr begreift die wahre Bedeutung dieses Titels nicht. An oberster Stelle kommen stets die Bedürfnisse der

Touel'alfar, und nichts, was Jilseponie oder Euch betrifft – weder Eure Wünsche noch Eure Bedürfnisse, ja nicht einmal Euer Leben –, könnte jemals einen höheren Stellenwert besitzen. Derzeit verlangen wir von Euch und Jilseponie wenig, aber Ihr solltet niemals daran zweifeln, dass wir uns absichern werden.

Seit unserer letzten Einmischung sind viele Jahre vergangen«, fuhr Kelerin'tul fort. »Im kurzen Gedächtnis der Menschen sind wir längst zu einer verschwommenen Legende geworden. So ist es uns auch lieber – und genau das verlangen wir von den Menschen, die wir zu einem Freund der Elfen erklären.«

Roger blickte dem Elfen fest in die Augen; er glaubte ihm aufs Wort. Unter den Touel'alfar war Mitgefühl nicht sonderlich verbreitet, schon gar nicht, wenn es um die Belange der Menschen ging. Und als Volk waren sie gegenüber den Schwächen der Menschen alles andere als tolerant.

»Ich muss Lady Dasslerond Bericht erstatten«, sagte Kelerin'tul. »Was soll ich ihr also sagen?«

»Dass Königin Jilseponie die Touel'alfar niemals erwähnt«, antwortete Roger. »Erst als ich sie direkt darauf ansprach, hat sie, ich glaube seit Jahren zum ersten Mal, überhaupt an euch gedacht. Sie wird nicht zulassen, dass bei Hofe über die Touel'alfar diskutiert wird, egal in welchem Zusammenhang. Lady Dasslerond braucht keine wie auch immer geartete Angst vor ihr zu haben – und auch nicht um ihr Geheimnis des *Bilnelle dasada*.«

Wenn Kelerin'tul dies überzeugte und beruhigte, so wusste er es gut zu verbergen.

Roger lachte ein wenig hilflos. »Ist Euch denn nicht einmal klar, in welchem Verhältnis Jilseponie zu diesen … diesen Dummköpfen steht?«, fragte er. »Sie würde ihnen niemals etwas beibringen, das auch nur den geringsten Wert besitzt, und erst recht würde sie ihretwegen keine Abmachung mit ihren

Freunden brechen. Der Befehlshaber der Armee König Danubes ist ihr erklärter Feind. Es gibt nur einen einzigen Weg, dass er oder ein anderer durch Jilseponie jemals Zeuge des *Bilnelle dasada* wird, und das wäre vor der Spitze ihres Schwertes.«

Kelerin'tul bedachte ihn mit einem langen, festen Blick und nickte dann, offenbar zufrieden. »Und was den anderen Punkt anbelangt, habt Ihr sie danach gefragt?«

»Ich habe sogar darauf bestanden«, erwiderte Roger. »Ihr werdet das Ergebnis von mir erfahren, sobald Jilseponie mir eine Antwort gibt.«

»Die werden wir noch vor Euch kennen«, antwortete Kelerin'tul mit der für ihn typischen Arroganz, dann verbeugte er sich leicht, verschmolz wieder mit den Schatten und entfernte sich geräuschlos durch das Fenster im Zimmer nebenan.

Dainsey eilte sofort zu Roger und fasste ihn beruhigend am Arm.

»Wird sie uns begleiten?«, fragte sie.

Roger stand da, die Augen fest geschlossen, und litt mit ihr, denn seine Freundin litt sicher Schmerzen, und er hatte nicht die geringste Ahnung, wie er ihr helfen sollte.

»Jeder Tag muss wie ein Kampf sein«, wiederholte König Danube aufgebracht, als er Jilseponie, nach einer recht hitzigen Unterredung mit Herzog Kalas und einigen anderen über die gegenwärtige Lage in der Stadt Palmaris – in der es dem Vernehmen nach ruhig und friedlich zuging – zurück in ihre Privatgemächer folgte. Und so hallte Kalas' Forderung, Danube solle die Frage der Machtstruktur in der Stadt Palmaris noch einmal überprüfen und insbesondere jene Übereinkunft überdenken, die es Braumin Herde gestattete, nicht nur als Abt, sondern in seiner Doppelfunktion als Bischof und Baron zu dienen, Jilseponie lediglich wie ein Nebengedanke durch den Kopf, der sie von der viel wichtigeren Frage ablenkte: Constance Pembleburys Rückkehr.

Aus diesem Grund hatte sie Kalas' Köder bereitwillig geschluckt und ihn in eine hitzige Diskussion verwickelt. Erst nach dem anfänglichen Wortschwall begriff sie, dass sie Kalas direkt in die Hände gespielt hatte, und seine unablässigen Einflüsterungen in Danubes Ohr ein Ausmaß angenommen hatten, das alle Einwände Jilseponies zu einem einzigen, unangenehmen Geräusch verschmelzen ließ.

»Braumin Herde leistet dir gute Dienste«, erwiderte Jilseponie.

»Und du scheinst zu glauben, das könnte ich nicht allein erkennen«, sagte Danube. »Jedenfalls nicht, ohne dass du Herzog Kalas an meinem Hof offen den Krieg erklärst.«

»Er ist einfach halsstarrig!«, entfuhr es Jilseponie.

»Und dickköpfig«, pflichtete Danube ihr bei. »Genau wie du, meine Liebe.«

Seine Worte und seine augenscheinliche Unparteilichkeit verhinderten, dass ihre Antwort über ihre Lippen drang. Seufzend ließ sie sich auf ihrem Sofa nach hinten sinken, zu erschöpft, die Diskussion noch einmal aufzugreifen.

»Roger und Dainsey haben mich eingeladen, den Winter in Palmaris zu verbringen«, sagte sie nach einer Weile und bemerkte, keineswegs überrascht, dass Danube die unerwartete Neuigkeit aufnahm, ohne mit der Wimper zu zucken.

»Ich denke über ihr Angebot nach«, fügte Jilseponie sofort hinzu.

Noch immer zeigte Danube keinerlei Regung. »Vielleicht wäre es so am besten«, erwiderte er ruhig.

Zu ruhig. Jilseponie betrachtete ihn aufmerksam und wusste Bescheid. Der Sumpf, der ihn umgab, war viel zu tief; Danube drohte in all den Lügen und all dem Spott zu versinken.

»Constance Pemblebury befindet sich auf dem Weg nach Ursal«, sagte Danube. »Zusammen mit Merwick und Torrence. Es handelt sich um einen Umzug, nicht um einen Besuch. Hier ist ihr Zuhause, also kehrt sie zurück.«

»Das stand ihr immer frei«, erwiderte Jilseponie, woraufhin Danube bloß nickte.

Dann erhob sie sich, ging zu ihm hin, ergriff seine Hände und sah ihm in die Augen.

Er wandte den Blick ab.

Am nächsten Tag, ohne vorherige Ankündigung und bis auf Roger und Dainsey auch ohne Begleitung, verließ Jilseponie Ursal zu Pferd in Richtung Norden und trat ihre lange und beschwerliche Reise zurück nach Palmaris an.

9. Im Süden regt sich etwas

»Von der behrenesischen Flotte haben wir nichts zu befürchten«, erklärte der berüchtigte Pirat Maisha Darou seinen Gästen. Weit über sechs Fuß groß, mit einem Schopf aus ungekämmten schwarzen Locken, seinem vollen, dichten Bart und seinen blauen Augen, die nicht nur stechend waren, sondern geradezu etwas Wildes an sich hatten, war Maisha eine Erscheinung, die Aydrian und die anderen nicht so schnell vergessen würden. Sein Ruf absoluter Skrupellosigkeit vermochte sein eindrucksvolles Äußeres nur noch zu unterstreichen, und diese Augen … aus diesen Augen sprachen Grausamkeit und schiere Bosheit und ein unbeherrschbarer, todbringender Zorn.

»Sie wird beschäftigt sein«, fuhr Maisha Darou boshaft grinsend fort. »Die Verteidigung Jacinthas dürfte nicht gerade einfach werden.«

Die übrigen Piraten im dicht gedrängten Laderaum der *Oway Waru*, Darous Flaggschiff, begannen grinsend zu murmeln; offenbar freute es sie, dass die Kriegsherren der Yatols – und sogar der Häuptling der Chezru aus Behren – sich plötzlich in einer äußerst unangenehmen Lage befanden. Im Westen war ein Aufstand ausgebrochen, wie die Besucher aus dem Bärenreich erfahren hatten, eine Erhebung unter den Stammesangehörigen der To-gai-ru aus den Steppengebieten, die wie ein Sandsturm über die Wüste hinweggefegt war.

Eine solch umfassende Ablenkung der Kriegsherren und ihrer Truppen bedeutete für die Piraten offensichtlich vor allem eine Gelegenheit zu noch einträglicheren Raubzügen.

»Die behrenesische Flotte war unserer Einschätzung nach noch nie von besonderer Bedeutung«, erwiderte Marcalo De'Unnero, der zwischen Sadye und Aydrian saß. »Warum sollte sie dem Bärenreich zu Hilfe eilen? Und wenn sie die Gelegenheit, die sich durch das Chaos im nördlichen Königreich ergibt, tatsächlich ergreifen sollten, um noch größere Verheerungen anzurichten, bitte.«

»Die Flotte ist für *uns* nicht von Bedeutung«, stellte Maisha Darou klar. »Jetzt, da die Schiffe der Chezru anderweitig beschäftigt sind, brauche ich eigentlich nur noch zuzugreifen.«

Wieder wurde Gemurmel und verhaltenes Gelächter laut; offenbar sahen die Piraten rosige Zeiten für sich aufziehen.

»Warum also sollten wir für Euch nach Norden segeln, De'Unnero?«, fragte Maisha Darou skeptisch.

Marcalo De'Unnero grinste, zuckte nicht mit der Wimper und nickte sogar zustimmend. Und diese Bestätigung, dass die Überlegungen des Piraten nicht von der Hand zu weisen waren, bewirkte, dass Maisha Darous blaue Augen noch heftiger funkelten, so als wäre ihm klar geworden, dass De'Unnero bereit war, dafür zu sorgen, dass sich die Geschichte für ihn lohnte.

Wortlos warf De'Unnero einen kleinen, prall gefüllten Beutel auf den Tisch. Sein Gegenüber nicht aus den Augen lassend, schob der ehemalige Mönch das Säckchen über den Tisch.

Maisha Darou löste den Zugverschluss, und schon ergossen sich Edelsteine in funkelndem Grün, Rot und Bernstein auf den Tisch.

Einigen Piraten entfuhr ein überraschtes Keuchen, andere wollten bei diesem Anblick schon zum Tisch stürzen, doch Maisha Darou hielt sie zurück und bewahrte seine ruhige und entschlossene Miene. »Die Bezahlung für unsere Dienste?«, fragte er argwöhnisch.

»Eure Bezahlung dafür, dass Ihr uns gestattet habt, herzukommen und mit Euch zu sprechen«, erwiderte De'Unnero. »Ein Zeichen meiner Dankbarkeit, dass Ihr Euch die Zeit genommen habt, uns anzuhören.«

Aydrian, der es absurd fand, für ein paar Stunden von Darous Zeit solche Reichtümer herauszurücken, verzog das Gesicht und wandte sich zu seinem Mentor um. Er sah, dass dieser ein überaus zufriedenes Gesicht machte und Sadye, die auf der anderen Seite des ehemaligen Mönchs saß, ebenfalls.

Als er seinen Blick daraufhin auf Maisha Darou richtete, wurde ihm schlagartig alles klar. Nach außen hin versuchte der Pirat die Ruhe zu bewahren, doch diese Fassade zeigte unverkennbar bereits erste Risse; seine angespannte Erwartung war förmlich mit Händen zu greifen.

Und wieso auch nicht? überlegte Aydrian. Wenn De'Unnero für ein bloßes Treffen ein solches Vermögen an Edelsteinen auszuspucken bereit war, was würde er dann erst bezahlen, wenn Maisha Darou seinen Vorschlag annahm, im Falle eines Bürgerkrieges die Südküste von Mantis Arm im Bärenreich zu sichern?

»Wenn Ihr gebraucht werdet, werden die Chezru vermutlich

schon nicht mehr in kriegerische Handlungen verwickelt sein«, erläuterte De'Unnero. »Werden sie ihre Furcht erregende Flotte dann wegen eines Vergeltungsschlages gegen Euch und Eure Piraten umkehren lassen?«

»Tja, gut möglich, dass wir dann ein günstigeres Jagdrevier benötigen«, räumte Maisha Darou ein, der, mit den Fingern in den Edelsteinen wühlend, kaum noch merkte, was er tat, wie Aydrian bemerkte.

»Selbst wenn ihr es nicht benötigt, selbst wenn die behrenesische Flotte im Hafen von Jacintha festliegen sollte, so dass Ihr entlang der Küste freie Hand hättet, wäre es doch denkbar, dass ihr die Gewässer nördlich von Entel für weitaus profitabler haltet«, sagte De'Unnero mit stichelndem Unterton in der Stimme.

»Das wäre in der Tat vorstellbar«, erwiderte Maisha Darou, sammelte die Edelsteine wieder ein, füllte sie in den Beutel und ließ diesen vom Tisch verschwinden, um ihn den Blicken seiner gierigen Mannschaft zu entziehen.

»Unterhalten wir uns morgen weiter darüber?«, wollte De'Unnero wissen.

»Wenn Ihr dafür ebenso gut bezahlt ...«, begann Maisha Darou, doch dann setzte ein unverkennbares Stirnrunzeln von De'Unnero seinen Worten und Gedanken ein jähes Ende.

»Ich denke doch, dass diese Zahlung den gesamten Besuch abdeckt«, erwiderte De'Unnero ziemlich ungehalten, und wieder, wie schon zu Beginn, als er den Beutel überreichte, war Aydrian überrascht, wie unvermittelt er die Tonart wechseln konnte; er fuhr herum und sah seinem Mentor fest in die Augen.

De'Unnero wich keinen Zoll von seiner harten Haltung ab. »Dann also morgen«, sagte er, und diesmal war es eine Feststellung und keine Bitte.

Maisha Darou lehnte sich auf seinem Stuhl zurück; er sah sein Gegenüber eindringlich an, doch wenn er damit bis zu De'Unnero durchdrang, so wusste Aydrians Mentor dies hervorragend zu verbergen.

Instinktiv fasste Aydrian an seine Tasche, in der er die paar von Olins Schiff mitgebrachten Edelsteine verstaut hatte, darunter auch einen Serpentin und einen Rubin. Ihr Vorgehen war seit langem abgesprochen: Gab es Ärger, würden sich Aydrian, De'Unnero und Sadye blitzschnell bei den Händen fassen, während Aydrian rasch einen Serpentinschutzschild über allen dreien erzeugte, dem er einen vernichtenden Feuerball folgen lassen würde.

»Also gut, morgen«, beendete der Piratenchef das angespannte Schweigen und brach in raues Gelächter aus, in das seine Kumpane augenblicklich mit einfielen.

»Was weißt du darüber?«, fragte Sadye Aydrian eine Weile später, als die drei wieder in ihr Privatquartier an Bord von Olins Schiff zurückgekehrt waren. »Hast du die Absicht, uns darüber aufzuklären, oder möchtest du es lieber für dich behalten?«

Aydrian blickte sie fragend an, wandte sich dann zu De'Unnero um und sah, dass der Mann, die Arme vor seiner mächtigen Brust verschränkt, auf einem Stuhl saß, so als wartete er auf Aydrians Antwort.

»Darüber?«, fragte Aydrian Sadye. »Wovon redest du überhaupt?«

Sadye und De'Unnero wechselten lächelnd einen wissenden Blick. »Der Krieg in Behren«, erklärte die Bardin. »Als Darou von den Kämpfen sprach, hast du erkennen lassen, dass du etwas darüber weißt.«

Aydrian sah sie ungläubig an. Wie konnte sie das wissen?

»Oder zumindest, dass du Interesse daran hast«, fügte De'Unnero hinzu. »Was ich ein wenig überraschend fand, da du meines Wissens vorher noch nie südlich des Großen Gürtels warst. Wie auch, schließlich lebtest du damals in Wilderlanden, wo kein einziger bekannter Pass durch das Gebirge existiert.«

»Ich war noch nie in Behren«, erwiderte Aydrian.

»Und wieso hast du dich dann so für Darous Kriegsgeschichten interessiert?«, wollte Sadye wissen.

»Pure Neugier«, log Aydrian. »Ich weiß nur wenig über den Krieg, auch wenn sich das vermutlich in den nächsten Jahren ändern wird.«

De'Unnero ließ sich nicht beirren. »Willst du es uns jetzt verraten, oder hältst du es etwa für klug, solche möglicherweise wichtigen Geheimnisse für dich zu behalten?«

Aydrian ging zur Seite des kleinen Raums und setzte sich auf einen dreibeinigen Hocker. Er atmete tief durch, versuchte sich die Dinge in Gedanken zurechtzulegen, und obwohl er gerne etwas mehr Zeit gehabt hätte, sich seine Worte zu überlegen, rückte er schließlich damit raus. »Ich kenne möglicherweise die Person, die die To-gai-ru anführt.«

Die Augen seiner beiden Gefährten weiteten sich.

»Wenn meine Vermutung richtig ist, ist es eine Frau – Brynn Dharielle«, sagte Aydrian.

Die beiden anderen sahen sich achselzuckend an; der Name sagte ihnen nichts.

»Sie wurde noch vor mir in den Kampfkünsten der Hüter ausgebildet«, erklärte er. »Zu genau diesem Zweck haben die Touel'alfar sie in den Süden entsandt.«

»Seit wann interessieren sich die Touel'alfar für die Angelegenheiten der Menschen?«, fragte De'Unnero.

»Jedenfalls eine interessante Wendung«, sagte Sadye. »Wenn du mit deiner Vermutung richtig liegst, meine ich.«

»Interessant, ja«, sagte Aydrian. »Aber wenn es tatsächlich Brynn sein sollte, wird sie uns, selbst wenn sie noch lebt, vermutlich noch auf lange Sicht keine große Hilfe sein können.«

»Wir würden ihre Hilfe auch gar nicht wollen«, erklärte De'Unnero. »Olins enge Verbindung zu Behren war schon immer sein Verhängnis.«

»Ihr habt doch gerade selbst mit den behrenesischen Piraten verhandelt«, protestierte Aydrian.

»Was immer wir von Maisha Darou und seinen Halsabschneidern an Hilfe erhalten, wird sich auf hoher See abspielen, weit entfernt von den Blicken des leicht zu beeinflussenden gemeinen Volkes. Deine Freundin dort unten im Süden würde uns auf viel direktere Weise unterstützen, und diese Art der Hilfe hätte eine politisch viel verheerendere Wirkung.«

»Im Falle eines Erfolges dagegen«, überlegte Sadye grinsend, »könnten sich deine Verbindungen zu Behren – oder auch zu To-gai – für uns als unschätzbare Hilfe erweisen.«

»Schon der Umstand, dass diese lästigen Yatols in einen Krieg verwickelt sind, wird sich vorteilhaft auf unsere Sache auswirken«, überlegte De'Unnero. »Es wird sie daran hindern, jeden Ärger, der dem Bärenreich widerfahren könnte, zum eigenen Vorteil zu nutzen. Der Häuptling der Chezru ist schon seit langem der festen Überzeugung, dass Entel ein Teil seines und nicht unseres Königreiches ist.«

»Er blufft«, warf Sadye ein. »Wäre der Häuptling der Chezru tatsächlich so sehr daran interessiert, Entel mit Gewalt zu annektieren, hätte Olin ihm längst entweder unter die Arme gegriffen oder sich von ihm distanziert.«

Aydrian blendete sich aus der Diskussion aus, die ihm zu diesem Zeitpunkt nichts weiter als sinnlose Spekulation zu sein schien. Stattdessen richtete er seine Gedanken auf Brynn Dharielle, seine alte Weggefährtin, und hoffte, dass sie tatsächlich die Anführerin der To-gai-ru in diesem Bürgerkrieg war. Was für eine großartige Vorstellung, sie wiederzusehen, diesmal aber als König des Bärenreiches, als Herrscher über ein Königreich, das größer war als das Land, das sie soeben erobert hatte!

Aydrians Lächeln wurde noch breiter, als er sich vorstellte, wie mannigfaltig sich seine Freundschaft mit Brynn ausnutzen ließe. Sie würde eine starke Verbündete sein; er musste nur die richtigen Worte finden, wenn er ihr erklärte, was er zur Rettung des Bärenreiches unternommen hatte. Da sie ihn bereits von früher kannte, würde sie wahrscheinlich geneigt sein, seine Ausführungen in einem günstigen Licht zu sehen.

Anschließend konnte Aydrian die Dinge weiter vorantreiben und sich Brynns Freundschaft bedienen, um die Überlegenheit des Bärenreiches gegenüber Behren und To-gai zu sichern.

Ja, Aydrian fand, dass die Angelegenheit durchaus noch interessant werden konnte.

Wer hatte denn behauptet, er müsse sich mit der Eroberung des Bärenreiches zufrieden geben?

10. Pony

»Es ist gut, dass sie Ursal verlassen hat.«

So lauteten Herzog Kalas' letzte Worte zu Danube an diesem Tag, geäußert in ziemlich barschem, endgültigem Ton. Der König wusste nur zu gut, dass sie exakt die Stimmung an seinem Hof wiedergaben.

All seine Freunde und Weggefährten, darunter viele, die ihn bereits seit seiner Kindheit kannten, waren geradezu begeistert, dass Jilseponie nach Palmaris abgereist war, dass die Königin den Hof verlassen hatte und womöglich nie zurückkehren würde. Er hatte das Gelächter und die abfälligen Bemerkungen gehört. Immer wieder hatte er sich anhören müssen, wie man sich aufgeregt die Geschichte des Abschieds seiner Gemahlin von Schloss Ursal erzählte, meist hinter vorgehaltener Hand und in den dunklen Winkeln der riesigen Säle oder am anderen Ende der großen Abendtafel. Er spürte, wie unter all diesen Menschen an seinem Hof wieder so etwas wie Herzlichkeit aufkam, spürte, dass sie Jilseponies Entschluss guthießen, fühlte ihre fast greifbare Erleichterung darüber, dass der König in dieser Angelegenheit endlich zu Vernunft gekommen war und die Bauernkönigin wieder in ihr Reich in der Wildnis zurückgejagt hatte.

Doch soweit es Danube betraf, hätte jedes anerkennende Schulterklopfen ebenso gut ein Stich mit der Spitze eines vergifteten Dolches sein können.

So sehr sich König Danube auch einzureden versuchte, dass Jilseponie mit ihrer Abreise das Richtige getan hatte, dass es offenbar ein schrecklicher Fehler gewesen war, sie hierher zu holen, an einen Ort, wo sie einfach nicht hingehörte, und so sehr sich König Danube auch bemühte, in erster Linie die schmerzhaften Aspekte der Gerüchte über seine Frau zu sehen, ihre, wenn nicht vollzogene, so doch beabsichtigte Untreue oder ihre finsteren Machenschaften wider seine besten Interessen, es gab, zum großen Leidwesen des Königs, eine Wahrheit, die sich einfach nicht zerreden ließ.

Jilseponie war die einzige Frau, die er jemals wirklich geliebt hatte.

Die letzten Wochen ohne sie waren die einsamsten, die König Danube Brock Ursal jemals durchgemacht hatte.

»Lady Pemblebury, mein König«, verkündete ein Page mit einer Verbeugung.

Danube fuhr zusammen, bedeutete dem Knaben aber, sie hereinzulassen.

Constance, nach außen hin gebrechlich und von angegriffener Gesundheit, trat zögernd ins Zimmer, ganz ohne jene aufgesetzte Munterkeit, die sie früher an den Tag gelegt hatte – was Danube zusätzlich erschreckte, da er eine gewisse Verantwortung für das gebrochene Äußere dieser einst so starken Frau nicht abstreiten konnte, einer Frau, die ihm zwei Söhne geboren und zu seinen engsten Freunden gehört hatte und die zwei Jahrzehnte lang seine Geliebte gewesen war.

»Ich bin gekommen, um über Merwicks militärische Ausbildung zu sprechen«, begann Constance in ruhigem Ton. »Es wird allmählich Zeit, dass er den Allhearts beitritt.«

König Danube betrachtete sie argwöhnisch. »Dafür ist noch reichlich Zeit«, erwiderte er.

»Er hat bereits sein sechzehntes Lebensjahr vollendet«, sagte Constance. »Er muss eine Rüstung bekommen, und zwar vom besten Schmied in Diensten der Krone. Anschließend muss er von Herzog Kalas zu einer Führungspersönlichkeit ausgebildet werden, einer Persönlichkeit, die im Stande ist, Soldaten zu führen. Für einen Anwärter auf den Thron ein absolut unerlässlicher Schritt.«

Danube lächelte. Trotz ihres angeschlagenen Zustands hatte Constance nicht lange gebraucht, um sich fast unbemerkt wieder in die Angelegenheiten auf Schloss Ursal einzumischen. Danube war ziemlich sicher, dass sie den Schmied längst ausgesucht und wahrscheinlich sogar bereits das Anpassen von Merwicks Rüstung veranlasst hatte.

Nicht zum ersten Mal fragte sich König Danube, ob es klug gewesen war, seine unehelichen Söhne, Constances Söhne, in die königliche Erbfolge einzusetzen. Er konnte sich der Tatsache nicht verschließen, dass die Vertreibung von Constance Pemblebury durch Jilseponie in letzter Zeit die Hauptursache allen Kummers am Hofe gewesen war, und was das Ganze noch frustrierender für ihn machte, er konnte Constance nicht einmal die Schuld daran geben.

Schwer seufzend erklärte er sich mit einem Nicken einverstanden. »Herzog Kalas wird über diesen Auftrag geradezu entzückt sein«, sagte er und zwang sich zu einem Lächeln, das Constance erwiderte, wenn auch nur schmallippig und sichtlich gequält. Sie wandte sich bereits zum Gehen, als sie noch einmal über ihre Schulter blickte und sagte: »Die Königin hat Euch nicht benachrichtigt, dass sie beabsichtigt, bald zurückzukehren? Der Wintereinbruch wird die Straßen nach Palmaris sehr schnell unpassierbar machen.«

In ihrem Ton schwang noch etwas anderes mit als die Sorge um ihn, erkannte Danube sofort. Hinter ihrer offenkundigen Logik und der Feststellung einer allseits bekannten Tatsache, dass nämlich Jilseponie nicht so bald zurückkehren würde, verbarg sich noch etwas anderes, das Danube ziemlich zu denken gab.

Ein Gefühl der Hoffnung.

Constance machte kehrt und ging.

Bestimmt würde sie in Jilseponies Abwesenheit versuchen, sich wieder in seine Gunst und seine Arme zu schmeicheln, und er bezweifelte nicht, dass jeder bei Hofe die gleiche Hoffnung hegte und alles daransetzen würde, Constance darin zu unterstützen.

Schon der Gedanke daran bewog Danube, den Kopf in die Hände sinken zu lassen und sich angespannt über sein lichter werdendes, leicht angegrautes Haar zu streichen.

Es würde ein langer, harter Winter werden.

Sie trug wieder ihre alte Kleidung, die Kleidung einer Bäuerin: eine einfache braune Jacke mit weißer Hose, dazu Wildlederstiefel und einen grünen Reiseumhang. Allein der mit Edelsteinen gefüllte Beutel an ihrer linken Hüfte und Beschützer, ihr vortreffliches, magisches Schwert, das sie an die linke Seite ihres Pferdesattels geschnallt hatte, deuteten darauf hin, dass sie keine gewöhnliche Frau war.

Mit dem Ablegen ihrer königlichen Kleidungsstücke hatte sie im Grunde auch ihren Titel und ihren formellen Namen abgelegt. Und so war nicht etwa Königin Jilseponie an der Seite von Roger Flinkfinger und Dainsey nach Palmaris zurückgekehrt, sondern Pony, ganz einfach Pony. Eine Freundin, und nicht die Königin. Eine Freundin, und nicht die Heldin der Nordlande.

Ganz einfach Pony.

»Wir könnten gleich bis nach Caer Tinella weiterreiten«, schlug Roger vor, als die drei ihre Pferde über die gepflasterten Straßen der Stadt gehen ließen. »Vielleicht sogar bis nach Dundalis und wieder zurück, und zwar noch bevor der erste Schnee die Straßen unter sich begräbt.«

Pony entschied sich ohne Zögern dagegen. Sie war noch nicht so weit, dass sie nach Dundalis hätte zurückgehen können; sie hielt es für besser, langsam und behutsam, Schritt für Schritt, wieder in ihr Leben als Pony, in ihre frühere Identität, zurückzukehren. Bei ihrer Rückkehr nach Dundalis würde sie unweigerlich das Wäldchen vor den Toren der Stadt aufsuchen, und damit auch Elbryans Grab.

»Jedenfalls noch nicht«, erklärte sie mit einem Seitenblick auf Roger, der sie überrascht ansah. »Vielleicht im Frühjahr. Auf diese Weise können wir den ganzen Sommer dort verbringen und sitzen, sollten wir feststellen, dass Dundalis nicht nach unserem Geschmack ist, nicht so weit nördlich fest.«

»Im Frühjahr?«, fragte Dainsey. »Dann hast du also vor, uns noch ein Weilchen Gesellschaft zu leisten?«

Statt einer Antwort lächelte Pony nur. »Wenn ihr wollt, könnt ihr nach Chasewind Manor vorausreiten«, bot sie ihren Begleitern an und deutete mit einem Nicken auf eine Seitenstraße, der sie sich rasch näherten, eine breite, von Bäumen gesäumte Gasse, die zu den Eingangstoren der Abtei St. Precious führte. »Ich hätte Bischof Braumin längst besuchen sollen, statt zu Hause zu hocken und auf einen Besuch von ihm zu warten.«

Die Bemerkung war eigentlich als Scherz gemeint, doch als sie die Worte aus ihrem Mund kommen hörte, war ihr alles andere als heiter zumute. Schloss Ursal als ihr Zuhause zu bezeichnen, berührte bei Pony einen wunden Punkt, denn im Grunde hatte sie diesen Ort nie so gesehen. Schloss Ursal war Danubes Zuhause, und Pony war Danubes Frau, aber diesen Zusammenhang auf das Schloss auszuweiten und es als ihr Zuhause zu bezeichnen, das war ihr nie wirklich in den Sinn gekommen.

Sie hörte, wie Roger zu einer Erwiderung ansetzte, er und Dainsey würden sie nach St. Precious begleiten, und Dainsey ihm mit einem ziemlich lauten Räuspern ins Wort fiel. Obwohl Pony sich nicht nach ihnen umdrehte, konnte sie geradezu sehen, wie Dainsey Roger mit einem stummen Nicken zu verstehen gab, dass Pony eine Weile allein sein müsse.

»Reiten wir also nach Chasewind Manor«, sagte Roger. »Ich werde die Wachen in Bereitschaft versetzen und deine Gemächer vorbereiten lassen.«

Am liebsten hätte Pony ihn gebeten, die Wachen ganz fortzuschicken, aber das kam natürlich nicht in Frage.

Kurz darauf lenkte sie ihr Pferd in die Gasse, an deren Ende sich die Abtei St. Precious erhob. Sie kehrte in Gedanken noch einmal zu Schloss Ursal, nach Dundalis und zur Stadt Palmaris zurück und fragte sich, ob es unter diesen drei Orten einen gab, den sie wirklich als ihr Zuhause bezeichnen konnte.

»Dreimal verheiratet und doch wieder allein«, sagte sie und musste leise lachen.

Schwer seufzend wurde ihr schlagartig klar, dass sie überhaupt nicht mehr wusste, wo sie hingehörte. War sie Pony, die Frau, die als Bäuerin zuerst in Dundalis aufgewachsen und anschließend als adoptierte Jugendliche hier in Palmaris groß geworden war? War sie die streunende Katze Jill, das verwaiste und verwirrte junge Ding, das Connor Bildeborough, den Neffen des Barons von Palmaris, geheiratet hatte, nur um die Ehe bereits kurze Zeit später wieder annullieren zu lassen, nachdem die Dämonen einer von brandschatzenden Goblins zerstörten Kindheit in ihrem Innern verhindert hatten, dass sie diese Verbindung auch vollzog? War sie immer noch dieselbe Pony, die schließlich ihre große Liebe, Elbryan, gefunden hatte und jahrelang mit ihm im Kampf gegen den Dämon und deren Handlanger durch die Lande gezogen war und die schließlich mit Vater Markwart gekämpft hatte, der die abellikanische Kirche ins Verderben gestürzt hatte?

Oder war sie vielleicht doch Königin Jilseponie, die Gemahlin König Danubes? Seine treue Gattin und ergebene Königin? Oder war sie, wie viele in Ursal nicht müde wurden zu behaupten, eine Hochstaplerin vom Land, die in eine Welt geraten war, die sie weder zu begreifen noch zu tolerieren im Stande war?

»Von allem etwas«, sagte sie leise bei sich und spürte einen schmerzlichen Stich, nicht etwa ihretwegen, sondern wegen Danube. Er hatte ihr einige ziemlich scheußliche Dinge an den Kopf geworfen, hatte, so sehr er auch bemüht war, es zu vermeiden, die unzähligen, ihren Namen in den Schmutz ziehenden Gerüchte gehört, doch im Grunde hatte Danube sie niemals schlecht behandelt und – was sie am meisten schmerzte – er hatte niemals aufgehört, sie zu lieben.

War dies also eine Flucht oder eine dringend benötigte Ruhepause? Würde sie eines Tages nach Ursal zurückkehren, um ihre Pflichten als Ehefrau und Königin zu erfüllen, oder würde sie sich für immer hier verkriechen, in einem sehr viel schlichteren Leben, in einem Land, das fraglos anständiger und leichter zu verstehen war?

Pony wusste in diesem Augenblick nur eins mit Sicherheit, nämlich dass sie überhaupt nichts sicher wusste.

Die Tore von St. Precious standen offen, daher lenkte sie ihr Pferd bis in den Innenhof und vor das Hauptgebäude. Noch bevor sie absitzen konnte, kam Bischof Braumin bereits aus dem Haus gestürzt und eilte ihr entgegen; die Nachricht von ihrem Eintreffen hatte sich wie ein Lauffeuer in der Abtei verbreitet.

Braumin, der mindestens zwanzig Pfund mehr auf dem Leib hatte als bei ihrer letzten Begegnung, stürzte auf sie zu und schloss sie so ungestüm in die Arme, dass die beiden beinahe hingefallen wären.

»Zur Ankunft der Königin«, keuchte Braumin, »hätte ich schmetternde Trompetenfanfaren unten am Hafen erwartet.« Der Bischof hielt sie auf Armeslänge von sich, betrachtete sie bewundernd und schüttelte den Kopf.

Seine Bemerkung brachte Pony zum Lachen. »Ich bin nicht mit dem Schiff gekommen«, erklärte sie, »sondern den ganzen Weg von Ursal aus geritten.«

»Dann eben ein Trompetensalut am Südtor!«

»Und außerdem ganz ohne Gefolge«, fuhr Pony fort. »Nur Roger, Dainsey und ich. Ein unauffälliger Ritt durch ein stilles Land.«

Braumins Gesicht bekam einen fragenden Ausdruck. »Die Reise über Land dauert sehr viel länger«, sagte er. »Und geht damit auf Kosten unseres Zusammenseins.« Er sah Pony weiter fragend an, so als argwöhnte er bereits, dass ihr Erscheinen hier mehr war als nur ein Besuch.

»Wir werden so viel Zeit haben, wie wir wollen«, beruhigte ihn Pony. »Versprochen.«

»Trotzdem, wenn die Königin ohne bewaffnete Eskorte reitet …«

»Du solltest in mir nicht die Königin sehen«, erwiderte Pony.

»Und bitte, sorge dafür, dass keiner deiner Ordensbrüder mein Eintreffen außerhalb der Mauern dieser Abtei bekannt macht. Ich bin nicht als Königin Jilseponie hergekommen, sondern einfach als Pony, als deine Freundin aus früheren Zeiten.«

Braumins Blick bekam einen wissenden Zug; er nickte und schloss sie abermals in die Arme.

Pony verbrachte den Rest des Tages mit Braumin und Viscenti, der, ganz im Gegensatz zu Braumin, mehr als zwanzig Pfund abgenommen zu haben schien, und das bei einer Figur, die dies eigentlich kaum vertrug. Viscenti machte einen abgemagerten, geradezu ausgezehrten Eindruck, sein Lächeln jedoch war durchaus aufrichtig, und das neugierige Funkeln in den Augen hatte er sich ebenfalls bewahrt.

Sie unterhielten sich über alte Zeiten und brachten einander über die jüngsten Ereignisse auf den neuesten Stand, wobei Pony ihre derzeitigen Schwierigkeiten an Danubes Hof diplomatisch ausklammerte und die beiden anderen sie in diesem Punkt nicht weiter bedrängten.

Bei Sonnenuntergang verließ Pony die Abtei St. Precious und lenkte ihr Pferd auf verschlungenen Wegen gemächlich in den Westteil der Stadt. Zu ihrer Erleichterung – obwohl sie bei genauerer Überlegung einsehen musste, dass ihre Befürchtungen unbegründet waren – erkannten sie die Menschen in den Straßen nicht, und sie gelangte ohne Zwischenfall an ihr Ziel.

Vielleicht würde sie sich hier ein einfacheres Leben einrichten können.

Den Gedanken immer noch im Kopf, änderte sie ihre Richtung und ritt nicht hinaus nach Chasewind Manor, sondern zu einem Gasthaus, nahm sich dort ein Zimmer und ließ Roger und Dainsey anschließend eine Nachricht zukommen.

Und so lebte sie, während die Wochen des Sommers ins Land gingen, nicht etwa als Königin oder Adelsfrau, und auch nicht als Oberste Ordensschwester, sondern schlicht als Pony, genau wie vor der Flut jener folgenschweren Ereignisse, die ihre Anonymität und ihr einfaches Leben fortgespült hatten. Sie verbrachte ihre Tage mit Roger und Dainsey und manchmal auch mit Braumin und ihren Freunden in der Abtei St. Precious. Sie planten eine gemeinsame Reise in den Norden, nach Caer Tinella und Dundalis, die gleich nach Ende des Winters beginnen sollte.

Es war ein ruhiges, stilles und friedliches Dasein.

Doch als eines Spätsommermorgens schmetternde Trompeten und die Stimmen der Ausrufer Pony, wie nahezu alle anderen Stadtbewohner auch, mit der Neuigkeit weckten, König Danube Brock Ursal sei mit dem Schiff in Palmaris eingetroffen, wusste sie, dass ihr Leben abermals eine neue Wendung nehmen würde.

Sie spielte mit dem Gedanken, zu den Docks hinunterzuschlendern, entschied sich dann aber dagegen – schließlich wusste sie nicht, wen der König mitgebracht hatte. Stattdessen begab sie sich nach Chasewind Manor, da sie wusste, dass der König sie dort anzutreffen erwartete, und weil sie dort zumindest das Gefolge, das der König womöglich aus Ursal mitgebracht hatte, würde begrenzen können.

Ihre Erleichterung war riesengroß, als Danube kurz darauf auf Chasewind Manor eintraf – ohne Herzog Kalas, Constance Pemblebury oder einen der anderen Adligen, die zu sehen Pony nicht die geringste Lust verspürte.

Noch bevor man ihn ankündigen konnte, kam er ins Zimmer gestürzt, lief an Roger und Dainsey vorbei, ohne sie auch nur eines Blickes zu würdigen, ließ sich vor der sitzenden Pony auf ein Knie fallen, ergriff ihre Hand und führte sie zu einem zarten Kuss an seine Lippen.

Er blickte aus seinen grauen, von Traurigkeit und Müdigkeit

erfüllten Augen zu ihr hoch. »Ich musste einfach kommen«, sagte er. »Ich halte es keinen Tag länger ohne dich aus. Nichts anderes zählt für mich – ich kann nicht einmal meinen Staatsgeschäften nachgehen, weil sie mir ohne dich an meiner Seite vollkommen bedeutungslos erscheinen.«

Pony wusste nicht, was sie sagen sollte. Sie erhob sich und benutzte die Hand, die er noch immer festhielt, um Danube zum Aufstehen zu bewegen – woraufhin er keinen Augenblick zögerte, sie in seine Arme zu schließen. Gefangen in seiner Umarmung, fiel Ponys Blick über die Schulter des Königs, und sie sah die missbilligenden Blicke von Roger und Dainsey.

Ihre Mienen erinnerten sie an etwas, und sie schob Danube auf Armeslänge von sich.

»Muss ich dich daran erinnern, was alles vorgefallen ist?«, fragte sie.

»Tu es nicht, ich bitte dich. Es wäre für mich zu schmerzlich«, erwiderte Danube im Tonfall tiefer Zerknirschung. »Ich möchte mir nicht noch einmal anhören müssen, wie ich dich als Mann und Ehemann enttäuscht habe.«

Ponys Gesicht bekam einen deutlich sanfteren Ausdruck; sie umklammerte die Hand ihres Mannes, führte sie an ihre Lippen und küsste sie. »Du hast nichts dergleichen getan«, beteuerte sie. »Du konntest nicht vorhersehen, wie deine Freunde in Ursal reagieren würden; das allein, und nichts, was du getan hast, war der Grund, dass ich in den Norden zurückkehren musste.«

»Nur, um ein wenig auszuspannen«, warf Danube ein, woraufhin Pony unschlüssig lächelte.

»Begleite mich zurück!«, bedrängte er sie. »Jetzt gleich, bevor die winterlichen Stürme den Fluss unpassierbar machen. Meine angeblichen Freunde und ihre Ansichten kümmern mich wenig – ich weiß nur eins, ich halte es keinen Tag länger ohne dich an meiner Seite aus.«

Pony sah abermals zu Roger und Dainsey hinüber, und es war nicht zu übersehen, dass die beiden dagegen waren.

Im Grunde aber war sie selbst in diesem Augenblick unschlüssig. Sicher, sie wollte nicht zurück nach Ursal, aber ebenso wenig verspürte sie den Wunsch, auch ihre dritte Ehe scheitern zu lassen. Sie hatte guten Glaubens gemeinsam mit Danube das Ehegelübde abgelegt, und wenn sie ihm nicht wirklich etwas vorzuwerfen hatte – was sie nicht glaubte –, wie durfte sie sich dann den Pflichten dieses Gelübdes entziehen? War sie Danube nicht wenigstens den Versuch schuldig, die Dinge zum Besseren zu wenden?

»Constance lebt wieder auf Schloss Ursal«, beichtete ihr Danube in diesem Augenblick, und Ponys Misstrauen kehrte schlagartig zurück.

»Und ich möchte, dass sie bleibt«, fuhr er fort. »Es ist ebenso ihr Zuhause wie deins.«

Roger schickte sich an, etwas zu sagen, etwas zweifellos wenig Schmeichelhaftes, doch Pony stoppte ihn mit einer raschen Handbewegung.

»Sie weiß, wo ihre Grenzen liegen und wird sich nicht in unsere Beziehung einmischen«, erklärte Danube.

Fast wäre Pony mit dem Vergiftungsversuch herausgeplatzt, hielt sich dann aber zurück. Es gab keinen Grund, warum er davon erfahren sollte. Es wäre für ihn nur schmerzlich, und Schmerzen, das wusste sie, hatte sie ihm schon genug zugefügt.

»Ich kann eine solche Entscheidung nicht so überhastet treffen«, sagte sie.

»Die Zeit wird knapp«, drängte der König. »Der Winter steht bereits vor der Tür.«

Ponys Miene verdüsterte sich.

»Du befürchtest doch nicht etwa, Constance könnte –«, begann Danube.

»Aber nein«, erwiderte Pony, ohne zu zögern; jetzt, da sie wusste, wie tief der Hass dieser Frau auf sie war, hatte sie keine Angst mehr vor Constance Pemblebury. Es war nicht weiter schwierig, ein Auge auf Constance zu halten.

Ihr Einwurf veranlasste Danube, einen Schritt zurückzutreten und sie noch gründlicher in Augenschein zu nehmen. »Möchtest du nicht wissen, ob ich mein Verhältnis zu Constance wieder aufgenommen habe?«, fragte er.

»Es ist mir gar nicht in den Sinn gekommen, dass ich dich danach fragen müsste«, antwortete sie lachend. »Denn wenn es so wäre … wenn du die Beziehung tatsächlich wieder aufgenommen hättest, würdest du es mir ganz bestimmt sagen, da bin ich sicher.«

Der Beweis ihres Vertrauens ließ Danube die Tränen in die Augen treten; er hob Ponys Hände an seine Lippen und überhäufte sie mit Küssen.

Kurz darauf verließ er sie, nachdem sie ihn gedrängt hatte, ihr eine Nacht Zeit zu geben, um über seine Worte nachzudenken.

»Du willst wieder zurück«, stellte Roger fest, kaum dass Danube gegangen war; noch deutlicher als sein verdrießliches Gesicht verriet sein Ton, wie wenig ihm das behagte.

»Ich denke darüber nach«, erwiderte sie.

»Wie kannst du nur?«, fragte Roger.

»Als ich das erste Mal nach Ursal kam, war mir vielleicht nicht wirklich klar, was mich dort erwartete«, antwortete sie.

»Dich erwartet dort noch immer dasselbe«, bemerkte Dainsey bitter.

Pony nickte. »Mag sein«, gab sie zu. »Trotzdem bin ich in Ursal, solange König Danube mir zur Seite stand, niemals auf unüberwindbare Schwierigkeiten gestoßen. Ich habe gewisse Pflichten ihm gegenüber, und ich möchte ihn nicht verletzen.«

Dainsey wollte noch etwas hinzufügen, doch Roger fasste sie am Arm und brachte sie zum Schweigen. »Du musst mir nur eins versprechen: Solltest du tatsächlich zurückgehen, vergiss nie, wo eigentlich dein Zuhause ist, und kehre, falls nötig, wieder dorthin zurück.«

Pony ging auf ihren Freund zu und legte ihm die Hand auf die Schulter. »Oder ich schreie so laut um Hilfe, dass du kommst, um mich zu retten«, sagte sie.

Wie zu erwarten, war König Danube nach einem scharfen Ritt von der *Flusspalast*, wo er die Nacht verbracht hatte, bei Tagesanbruch wieder zurück in Chasewind Manor.

Mit einem Ausdruck zwischen freudiger Erwartung und banger Sorge erwartete er Pony an der Frühstückstafel.

»Wenn ich zurückkomme, wird nichts mehr so sein wie früher«, erklärte Pony, kaum dass sie Platz genommen hatte, und noch bevor sie von den verschiedenen Früchten genommen hatte.

Danube sah sie einfach nur an.

»Ich werde mehr die Rolle deiner Gemahlin und weniger die der Königin spielen«, erläuterte sie. »Ich werde mich nach Belieben im Schloss bewegen und mich sehr wahrscheinlich häufiger außerhalb aufhalten. Ich werde meiner Arbeit als Oberste Ordensschwester nachgehen und mich der Armen und Kranken annehmen, und zwar mit Hilfe der Steinmagie und ohne das große Trara und die Soldateneskorte, die normalerweise mit diesem Amt verbunden sind.«

»Bliebe die Frage deiner Sicherheit ...«, wollte Danube einwenden, doch Ponys ungläubiger Blick verwarf den Gedanken, noch bevor er wirklich Gestalt annehmen konnte.

»Dann kommst du also zurück?«, fragte der König.

Pony wandte sich ab und sah aus dem Fenster, das auf den

Garten und das Gutshaus hinausging. Nach einer Weile drehte sie sich wieder um und zuckte mit den Schultern.

»Begleite mich zurück, ich bitte dich«, sagte Danube ruhig. »Zu welchen Bedingungen, entscheidest allein du.«

Jilseponie schob ihre Hand auf seine. Sie antwortete ihm nicht unmittelbar, aber ihr Gesicht und ihre Körpersprache ließen keinen Zweifel, was sie wirklich wollte.

Danubes Lächeln war so strahlend wie schon seit vielen Monaten nicht mehr.

Ein paar Tage später verfolgten Roger und Dainsey gemeinsam mit Braumin, Viscenti und mehreren anderen Ordensbrüdern der Abtei St. Precious, wie sich die *Flusspalast* aus dem Hafen von Palmaris schob, um ihre Freundin in jene andere Welt auf Schloss Ursal zurückzubringen.

Alle hatten sie Pony gut zugeredet, nicht zurückzukehren. Roger war allerdings überzeugt, dass sie diesmal offenen Auges und vorbereitet dorthin ging, und er hatte ihr geglaubt, als sie ihm versicherte, sie werde diesem Ort sofort den Rücken kehren, sollte sich die Situation diesmal ähnlich katastrophal entwickeln.

Trotzdem, als Roger sah, wie das Schiff von den Docks ablegte und Kurs nach Süden nahm, konnte er nicht anders, er biss sich auf die Lippen und machte sich Vorwürfe, weil er sie hatte gehen lassen, ohne darauf zu bestehen, sie zu begleiten.

11. Brutus von Oredale

Sein Bart war ab, sein langes Haar über den Ohren säuberlich gestutzt. Marcalo De'Unnero machte den Eindruck, als sei er in jeder Hinsicht ebenso Herr der Lage wie damals in seinen ruhmreichen Zeiten in der Abtei St. Mere-Abelle, nur dass er sein braunes Mönchsgewand längst abgelegt und gegen die elegante Kleidung eines reichen Landbesitzers eingetauscht hatte. Dazu trug er eine edelsteinbesetzte Augenklappe, die sein rechtes Auge verdeckte, und ziemlich auffallenden Schmuck: einen langen Diamantohrring, sowie eine Lippenkappe, eine kleine goldene Spange, die sich eng um seine halbe Oberlippe schmiegte – in diesem Jahr der letzte Schrei bei den Reichen von Ursal.

De'Unnero fand Schmuck und Augenklappe geradezu abscheulich, und obwohl er den Adligen aus Ursal, darunter auch Herzog Jargon Bree Kalas, seit mehr als zehn Jahren nicht begegnet war, war er sich darüber im Klaren, dass er sich äußerlich nicht sehr verändert hatte und er dafür sorgen musste, dass ihn niemand wiedererkannte.

Bis zu diesem Zeitpunkt hatte sich die Aufgabe als nicht übermäßig schwer erwiesen. Ein prall gefüllter Beutel mit Edelsteinen an der richtigen Stelle hatte ihm jene Tarnung verschafft, die er benötigte, um die Stadt betreten zu können. In seiner Verkleidung war er Brutus von Oredale, ein durchreisender Freund des Grafen von Fenwicke, einer kleinen, aber wohlhabenden Region tief im Süden der Grafschaft Yorkey. Brutus von Oredale reiste in Begleitung seiner bezaubernden jungen Frau und ihres bäuerlichen Knappen.

De'Unnero und Sadye waren gerade mal zwei Wochen in der Stadt, als sie bereits an ihrem ersten der wöchentlich stattfindenden Bälle teilnahmen. König Danube befand sich zu dieser Zeit noch auf dem Weg nach Palmaris, daher musste sich De'Unnero diesem Test vorläufig noch nicht unterziehen. Und was den anderen Test betraf ... er verbrachte den halben Abend unbekümmert plaudernd mit Herzog Kalas, ohne dass dieser seine wahre Identität auch nur zu erahnen schien.

Als das Paar in seine großzügigen Gemächer zurückkehrte, machte die lachende und über das ganze Gesicht grinsende Sadye einen geradezu berauschten Eindruck.

»Was ist?«, fragte Aydrian sie, kaum dass sie hereingekommen war, woraufhin sie in schallendes Gelächter ausbrach.

»Ein bisschen zu viel Elfentrester«, erklärte De'Unnero.

»Ach was, stimmt doch gar nicht«, fiel sie ihm leicht lallend ins Wort. »Es ist die freudige Erwartung, die mich so berauscht. Du kannst dir gar nicht vorstellen, Aydrian, wie prachtvoll es am Hof zugeht. Was werden wir bald für ein Leben führen!«

Aydrian sah sie fragend an, blickte dann zu De'Unnero hinüber, der ebenfalls gegen seinen Willen grinste.

»Dieser Teil unseres Plans ist reibungsloser verlaufen, als ich mir jemals hätte vorstellen können«, erklärte er.

»Noch weiß der König nichts von Eurem Hiersein«, erinnerte ihn Aydrian. »Und auch Jilseponie nicht.«

»Bis zu Danubes Rückkehr werde ich mich beim Adel so gut eingeführt haben, dass er nicht einmal mehr auf die Idee kommen wird, meine Person in Frage zu stellen«, erklärte De'Unnero.

»Und wenn diese Frau zusammen mit ihm zurückkehrt?«, gab Sadye zu bedenken, und eine dunkle Wolke legte sich über ihr und De'Unneros Gesicht.

»Wir werden sehen«, erwiderte der ehemalige Mönch grimmig. »Unser Plan entwickelt sich hervorragend. Alles steht bereit: die Truppen, die Waffen, die Olin treu ergebenen abellikanischen Ordensbrüder. Wenn sich eine Gelegenheit bietet, werden wir losschlagen.«

»Wann?«, fragte Aydrian.

De'Unnero brauchte an das Wort, an die unbeantwortbare Frage, nur zu denken, um schlagartig wieder ruhig zu werden. Ständig redete er von einem Plan, so als sei alles niedergeschrieben und festgelegt, in Wahrheit aber wusste er, dass er und seine Gefährten derzeit nur improvisierten und auf eine Gelegenheit lauerten, endlich losschlagen zu können und Aydrians Anliegen öffentlich zu machen. Selbst unter günstigsten Umständen, wie Marcalo De'Unnero nur zu gut wusste, würde dies zu einem Konflikt und sehr wahrscheinlich zum Bürgerkrieg führen.

Dank ihres beispiellosen Reichtums und Olins unermüdlicher Bestrebungen, nicht nur die Kirche, sondern auch die Truppen der Krone zu unterwandern, würden sie auch darauf vorbereitet sein.

»Nein, nein, nein!«, schrie die abgehärmte Frau, deren ehemals blondes Haar inzwischen größtenteils von Grau durchsetzt war, und schleuderte den Krug, den sie eben noch in der Hand gehalten hatte, gegen die Wand, wo er in tausend Splitter zersprang und seinen Inhalt über die Wände verteilte.

Sie presste sich die Fäuste auf die Augen und lief heulend im Kreis herum.

Herzog Kalas ging dazwischen, packte sie grob und hielt sie fest. Er fragte sich längst, ob es richtig gewesen war, Constance mit der Nachricht zu behelligen, Danube werde schon bald mit Königin Jilseponie an seiner Seite zurückkehren.

»Ich ertrage es nicht, diese Hexe wiederzusehen!«, jammerte Constance. »Sie hat mich mit einem Fluch belegt – ja, genau, das ist es. Mit ihren Edelsteinen hat sie dafür gesorgt, dass ich hässlich werde, dass meine Stimme schnarrend und dünn und meine Glieder zittrig werden. Nicht mehr lange, und sie bringt mich womöglich noch ins Grab!«

Herzog Kalas verkniff sich ein amüsiertes Grinsen, als ihm bewusst wurde, dass er die Frau mit seinem Spott vermutlich gleich auf der Stelle zugrunde richten würde – dabei schmerzte es ihn durchaus, seine Freundin so eindeutig im Wahn daherreden zu hören. Jilseponie hatte sie keineswegs mit einem Fluch belegt, es sei denn, dieser Fluch hieß fortgeschrittenes Alter, und falls Jilseponie die Ursache für dieses verbreitete Gebrechen war, dann würde sich Constance in eine lange Schlange einreihen müssen, wenn sie der Hexenkönigin die Augen auskratzen wollte.

»Was soll ich bloß tun?«, jammerte sie und sank schluchzend auf die Knie. »Was soll ich bloß tun?«

Herzog Kalas betrachtete sie einen Moment lang zähneknirschend und biss sich auf die Lippen; sein Lächeln war längst erloschen. Er hasste Jilseponie dafür, dass Constance ihretwegen in diesen beklagenswerten Zustand verfiel, ob es nun ihre Absicht war oder nicht.

»So steht doch auf!«, fuhr der Herzog sie an, packte Constance bei den Armen, zog sie wieder auf die Füße und hielt sie fest, bis ihre Beine ihr gehorchten und ihren Körper wieder trugen. »Was Ihr tun sollt? Als Königinmutter des Bärenreiches solltet Ihr stolz Euer Haupt erheben.«

»Sie wird meine unehelichen Kinder aus der königlichen Erbfolge streichen.«

»Das soll sie nur versuchen; Ihr wisst, dass das einen Krieg zur Folge hätte!«, rief Kalas.

»Ach, Kalas, Ihr müsst die beiden beschützen!«, weinte Constance und klammerte sich an ihn. »Ihr müsst! Versprecht es mir!«

Herzog Kalas fand ihr Ansinnen vollkommen absurd. Er

wusste, dass Jilseponie den Kindern nichts Böses angetan und Danubes Plan, sie noch vor ihr in die Thronfolge einzusetzen, sogar gut geheißen hatte. Jilseponie mochte so viele Fehler haben, wie sie wollte, aber nach Kalas' Wissen hatte sie diese Reihenfolge niemals in Frage gestellt und sich auch nie in Merwicks und Torrences formale Ausbildung für ihre Thronbesteigung eingemischt.

Constance aber wollte von alldem nichts hören, das wurde ihm jetzt klar. Sie würde nicht mal seine Argumentation in diesem Punkt begreifen. »Man wird Eure Kinder beschützen«, versuchte er sie zu beruhigen und nahm sie noch fester in die Arme.

Sie klammerte sich an ihn, als hinge ihr Leben davon ab, weigerte sich lange Zeit, ihn loszulassen, und vergrub hemmungslos schluchzend ihren Kopf an seiner Brust.

Seufzend ergab sich Herzog Kalas seinem Schicksal, tat ihr den Gefallen und hielt sie fest. Er hatte den König gebeten, nicht nach Palmaris zu segeln. Er hatte ihm klarzumachen versucht, dass der Versuch, Jilseponie zurückzuholen, nur weiteren Kummer und Ärger nach sich ziehen würde.

König Danube hatte sich jedoch längst entschieden gehabt und war Kalas bei dieser Gelegenheit so heftig über den Mund gefahren wie noch nie zuvor.

Danube Brock Ursal war Kalas' Freund, aber er war auch König des Bärenreiches, und wenn er dem Herzog den Befehl erteilte, sich aus einer Sache herauszuhalten, so hatte Kalas keine andere Wahl, als sich zu fügen.

Dennoch, als er die unglückliche Constance, die am Ende ihrer Kräfte war, jetzt in den Armen hielt, sah er geradezu, wie sich das Unheil zusammenbraute.

»Freut es Euch nicht, dass die Königin heimkehren wird?«, fragte Brutus von Oredale den in Gedanken versunkenen Herzog Kalas eines Morgens, als sich die Gelegenheit ergeben hatte, den mürrischen Herzog auf die morgendliche Jagd zu begleiten.

Kalas sah ihn ungläubig an; sein Mienenspiel verriet unmissverständlich, dass sein Zerwürfnis mit Königin Jilseponie allgemein bekannt war.

»Was meint Ihr, kehrt sie wegen des Königs zurück oder wegen des Liebhabers, den sie zurückgelassen hat?«, fragte Brutus verschmitzt.

Kalas zügelte sein kräftiges Pinto-Pony und sah den Mann fragend an. »Was wisst Ihr davon?«, fragte er schroff.

»Nicht mehr als die Gerüchte, die schon seit einer Weile in den Straßen kursieren.«

»Ich verkehre oft auf diesen Straßen«, erwiderte Kalas zweifelnd.

»Ich meinte die Straßen von Oredale«, erwiderte Brutus. »Und die der übrigen Städte im Süden Yorkeys.«

Kalas runzelte die Stirn.

»Der Liebhaber der Königin, erzählt man sich, sei jemand aus unseren Kreisen«, fuhr Brutus fort. »Der Sohn eines Adligen und ein hervorragender Krieger, der früher schon einmal in der Hoffnung nach Ursal gekommen war, sich den Allhearts anzuschließen, der aber – wie soll ich es taktvoll formulieren? – kalt gestellt wurde.«

Herzog Kalas wandte sich wieder der vor ihnen liegenden Straße zu, gab seinem Pferd die Sporen und ließ es gemächlich weitertraben. »Ihr seid Euch hoffentlich bewusst, dass Ihr allein für die Äußerung dieses Verdachts hingerichtet werden könntet«, sagte er.

»Ich bitte um Vergebung, guter Herzog«, erwiderte Brutus mit einer so tiefen Verbeugung, wie dies auf seinem ausgeliehenen To-gai-Pony möglich war. Er erwog, noch etwas hinzuzufügen, besann sich dann aber eines Besseren und ließ sein Pony ein gutes Stück hinter das Ross des Herzogs zurückfallen.

Die Saat war ausgebracht.

De'Unnero kam der Gedanke, dass er möglicherweise übereilt vorging; seine Bemerkung gegenüber dem Herzog war nicht mehr gewesen als eine rasche Improvisation. Trotzdem konnte er sich eines Schmunzelns nicht erwehren. Aydrian wurde allmählich ungeduldig, so wie er selbst und ganz sicher auch Olin. Loyalitäten waren von flüchtiger Natur, wie De'Unnero nur zu gut wusste. Heute ein Held, war man morgen vielleicht schon der Schurke – Jilseponies Sturz aus der Gunst der Öffentlichkeit war das beste Beispiel dafür.

Den Rest der vormittäglichen Jagd verbrachte De'Unnero mit den Adligen, die ihm am nächsten standen, darunter einige Freunde, die Olin ihm vorgestellt hatte und die über die wahre Identität des Brutus von Oredale im Bilde waren. Als die kleine Gruppe in den Park hinter Schloss Ursal zurückkehrte, trafen sie eine große Zahl Hofdamen an, die dort zusammengekommen waren, um zu plaudern, herumzualbern und sich zu betrinken – drei Dinge, denen sie sich ohne Unterlass zu widmen schienen, wie De'Unnero mit einem gewissen Befremden registrierte.

Er übergab sein Pferd an einen Stallknecht und begleitete die anderen Jäger, um sich unter die Gesellschaft zu mischen. Ein einziges Thema, stellte er fest, beherrschte die Gespräche, alle plauderten über ein in Kürze bevorstehendes Ereignis: König Danubes fünfzigsten Geburtstag. In der Damenwelt unterhielt man sich über die Geschenke, die man ihm machen wollte, wobei gelegentlich auch eine lüsterne Bemerkung fiel; die Herren des Adels stießen ins gleiche Horn und sprachen davon, das perfekte To-gai-Pony oder vielleicht auch einen ausgezeichneten Jagdbogen aufzutreiben, um diesen ihrem geliebten König zum Geschenk zu machen.

»Meinen Reizen würde er bestimmt den Vorzug geben«, warf eine parfümierte junge Dame schmunzelnd ein und erntete damit allgemeine Heiterkeit.

»Ich fürchte, da kann ich nicht mithalten«, erwiderte ein junger Adliger, und die Stimmung wurde noch ausgelassener.

»Aber Königin Jilseponie, fürchte ich«, warf Brutus von Oredale ein und setzte der Heiterkeit damit ein jähes Ende. Alle Blicke richteten sich auf ihn.

»Ich vermag zwar nicht zu erkennen, wie sie mit Euch konkurrieren könnte, schöne Frau«, fügte De'Unnero sich verbeugend hinzu, um die beleidigte, in ihrem Stolz gekränkte junge Frau wieder ein wenig aufzurichten. »Aber König Danube scheint die Augen noch immer vor der Wirklichkeit zu verschließen.«

»Das muss er wohl, wenn er es wagt, dieses Weibsstück wieder herzuholen«, zischte jemand, der ein wenig abseits stand.

»Ich könnte mir vorstellen, dass die Herren des Hofstaats unserem König ein sehr viel reizvolleres Geschenk zu machen in der Lage wären«, bemerkte Brutus, den daraufhin nicht wenige verstörte, ja sogar angewiderte Blicke trafen. »Oh, diese Reize meinte ich mitnichten«, beeilte er sich lachend, das Missverständnis aufzuklären. »Ich wollte auf ihr Können als Krieger anspielen, nicht als Liebhaber.«

»Was wollt Ihr damit sagen?«, fragte jemand.

»Wann hat zum letzten Mal ein ordentlicher Tjost auf Schloss Ursal stattgefunden?«, fragte der falsche Adlige in die Runde.

»Anlässlich der königlichen Hochzeit«, rief jemand.

»Das war eine Schaudarbietung, kein echtes Turnier«, widersprach sofort ein anderer mit einem unverkennbaren Unterton von Begeisterung in der Stimme.

De'Unnero enthielt sich jeder weiteren Bemerkung und ließ die Saat einfach aufgehen – was auch tatsächlich geschah; plötzlich redeten alle durcheinander, man solle doch zur Feier von Danubes Geburtstag ein prunkvolles Turnier abhalten, und andere meinten: »Wieso hat keiner von uns früher daran gedacht?«, oder: »Es wird das prunkvollste Turnier werden, das Ursal je erlebt hat!«

Die aufgeregte Debatte nahm kein Ende und gewann mit jedem Widerspruch an Schwung. Die Planungen hatten ihren Höhepunkt erreicht, als Herzog Kalas in die Runde zurückkehrte.

»Ein Turnier?«, wandte er sich skeptisch an seinen unmittelbaren Nachbarn.

»Ein prunkvolles Fest, mein Herzog! Ein Fest und ein Turnier anlässlich des Geburtstags unseres Königs Danube!«, erwiderte der Adlige begeistert.

Kalas stand da, strich sich über seinen Ziegenbart und hörte zu. De'Unnero hatte den Eindruck, als wäre zumindest seine Neugier geweckt, auch wenn ein letzter Rest von Skepsis blieb. Der falsche Adlige rückte seine Augenklappe zurecht und stellte sich unmittelbar neben den Herzog.

»Würden nicht sämtliche aufstrebenden jungen Ritter aus dem ganzen Land herbeieilen, um daran teilzunehmen?«, raunte er Kalas zu.

Der Herzog streifte ihn mit seinem Blick.

»Insbesondere, wenn diese jungen Ritter sich Hoffnungen machen können, eines Tages an der Seite des mächtigen Herzog Kalas und seiner Allhearts zu reiten«, fügte Brutus von Oredale hinzu, bevor er sich entfernte und es Kalas überließ, diesen pikanten Konflikt selbst zu entwirren.

»Die Beinschienen gefallen mir nicht«, beschwerte sich Aydrian und schüttelte sein Bein, so dass Garechs Gehilfe, der ohnehin schon in tief gebückter Haltung neben ihm hockte, auf dem Allerwertesten landete.

»Aber Ihr müsst Eure Beine schützen!«, beharrte Garech Callowag. »Ein tief angesetzter Hieb gegen Eure Knie würde Euch zu Boden strecken.«

»So nah kommt ohnehin niemand an meine Beine heran«, erwiderte Aydrian in seiner typisch überheblichen Art.

»Erklärt Ihr es ihm«, wandte sich Garech an Sadye, die etwas abseits saß und an dem unablässigen Gezänk zwischen dem jungen Krieger und dem Waffenschmied offenbar ihre helle Freude hatte – zumal die Rüstung mittlerweile nahezu fertig war.

»Was soll sie mir erklären?«, ereiferte sich Aydrian. »Wie ich zu kämpfen habe? Selbst völlig unbekleidet und nur mit einem Besenstiel in der Hand könnte ich noch den stärksten Krieger im Kampf besiegen, Garech, auch wenn Ihr ihn in einen Eurer Metallkokons steckt.«

Falls sich Garech davon beeindrucken ließ, so wusste er dies gut zu verbergen. »Darüber unterhalten wir uns, wenn Euch das Schwert eines Gegners tief unten getroffen hat und Ihr sechs Hände kürzer seid«, lautete seine trockene Antwort.

»Es reicht jetzt, Aydrian«, erklärte Sadye. »Du benimmst dich wie ein Narr.«

Der junge Krieger funkelte sie wütend an.

»Muss ich dich daran erinnern, dass du deinen ersten Kampf nicht gegen einen Feind ausfechten wirst?«, fuhr sie fort. »Es wird ein Tjost sein, ein Turnier unter Kriegern, bei dem die prachtvolle Darbietung mindestens ebenso wichtig ist wie der Ausgang des Kampfes. Lass dir die Beinschienen anpassen, und dann trage sie im Turnier, damit deine Rüstung keine Lücken aufweist.« Als sie geendet hatte, deutete sie auf die restlichen Rüstungsteile, die man um eine Aydrian nachgebildete, an der Wand lehnende Kleiderpuppe geschnallt hatte.

Und welch eine prachtvolle Rüstung das war! Ein kompletter, aus Silber und Gold gefertigter Plattenpanzer, der vom Scheitel bis zur Sohle reichte, auf Hochglanz poliert und an verschiedenen Stellen mit magischen Steinen besetzt. Garech hatte, in Anlehnung an die Panzerung der Allhearts, der gesamten Rüstung einen silbrigen Glanz verleihen wollen, De'Unnero aber wollte, dass Aydrian selbst diese vortrefflichen Krieger noch in den Schatten stellte, und hatte auf goldenen Posamenten bestanden. Die einander überlappenden Platten waren so angelegt, dass sie jeder Veränderung von Aydrians Körper entsprechend angepasst werden konnten. Sie ließen sich leicht und mühelos bewegen, erzeugten dabei ein Minimum an Geräuschen und erlaubten größtmögliche Bewegungsfreiheit.

Der kugelförmige Helm verjüngte sich zur Rückseite hin, bedeckte aber nur Aydrians obere Gesichtshälfte bis unmittelbar unterhalb des Nasenrückens, so dass er von vorne eher der Maske eines Straßenräubers glich. Er war mit weichem, gehämmertem Gold ausgeschlagen, das den Helm größtenteils nur säumte, das Querstück aber, das zwischen der Nase und Aydrians Augenpartie verlief, war aus purem Gold. Aus Gründen der Dekoration hatte Garech das Teil mit einem reich verzierten Wulst versehen, der, hinter den Augen beginnend, ganz ähnlich der Krempe eines Hutes, um seinen Kopf herumlief.

Es wäre auch ohne Aydrians Beifügungen eine der wunderbarsten Rüstungen überhaupt gewesen; mit diesen Zusätzen, einigen sorgsam platzierten Magnetiten sowie einem Seelenstein, bot die Rüstung doppelten Schutz gegen Schwerthiebe und vermochte ihren Träger rasch mit Magie zu heilen, falls doch einmal ein gegnerischer Hieb bis zu ihm durchdrang.

Mit Garechs fachmännischer Unterstützung hatte Aydrian seine Waffe ebenfalls mit einem Zusatz versehen und sie dadurch noch gefährlicher gemacht. Sie hatten einen winzigen, kaum wahrnehmbaren Rubin und einen Graphit in das untere Ende der galvanisierten Klinge Sturmwinds eingepasst, und den Handschutz zierte jetzt ein kleiner Serpentin. Ohne groß nachdenken zu müssen, konnte der in Magie bewanderte Aydrian diese ohnehin schon vortreffliche Klinge in ein Flammenschwert verwandeln und ihr im Handumdrehen die Durchschlagskraft eines Blitzes verleihen.

Das Turnier rückte rasch näher – bei Hofe hatte man De'Unneros vorsichtige Andeutungen aufgegriffen und sah darin eine vorzügliche Gelegenheit für alle, sich die höchste Gunst des Königs zu verdienen. An jeden gesunden, kräftigen Krieger und Bogenschützen des Landes war der Ruf ergangen, herbeizueilen und sein Können vor den Augen des Königs unter Beweis zu stellen.

Doch das Turnier war sehr viel mehr als bloß die Geburtstagsfeier für einen alternden König. Für De'Unnero und Sadye würde es den Eintritt eines künftigen Königs in das Mannesalter markieren.

Sadye sah hinüber zu Aydrian, der sich pflichtschuldig soeben die Beinschienen um seine schlanken, aber muskulösen Beine anpassen ließ. Dann wanderte ihr Blick zu der prunkvollen Rüstung, der außergewöhnlichsten Rüstung, die sie jemals zu Gesicht bekommen hatte. Sie war überzeugt, dass dieser Tjost, dieser erste förmliche Ritterwettstreit im Bärenreich seit dem Ende der Rotfleckenpest, noch für Jahrhunderte in den Legenden weiterleben würde.

12. Ein Mann wird mündig

Als die *Flusspalast* am langen Kai in Ursal festmachte, waren die Vorbereitungen für das Turnier bereits in vollem Gange – und das in einem Maße, dass kaum jemand bei Hofe oder in der

Stadt die Rückkehr von Königin Jilseponie eines Kommentars für wert erachtete.

Pony – denn trotz ihrer Rückkehr empfand sie sich insgeheim immer noch als Pony – war froh darüber. Aufgrund der Turniervorbereitungen würde vermutlich fast der gesamte Hof den Winter über beschäftigt sein, was ihr ein wenig Zeit ließ, sich unbehelligt von den ständigen Spannungen einzuleben.

König Danube war von der Idee des Turniers vollkommen begeistert. »Ein prächtigeres Geschenk könnte kein Hofstaat seinem König machen!«, verkündete er.

Pony lächelte und war froh über die Ablenkung und glücklich, dass ihr Mann glücklich war. Sie bewegte sich unauffällig, sprach wenig und hielt sich weitgehend aus den Gesprächen bei den allabendlichen Banketts und allwöchentlichen Bällen heraus. Oft verließ sie, wie angekündigt, das Schloss, mischte sich unter die Bevölkerung und versuchte, den Menschen bei ihren Krankheiten und in ihrem allgemeinen Elend zu helfen – vor allem in dieser, der kältesten Jahreszeit.

War sie nicht gerade unterwegs, mied die Königin meist die Gesellschaft anderer; manchmal betete sie dann oder saß einfach am Fenster und versuchte zu ergründen, wo sie in dieser verwirrenden Welt wirklich hingehörte. Trotzdem empfand sie kein Selbstmitleid. Ganz und gar nicht. Pony verfügte über mehr Erinnerungen – wertvolle Erinnerungen –, als die meisten anderen sich erhoffen konnten, und wusste jetzt, dass es an ihr war, die Situation in den Griff zu bekommen. Entweder ließ sie zu, dass die Schwätzer und Unruhestifter sie behelligten, oder aber sie beachtete sie gar nicht und verfolgte weiter ihre Ziele und gestaltete dieses jüngste Kapitel ihres Lebens.

Innerhalb des Schlosses war sie Königin Jilseponie, draußen in den Straßen aber, unter den gewöhnlichen Menschen, war sie Pony. Einfach nur Pony, die Freundin der Bedürftigen.

Bei Danube war sie ein bisschen von beidem. Sie musste zur Stelle sein, um ihn in den Augenblicken der Anspannung, die unweigerlich mit seinem Amt einhergingen, zu unterstützen. Und das tat sie auch, wenn auch still und unauffällig hinter den Kulissen. Normalerweise war sie nicht mehr zugegen, wenn Herzog Kalas oder ein anderer Adliger zu einer Audienz erschien, um sich über dieses oder jenes Problem zu beklagen, später aber stand sie König Danube gewöhnlich zur Verfügung und hörte ihm zu, wenn er seiner Anspannung mit heftigen Zornesausbrüchen Luft machte.

Und anschließend, sofern ihm der Sinn danach stand, liebten sie sich.

Pony mied ihn keineswegs. Sie wollte diesem Mann nach wie vor eine gute Frau sein, denn sie mochte ihn wirklich sehr, ja, sie liebte ihn sogar.

König Danube seinerseits hielt seine Versprechen, die diese neue Übereinkunft betrafen. Er stellte der Königin keine Fragen, wenn sie Schloss Ursal verließ, und gab sich allergrößte Mühe, die wenigen Gerüchte zu überhören, die jetzt, da sie in die Stadt zurückgekehrt war, unweigerlich wieder die Runde machten.

Gegen Ende des dritten Monats des Jahres 846 nahten sowohl der Geburtstag des Königs als auch das Ende des Winters. Bereits vor dem Winter waren aus Palmaris mehrere Ritter eingetroffen, da sie befürchteten, die Straßen könnten noch bis lange nach dem Turnier unpassierbar sein; doch dieses Jahr war der Winter mild und überdies auch kurz.

Marcalo De'Unnero betrachtete die Vorbereitungen, die großen Zelte und den Turnierplatz, die Ansammlung der fahrenden Musikanten, der Köche und Krieger aus dem gesamten Königreich mit Vorfreude, aber auch mit einer gewissen Besorgnis. Er hatte sich in letzter Zeit vom eigentlichen Hof fern gehalten, da er auf keinen Fall von Königin Jilseponie gesehen werden wollte. Kalas hatte ihn nicht wiedererkannt, und obwohl er sich in vielerlei Hinsicht sehr von jenem Mann unterschied, den der Herzog bei seiner Jagd auf Elbryan und die Ketzer vor all den Jahren bis zum Barbakan begleitet hatte, hatte er nicht den geringsten Zweifel, dass Jilseponie ihm nur in die Augen zu schauen brauchte, um die Wahrheit zu erkennen.

Er war sich dessen völlig sicher, denn eins war ihm klar: Selbst wenn sich Jilseponie äußerlich sehr verändert hätte – was nicht der Fall war, wie er bei den wenigen Gelegenheiten, als er sie von weitem beobachtet hatte, bemerkte –, er hätte sie ganz sicher wiedererkannt. Sie waren Todfeinde, und ihr gegenseitiger Hass ging sehr viel tiefer, als dass er sich hinter Äußerlichkeiten verbergen ließe.

Also hatte De'Unnero, in der Maske des Brutus von Oredale, sich in der Nähe des Festtagsgeländes aufgehalten, alles im Auge behalten und mit angepackt, wo immer sich eine Gelegenheit bot. Dann, eines herrlichen Frühlingstages, waren die Vorbereitungen nahezu abgeschlossen, so weit, dass die Allhearts, die Kingsmen und die Küstenwache gemeinsam draußen auf dem Gelände aufmarschiert waren, um die traditionelle Königsparade einzustudieren.

Aydrians Tag nahte mit Riesenschritten.

De'Unnero verschlug es fast den Atem, wenn er über die Prüfung nachdachte, die seinen Schützling nun schon bald erwartete. Er verlangte von diesem jungen Krieger zu kämpfen – und nicht einfach nur zu kämpfen, sondern dies auch noch im Rahmen eines Turniers zu tun –, und zwar gegen die kampferprobten Ritter des ganzen Königreiches und mit einem Minimum an Ausbildung in den speziellen Turniertechniken. Er hatte Aydrian in den Südosten des Landes, in die Grafschaft Yorkey, geschickt, da er sich als Vertreter eines unbedeutenden Landbesitzers für das Turnier melden sollte, der tief in Abt Olins Geldgeschäfte verstrickt war. Dies schien ihm die beste Tarnung, denn die Grafschaft Yorkey, einst ein zerstrittenes Konglomerat aus winzigen Königreichen, war mit kleinen Burgen geradezu übersät – offenbar stand auf jedem Hügel eine – und brachte mehr Allhearts und Turnierteilnehmer hervor als das ganze restliche Königreich zusammen.

Zudem war die Grafschaft Yorkey jener Ort, den er Kalas beim Gespräch über den Liebhaber der Königin ins Ohr geraunt hatte.

»Landjunker Aydrian von Brigadonna«, murmelte De'Unnero leise vor sich hin. Das war der Deckname, den der Junge auf sein Anraten hin angenommen hatte. Die Vorstellung entlockte dem ehemaligen Mönch ein niederträchtiges Grinsen. Ja, er verlangte viel vom jungen Aydrian, aber er hatte den Jungen im Kampf erlebt und wusste nur zu gut, wie geschickt er mit den magischen Steinen umzugehen verstand, und er wusste auch, dass die Zuschauer dieses Turnier nicht so schnell vergessen würden.

Aydrian, in seiner ganz gewöhnlichen Bauernkleidung, stand neben Sadye und De'Unnero und schüttelte angewidert den Kopf, als der nächste Pfeil das Ziel weit verfehlte und das lange Feld hinunterflog, das man für den Wettkampf der Bogenschützen, traditionell der erste Wettkampf eines Turniers, vorbereitet hatte. Hier wetteiferten nicht etwa königliche Ritter, sondern einfache Bauern und Jäger miteinander.

»Ein so leichtes Ziel würde ich im Leben nicht verfehlen«, sagte Aydrian leise zu seinen beiden Gefährten. Er konnte seine Enttäuschung, nicht zu diesem Wettkampf zugelassen zu sein, nicht länger im Zaum halten. »Ich könnte genau ins Schwarze treffen und würde mit dem nächsten Schuss meinen Pfeil noch in der Mitte spalten!«

»Du würdest nicht mal eine Chance auf einen zweiten Schuss erhalten«, widersprach De'Unnero. »Auch wenn es sonst niemand merken würde, Königin Jilseponie würde die Federn oben an deinem Bogen ganz bestimmt erkennen.«

»Dann hätte ich für den Wettbewerb doch einen einfachen Bogen nehmen können«, beklagte sich Aydrian. »Einen Unterschied hätte das wohl kaum gemacht. Am Ausgang würde sich nichts ändern.«

De'Unnero wandte sich um und lächelte den jungen Krieger an. »Du hältst dich für besser als all diese Männer hier?«, fragte er.

»Auf jeden Fall«, lautete die klare Antwort.

»Na schön«, sagte der ehemalige Mönch. »Ausgezeichnet. Und wenn du König bist, steht es dir frei, ganz nach Belieben Turniere abzuhalten und dich zu beweisen – dann kannst du von mir aus auch deinen Elfenbogen benutzen. Jetzt aber rührst du dich nicht von der Stelle und schaust zu.«

Aydrian wollte etwas erwidern, hielt sich aber zurück, denn er hatte sich schon den gesamten Vormittag mit De'Unnero über diesen Punkt gestritten, nachdem er und Sadye unauffällig in der Stadt eingetroffen waren. Obwohl sie unangemeldet gekommen waren, hatten sie darauf geachtet, dass einige Leute ihre Ankunft beobachteten und sahen, dass sie die vollständige Ausrüstung eines Turnierteilnehmers auf ihrem kleinen Wagen mit sich führten.

Doch De'Unnero hatte beschlossen, den Landjunker Aydrian von Brigadonna an diesem Tag, dem zweiten des großen Festes und dem ersten der ritterlichen Turnierwettkämpfe, nicht mehr öffentlich anzukündigen. Aydrian gegenüber hatte er erklärt, er wolle sich dies noch aufsparen, einmal der größeren Wirkung wegen, aber auch, damit er fortfahren konnte, die notwendigen Gerüchte unter den Adligen zu streuen. Aydrian hatte natürlich protestiert, denn am liebsten hätte er sich sofort in den Wettbewerb gestürzt. Aber das hatte De'Unnero schlichtweg abgelehnt und ihn daran erinnert, dass er, und nicht Aydrian, das Sagen hatte.

Aydrian wollte den Streit nicht erneut aufleben lassen und hakte nicht weiter nach. Er wandte den Blick von dem langweiligen Bogenwettbewerb mit seinen unfassbar mittelmäßigen Schützen ab, bei dem ein Treffer eher auf Glück denn auf Können zurückzuführen war, und konzentrierte sich stattdessen auf den königlichen Pavillon mit seiner erhöhten Tribüne und dem Zeltdach, unter dem der König und die Königin sowie verschiedene Adlige Platz genommen hatten, darunter auch Herzog Kalas in seiner prachtvollen silbernen Rüstung. Der Pavillon wurde auf allen Seiten von Rüstung tragenden Allhearts flankiert, die ihren geliebten König vor dem Pöbel schützten.

Rasch blieb Aydrians Blick an der Frau an Danubes Seite hängen, an Jilseponie, seiner Mutter.

Seiner Mutter!

Fragen stürmten auf ihn ein: Wieso hatte Lady Dasslerond ihm diese Frau verschwiegen? Warum hatten sie und die anderen Elfen darauf beharrt, Aydrians Mutter sei im Kindbett gestorben? Es konnte kein Zweifel bestehen, dass Lady Dasslerond, eines der am besten unterrichteten Geschöpfe überhaupt, die Wahrheit kannte und wusste, dass Jilseponie nicht nur lebte und wohlauf war, sondern auch als Königin über das bedeutendste Königreich herrschte.

Und wieso hatte De'Unnero es ihm erzählt? Er war dem Mann zu Dank verpflichtet, sicher, trotzdem fragte er sich, inwieweit ihre Freundschaft auf sich ergänzenden Charaktereigenschaften beruhte und inwieweit sie auf De'Unneros Opportunismus zurückzuführen war, der in Aydrian offenbar eine Leiter zu seinem erneuten persönlichen Aufstieg sah.

Obwohl der Gedanke Aydrian amüsierte, verwarf er ihn sofort wieder. Benutzte er De'Unnero nicht ganz genauso?

Er sah zu seinem Gefährten hinüber und konnte sich ein Grinsen nicht verkneifen. Ihr Verhältnis diente ausschließlich dem gegenseitigen Vorteil, wie ihm jetzt klar wurde, und damit war er durchaus einverstanden. Er liebte De'Unnero nicht, und wenn er ehrlich war, mochte er ihn im Grunde nicht mal. Aber gemeinsam würden sie mehr Ruhm erlangen als jeder einzeln.

Voller Bewunderung wanderte sein Blick hinüber zu Sadye, und nicht zum ersten Mal erwog er, ihr Verhältnis eines Tages vielleicht auf eine viel intimere Ebene zu heben. Seine Augen musterten ihren zierlichen, dennoch wohlgeformten Körper von Kopf bis Fuß, ihre schlanken und kräftigen Beine, ihre kleinen, dennoch überaus verlockenden Brüste.

Sein Grinsen wurde noch breiter, als Aydrian sich wieder dem königlichen Pavillon zuwandte; doch plötzlich erlosch sein Lächeln und machte einem missbilligenden Stirnrunzeln Platz. Denn auf einmal kreisten seine Gedanken wieder um die Königin, um diese Frau, die, so hatte De'Unnero behauptet, seine Mutter war, angeblich eine große Heldin des Dämonenkrieges, die ihn aber, aus Gründen, die er nicht einmal ansatzweise begriff, gleich nach der Geburt ausgesetzt hatte.

Oder vielleicht begriff er es doch.

Vielleicht sind wir uns ganz ähnlich, überlegte Aydrian. *Vielleicht ist die Königin auch mehr um ihren persönlichen Ruhm besorgt und hatte daher wenig Zeit, sich um ein Kind zu kümmern.*

Ein derart egoistisches, einen ganz in Anspruch nehmendes Verlangen war für Aydrian, der all die Jahre hindurch geradezu besessen gewesen war von der Vorstellung, Macht und Unsterblichkeit zu erlangen, durchaus nachvollziehbar.

Trotzdem konnte der stets nur um sich selbst besorgte Aydrian Jilseponie nicht verzeihen.

Nie und nimmer.

Wenig später wurde der Sieger des Bogenschützenwettbewerbs bekannt gegeben, ein Jäger aus den Wilderlanden von – in Aydrians Augen – nur bescheidenem Können, dem man als Belohnung einen hervorragenden Bogen aus Eibenholz schenkte, überreicht von Königin Jilseponie höchstpersönlich.

Und wieder wünschte sich Aydrian, dass man ihm erlaubt hätte, an diesem Wettbewerb teilzunehmen, dass er es sein könnte, der jetzt vor Jilseponie stand und ihr diese Fragen, wenn schon nicht mit den Lippen, so doch mit den Augen stellte. *Geduld*, sagte er sich.

Der Rest des Vormittags war erfüllt von Musik und ausgelassenen Feiern. De'Unnero und Sadye wichen Aydrian nicht von der Seite, als sie sich durch das Gedränge schoben; es war ein recht angenehmer, wenn auch ziemlich ereignisloser Morgen.

Das änderte sich auch am frühen Nachmittag noch nicht, bis schließlich ein schmetternder Trompetenstoß verkündete, dass das Turnier von neuem beginnen würde. Mitgerissen von der Woge aus Leibern, die auf die kleinen, den Turnierplatz säumenden Hügel strömten, spürte Aydrian, wie sein Herz vor Sehnsucht, selbst mitzumachen, noch heftiger zu klopfen begann.

Denn dies war der Beginn der eigentlichen Ritterspiele. Die Teilnehmer, fast ausschließlich Allhearts und Adlige, ritten unter dem Jubel der Zuschauer aus verschiedenen Richtungen auf den ovalen Turnierplatz. Herzog Kalas, dessen prachtvoll gefiederter Helm in der nachmittäglichen Sonne funkelte, war unschwer zu erkennen. Die Teilnehmer nahmen in drei Reihen zu jeweils sieben oder acht Reitern vor dem königlichen Pavillon Aufstellung, Herzog Kalas in der Mitte der vordersten Reihe.

Auf ein Zeichen von Kalas nahmen alle ihre Helme ab und entboten König Danube und Königin Jilseponie mit einem Schlag der geballten Faust gegen die Brust, gefolgt von einem Strecken des Armes mit geöffneten Fingern, einen Ehrensalut.

»König Danube«, hob Kalas an – mit lauter Stimme, damit er überall gehört werden konnte –, woraufhin die Menge in diesem feierlichen Augenblick tatsächlich, so weit dies möglich war, verstummte. »Es ist uns eine große Ehre, Euch anlässlich Eures fünfzigsten Geburtstags unsere Hochachtung zu bezeugen. Wir erbitten Euren Segen für diesen Kampf und beten, dass am heutigen Tag niemand zu Tode kommen möge – und wenn doch, dann im Wissen, dass er es zu Ehren seines Königs tat.«

König Danube antwortete mit demselben Salut, woraufhin die Trompeten schmetterten und die Menge begeistert applaudierte.

»Beachte, dass er nichts von einer Ehrenbezeigung für Königin Jilseponie gesagt hat«, bemerkte Marcalo De'Unnero trocken.

»Will er sie absichtlich kränken?«, fragte Sadye.

»Üblicherweise wird die Königin bei diesen Anlässen stets geehrt«, erläuterte der ehemalige Mönch, der sich während seiner jahrelangen Ausbildung in St. Mere-Abelle ausgiebig mit der Etikette und den Traditionen des Bärenreiches befasst hatte.

Aydrian verstand nicht recht, worüber sich die beiden unterhielten, denn im Gegensatz zu ihnen war er sich der gewaltigen Probleme nicht bewusst, denen sich diese Königin, angeblich seine Mutter, gegenübersah. Ihm entging jedoch nicht, dass sowohl De'Unnero als auch Sadye bei der Vorstellung, dass Jilseponie soeben beleidigt worden war, schmunzelten.

Er richtete sein Augenmerk wieder auf den Turnierplatz und sah, dass sämtliche Teilnehmer ihre Positionen entlang des

Trennzauns eingenommen hatten. Eine Zeit lang erschallten die Trompeten, und schließlich fiel eine große Schar donnernder Trommeln mit ein.

Die Trompeten verstummten, die Trommelwirbel wurden schneller, und plötzlich herrschte Stille.

Abermals erhob sich König Danube und ließ den Blick über die schweigende Menge schweifen; dann warf er mit einem Lächeln den Wimpel von Schloss Ursal vor dem königlichen Pavillon zu Boden.

Die Teilnehmer gaben ihren Pferden die Sporen, sprengten im Galopp zur Mitte des Turnierplatzes, wo ebenso unvermittelt wie brutal ein Kampf Mann gegen Mann begann. Alle trugen schwere, gepolsterte Keulen – keine tödlichen Waffen –, die aber dennoch erheblichen Schaden anrichten konnten.

Aydrian brauchte einige Minuten, um sich in dem Durcheinander zurechtzufinden, als die Pferde in einer gewaltigen Staubwolke aufeinander stießen. Immer wieder prallten die gepolsterten Keulen dumpf von Rüstungen ab – ein tapferer, bedauernswerter Teilnehmer in einer bunt zusammengestückelten, ziemlich armseligen Rüstung wurde mehrfach getroffen, bis er schließlich von seinem Pferd stürzte. Sofort eilten Knappen herbei, um sein sich aufbäumendes, nervöses Pferd in einen Pferch zu führen und ihn vom Kampfplatz zu schleifen.

Kurz darauf wurde ein weiterer Konkurrent, der einzige andere ohne komplette Rüstung, von einer Gruppe Ritter umzingelt und in den Staub geprügelt.

»Offenbar mögen es die adligen Herrschaften nicht, wenn rangmäßig Tieferstehende versuchen, sich in ihre Spiele einzumischen«, bemerkte Sadye verdrießlich.

»Früher dienten die Turniere den Allhearts dazu, würdigen Nachwuchs für ihre Truppen zu finden«, erklärte De'Unnero. »Wie es scheint, haben sich die Zeiten geändert. Der erlesene

Freundeskreis um König Danube möchte hier offenbar niemanden sehen, der nicht von adligem Geblüt ist.«

»Was werden sie wohl tun, wenn ich ihre besten Krieger in den Staub prügle?«, fragte Aydrian in seiner typischen überheblichen Art.

Als Antwort lachte De'Unnero nur.

»Ihr hättet mich dort hinunter lassen sollen«, sagte Aydrian, als der nächste Mann nach einer Drehung um die eigene Achse krachend im Staub landete.

»Morgen ist auch noch ein Tag«, erwiderte der ehemalige Mönch, und sein Ton ließ keinen Raum für Diskussionen.

Allmählich schälte sich ein gewisses Muster in den Kämpfen unten auf dem Turnierplatz heraus, und Aydrian bemerkte mehr als nur ein paar Absonderlichkeiten. Etwas abseits des eigentlichen Getümmels waren zwei Allhearts in einen Kampf verwickelt, aber Aydrian hatte nicht den Eindruck, dass ihre weit ausholenden Schläge besonders wuchtig waren, zumal er erkannte, dass mal der eine, mal der andere einen eindeutigen Vorteil, eine offenkundige Lücke in der Verteidigung, absichtlich übersah.

Der junge Krieger begriff schnell. Die beiden waren miteinander befreundet und versuchten lediglich, Zeit zu schinden, während die anderen sich weiter gegenseitig dezimierten.

Des Weiteren bemerkte Aydrian, dass Herzog Kalas zwar wie ein Berserker kämpfte und einen nach dem anderen niederstreckte, die Übrigen ihm aber meistens aus dem Weg gingen – ob aus höflicher Rücksichtnahme gegenüber dem Anführer der Allhearts oder aus Achtung vor Kalas' überragendem Kampfgeschick, vermochte er nicht mit Sicherheit zu sagen.

Die Menge johlte und grölte, immer wieder brandete Beifall auf, sobald wieder ein Teilnehmer im Staub versank. Kurz darauf waren sie nur noch zu viert, darunter Herzog Kalas, ein ziviler Adliger, sowie die beiden Allhearts, die nur halbherzig aufeinander eingeschlagen hatten.

Sofort stürzte sich Kalas auf einen der Allhearts, und Aydrian lächelte, als er den Grund dafür erkannte. Kalas wusste, dass die beiden sich höchstwahrscheinlich gegen ihn verbünden würden, falls er allein mit den beiden offenkundigen Freunden auf dem Kampfplatz übrig bleiben sollte.

Dem Ritter gelang es allerdings, sein Pferd zur Seite zu reißen, woraufhin Kalas auf seinen Gefährten zuhielt, der sich bereits in offenem Schlagabtausch mit dem Adligen befand.

Der Adlige war ein erfahrener Kämpfer; wiederholt gelang es ihm, seinen Schild hochzureißen, um wuchtige Hiebe abzuwehren, und er konnte sogar einen Schlag anbringen, der scheppernd von der Schulter des Ritters abprallte und diesen fast aus dem Sattel warf.

Doch dann kam dessen Freund von der anderen Seite herangeprescht, und der Adlige musste einen fürchterlichen Schlag gegen den Hinterkopf hinnehmen. Wankend schaffte er es noch, sein Pferd ein Stück herumzureißen, wodurch sich jedoch seinem ersten Widersacher eine Lücke bot.

Der Ritter der Allhearts ließ sein Pferd nach vorne preschen und seine Keule krachend auf die Schulter des Adligen niedergehen. Der Mann wankte bereits im Sattel, als ihn der andere Ritter mit einem wuchtigen Schlag am Kopf traf.

Er ging zu Boden.

Noch während er fiel, war Kalas bereits zur Stelle und bedrängte einen der Ritter mit einer schnellen Folge harter Schläge.

Jetzt hieß es zwei gegen einen; trotzdem weigerte sich Herzog Kalas, auch nur einen Zoll zurückzuweichen. Er bohrte seinem Pony die Sporen in die Flanken und riss das Tier zur Seite, woraufhin das vorzüglich abgerichtete To-gai-Pony austrat und seinen Gegner traf.

Der Allheart stürzte in den Staub.

In diesem Moment wurde Kalas von einem Schlag des anderen Ritters getroffen; er steckte ihn jedoch achselzuckend weg und riss sein Pony abermals herum. Verbissen stürzte sich der Herzog auf den Allheart und drosch erbarmungslos auf ihn ein.

Die Menge raste; sie ahnte, dass man bald den Sieger würde feiern können.

Aydrian konnte kaum glauben, dass sich der letzte noch verbliebene Ritter angesichts der ungestümen Attacken von Kalas in die Defensive drängen ließ. Sicher, der Herzog ließ einen Hagel von Schlägen auf ihn niedergehen, aber ebenso unzweifelhaft war, dass Kalas riesige Lücken in seiner Verteidigung offenbarte.

Mit seinem Rückzug erreichte er lediglich, dass weniger Schläge ihr Ziel fanden, aber Widerstand leistete der Ritter überhaupt keinen mehr.

Und wieder senkte sich Kalas' Keule herab und prallte scheppernd gegen den hochgereckten Schild. Das To-gai-Pony des Herzogs drängte unbarmherzig weiter vor, und das Ross des Ritters geriet ins Stolpern. Instinktiv griff der Ritter mit beiden Händen nach den Zügeln.

Kalas vergeudete keine Zeit und führte einen weit ausholenden Schlag gegen das Visier des Ritters. Er drängte sein Pony noch näher heran, woraufhin der bereits nach hinten kippende Ritter und sein Pferd zu Boden gingen.

Das Tier rappelte sich sofort wieder auf, sein Reiter jedoch blieb sich krümmend auf dem Boden liegen.

Herzog Kalas schenkte ihm keine Beachtung. Er ließ sein Pony bis vor den königlichen Pavillon galoppieren, beugte sich tief aus dem Sattel, hob den Wimpel auf und ritt, das Symbol seines Triumphes über dem Kopf schwenkend, die äußere Umgrenzung des Turnierplatzes ab.

Rasend vor Begeisterung jubelte die Menge ihrem geliebten Herzog zu – der von Anfang an als haushoher Favorit gegolten hatte.

Marcalo De'Unnero bedeutete Aydrian und Sadye, ihm zu folgen, und führte sie heraus aus dem Getöse. »Herzog Kalas wird morgen lange auf einen Herausforderer warten müssen«, sagte er.

»Ich hätte ihn besiegen können«, beharrte Aydrian stur.

»Beweise es morgen«, erwiderte De'Unnero.

»Weil er heute nicht angetreten ist, wird Aydrian morgen an sämtlichen Ausscheidungskämpfen teilnehmen müssen«, sagte Sadye und sah den ehemaligen Mönch abwartend an.

De'Unnero lächelte breit und gab ihr damit zu verstehen, dass sie seinen Plan durchschaut hatte. »Sämtliche Teilnehmer, die heute nicht zu den Kämpfen erschienen sind, werden gleich morgen Früh antreten«, erklärte er an Aydrian gewandt. »Drei Gewinner aus dieser Gruppe werden auf die drei Gruppen der heutigen Verlierer aufgeteilt, wobei die drei, die gegen Kalas als letzte zu Boden gegangen sind, jeweils den Kopf der Gruppe bilden. Sobald jede Gruppe unter den Neulingen und Verlierern einen Gewinner ausgemacht hat, wird dieser gegen den jeweiligen Gruppenführer antreten. Der Gewinner kommt dann weiter.

Damit bleiben, Herzog Kalas eingerechnet, vier Kämpfer übrig«, fuhr De'Unnero fort. »Und diese vier werden gegeneinander kämpfen, bis sich nur noch einer auf den Beinen halten kann.«

»In offenem Schlagabtausch?«, fragte Aydrian.

De'Unnero schüttelte den Kopf. »Im Kampf Mann gegen Mann. Mit der Lanze und, falls nötig, mit Faustwaffen.« Bei den letzten Worten lächelte er und sah Aydrian fest in die Augen. »Und morgen werden es echte Waffen sein, nicht diese gepolsterten Keulen.«

Aydrian lächelte zurück; das hörte er gern.

»Und noch etwas«, sagte De'Unnero, als sie das Festgelände verließen und sich zu der Villa begaben, die sie außerhalb von Ursal bezogen hatten. »Als Sieger des heutigen Tages wird Herzog Kalas morgen als Kämpe des Königs einreiten.«

»Und Aydrian?«, fragte Sadye; doch ihr Grinsen verriet dem jungen Krieger sofort, dass sie die Antwort längst kannte.

»Aydrian wird sich erst in der allerletzten Runde zu erkennen geben müssen«, antwortete De'Unnero. »Dann wird er für die Königin reiten.«

»Der Raubvogel wird die erste Runde bestimmt gewinnen, was meinst du?«, fragte ein verlotterter Kerl mit graubraunen Bartstoppeln und einem Haarschopf, in dem er ständig herumkratzte, um ein paar Läuse herauszuholen.

»Der wäre besser schon gestern hier gewesen«, erwiderte sein gleichermaßen verwahrloster Kumpan und wischte sich mit seinem völlig verdreckten Ärmel über die Nase, bevor er zur Seite auf den Boden rotzte. Der Klumpen landete genau vor De'Unneros Füßen.

Der ehemalige Mönch betrachtete ihn einen Moment lang und schloss dann die Augen, um alle etwaigen Gelüste der in ihm schlummernden Katze im Keim zu ersticken. Er würdigte die beiden besonders verdreckten und unangenehmen Exemplare der ländlichen Bevölkerung keines Blickes, ihre Bemerkung aber fand er, den Blick auf das Feld gerichtet, auf dem sich derzeit sämtliche Nachzügler einfanden, durchaus bedenkenswert. Er hatte keine Mühe zu erkennen, wer dieser »Raubvogel« sein sollte, denn von dem Dutzend Neuankömmlingen trug nur einer eine Rüstung, die sich für einen Adligen oder wenigstens den Kämpfer eines wohlhabenden Adligen geziemte. Die übrigen aus der Gruppe boten einen erheblich weniger eindrucksvollen Anblick: junge Burschen, die irgendeinem jungen Fräulein, die sie mit ihren Reizen betört hatte, etwas beweisen wollten oder die sich der Illusion hingaben, sie könnten allein durch ihr Geschick zu Pferd oder mit der Lanze den gewaltigen Nachteil einer nicht vorhandenen Rüstung wettmachen.

Der Gedanke ließ De'Unnero lächeln – er konnte sich gut vorstellen, wie der gänzlich unerfahrene Aydrian in ähnlicher Manier auf den Turnierplatz ritt, in der sicheren Überzeugung, den Nachteil durch sein Können auszugleichen. Was De'Unnero wieder einmal in seiner Überzeugung bestärkte, dass Aydrian großes Glück gehabt hatte, dass er dort draußen in der Wildnis an ihn geraten war. Auch De'Unnero war ein Meister der Kampfkunst und absolut überzeugt, Herzog Kalas im Kampf Mann gegen Mann vernichtend schlagen zu können.

Allerdings nicht zu Pferd, und schon gar nicht im ritualisierten Kampf eines Turniers. Aydrians Kampfstil lebte, wie De'Unneros auch, von der Flinkheit seiner Beine und seiner ruhigen Mitte, doch das alles nützte wenig, wenn die Füße in Steigbügeln steckten.

Zumal eine Lanze keine Waffe war, der man ausweichen oder die man parieren konnte.

Deswegen auch die Rüstung. De'Unneros erwartungsvolle Spannung wuchs, denn er wusste, dass Sadye und der junge Krieger nicht weit entfernt waren; er konnte den großen Einzug der Kämpfer kaum erwarten.

Diese Rüstung! Kein einziger Mann dort unten, selbst Kalas nicht, war prächtiger ausstaffiert, und was sich tatsächlich hinter Aydrians edelsteinbesetzter Rüstung verbarg, war sogar noch beeindruckender als ihr äußeres Erscheinungsbild.

Dann hallten die ersten Laute ehrfurchtsvollen Staunens über den Platz, und De'Unneros Lächeln wurde noch breiter. Er sah, wie Aydrian, hoch zu Ross auf Symphonie, mitten durch die

Menge ritt. Er trug die glänzende, goldbesetzte Rüstung, deren Helm seine Gesichtszüge vollkommen verdeckte. Auch Symphonie war mit einer leichten Panzerung geschützt, über der das Pferd ein schwarz-rote Satteldecke trug, vervollständigt durch eine Bugdecke, hinter der sich der verräterische Türkis auf Symphonies muskulöser Brust verbarg. Sollte Jilseponie diesen Stein erblicken, würde sie sofort wissen, um was für ein Streitross es sich handelte. Vermuten würde sie es ohnehin, glaubte De'Unnero, denn nur wenige Pferde konnten sich eines so prachtvollen Ganges rühmen wie Symphonie; dabei war das Pferd nicht einmal mehr das jüngste. Trotzdem war ihm vor dem Erkanntwerden nicht bange, denn eins wusste De'Unnero genau: Er würde es mit Sicherheit genießen zu sehen, wie Königin Jilseponie verwirrt und entsetzt das Gesicht verzog.

In diesem Moment wanderte sein Blick hinüber zum königlichen Pavillon, und er sah, dass sowohl Danube als auch Jilseponie bereits zu Aydrian hinüberschauten; der König erhob sich sogar von seinem Sitz, um den unerwarteten und unbekannten Neuling eingehend zu betrachten. Auch Herzog Kalas, der unmittelbar neben Danube saß, hatte sich erhoben, um den unbekannten Ritter in Augenschein zu nehmen. Kalas, in seiner höfischen Kleidung, da er erst am späten Nachmittag kämpfen würde, versuchte nach außen hin ruhig zu wirken, doch selbst aus dieser Entfernung konnte De'Unnero deutlich die Neugier in seinem Gesicht erkennen.

Aydrian, in vollendet gerader Haltung auf seinem eindrucksvollen Hengst sitzend, ritt hinaus auf den Turnierplatz. Wie von De'Unnero angewiesen, ließ er Symphonie in bedächtigem Tempo gehen und schlug auf dem Weg zu seinem Platz in der Formationsreihe vor dem königlichen Pavillon, wo er seine Absicht kundtun musste, einen weiten Bogen, damit alle Zuschauer ihn deutlich sehen konnten.

Schließlich dort angelangt, manövrierte er Symphonie genau neben den Mann namens Raubvogel.

»Gut gemacht«, flüsterte De'Unnero kaum hörbar, denn während der andere eindrucksvolle Ritter zu Aydrian hinüberschaute, würdigte der junge Krieger diesen keines Blickes.

Es dauerte lange, bis sich die Unruhe in der Menge gelegt hatte; König Danube hatte sich zurückgelehnt und musterte Aydrian.

De'Unnero dagegen interessierte sich mehr für Königin Jilseponies Mienenspiel, denn die verschiedenen Nuancen, die er dort erblickte, ließen sich auf mannigfaltige Weise deuten. Als sein Blick schließlich zu Herzog Kalas hinüberwanderte und er sah, wie dieser ebenso oft zu Jilseponie hinüberschaute wie zu dem Neuankömmling, war unschwer zu erraten, welch finstere Gedanken in diesem Augenblick durch Kalas' wachen Verstand gingen.

Endlich hatte sich der Lärm gelegt; der König erhob sich, den Blick fest auf Aydrian gerichtet. De'Unnero wusste, dass dies der Augenblick war, da Aydrian seinen Helm abnehmen sollte; er hatte dem jungen Krieger eingeschärft, nichts dergleichen zu tun.

»Mein König«, grüßte Aydrian und zog zum Salut sein Schwert.

De'Unnero sah, wie Jilseponies Augen sich für einen winzigen Augenblick weiteten. Sie hatten Sturmwind getarnt und sein Heft mit einem blauen Lederriemen umwickelt. Doch schon aufgrund seiner Konstruktionsweise wirkte das Elfenschwert schlanker und erstrahlte in einem leuchtenderen Silberton als die matteren, klobigeren Schwerter der menschlichen Waffenmeister. Daher würde die Präsentation des Schwertes, wie auch schon der Auftritt Symphonies bei der Königin sicher Verwirrung hervorrufen.

»Wünscht Ihr, an unseren Spielen teilzunehmen?«, fragte der König nach kurzem Zögern, als offenkundig wurde, dass Aydrian nicht die Absicht hatte, seinen Helm abzunehmen.

Es war die förmliche Begrüßung, und De'Unnero atmete erleichtert auf, als niemand von Aydrian verlangte, sein Gesicht zu zeigen.

»Das tue ich, mein König«, erwiderte Aydrian gefasst.

»Und wie lauten Euer Name und Euer Titel«, erkundigte sich der König förmlich.

»Ich bin Tai'maqwilloq«, antwortete Aydrian unerschrocken. »Aus dem Bärenreich.«

De'Unnero, überrascht und verärgert, dass Aydrian von ihrem Plan abgewichen war und sich eines anderen Namens als des vorher abgesprochenen bediente, fuhr zusammen. Doch nach dem ersten Schrecken hätte der ehemalige Mönch beinahe lauthals losgelacht, denn er konnte deutlich sehen, wie Königin Jilseponie beinahe von ihrem Sitz aufgesprungen wäre. Ohne Zweifel hatte sie den elfischen Namen wiedererkannt, und bereits dieser schlichte Umstand verriet ihr sicherlich, dass dies kein einfacher Adliger war. Zumal Jilseponie die Übersetzung des Namens, Nachtfalke, verstand, der dem Namen ihres Geliebten, Nachtvogel, so ähnlich war.

König Danube jedoch schien dieser tiefere Zusammenhang zu entgehen. Er lachte verschmitzt. »Was für ein eigenartiger Name«, bemerkte er. »Oder handelt es sich vielleicht um einen Titel? Das Bärenreich ist groß, mein junger Tai'maqwilloq. Könntet Ihr Euch vielleicht ein wenig präziser ausdrücken?«

»Es ist mein Name und somit auch mein Titel«, antwortete Aydrian. »Im Übrigen würde ich keinen speziellen Ort Eures Reiches als mein Zuhause bezeichnen. Ich habe unterwegs von diesem Turnier erfahren und mich sofort auf den Weg gemacht. Um mich als würdig zu erweisen.«

»Des Königs würdig?«, warf Herzog Kalas ein, mit seinem Zwischenruf gegen die Etikette verstoßend.

Danube warf ihm einen scharfen Seitenblick zu.

»Nein, meiner selbst«, antwortete Aydrian, woraufhin Danubes Kopf wieder zu ihm herumfuhr. »Denn solange ich mir das nicht bewiesen habe, bin ich auch keines anderen würdig.«

»Perfekt«, entfuhr es De'Unnero bewundernd.

König Danube löste die gespannte Stimmung mit einem amüsierten Lachen. »Nun, mein junger Ritter, für eine solche Prüfung seid Ihr genau an den richtigen Ort gekommen«, sagte er und gab einem der Knappen ein Zeichen, der daraufhin zu Aydrian eilte und ihm seine gepolsterte Keule übergab. Dann deutete Danube mit ausholender Geste auf die Trompetenspieler, die augenblicklich zu ihrer Fanfare ansetzten, die den Beginn der Wettkämpfe dieses Tages verkündete.

Es begann mit einer wüsten Prügelei, ganz ähnlich der des Vortags, einem offenen Schlagabtausch, aus dem nur die letzten drei noch im Sattel Sitzenden zum förmlichen Tjost zugelassen werden würden.

De'Unnero verfolgte das Getümmel mit anerkennender Miene, denn Aydrian ging keineswegs auf Nummer sicher. Gleich nach Verstummen des Trommelwirbels, dem Zeichen für den Beginn des Kampfes, stürzte sich der junge Krieger mitten ins Gewühl. Einem spindeldürre Goblins zur Seite schleudernden Riesen gleich pflügte er sich einen Weg durch die kleine Gruppe, die sich ihm in den Weg zu stellen versuchte, wobei Symphonie einen Reiter samt Pferd zu Boden stieß und Aydrian den Mann direkt gegenüber mit einem wuchtigen Schlag gegen die Brust außer Gefecht setzte. Einen Moment lang blieb der Gegner noch auf dem Rücken seines Pferdes liegen, bevor er abgeworfen wurde und unter lautem Scheppern hart auf den Boden schlug.

Bei seinem dritten Widersacher, unmittelbar vor ihm, bediente sich Aydrian seiner elfischen Techniken. Als die Pferde sich Brust an Brust gegenüberstanden, versuchte der Mann, Aydrian mit einem senkrechten Hieb zu treffen, doch der junge Krieger, seine gepolsterte Keule wie ein Schwert benutzend, parierte den Hieb mit einer kaum merklichen Bewegung, die das Schwert seines Gegenübers wirkungslos zur Seite gleiten ließ. Sofort brachte Aydrian seine Waffe wieder in Position und stieß sie seinem Gegner mitten ins Gesicht, zerquetschte ihm die Nase und verpasste ihm, unmittelbar unterhalb seiner gepanzerten Kopfbedeckung, zwei blaue Augen.

Der Mann warf den Oberkörper nach hinten – was hätte er auch sonst tun sollen? –, eine Bewegung, die zur Folge hatte, dass er an den Zügeln riss und sein Pferd abbremste.

Als die Pferde einander passierten, traf Aydrian ihn erneut mit einem seitlichen Schlag, diesmal gegen den Hinterkopf, dann riss er Symphonie scharf herum und schob sich neben seinen benommenen, vielleicht sogar bewusstlosen Gegner.

Aydrian hätte nur die Hand auszustrecken brauchen, um ihn mit einem sanften Schubs aus dem Sattel zu stoßen, doch jetzt hatte er Feuer gefangen, und ein urzeitlicher Zorn überkam ihn. Er erledigte den Mann mit einem brutalen Hieb, der ihn aus dem Sattel warf.

Die Menge tobte vor Begeisterung. De'Unneros Grinsen reichte von einem Ohr zum anderen.

Aydrian zügelte Symphonie und sah sich um. Nur wenige Mitstreiter saßen noch auf ihren Pferden, unter ihnen auch Raubvogel, der offenbar die Absicht hatte, Aydrian so lange wie möglich aus dem Weg zu gehen. Es war eine unter den Adligen weit verbreitete, auf schlichte Logik basierende Praxis – warum sollte man gegeneinander kämpfen, solange es noch Bauern und damit leichtere Opfer gab?

Aydrian jedoch war in diesem Punkt anderer Meinung, und

schon sprengte Symphonie in donnerndem Galopp quer über den Platz, um ihn zu Raubvogel zu tragen.

Wie seine Körperhaltung zeigte, schien der Mann ehrlich überrascht, als er diesen anderen offensichtlich begüterten Ritter auf sich zufliegen sah. Er konnte sein Pferd mit knapper Not gerade noch in Position bringen; bedeutend schwerer fiel es ihm dann schon, seine Keule gegen Aydrians Seitenschwung nach oben zu reißen.

Es war ohnehin egal, der Seitenschwung war eine Finte. Unmittelbar nach dem Zusammenprall mit der Waffe seines Gegenübers ließ Aydrian seine Keule los, packte stattdessen, als die Pferde einander passierten, Raubvogels Handgelenk, umklammerte es mit beängstigender Kraft und grub Symphonie die Sporen in die Flanke.

Das Pferd schoss vorbei, um unmittelbar hinter Raubvogels Ross scharf abzuschwenken. Aydrians Griff lockerte sich nicht.

Raubvogel wurde herumgerissen, flog aus dem Sattel, drehte sich einmal, hilflos mit Armen und Beinen rudernd, in der Luft und landete mit dem Gesicht voran auf dem Boden.

Die Menge johlte entfesselt.

Aydrian hatte jetzt keine Waffe mehr, aber das spielte praktisch keine Rolle. Die fünf übrigen Kämpfer wollten mit ihm nichts zu schaffen haben, also paradierte der junge Krieger, wo immer er vorüberkam gewaltigen Beifall erntend, einmal um den gesamten Turnierplatz herum, während die anderen einander gegenseitig ausschalteten, bis nur noch zwei übrig waren.

Die drei verbliebenen Krieger lenkten ihre Streitrösser im Schritt vor den König, der sie des Tjosts für würdig erklärte.

Die ganze Zeit über hatte Königin Jilseponie, einen Ausdruck völliger Verwirrung im Gesicht, Aydrian nicht aus den Augen gelassen. Herzog Kalas dagegen strafte ihn mit einem Blick unverhohlener Verachtung.

De'Unneros Lächeln hatte nichts von seiner Strahlkraft eingebüßt.

Alles lief perfekt.

»Er wird drei Tjoste gewinnen müssen, bevor er gegen den Anführer seiner Gruppe, einen Ritter der Allhearts, antreten kann«, sagte Sadye zu De'Unnero, als sie um die Mittagszeit durch die fröhlich feiernde Menge schlenderten. Wie vorher abgesprochen, hatte Sadye Aydrian unmittelbar nach seinem Sieg bei den vormittäglichen Ausscheidungskämpfen vom Festgelände geschickt, wo er von Agenten in Empfang genommen wurde, die ihn fast gewaltsam von seinen bäuerlichen Bewunderern und den Adligen mit ihren bohrenden Fragen hatten wegdrängen müssen.

Ihr Schützling hatte am Vormittag einen ziemlichen Eindruck hinterlassen, vor allem bei Kalas und den anderen Rittern. Am meisten gefiel De'Unnero die Reaktion, die er allenthalben im gemeinen Volk beobachtete. In jedem Winkel des weitläufigen Festgeländes hörte man jetzt, wie aufgeregt der Name Tai'maqwilloq genannt wurde. Vor Aydrians Erscheinen waren die Tjoste zwar durchaus unterhaltsam, in den Augen der Bauern und vieler Teilnehmer jedoch eher eine Schaudarbietung als ein echter Wettkampf gewesen. Nicht ein einziges Mal war Herzog Kalas besiegt worden; dabei war er nahezu gegen alle anwesenden Gegner mehr als einmal angetreten. Es schien ausgemacht, dass Herzog Kalas zum Kämpen des Königs ernannt werden sollte, daher auch die große Aufregung, als Raubvogel plötzlich seinen Auftritt hatte. Er war ein Adliger von Mantis Arm, dem Vernehmen nach ein Furcht erregender Lanzenkämpfer, der zudem noch nie gegen Kalas angetreten war.

Das gemeine Volk hatte gehofft, dieser Mann werde sich als eine echte Herausforderung entpuppen.

Und dann war dieser Tai'maqwilloq aufgekreuzt, in einer Rüstung, wie sie prunkvoller keiner von ihnen jemals gesehen hatte, auf einem prächtigen Pferd und mit einem fantastischen Schwert, und hatte scheinbar mühelos Raubvogel und drei weitere Ritter mit brillantem Kampfgeschick und schierer Kraft ausgeschaltet.

Mit einem Schlag schien das Turnier noch aus ganz anderen Gründen sehenswert als nur aufgrund des reinen Spektakels der Kämpfe.

Das alles hörte De'Unnero sich an, und wann immer sich eine Gelegenheit bot, gab er seine eigene Einschätzung zum Besten, um die Stimmung weiter anzuheizen.

»Richtig, und nach fünf Siegen kann er gegen Kalas antreten«, erklärte De'Unnero.

»Nach vier, falls das Los die drei Gruppensieger und Kalas zusammenführt«, sagte Sadye.

»Das wird nicht passieren«, erwiderte De'Unnero. »Wenn Aydrian in die Endausscheidung vorgerückt ist, wird der größte Reiz darin liegen, dass er erst dort auf Kalas trifft. Diesen Kampf werden sie sich für den Schluss aufsparen.«

Schmunzelnd hörte Sadye zu, wie er seine Einschätzung zum Besten gab, denn jetzt wurde deutlich, dass Aydrians wohl kalkulierter Auftritt an diesem Vormittag aus gutem Grund so geplant worden war. »Die fünf Tjoste werden ihn und sein Pferd ermüden«, gab sie zu bedenken. »Dadurch wird Herzog Kalas ein unschätzbarer Vorteil eingeräumt.«

De'Unnero schien das nicht weiter zu bekümmern. »Unser junger Freund will König werden«, erinnerte er sie. »Im Vergleich dazu erscheint diese Herausforderung eher lächerlich.«

Am frühen Nachmittag nahm Aydrian entlang des Geläufs Aufstellung, zwei parallel verlaufende Pferdebahnen zu beiden Seiten eines Balkenzauns, um zu seinem ersten offiziellen Tjost anzutreten. An beiden Enden befanden sich Gestelle mit hölzernen, an der Spitze abgestumpften Lanzen, neben denen ein Knappe bereitstand, um den jeweils an seinem Ende befindlichen Reiter mit einer frischen Lanze zu versorgen.

Oft waren gerade die ersten Kämpfe die brutalsten eines Tjosts, da viele Teilnehmer einfach nicht über eine für einen derartigen Wettkampf geeignete Rüstung verfügten. So verhielt es sich auch mit dem unglücklichen Bauern, der als Erster gegen Aydrian antreten musste. Der Mann trug eine Kettenpanzerhalsberge, übersät mit einem wüsten Durcheinander aus Lederflicken. Sämtlichen Teilnehmern wurde ein großer Schild von ausgezeichneter Qualität zur Verfügung gestellt; somit bot dieser allein dem Bauern einen gewissen Schutz vor Aydrian.

Aydrian nahm seine Lanze und wog sie, ihr Gewicht und ihre Balance prüfend, in der Hand. Seine Vernunft sagte ihm, dass der arme Teufel ihm nicht im mindesten gefährlich werden konnte, trotzdem vermochte er nicht zu bestreiten, dass er ein seltsames Kribbeln in der Magengegend verspürte. Er hatte noch nie auf diese Art gekämpft und erst ganz selten vom Rücken eines Pferdes aus.

Er musste daran denken, dass Brynn Dharielle in dieser Art des Zweikampfs nahezu unbezwingbar wäre.

Eine schmetternde Trompetenfanfare eröffnete das Turnier: Aydrian gab Symphonie die Sporen und ließ das Pferd in donnerndem Galopp den Parcours entlangsprengen.

Schon nahte sein Gegner, tief geduckt hinter seinem großen Schild, die Lanze unsicher schwankend in der Hand.

Aydrian richtete sich mit Absicht so aus, dass seine Lanze den Schild des anderen treffen und dessen Lanze in gleicher Manier gegen seinen knallen musste. Er wollte diesen noch unbekannten und offenbar heftigen Aufprall spüren, jetzt sofort, gleich zu Beginn, gewissermaßen als Vorbereitung auf die sehr viel schwierigeren Gegner, mit denen er es ganz bestimmt schon bald zu tun bekommen würde.

Der Aufprall war in der Tat gewaltig. Wie bei Turnierlanzen vorgesehen, zersplitterten beide Lanzen, und erst als Symphonie ein Stück weiter gelaufen war, gewahrte Aydrian, dass er gewonnen hatte, dass der fürchterliche Zusammenstoß seinen Gegner rücklings aus dem Sattel und über das Hinterteil seines Pferdes geworfen hatte.

Als er schließlich am Ende des Parcours zum Stehen kam, rief die Menge bereits seinen Namen: »Tai'maqwilloq! Tai'maqwilloq!«

Aydrian drehte sich zu seinem gestürzten Gegner um. Der Mann lag der Länge nach auf dem Boden; Knappen waren bereits auf dem Weg zu ihm.

Das war es also, dachte er. Bei den ersten drei Kämpfen des Tjosts, den drei Läufen, in denen zersplitterte Lanzen noch ausgewechselt werden durften, ging es eher um das Messen schierer Körperkraft und einen festen Sitz im Sattel als um die Frage der Beweglichkeit im Kampf, obwohl Zielgenauigkeit vermutlich immer wichtiger werden würde, sobald er gegen turniererfahrenere und besser gepanzerte Gegner treten musste. Man musste den brutalen Zusammenprall überstehen und sich im Sattel halten, dann war der Sieg zum Greifen nahe.

Der junge Krieger konnte sich ein Lächeln nicht verkneifen, nicht nur wegen des mitreißenden Jubels, sondern auch, weil er bereits eine Menge über den Tjost gelernt hatte. Dieser eine Treffer hatte ihm gezeigt, dass sehr viel mehr nötig war, wenn man ihn aus dem Sattel werfen wollte.

Ungefähr eine Stunde später hatte er seinen zweiten Lauf, und wieder genügte ein einziges Zustoßen, um die Menge in begeisternden Jubel über Tai'maqwilloq ausbrechen zu lassen und seinen Gegner in den Staub zu werfen. Um seinen dritten Gegner, einen gepanzerten Adligen, abzuwerfen, benötigte er zwei Anläufe; beim ersten schwächte er den Schildarm des Mannes mit einem betäubenden Stoß, beim zweiten schob er die Lanze über den Schild des Mannes, so dass sie ihn unmittelbar unterhalb der Schulter traf. Zu Aydrians Freude und dem Leidwesen seines Gegners brach diese Lanze nicht sofort, sondern hob ihn glatt aus dem Sattel, wo er eine ganze Weile mitten in der Luft zu schweben schien, bevor er scheppernd in den Staub krachte.

Entschlossen rappelte sich der Adlige wieder auf und zog sein gewaltiges Schwert, woraufhin die Menge Tai'maqwilloq begeistert anfeuerte, dem Kampf ein Ende zu machen.

Aydrian sah den Knappen an, als der ihm die dritte Lanze reichte. »Eine steht Euch noch zu«, sagte der zahnlose Knappe mit einem breiten Grinsen.

»Ihm auch«, erinnerte ihn Aydrian.

»Schon möglich, nur hat er jetzt kein Pferd mehr, oder?«

Aydrian nahm die Lanze lachend entgegen. »Muss ich auf meiner Seite des Geländers bleiben?«, fragte er.

Der Knappe sah ihn ungläubig an; Aydrian konnte seine Verwirrung durchaus verstehen. Wie war es möglich, dass ein so gewandter Kämpfer wie er die Regeln des Tjosts nicht kannte?

»Der ganze Platz steht Euch offen«, erwiderte der Knappe. »Reitet ihn einfach nieder und dann an ihm vorbei. Aber gebt Acht; er ist jetzt zu Fuß, das macht Euer Pferd zu einem leicht angreifbaren Ziel.«

Aydrian wandte sich wieder zum Turnierplatz und dem wartenden Adligen um. Der Mann ließ eine Schulter hängen und stand unsicher auf den Beinen. Der junge Krieger spielte mit dem Gedanken, abzusitzen und zu Fuß gegen ihn zu kämpfen, besann sich dann aber rasch eines Besseren, da er nicht die Absicht hatte, seinen zukünftigen Gegnern schon jetzt sein ganzes Kampfgeschick zu offenbaren.

»Er wird nicht mal in die Nähe meines Pferdes gelangen«, antwortete Aydrian dem Knappen, dann bohrte er seine Fersen in Symphonies Flanken, so dass der Hengst mit einem gewaltigen Satz davonsprengte.

Natürlich versuchte der Adlige auszuweichen, doch für ein solches Manöver war Aydrian viel zu schnell. Durch eine leichte Veränderung des Winkels traf er den Mann mit der Lanze mitten in die Brust, hob ihn von den Füßen und warf ihn auf den Rücken.

Am Ende des Geläufs machte Aydrian kehrt und beobachtete, wie sein hartnäckiger Widersacher abermals auf die Beine zu kommen versuchte. Fast wäre es ihm auch gelungen, dann aber kippte er einfach zur Seite in den Staub und blieb Blut spuckend liegen.

Die Helfer zerrten ihn vom Turnierplatz, und die Menge rief johlend Tai'maqwilloqs Namen.

Daraufhin begab sich Aydrian zum Rand des Platzes, zu seinen persönlichen Knappen, unter ihnen die verkleidete Sadye.

»Euer nächster Gegner wird ein Allheart-Ritter sein«, erklärte sie. »Der Anführer Eurer Gruppe.«

Ein Lächeln spielte um Aydrians Lippen.

Der Allheart-Ritter ging beim ersten Zusammenprall zu Boden und stand auch nicht mehr auf. Aydrian hatte sein Schild im allerletzten Augenblick perfekt in Position gebracht, so dass die Lanze des Ritters daran abglitt und ihn verfehlte; gleichzeitig hatte er seine Lanze gegen die gepanzerte Brust des Ritters gestoßen, und Aydrian bekam den härtesten Zusammenprall zu spüren; fast hätte es ihn selbst aus dem Sattel geworfen.

Der junge Krieger glaubte tatsächlich vom Pferd zu stürzen und hielt das Turnier bereits für verloren, denn als er sich umschaute, sah er den Ritter der Allhearts noch immer im Sattel seines dahinrasenden Pferdes sitzen.

Dennoch war der Kampf zweifellos vorbei, denn der Mann hatte vollständig das Bewusstsein verloren. Sein gut trainiertes Pferd lief weiter, der Mann jedoch glitt seitlich aus dem Sattel, prallte gegen das Trenngeländer, wurde herumgewirbelt und landete genau darunter auf dem Boden.

Das Beifallsgeschrei der Menge erreichte einen neuen Höhepunkt, doch schwang im Jubel jetzt ein neuer Beiklang mit, wie Aydrian deutlich heraushörte. Zuvor hatte der Jubel einem jungen, unbekannten Krieger gegolten. Jetzt aber wurde ein Mann umjubelt, der soeben einen Ritter der Allhearts besiegt hatte, ein Mann, der dazu ausersehen schien, Herzog Targon Bree Kalas herauszufordern.

Kurz darauf wurden durch Los die Paarungen der vier Teilnehmer des Endkampfes bestimmt, und wie De'Unnero vorausgesehen hatte, musste sich Aydrian nicht mit Herzog Kalas, sondern mit einem weiteren der Allhearts messen, dem bei weiten hünenhaftesten aller Teilnehmer, einem Mann, der seine Gruppe mühelos dominiert hatte.

Durch Losentscheid wurde bestimmt, dass Herzog Kalas und sein Gegner zuerst den Platz betreten sollten.

Aydrian führte Symphonie zum Rand des Turnierplatzes, zu Sadye und seinen anderen Gehilfen.

»Achte genau auf den Kampfstil des Herzogs«, raunte ihm Sadye zu.

Aydrian lachte nur und ging davon, so als interessiere ihn das nicht weiter. Außer Sichtweite ballte und entspannte er mehrmals seine rechte Hand; die brutale Wucht des letzten Zusammenstoßes hatte ihn schwerer am Gelenk verletzt, als er zuerst hatte wahrhaben wollen. Aydrian lenkte seine Gedanken in den in seine Rüstung eingelassenen Hämatit, und als er unmittelbar nach Kalas' Sieg wieder auf den Kampfplatz trat, spürte er fast keine Schmerzen mehr.

»Zwei Anläufe«, rief Sadye ihm zu, während ein Helfer ihm abermals in den Sattel half. »Dabei hätte schon der erste den Gegner des Herzogs aus dem Sattel werfen müssen. Er war ziemlich gut.«

»Freut mich zu hören«, erwiderte Aydrian. »Es wäre doch ein Jammer, an einem solchen Tag des Triumphes nicht ein einziges Mal wirklich herausgefordert zu werden.«

Sein unerschütterliches Selbstvertrauen amüsierte Sadye, und getreu seiner eigenen Einschätzung trabte Aydrian hinaus auf den Turnierplatz und besiegte an diesem Tag den zweiten Ritter der Allhearts in Folge, indem er ihn bereits im ersten Anlauf aus dem Sattel warf und kurz darauf niederritt.

Somit waren nur noch zwei Kämpfer übrig.

»Ihr müsst Euch jetzt dem König präsentieren«, erklärte einer der Knappen. Als Aydrian sich daraufhin umdrehte, sah er, dass Herzog Kalas auf den Platz zurückgekehrt war und auf seinem kräftigen To-gai-Pony im Trab auf den Pavillon des Königs zuhielt.

Dort stieß Aydrian zu ihm; aber wie auch schon im Fall von Raubvogel würdigte er Kalas keines Blickes. Sein ganzes Augenmerk galt dem König und der Königin.

Danube erhob sich und setzte zu einer wortreichen Rede über diesen ruhmvollen Tag an, über die schwer erkämpften Siege und bitteren Niederlagen. Er beglückwünschte sämtliche Wettkämpfer und gab schließlich bekannt, dass diese beiden sich von allen als die stärksten erwiesen hätten.

Zuerst richtete er seinen Blick auf Herzog Kalas. »In wessen Namen reitet Ihr, Kämpe Herzog Kalas?«

»Ich bin ein Allheart!«, verkündete Kalas laut und vernehmlich. »Ich reite im Namen König Danubes! Für meinen König, mein Land und mein Leben!«

Die Menge jubelte.

»Und in wessen Namen reitet Ihr, Kämpe Tai'maqwilloq?«, fragte Danube, und bei der Nennung des Namens geriet die Menge völlig aus dem Häuschen.

Als die Zuschauer sich wieder beruhigt hatten, fügte Danube überraschend hinzu: »Ihr sagtet, Ihr seid gekommen, um Euch als würdig zu erweisen. Ich denke, das habt Ihr soeben getan.«

Wieder brach die Menge in Beifall aus, und diesmal mischte sich Gelächter unter den Jubel.

Aydrian wartete, bis er sich gelegt hatte. »Ich werde mich erst dann für würdig erklären, wenn ich einen würdigen Herausforderer gefunden habe«, verkündete Aydrian; und diese ebenso draufgängerische wie dreiste Bemerkung veranlasste die Menge zu wüstem Gejohle. »Bislang war dies noch nicht der Fall.«

Aydrian spürte, wie Kalas ihn mit Blicken durchbohrte.

»Ich reite nicht für Euch, König Danube!«, erklärte Aydrian unvermittelt mit einer Stimme, die über das gesamte Festgelände schallte. Danubes Augen weiteten sich, und ein erschrockenes Keuchen ging durch die Menge. Erstaunlich war nicht nur die Dreistigkeit einer solchen Erklärung ausgerechnet zur Geburtstagsfeier des Königs, sondern es war auch eine nicht geringe Verletzung der Etikette, dass Aydrian von »König Danube« sprach, statt ihn mit »mein König« anzureden.

»Ich werde ausschließlich im Namen Königin Jilseponies reiten!«, erklärte Aydrian, was abermals ein entsetztes Keuchen sowie ein wütendes Geknurre von Kalas zur Folge hatte; mehrere andere Adlige, die im königlichen Pavillon Platz genommen hatten, verzogen angewidert das Gesicht.

Allein König Danube schien von alldem nicht sonderlich beeindruckt. Er brach in schallendes Gelächter aus. »Sollte mein Kämpe den ihren tatsächlich niederstrecken, erwartet mich eine wahrlich höchst vergnügliche Nacht!«, rief er, was einen Heiterkeitsausbruch der Menge zur Folge hatte. »Und eine weitaus schlimmere voller Häme, sollte ihr junger Emporkömmling meinen Herzog besiegen!«

Und dann stimmten alle in das Gelächter mit ein, alle außer Herzog Kalas, der die Lippen in mühsam unterdrücktem Zorn zusammenpresste, alle außer Königin Jilseponie, die fassungslos dasaß, alle außer den übrigen Angehörigen des Adelsstandes, die Aydrian mit ihren Blicken zu erdolchen schienen, und alle außer Marcalo De'Unnero, der mitten in der Menge stand und die Art und Weise, wie sein junger Freund die Szene bis an die Grenzen ausgekostet hatte, ohne diese jedoch je zu überschreiten, mit einem bewundernden Nicken kommentierte.

Ein kaum merkliches Nicken beim Aufsetzen seines prachtvollen, gefiederten Helms genügte, um dem Knappen, der sein Waffengestell beaufsichtigte, sowie dem anderen am gegenüberliegenden Ende, der Tai'maqwilloq seine Lanze reichen würde, seine Absicht kundzutun.

Bis zu diesem Punkt hatte Kalas einen fairen Kampf geliefert, und hätte er in diesem letzten Turnier gegen irgendeinen anderen kämpfen müssen, er hätte diese ehrenvolle Tendenz, im sicheren Vertrauen darauf, dass er als Sieger hervorgehen würde, auch liebend gern beibehalten.

Seine Zuversicht war ungebrochen, erst recht, nachdem er den Knappen mit dem viel sagenden Nicken bedacht hatte. Doch angesichts der Worte von Brutus von Oredale und der Erklärung dieses jungen Emporkömmlings war sich Herzog Kalas auch der gravierenden Folgen bewusst, falls dieser Tai'maqwilloq ihn tatsächlich irgendwie besiegen sollte.

Um seines Freundes, des Königs, willen durfte er nichts riskieren.

Zumindest redete er sich das ein; es war genau die Selbstrechtfertigung, die er brauchte, um diese Lanze von seinem Gehilfen entgegenzunehmen. Sie war schwerer als die anderen im Gestell und, von einer leicht abgestumpften Spitze abgesehen, eine echte Kriegswaffe und nicht bloß eine Turnierlanze. Leichthändig brachte Kalas sie in Stellung, neben seinem prachtvollen, mit dem Wappen seiner Familie verzierten Schild: der Fichte von St. Mere-Abelle mit drohend aufgerichteten Drachen zu beiden Seiten, deren Feuer speiender Atem sich über der Krone des Baumes vereinigte.

Oftmals genügte bereits der Anblick des so prachtvoll ausstaffierten Herzogs, eines scheinbar unüberwindbaren Feindes, um seinen Gegnern alle Kraft zu rauben; daher schwoll Kalas stolz die Brust, als er den anerkennenden Beifall des gemeinen Volks vernahm.

Auf der königlichen Tribüne beobachtete Jilseponie aufs Äußerste gespannt und mit nicht geringer Sorge den jungen Kämpen, diesen überaus gewandten Krieger. Sein Name war eindeutig elfischen Ursprungs, ebenso das Schwert, das er präsentiert hatte. Und an seinen eleganten Bewegungen und seinem ganzen Auftreten sah sie, dass er ein Hüter war.

Er musste einfach einer sein, eine andere Erklärung gab es nicht. Aber wieso war er dann hier und hatte sich für ein Turnier gemeldet, das nichts mit den Touel'alfar zu tun hatte? Für einen ritterlichen Tjost, der mit dem Beruf eines Hüters nicht das Geringste zu tun hatte? Hätte Elbryan an einem solchen Turnier teilgenommen?

Nein. Selbst wenn er von einer solchen Herausforderung gehört hätte, ihr verstorbener Ehemann hätte einfach keinen Grund gehabt, daran teilzunehmen; seine Verpflichtungen gegenüber dem zurückgezogen lebenden Volk, das ihn ausgebildet hatte, hätten ihn vielmehr bewogen, einen großen Bogen darum zu schlagen.

Ihrer Ansicht nach ergab Tai'maqwilloqs Anwesenheit hier schlicht und einfach keinen Sinn – es sei denn, sie hatte etwas mit ihrer Person zu tun. Er hatte sich zu ihrem Kämpen erklärt, ein weiterer Hinweis darauf, dass er mit Dassleronds Volk in Verbindung stand. Aber warum? Was wollte die Herrscherin von Caer'alfar ihr damit sagen?

Und noch etwas ließ ihr keine Ruhe: das Pferd. Sie vermochte die Gesichtszüge des Hengstes nicht genau zu erkennen, denn Brust und Kopf waren unter einem Panzer und einer Bugdecke verborgen, aber dieser Gang! So ausgreifend und kraftvoll, wenn er die Hinterläufe bis dicht unter den Bauch zog, um sie gleich darauf explosionsartig nach hinten schnellen zu lassen. Pony kannte diesen Gang, sie hatte ihn in ihrem Leben aber erst bei einem Pferd gesehen, einem einzigen prachtvollen Tier, das Elbryan und sie bis ans Ende der Welt und wieder zurück getragen hatte.

Wenn Tai'maqwilloqs Pferd nicht Symphonie war, dann glich es Symphonie so sehr, wie dies einem Pferd nur möglich war. Pony überlegte, wie viel Zeit seit damals vergangen sein musste. Selbst wenn Symphonie damals, als Elbryan ihn fand, ein junges Fohlen gewesen wäre, was ihr eher unwahrscheinlich schien, müsste dieses Tier jetzt alt, sogar sehr alt sein, weit über zwanzig, wahrscheinlich sogar mehr als dreißig Jahre alt. Konnte ein so betagtes Tier, noch dazu eines, das so viel mit- und durchgemacht hatte, immer noch so laufen wie dieser Hengst Tai'maqwilloqs, noch dazu auf so kräftigen und beweglichen Beinen?

Vielleicht war es ein Nachkomme Symphonies.

Pony griff in ihre Tasche und schloss ihre Hand um einen Seelenstein. Wie schon mehrfach im Verlauf des Turniers ließ sie sich in den magischen Stein sinken und versuchte jene magische Verbindung aufzunehmen, die sie damals mit Symphonie geteilt hatte.

Doch falls dies tatsächlich Symphonie war, falls tatsächlich ein magischer Türkis in der kräftigen Brust dieses Tieres steckte, ein Edelstein, den Avelyn dort als Geschenk an Elbryan eingesetzt hatte, damit er und Pony sich auf vertrautere Weise mit diesem intelligenten Tier verständigen konnten, so vermochte sie nichts davon zu spüren.

Mittlerweile hatten die Kombattanten ihre Waffen aufgenommen und begaben sich auf ihre Positionen am jeweils gegenüberliegenden Ende des Parcours. Die Herolden setzten ihre Trompeten an.

Pony biss sich nervös auf die Unterlippe.

Überbordend vor Selbstbewusstsein senkte Aydrian seine Lanze, grub seine Fersen ein, und Symphonie schoss mit einem mächtigen Satz davon. Auf der anderen Seite des Balkengeländers ließ Herzog Kalas sein To-gai-Pony in ganz ähnlicher Weise angaloppieren.

Als Aydrian das Spiel der Muskeln des Ponys sah, wusste er sofort, dass sein Pferd gegenüber Kalas' Pony in diesem Wettkampf keinen übermäßig großen Vorteil darstellen würde. Hervorragend trainiert, intelligent und mit allen Fasern seines Körpers kräftiger als jedes Zuchtpferd, standen die To-gai-Ponys in dem Ruf, zu den vortrefflichsten Pferden der Welt zu gehören. Alles andere als von kleinem Wuchs, waren sie im Grunde gar keine Ponys, denn mit ihrem Schultermaß von über vierzehn Händen überschritten sie das charakteristische Maß eindeutig, und selbst die schmächtigsten Tiere der Allhearts wogen mindestens siebenhundert Pfund.

Die Reiter schossen aufeinander zu, und Aydrian konzentrierte sich ganz auf seinen Gegner. Kalas hielt geradewegs auf seinen Schild zu, und Aydrian, geradezu versessen darauf, sich mit dem älteren Herzog zu messen, folgte seinem Beispiel.

Aydrians Lanzenspitze traf zuerst; er wollte schon zu grinsen anfangen, als seine ausgehöhlte Lanze, noch bevor sie ihre Wucht so recht entfalten konnte, in mehrere Teile zersplitterte.

Kalas' Treffer dagegen hatte eine geradezu durchschlagende Wirkung; der Aufprall war von einer Heftigkeit, wie Aydrian sie noch nie erlebt hatte, und riss Aydrians Schildarm mit ungeheurer Wucht nach hinten.

Und die Lanze des Herzogs zerbrach nicht!

Kalas stürmte unbeirrt weiter. Die robuste Lanze drehte Aydrians Arm in einem bedenklichen Winkel nach oben, und der junge Krieger hörte, wie seine Schulter mit einem lauten Knacken ausgekugelt wurde. Zu guter Letzt glitt die Lanze von dem sich verdrehenden Schild ab und rutschte krachend oben gegen Aydrians Brustpanzer.

Die Pferde donnerten aneinander vorüber, und Aydrian hatte das Gefühl, als ob sich alles um ihn drehte. Mit einem wütenden Knurren vertrieb er Schmerzen und Schock und blieb fest entschlossen im Sattel.

Oder versuchte es zumindest, denn mit seinem schwindenden Bewusstsein verlor er auch seine magische Macht über Symphonie, und Jilseponies Einfluss gewann die Oberhand.

Symphonie fing heftig an zu bocken, und Aydrian wurde Hals über Kopf abgeworfen.

Er landete mit dem Gesicht nach unten, und durch seinen verletzten Arm schoss ein stechender Schmerz. Dann vernahm er den Jubel der Menge, und einen kurzen Augenblick lang berauschte er sich an dem erhebenden Geräusch.

Bis ihm klar wurde, dass der Jubel keineswegs ihm galt.

Sich mit einer Hand in die aufgewühlte Grasnarbe stützend, hob Aydrian den Kopf und stemmte sich schließlich bis auf den Ellbogen hoch. Er sah sich um und musste eine ganze Weile warten, bis das Schwindelgefühl nachließ.

Schließlich rappelte er sich erst bis zu den Knien, dann zu den Füßen hoch, und schon brach die Menge abermals in tosenden Beifall aus.

Aydrian fuhr herum und erblickte Kalas, die Lanze bereits unter der Achsel eingelegt. Entschlossen riss sich der junge Mann seinen Schild vom linken Arm, zog sein Schwert und richtete es herausfordernd gegen den heranstürmenden Herzog.

»Ganz wie du willst«, murmelte Herzog Kalas offenbar hoch erfreut, gab seinem To-gai-Pony die Sporen, senkte die Lanze und griff an.

Aydrian wartete, schätzte die Geschwindigkeit ab und brachte seine Füße in Position, um sich, wenn es so weit war, zur Seite werfen zu können.

Die Lanze schoss auf ihn zu. Er täuschte einen Ausfallschritt nach rechts vor, woraufhin Kalas, der die scheinbar einzige Ausweichmöglichkeit geahnt hatte, die Lanze entsprechend schwenkte.

Doch Aydrian drehte sich sofort zurück und trat mit einem schnellen Schritt unmittelbar vor das heranstürmende Pony. Er wurde gestreift und wäre fast unter die Hufe des Tieres geraten, behielt jedoch so weit den Überblick, um Sturmwind zur Seite zu werfen, als er sich mit einer Hechtrolle vor dem Tier in Sicherheit brachte. Sofort war er wieder auf den Beinen, packte die rechten Zügel des Ponys, stieß sich, als er herumgerissen wurde, mit der geballten Faust vom kräftigen Hals des Tieres ab und entging so irgendwie dessen donnernden Hufen. Ohne in seinem Schwung innezuhalten, brachte sich Aydrian neben dem vorüberstürmenden Tier in Position und sprang.

Zunächst bekam er nur den Sattel zu fassen, dann schlang er den Arm um Herzog Kalas, und schon saß er, den rechten Arm unter des Herzogs Achselhöhle, hinter ihm auf dem Pony.

Aydrian warf Kopf und Oberkörper zurück und zog mit beängstigender Kraft; der Herzog folgte ihm nach hinten und riss dabei so heftig an der Trense, dass das To-gai-Pony sich unter protestierendem Wiehern aufbäumte.

Aydrian kippte hintenüber und glitt vom Pferd, den unter ihm im Schlamm des Turnierplatzes landenden Herzog fest umschlungen.

Während dieser versuchte zu Atem zu kommen, krabbelte Aydrian auf allen vieren davon – oder besser, auf allen dreien, da er seinen pochenden linken Arm fest an die Brust presste –, um Sturmwind wieder aufzuheben.

Als er aufstand und herumfuhr, sah er, dass auch Kalas wieder auf den Beinen war.

»Foul! Foul!, sage ich!«, brüllte der Herzog, riss sich den Helm vom Kopf und deutete auf Aydrian. »Er hat mein Pferd geschlagen!«

Doch davon wollten die Zuschauer nichts hören und scheinbar auch König Danube nicht, denn der Vorwurf entbehrte offensichtlich jeder Grundlage.

Fluchend setzte Kalas seinen Helm wieder auf und winkte seinen Knappen heran, der ihm ein vortreffliches Schwert brachte, plumper zwar als Sturmwind, aber offenbar, nach den eleganten, kreisenden Bewegungen zu urteilen, die Kalas damit vollführte, gut ausbalanciert.

»Ihr werdet Euch noch wünschen, man hätte das Foul anerkannt und Eurem Leiden ein Ende gemacht«, versprach Kalas, als er sich, die Luft mit seinem sirrenden Schwert zerteilend, auf Aydrian stürzte.

Aydrian wich nach hinten aus, als die Klinge ihn pfeifend verfehlte, stieß dann unvermittelt vor, so dass Sturmwind Kalas' Schild traf, um gleich darauf wieder zurückzuweichen, als Kalas mit einer wuchtigen Rückhand konterte.

Abermals griff der Herzog an, bei jedem Schritt und jedem Hieb brüllend, und die Menge johlte vor Begeisterung.

Doch Aydrian kannte die Wahrheit, auch wenn Kalas nichts davon wusste. Der elfische Schwerttanz, der *Bilnelle dasada*, war speziell als Gegenmittel gegen diesen Kampfstil aus wirbelnden und kreisenden Hieben entwickelt worden, und obwohl Kalas ihn besser beherrschte als die meisten, vielleicht sogar besser als alle anderen, entdeckte Aydrian wiederholt Lücken in seiner Verteidigung, woraufhin er mit einem blitzschnellen Ausfallschritt nach vorn preschte und das Schild des Herzogs mit seinem Schwert bearbeitete.

Aydrian landete einen wuchtigen Treffer, und Sturmwinds mächtige Klinge verhakte sich unmittelbar unter dem Oberrand des Schildes; als Kalas daraufhin einen Schritt nach hinten machte, durchtrennte es besagten Rand vollständig.

Mit einem Aufschrei schlug der Herzog zu, einmal, zweimal, dreimal, mit jedem Hieb weiter vorrückend und Aydrians Kopf nur knapp – überaus knapp – verfehlend. Ein-, zwei-, dreimal ging, im Einklang mit den Hieben, ein erschrockenes Keuchen durch die Menge.

Die Zuschauer waren überzeugt, dass der Herzog den jungen Ritter endgültig in seiner Gewalt hatte, und Kalas, sein Gesicht ein Ausdruck reinsten Hochmuts, war offenbar absolut sicher, den Vorteil unwiderruflich auf seiner Seite zu haben.

Aydrian ließ die Klinge so nahe an sich heran, dass er hörte, wie sie unmittelbar neben seinem Kopf die Luft zerteilte, erlaubte dem Herzog, immer weiter vorzudrängen, und bewirkte damit, dass es der Menge kollektiv den Atem verschlug.

Er richtete seinen Gedanken in den Serpentin und den Rubin, aktivierte den Schild und setzte sein Schwert in Flammen; anschließend trat er einen Schritt zurück, knickte das vordere Bein ein, um unter dem vierten Hieb wegzutauchen, und schnellte gleich darauf kraftvoll wieder hoch, so dass sein brennendes Schwert klirrend gegen Kalas' sehr viel schwerere Klinge prallte.

Ein flammendes Schwert! Ein solches Spektakel hatte noch niemand den Bewohnern Ursals geboten.

Mittlerweile beherrschte Aydrian das Spiel des Herzogs in geradezu Schwindel erregender Perfektion; er ließ seine Klinge in völligem Einklang mit den Bewegungen des anderen Schwertes kreisen, parierte und griff an. Er war ungeheuer flink auf den Beinen, sprang aber nicht etwa vor und zurück, sondern bewegte sich in kreisenden Bewegungen, die Aydrian und Kalas gleichsam in einem Tanz vereinten. Der junge Krieger gewann kurz die Oberhand, trat mit einem schnellen Schritt seitlich hinter Kalas und schlug Sturmwinds Klinge der Länge nach über Kalas' gepanzerten Rücken; ein scheppernder Treffer, der jedoch keinen größeren Schaden anrichtete.

Kalas fuhr mit einem mächtigen Schlag herum, und abermals verfielen die beiden in ihren Tanz; mal wirbelten die Klingen oben, mal unten, Sturmwind mit einem Schweif aus Feuer – dann jagte Aydrian, der seinem Auftritt unbedingt einen spektakulären Anstrich geben wollte, seine Energie in kurzen Stößen durch den Graphit in seine Klinge, so dass die Flammen Funken spien, wann immer die Klingen klirrend aufeinander prallten.

Kalas schlug schräg nach unten, Sturmwind parierte den Schlag. Der Herzog zielte mit einem weiteren schrägen Hieb auf Aydrians Bauch, doch Sturmwind beschrieb einen ähnlichen Bogen, perfekt abgestimmt, um auch diesen abzublocken. Dann drängte der Herzog mit seinem Schild nach vorn – woraufhin Aydrian, dessen linker Arm noch immer schmerzte, sich mit zwei schnellen Schritten zurückzog und mit seinem Schwert auf den vorwärts drängenden Schild eindrosch, und zwar mit solcher Wucht, dass der wütende Herzog aufstöhnte.

Kalas wand sich mit einer Drehung heraus, schlug abermals zu, dann noch einmal, doch Sturmwind war jedes Mal zur Stelle und lenkte jeden Hieb zur Seite ab.

Dann überraschte Kalas Aydrian, indem er zum nächsten weit ausholenden Seitenschwung ansetzte, die Bewegung urplötzlich abbrach und stattdessen gerade nach vorne stieß – ein Schachzug, der eher an den Elfenkampfstil erinnerte. Aydrian war schon im Begriff, hinter Sturmwind in Deckung zu gehen, konnte sein Schwert jedoch gerade noch rechtzeitig zurückziehen, um einer ernsthaften Stichverletzung zu entgehen. Stattdessen wurde er nur leicht gestreift, obwohl das plötzliche, ruckartige Herumreißen der Waffe, zu dem er gezwungen war, einen schmerzhaften Stich durch seine Schulter jagte.

»Ihr fangt an, Fehler zu machen«, rief Kalas ihm zu und drängte weiter vor.

»Nein, Ihr«, korrigierte ihn Aydrian, der genau wusste, dass der Augenblick gekommen war, das dramatische Finale einzuleiten.

Bei seinem nächsten Angriff beschrieb Kalas' Schwert ein paar peitschenschnelle, auf der Seite liegende Achten in der Luft, ein für die ungeübten Zuschauer Schwindel erregendes Schauspiel.

Für Aydrian dagegen eine ausgezeichnete Chance. Kalas' Schwert schwenkte von Aydrian aus gesehen weit nach rechts hinüber, also wich auch der junge Krieger zu dieser Seite aus.

Schon kam Kalas' Schwert zurück bis vor seine Mitte, von wo aus er zu einem angetäuschten Stoß ansetzte. Doch Aydrian hatte das kommen sehen, warf sich nach rechts in eine Hechtrolle, kam wieder hoch und fiel dem Herzog in den Rücken.

Unter wütendem Gebrüll fuhr Kalas herum, den Schild weit vor dem Körper, dicht gefolgt von seinem mit voller Wucht geschlagenen Schwert.

Blitzschnell warf sich Aydrian nach vorn und stieß ihm Sturmwind in die Brust, ganz unvermittelt und scheinbar vollkommen mühelos. Sein brennendes Schwert durchbohrte die elegante Rüstung des Herzogs, und Aydrian betonte die dramatische Wirkung noch, indem er die Energie des Graphits vollends freisetzte.

Kalas wurde nach hinten geworfen; zur einen Seite flog in hohem Bogen sein Schwert davon, zur anderen flatternd sein Schild. Der Lichtblitz riss ihm den Helm vom Kopf, und die Riemen seiner Beinschienen explodierten, so dass es ihn aus den Stiefeln hob. Er landete, mehr als fünf Schritte entfernt, auf dem Rücken, die Arme weit von sich gestreckt.

Unter den Zuschauern war es vollkommen still geworden. Aydrian schaute hinüber zur königlichen Tribüne und sah, wie König und Königin sowie alle anderen Adligen abrupt aufsprangen.

Ein Knappe eilte hinaus zu dem gestürzten Herzog und nahm seinen Kopf in beide Hände. Ein Raunen ging durch die Menge, und Aydrian hörte Weinen und vereinzelte Schreie.

»Er ist tot, mein König!«, rief der Knappe, woraufhin das Wehgeschrei lauter wurde.

Aydrian ließ den Blick über die Menge schweifen; schließlich entdeckte er De'Unnero, der zu ihm hinunterblickte und anerkennend nickte. Noch nie hatte Ursal ein vergleichbares Schauspiel erlebt wie den Fall von Herzog Kalas.

Den Blick immer noch auf De'Unnero gerichtet, legte Aydrian seine Hand auf die Brust; der ehemalige Mönch verstand und deutete mit einem Nicken auf den gestürzten Ritter.

»Macht Platz!«, herrschte Aydrian den Knappen an und stieß ihn unsanft zur Seite, so dass er hinfiel. Mittlerweile hatten sich mehrere Allhearts um den Herzog geschart; Aydrian zwängte sich hindurch und kniete vor dem gefallenen Mann nieder.

»Was habt Ihr bloß für eine teuflische Magie benutzt?«, schrie einer der Allhearts ihn an.

Aydrian beachtete ihn gar nicht, sondern konzentrierte sich ganz auf den Herzog. Dicht über den Mann gebeugt, so dass der in seine Rüstung eingelassene Hämatit, der Seelenstein, Kalas' Brustwunde verdeckte, brachte er sein Gesicht ganz nah an das des Herzogs.

»Lebe!«, befahl er und sandte seine Heilkräfte durch den Stein nach außen. »Lebe!«

Umwabert von grauen Nebelschwaden wandelte Kalas' Geist eine lange, düstere Straße entlang. Er wusste, dass er tot war oder zumindest im Sterben lag und dass die Macht, die ihn niedergestreckt hatte, alles übertraf, was er jemals kennen gelernt hatte.

Und jetzt schwand er dahin und versank immer tiefer im düsteren, bodenlosen Schlund des Todes.

Vor seinen Augen erschien eine leuchtende Hand, die mitten in der Luft zu schweben schien; ihr warmes Licht verbrannte den grauen Nebel.

Die Hand des Todes, ging es Herzog Kalas durch den Kopf, der wusste, dass er sich dem Ruf nicht entziehen konnte, und dass er aus dem Leben geschieden war.

Er ergriff die Hand, und dann verstand er.

Tai'maqwilloq!

Die Hand fühlte sich lebendig an, gar nicht nach Tod. Er spürte, wie die Energie in seinen Geist und in seinen zerschundenen Körper zurückströmte.

Wer war dieser junge Mann, der hier angetreten war, das Turnier zu gewinnen?

Wer war der junge Mann, der ihn mit magischen Kräften bezwungen hatte, die sein Begriffsvermögen überstiegen?

Wer war dieser Mann, dieser Lebensspender, der ihm jetzt die Hand reichte, um ihn aus dem Reich der Toten zurückzuholen?

Einen Moment später fing der Herzog an zu husten und zu spucken und wurde wieder höchst lebendig.

Die Menge brach in anerkennenden Beifall aus.

Aydrian erhob sich und sah, dass ein Knappe sein Pferd eingefangen hatte und ganz in der Nähe wartete. Mit einem letzten Blick in Kalas' Augen, der die Wahrheit über Aydrian und seine Heilkräfte zu vermitteln schien, stieg er auf das Pferd und lenkte es im Schritt vor die königliche Tribüne.

»Mir fehlen die Worte, Tai'maqwilloq!«, erklärte König Danube, als die Menge sich endlich beruhigt und der junge Sieger sich vor der Tribüne präsentiert hatte – jedoch nach wie vor, ohne seinen unglaublichen Helm abzunehmen. »Der Wimpel des Siegers gebührt Euch!« Unter dem von allen Seiten herüberschallenden Jubel warf König Danube seinen Wimpel Aydrian zu.

Der straffte sich daraufhin im Sattel und ließ die Trophäe in den Staub fallen.

»Ich bin nicht für König Danube geritten«, verkündete der junge Krieger laut und entschlossen. »Als Zeichen meines Triumphes verlange ich den Wimpel von Königin Jilseponie.«

Er sah sofort, dass er sie damit in äußerste Verlegenheit brachte und sie absolut nicht darauf vorbereitet war, seiner Bitte zu entsprechen. Minutenlang, so schien es, starrte sie ihn verwirrt und ungläubig an. Schließlich drehte sie sich um, griff nach dem Wimpel der Königin, der an der Rückenlehne ihres Stuhls hing, und warf ihn Aydrian zu.

Der junge Mann deutete eine Verbeugung an. Den Wimpel hoch erhoben, gab er Symphonie die Sporen – mittlerweile war er fest überzeugt, dass Jilseponie das Tier wiedererkannt hatte – und ritt eine Ehrenrunde um den Turnierplatz; dann sprengte er donnernd über eine der Rampen, bahnte sich einen Weg durch die Menschenmenge und verließ schließlich das Festgelände.

Und ließ einen wütenden Danube, einen völlig verblüfften Herzog Kalas sowie eine gleichermaßen erstaunte Königin Jilseponie hinter sich zurück.

13. Ein mutiger Schritt nach vorn

Aydrian verließ die Stadt, ritt über die Felder rings um Ursal, vorbei an dem Landsitz, in dem er Quartier bezogen hatte, und kehrte erst sehr viel später im Schutz der Nacht zurück.

Er empfand eine gewisse Unruhe und Nervosität, aber auch so etwas wie Übermut, obwohl er immer noch nicht wusste, wie De'Unnero auf die Art und Weise reagieren würde, wie er Herzog Kalas zur Strecke gebracht hatte.

Die Nacht war bereits weit fortgeschritten, als De'Unnero und Sadye zurückkamen. Trotz der übermenschlichen Anstrengungen des Tages hatte Aydrian noch kein Auge zutun können, daher lief er unruhig vor der Haupttür des Landsitzes auf und ab, als die beiden eintrafen.

De'Unnero hielt Sadye am Arm zurück und baute sich, kaum einen Zoll entfernt, Auge in Auge vor dem jungen Krieger auf.

»Du hast dich nicht an die Abmachungen gehalten«, sagte der ehemalige Mönch mit ruhiger Stimme.

»Herzog Kalas hat die Regeln geändert«, erwiderte Aydrian.

»Deine Lanze war ausgehöhlt, seine hatte man verstärkt«, stimmte De'Unnero ihm zu. »Ich dachte schon, du wärst erledigt.«

Aydrian brachte ein Lächeln zustande. »Ich auch«, sagte er. »Einen Moment lang jedenfalls. Da gab es einen Augenblick, als Symphonie mir nicht mehr gehorchte, sondern auf den Ruf einer anderen hörte, auf den der Königin.«

»Deiner Mutter?«, fragte De'Unnero sarkastisch, während sein verschmitztes Grinsen immer breiter wurde. »Sie hat sich doch nicht etwa gegen dich gestellt?«

»Vielleicht wollte sie auch nur Verbindung mit dem Pferd aufnehmen«, sagte Aydrian verunsichert, denn im Grunde war er über De'Unneros Anspielung schockiert.

»Du hast dich ziemlich gut geschlagen und bist auch mit der überraschenden Situation sehr gut zurechtgekommen«, fuhr de'Unnero fort. »Besser als ich es, trotz deiner Erfahrung und Ausbildung, von einem jungen Mann deines Alters erwartet hätte. Die Niederlage von Herzog Kalas wird niemand so schnell vergessen – vor allem nicht der Herzog selbst.«

Er legte Aydrian grinsend beide Hände auf die Schultern und nickte anerkennend.

»Ich frage mich allerdings, ob es klug war, dem Herzog sein Leben zurückzugeben«, bemerkte Sadye, die noch immer in der Tür stand. »Das könnte sich noch als Dorn im Auge erweisen.«

Sie hatte noch nicht mal zu Ende gesprochen, als De'Unnero bereits den Kopf schüttelte. »Er liebt seinen König, das ist richtig«, erwiderte er. »Die Königin dagegen hasst er von ganzem Herzen, umso mehr, als Lady Pembleburys Zustand sich zusehends verschlechtert. Sie war nicht mal auf dem Fest, an keinem der Tage.«

»Ihre Abwesenheit war auffallend«, gab Sadye ihm Recht. »Sogar ihre Kinder wirkten niedergeschlagen, wie ich fand. Ich würde allerdings sagen, das lag nicht nur an der Sorge um ihre Mutter, sondern auch daran, dass sie nicht am Turnier teilnehmen konnten.«

Eine Einschätzung, der De'Unnero nicht widersprach. »Solange wir nicht offen gegen den König opponieren, wird Herzog Kalas uns nicht im Wege stehen.«

»Unser Plan richtet sich gegen den König«, bemerkte Aydrian.

»Aber das weiß niemand«, sagte De'Unnero. »Gegen die Königin, ja; was übrigens schon bald ans Licht kommen wird. In meiner Rolle als Brutus von Oredale habe ich unserem lieben Herzog diesen Standpunkt bereits einigermaßen deutlich gemacht – allerdings auf eine Weise, die vorgibt, die Interessen des Königs zu wahren. Ich denke, viele Zuschauer der Wettkämpfe haben verstanden, dass Tai'maqwilloq kein Freund Danubes ist und dass sich Tai'maqwilloq bei den Bewohnern Ursals lange Zeit nicht mehr blicken lassen wird.«

Aydrian sah ihn fragend an.

»Zieh deine Rüstung aus und schmier dir ein wenig Schmutz in dein hübsches Gesicht, mein junger Gehilfe«, fügte der ehemalige Mönch als Erklärung hinzu. »Denn du wirst dieses Haus nicht als Tai'maqwilloq verlassen, sondern als irgendein nichtsnutziger, hilfloser Bauernbursche.«

»Oder vielleicht als Mönch aus St. Bondabruce«, warf Sadye ein. »Diese Verkleidung ließe sich ohne weiteres bewerkstelligen.«

Aydrian, der den Jubel der Menge erlebt hatte und die Geschichte unbedingt zum Abschluss bringen wollte, um endlich Anspruch auf sein Königreich erheben und den Weg zu seinem endgültigen Triumph beschreiten zu können, fand keine dieser Alternativen sonderlich attraktiv. Er machte ein ziemlich verdrießliches Gesicht, eine Mischung aus kindischem Schmollen und der arroganten Miene eines Siegers.

De'Unnero und Sadye lachten ihn aus, allerdings auf eine Art, die ihn einlud, sich ihnen anzuschließen.

»Immer mit der Ruhe«, sagte De'Unnero. »Die Saat wird bald aufgehen. Und jetzt ins Bett mit dir; wir sollten alle schlafen gehen. Ich muss noch vor Morgengrauen zu Abt Olins Gesandten aufbrechen. Ich denke, sie werden das Turnier mit großer Freude und Erleichterung verfolgt haben.«

»Und anschließend?«, fragte Sadye.

»Nun, anschließend werde ich selbstverständlich an König Danubes Hof zurückkehren«, antwortete De'Unnero. »Aber zuerst werde ich mir den Herzog vornehmen, der, bereits gestorben, wieder ins Reich der Lebenden zurückgeholt wurde, noch dazu von dem Mann, der ihn getötet hat. Es dürfte interessant sein zu sehen, wie ihm diese überraschende und unerwartete Wendung der Ereignisse bekommen ist. Sehr interessant sogar.«

Aydrian ließ die Unterhaltung damit auf sich beruhen, denn natürlich war ihm klar, wie wichtig es war, Herzog Kalas für ihre Sache zu gewinnen. War der Augenblick des Umsturzes erst einmal gekommen, würde der Kontakt zu Herzog Targon Bree Kalas ihre Machtübernahme in Ursal und den oberen Kommandoebenen der königlichen Armee sicherstellen. Wie immer sie auch vorgingen, alle Beteiligten waren sich darüber im Klaren, dass dieser Umsturz nicht ohne Blutvergießen vonstatten gehen würde, selbst wenn König Danube ihnen den Gefallen tat und eines natürlichen Todes starb. Mit Kalas auf ihrer Seite würde das Blutvergießen jedoch erst beginnen, wenn sich Aydrian und seine Kampfgefährten bereits einen Vorteil verschafft hatten, den ihnen keiner mehr nehmen konnte.

Das Einzige, was Aydrian jetzt noch Sorge bereitete, war, dass seine Arbeit größtenteils erledigt war. Vermutlich würde er gezwungen sein, die nächsten Wochen untätig hier herumzusitzen, und das auch nur, wenn er Glück hatte. Wenn nicht, konnte es sich monate- wenn nicht jahrelang hinziehen.

Nein, jahrelang ganz sicher nicht, entschied Aydrian. Er war mit seiner Geduld nahezu am Ende; sobald sie endgültig erschöpft war, würde er alle erforderlichen Hebel in Bewegung setzen, um seine Inthronisierung zu erreichen.

Im Übrigen saß er gar nicht zwangsläufig in der Villa fest, überlegte er, mit der Hand über den Brustharnisch seiner Rüstung und den dort eingelassenen Seelenstein streichend.

Am nächsten Tag machte sich De'Unnero nicht, wie beabsichtigt, auf die Suche nach Herzog Kalas, denn als er in der eleganten Aufmachung des Brutus von Oredale bei Hofe erschien, musste er feststellen, dass dieser seine Agenten überall im Schloss und in ganz Ursal hatte ausschwärmen lassen, um mehr über diesen rätselhaften Tai'maqwilloq in Erfahrung zu bringen.

Da er annehmen konnte, dass Herzog Kalas ihn noch früh genug aufsuchen würde, setzte De'Unnero sein Werk, Unzufriedenheit über die Königin zu säen, mit Hilfe der anderen Adligen bei Hofe fort – was nicht besonders schwierig war.

Draußen im Garten lief er unerwartet einer seiner möglichen Verbündeten über den Weg, die still für sich ein wenig abseits saß.

»Brutus von Oredale, ganz zu Euren Diensten, Lady Pemblebury«, begrüßte er sie und machte Anstalten, sich zu ihr zu setzen.

Constance Pemblebury sah zu ihm auf; erst jetzt erkannte De'Unnero, welch verheerende Auswirkungen die Rückkehr der Königin bei dieser Frau hinterlassen hatte. Ihr blondes Haar schien allen Glanz verloren zu haben, es wirkte kraftlos und matt. Ihre Haut war kreideweiß und spröde, und unter den Augen hatte sie tiefdunkle Ränder. Die Augen waren am verräterischsten; kein Leuchten war in ihnen zu erkennen, kein Funkeln. Sie wirkten leblos.

De'Unnero kannte diesen toten Blick, den er meist in den Augen von Todkranken im Moment ihrer endgültigen Selbstaufgabe gesehen hatte.

»Kenne ich Euch?«, erwiderte Constance und tastete mit zittriger Hand nach einem Glas Wein.

»Das nicht, aber natürlich habe ich schon von Euch gehört, von Lady Pemblebury, der großen Dame Ursals!«, versuchte De'Unnero sie ein wenig aufzumuntern.

Constance lachte ihm ins Gesicht. »Ihr meint wohl diese dumme Kuh, die stets nur ihre Pflicht tat und anschließend verstoßen wurde«, erwiderte sie und wandte den Blick ab.

Ihre Antwort hatte nichts Geziertes; nichts deutete darauf hin, dass sie Komplimente hören wollte.

De'Unnero beschloss, einen neuen Anlauf zu unternehmen. Wenn Constance Pemblebury seine Verbündete werden sollte, dann durfte sie seine Absicht nicht bemerken; sie mussten völlig unabhängig voneinander für dasselbe Ziel kämpfen, entschied er.

»Ihr wart während des Turniers nicht zugegen, wie ich mich zu erinnern meine«, sagte er in der Absicht, sie ganz behutsam auszufragen, ob sie im Besitz irgendwelcher geheimer Informationen über Herzog Kalas' jüngste Unternehmungen war.

Constance antwortete nicht, sah ihn nicht einmal an, so dass er sich schon fragte, ob sie ihn überhaupt gehört hatte.

Er wartete noch eine Weile, wiederholte seine Frage dann, und als er immer noch keine Antwort erhielt, sagte er nur: »Dann noch einen schönen Tag, Mylady«, erhob sich von der Bank und entfernte sich, die ganze Zeit darüber nachsinnend, wie er Constances Zusammenbruch am besten nutzen konnte, um Herzog Kalas, bekanntermaßen ihr engster Freund, noch tiefer in seine Pläne einzubinden.

Den Rest des Tages verbrachte er damit, von einer der zahlreichen Zusammenkünfte im Garten zur nächsten zu schlendern; es war der private Abschluss der Festtage für die wenigen Auserwählten, aus denen Danubes Hofstaat bestand. De'Unnero verabschiedete sich höflich aus jeder Unterhaltung, die ihm im Hinblick auf seine speziellen Interessen bedeutungslos erschien, an allen Gesprächen aber, die um die Ereignisse des Vortags kreisten, insbesondere wenn in ihnen die Rede davon war, dass dieser Krieger Tai'maqwilloq in irgendeiner Weise mit der Königin in Verbindung stehe und wahrscheinlich ihr geheimer Liebhaber sei, zeigte er reges Interesse.

Wie genoss Marcalo De'Unnero doch diesen Tag voller Klatsch und hinterhältigem Gerede! Er war jedoch überrascht und nicht wenig enttäuscht, als er feststellen musste, dass Herzog Kalas sich selbst dann nicht zeigte, als man den König und die Königin ankündigte und sie ihre Plätze unter den Gästen einnahmen.

Vermutlich steckte dem Führer der Allhearts seine allererste Turnierniederlage noch in den Knochen, überlegte De'Unnero.

Er verließ den Hof an diesem Abend in der festen Überzeugung, dass das Turnier ihn seinem Ziel, Missmut über Jilseponie zu schüren, einen großen Schritt näher gebracht hatte. So zufrieden ihn das stimmte, er hatte das Bedürfnis, die Dinge weiter voranzutreiben, da er, wie Aydrian auch, mit seiner Geduld allmählich am Ende war.

Er war gerade im Begriff, zum Schlosstor hinauszuschlendern, als er hinter sich jemanden rufen hörte.

»Brutus von Oredale!«, rief eine dröhnende Stimme. »So bleibt doch stehen!«

De'Unnero hielt an, drehte sich langsam um und sah, wie sich ihm ein Soldat der Allhearts mit schnellen Schritten näherte.

»Ihr seid Brutus von Oredale?«, fragte der Ritter.

De'Unnero nickte.

»Folgt mir bitte«, sagte der Soldat. »Herzog Targon Bree Kalas wünscht Euch zu sprechen.«

De'Unnero nickte abermals und begleitete den Mann bereitwillig. Er traf Kalas in einem kleinen, verborgen in einem Winkel des ersten Stockwerks des Schlosses gelegenen Arbeitszimmer. Schwere, alte Bücher in dunklen Holzregalen zu beiden Seiten eines steinernen Kamins verliehen dem Raum eine erhabene Atmosphäre. Trotz der Hitze hatte Kalas ein kleines Kaminfeuer brennen, einen einzelnen Scheit, dessen Schein ihn von hinten beleuchtete und seine innere Anspannung noch zu betonen schien. Auf dem Schreibtisch, zwischen seinen Ellbogen, lag aufgeschlagen ein Buch, das De'Unnero sofort als historische Abhandlung über eine Schlacht aus früheren Zeiten erkannte. Der ehemalige Mönch schaute von dem Buch zum Herzog, und sein Respekt vor dem Mann wuchs. Kalas war offenbar intelligent genug, seine militärischen Kenntnisse durch das Studium der Geschichte zu vertiefen.

Kalas entließ den Soldaten der Allhearts mit einem Wink und bat ihn, hinter sich die Tür zu schließen.

»Ich hatte bereits vermutet, Ihr könntet mich womöglich sprechen wollen«, sagte De'Unnero und nahm ihm gegenüber in einem bequemen Sessel Platz.

»Tai'maqwilloq«, erwiderte der Herzog ruhig.

»Nachtfalke«, sagte De'Unnero, woraufhin Kalas den Kopf hob und ihn mit einem fragenden, durchdringenden Blick ansah, denn der Name kam ihm offensichtlich bekannt vor. »So lautet die Übersetzung«, erklärte De'Unnero.

»Nachtfalke?«, wiederholte der Herzog ungläubig.

De'Unnero wechselte das Thema. Wenn überhaupt, dann wollte er behutsam auf Aydrians wahre Identität zu sprechen kommen. »Überaus geschickt im Umgang mit dem Schwert und der heiligen Magie der Steine, wie es scheint«, bemerkte er.

»Wo er den Umgang mit der Steinen gelernt hat, kann man wohl nur raten«, erwiderte Kalas, dessen stahlgraue Augen zu schmalen Schlitzen wurden; ein unmissverständlicher Hinweis an De'Unnero, dass es Kalas' Ansicht nach wohl die Königin gewesen war, die den jungen Krieger darin unterrichtet hatte.

De'Unnero lachte amüsiert in sich hinein. Seiner Ansicht nach war der Herzog im Begriff, sich in Vermutungen zu verstricken, die immer wieder vorwurfsvoll auf Jilseponie hinwiesen. »Er hat es von einem Volk gelernt, das Ihr Euch nicht einmal ansatzweise vorstellen könnt«, erwiderte er geheimnisvoll.

»Dieser Nachtfalke«, sagte Kalas. »Ist er der junge Krieger, von dem Ihr mir am Tag unseres Ausritts erzählt habt? Von dem die Gerüchte behaupten, er sei Königin Jilseponies Liebhaber? Beim Wohl der Krone, ich will es wissen!«

De'Unnero lachte noch immer amüsiert, obwohl Kalas' Unmut zusehends wuchs. Er zögerte einen Moment, um sich zu überlegen, wie er weiter vorgehen sollte. Keinesfalls musste er jetzt sofort eine Entscheidung fällen und war auch nicht gezwungen, irgendwelche Andeutungen zu machen, die Kalas in eine bestimmte Richtung wiesen – denn der Mann war offensichtlich außer sich und führte seinen ganzen Ärger auf Königin Jilseponie zurück.

De'Unnero konnte nicht widerstehen; es machte einfach zu viel Spaß.

»Wenn Nachtfalke tatsächlich Königin Jilseponies Liebhaber wäre, dann wäre das weit schlimmer, als Ihr Euch vorstellen könnt«, sagte er.

Kalas sprang auf. »Was wisst Ihr über ihn?«, fuhr er De'Unnero an. »Ich will es wissen, und zwar jede Einzelheit ...«

»Bitte, nehmt doch wieder Platz, Herzog Kalas«, versuchte De'Unnero ihn zu beruhigen. »Tai'maqwilloq ist nicht der Liebhaber der Königin.«

Kalas wollte schon auf ihn zugehen, doch die letzte Bemerkung traf ihn wie ein Schlag, und so setzte er sich tatsächlich wieder hin.

»Und er hat Euch auch nicht mir fairen Mitteln besiegt«, fuhr De'Unnero fort. »Er hat dazu Magie benutzt – sowohl in seiner Rüstung als auch in seinem Schwert. Ohne die …« Er zuckte mit den Achseln und überließ es Kalas' Ego, die entsprechenden Schlüsse daraus zu ziehen.

»Ihr scheint viel über ihn zu wissen«, sagte der Herzog misstrauisch.

»Mehr als Ihr Euch vorstellen könnt«, erwiderte De'Unnero. »Ich bin zu einem großen Teil für seine Ausbildung verantwortlich.« Bei diesen Worten griff er an sein Ohr und nahm den störenden Ohrring ab. »Seit ich die Wahrheit über ihn weiß, gibt es für mich nichts Wichtigeres als seine angemessene Vorbereitung.«

»Ihr redet noch immer um den heißen Brei herum«, knurrte Kalas ihn an. »Ihr strapaziert meine Geduld.«

Statt einer Antwort nahm De'Unnero seine Augenklappe ab, lehnte sich zurück und bedachte den sichtlich verwirrten Kalas mit einem durchdringenden Blick. »Erkennt Ihr mich etwa nicht wieder?«, fragte er. »Wir waren einmal Verbündete.«

Kalas schüttelte den Kopf; er verzog das Gesicht, aber ob aus Verwirrung darüber, dass er De'Unnero nicht wiedererkannte, oder gerade weil er es tat, vermochte De'Unnero nicht zu sagen.

»Verbündete ist vielleicht nicht ganz der richtige Ausdruck«, beeilte sich De'Unnero zu erklären. »Obwohl wir damals gemeinsam gegen die Rebellen am Barbakan gekämpft haben.«

Herzog Kalas war wie vom Donner gerührt. Der Adlige saß einfach nur da, den Mund schlaff geöffnet, die Augen starr. »Marcalo De'Unnero«, flüsterte er.

»Eben der«, sagte De'Unnero. »Und ich versichere Euch,

mein lieber Herzog, ich bin weder Euer Feind noch der des Königs. Eure Königin ist es, die ich verabscheue, und zwar von ganzem Herzen; sie und den Orden, dem sie dient, einen Orden, der in seinem Bestreben, Eurem Freund, dem König, die weltliche Macht zu entreißen, innerlich verweichlicht ist.«

»Ich sollte Euch auf der Stelle niederstrecken!«, schrie der Herzog.

»Solltet Ihr es versuchen, würde ich Euch, im Gegensatz zu meinem Schützling, nicht von den Toten wiederauferstehen lassen«, erwiderte De'Unnero. Er schüttelte den Kopf, rutschte auf seinem Stuhl nach vorn und hob die Stimme. »Doch Schluss mit diesen Albernheiten. Gekommen bin ich jedenfalls als Euer Verbündeter, ganz sicher nicht als Euer Feind.«

»Wovon redet Ihr eigentlich?«, herrschte der Herzog ihn an. »Was soll der Unfug? Wer ist dieser merkwürdige Nachtfalke? Wer, wenn nicht der Liebhaber der Königin?«

»Ihr Sohn«, erwiderte De'Unnero ruhig. »Das gemeinsame Kind von Jilseponie und Nachtvogel.« Er wartete einen Augenblick, um die Bemerkung wirken zu lassen, dann fügte er mit Bedacht hinzu: »Und, nach den Worten Eures Königs am Tage seiner Vermählung, der Erbe des Bärenreiches.«

Wieder war Kalas wie vom Donner gerührt. De'Unnero, nach wie vor unsicher, ob er sich richtig verhalten oder mit seinem forschen Auftreten all seine ehrgeizigen Pläne in Gefahr gebracht hatte, langte nach unten und zog einen kleinen Beutel mit Edelsteinen aus seinem Gürtel, den er Kalas vor die Füße warf. »Davon besitze ich noch viele tausende«, versicherte er dem Mann, der auf die glitzernden Steine starrte, die aus dem Säckchen herausgekullert waren. »Ich habe mehr Reichtümer in meiner Schatzkammer als der gesamte Adelsstand des Bärenreiches zusammen«, fügte De'Unnero hinzu.

»Was … was soll der Unfug?«, fuhr Kalas ihn an und sprang

abermals auf. »Glaubt Ihr vielleicht, meine Loyalität gegenüber dem König sei käuflich?«

»Natürlich nicht!«, erwiderte De'Unnero ebenso heftig. »Der König ist noch das einzig Gute in diesem verlotterten Bärenreich. Ich verlange keineswegs von Euch, dass Ihr Euch gegen ihn stellt; dazu würde ich mich nie herablassen.«

»Was dann?«, fragte Kalas, dessen Zorn seine Neugier nach wie vor zu überwiegen schien. De'Unnero fragte sich erneut, ob es klug gewesen war, hierher zu kommen.

»Ich bin nicht gekommen, um mich Eurer Dienste zu versichern, Herzog Kalas«, erklärte er ruhig. »Das war keineswegs meine Absicht; ich dachte nur, ich wäre es Euch schuldig, Euch über die wahre Situation ins Bild zu setzen. Nach des Königs eigenen Worten ist Aydrian – so lautet der richtige Name des jungen Kriegers – als Jilseponies Sohn der rechtmäßige Erbe des Bärenreiches.«

»Diese Hexe hat ihm die Wahrheit verschwiegen«, murmelte Kalas.

»Keineswegs«, erwiderte De'Unnero. »Sie weiß nicht einmal, dass Aydrian existiert, denn er wurde ihr auf dem Feld vor Palmaris weggenommen, als sie nach ihrem Kampf mit dem ehrwürdigen Vater Markwart bewusstlos war.«

»Verflucht sei sein Name!«, warf Kalas ein. De'Unnero überging die Bemerkung.

»Jilseponie war in dem Glauben, ihr Kind sei tot«, fuhr der ehemalige Mönch fort. »Sie wird sehr überrascht sein, wenn sie erfährt, dass sie die Königinmutter ist – falls es jemals dazu kommt –, und noch überraschter wird sie sein, wenn sie erfährt, dass ihr Sohn sie von ganzem Herzen hasst, sogar noch mehr als Ihr oder ich.«

»Sie wird niemals Königinmutter sein«, knurrte Herzog Kalas. »Ihr redet daher wie ein Narr …«

De'Unnero erhob sich und bedachte sein Gegenüber mit einem eindringlichen Blick, der den Mann sofort verstummen ließ. »Ihr habt nur einen Bruchteil von Aydrians Kräften zu spüren bekommen, Herzog Kalas«, sagte er ruhig. »Er hat Euch erst getötet und anschließend Eure Seele aus dem Reich der Toten zurückgeholt.«

Kalas' Atem ging schwer; De'Unnero vermutete schon, die Belastungen des Vortags könnten den Mann überfordert haben. Längst dämmerte ihm, dass es eine geradezu brillante Idee gewesen war, die Dinge zu diesem Zeitpunkt zusätzlich voranzutreiben.

»Wenn es so weit ist, dass ein Thronfolger bestimmt werden muss, wird die Wahl weder auf Midalis noch auf Merwick oder Torrence fallen«, sagte er. »Es tut mir überaus Leid für Eure Freundin Constance, aber sie ist ebenso wenig geeignet, als Königinmutter die Fäden in der Hand zu halten, wie ihre greinenden Gören, den Thron zu besteigen, und das wisst Ihr genau.«

Kalas erwiderte nichts; sein Schweigen sprach Bände.

»Nach Danubes eigenen Worten wird es demzufolge Aydrian sein«, schloss De'Unnero. »Geht und lest es in den Protokollen nach, wenn Ihr nicht anders könnt. Sie wurden, Wort für Wort, einer eingehenden Untersuchung unterzogen, und zwar von Gelehrten einer Gruppierung innerhalb des Abellikaner-Ordens, die nicht gerade froh darüber sind, Jilseponie als Oberste Ordensschwester oder gar als Königin zu sehen.«

Ganz offensichtlich war Kalas entsetzt; sobald De'Unnero durchblicken ließ, dass sein Plan womöglich noch sehr viel umfassender war, schien ihm das Atmen noch schwerer zu fallen.

»Ausgeschlossen«, erwiderte Kalas.

»Jilseponies Kind steht in der Erbfolge noch vor Merwick und Torrence, ja sogar noch vor Prinz Midalis«, sagte De'Unnero.

»Nicht ohne einen Krieg!«, brüllte der Herzog.

De'Unnero lachte amüsiert und lenkte den Blick des Herzogs wieder auf den offenen Beutel voller Edelsteine. »Davon besitze ich noch viele tausende«, wiederholte De'Unnero. »Glaubt Ihr, ich würde hierher kommen und Aydrian auch nur in die Nähe von Ursal lassen, wenn ich nicht auf die möglichen Folgen vorbereitet wäre? Ihr solltet mich wirklich besser kennen, alter Weggefährte.«

Herzog Kalas starrte auf den Beutel; allmählich schien ihm zu dämmern, dass dies weit mehr war als ein Bluff.

»Was behagt Euch eigentlich nicht an diesen Neuigkeiten?«, erkundigte sich De'Unnero, woraufhin ihn Kalas fassungslos ansah.

»Gefällt Euch die Stimmung am Hof in letzter Zeit so sehr?«, hakte De'Unnero nach. »Wir stimmen wohl beide darin überein, dass Danube, trotz seiner Wahl der Königin, der einzige Lichtblick ist; solange er lebt, ist das Königreich in sicheren Händen.«

»Er hat einen jüngeren Bruder«, erwiderte Kalas. »Ein vorzüglicher Mann.«

»Ja, das ist eine interessante Sachlage, denn nach allem, was ich gehört habe, ist Midalis tatsächlich ein hervorragender Mann«, bestätigte De'Unnero. »Aber er hat keine Frau, und es ist allgemein bekannt, dass er und Jilseponie sich in der Vergangenheit schon einmal recht nahe gekommen sind.«

»Was redet Ihr da?«, fragte der Herzog fassungslos.

»Begründete Gerüchte, und nicht etwa das typische Getratsche bei Hof, deuten darauf hin, dass die beiden früher einander recht zugetan waren«, antwortete De'Unnero. »Überfordert Euch die Vorstellung tatsächlich so sehr, der Prinz könnte die Frau seines toten Bruders heiraten? Das wäre am Hof von Ursal gewiss nicht ohne Beispiel!«

Der Herzog lehnte sich zurück und wirkte wie versteinert.

»Ihr wisst doch, wer ich bin«, sagte De'Unnero, und Kalas, unsicher, worauf er hinauswollte, sah ihn fragend an.

»Ich bin Marcalo De'Unnero«, erklärte der ehemalige Mönch. »Und als dieser bin ich der festen Überzeugung, dass ein grundlegender Unterschied besteht zwischen denen, die dazu geboren sind, zu herrschen, und denen, die dazu geboren sind, beherrscht zu werden. Ich bin es meinem Namen schuldig, an die Größe des Staates und der Kirche zu glauben. Die alberne Vorstellung der gegenwärtigen Königin und der derzeitigen Kirche, dass alle Menschen gleich sind, lehne ich rundweg ab.«

»Und doch wollt Ihr dem Sohn einer Bäuerin auf den Thron verhelfen«, erinnerte ihn Kalas.

»Aydrians Ausbildung hat ihn nicht dazu bestimmt, die Welt mit den Augen eines Bauern zu sehen«, erwiderte De'Unnero. »Ganz im Gegenteil, er wurde vom erhabensten aller Völker ausgebildet, den Touel'alfar. Er kennt den Unterschied zwischen Adelsstand und gemeinem Pöbel ganz genau, dessen könnt Ihr sicher sein.

Und genauso sicher dürft Ihr sein, dass er den Wert von Beratern kennt«, schloss De'Unnero. »Für das Bärenreich wäre es zweifellos besser, wenn Ihr, Herzog Targon Bree Kalas, die Rolle eines dieser engen Berater übernähmt.«

»Ihr redet, als sei der König bereits tot«, bemerkte der Herzog in unverkennbar vorwurfsvollem Ton.

»Möge Danube uns alle überleben«, erwiderte De'Unnero schlagfertig. »Aber davon gehe ich nicht aus, und Ihr ebenso wenig. Die Anzeichen seiner Ermüdung, die Sorgenfalten über seinen Irrtum mit Königin Jilseponie, dürften Euch nicht entgangen sein. Tagein, tagaus bekommt der Mann seine fehlerhafte Wahl zu spüren, und nach allem, was ich bei Hofe über die Rückkehr der verhassten Königin gehört habe, ist es unwahrscheinlich, dass es für ihn jemals wieder leichter wird.«

Herzog Kalas lehnte sich zurück und ließ sich die Worte sorgfältig durch den Kopf gehen. »Und wenn er uns doch alle überlebt?«, wandte er ein. »Was werdet Ihr und dieser junge Retter der Menschheit dann tun?«

»Aydrian wird seinen Weg machen, wenn nicht als König, dann als Ritter der Allhearts, vielleicht aber auch als Prinz des Bärenreiches.«

Herzog Kalas schüttelte lächelnd den Kopf. »Ihr seid Euch über die Bedeutung dieser Bemerkung nicht im Klaren«, erwiderte er. »Man fügt nicht einfach jemanden in die königliche Erbfolge ein, ohne sich Feinde zu machen.«

»Seid Ihr etwa der Ansicht, ich, beziehungsweise wir, müssten irgendwelche Feinde fürchten?«

Herzog Kalas' Lächeln erlosch auf der Stelle, und sein Gesichtsausdruck wurde grimmig.

»Es ist bereits alles arrangiert, Herzog Kalas«, sagte De'Unnero. »Ich bin kein Narr, und mir ist das Ausmaß dessen, was ich erreichen will, durchaus bewusst.«

»Und was genau ist das?«, wollte der Herzog wissen.

»Aydrian wird König werden, und dann wird er Berater brauchen«, erklärte De'Unnero. »Denn sobald er inthronisiert ist, werden meine Verbündeten und ich seinen Einfluss dazu verwenden, die dringend erforderlichen Veränderungen innerhalb des Abellikaner-Ordens durchzusetzen. Mich dürstet es nicht nach weltlicher Macht, falls Ihr das befürchten solltet, und ich versichere Euch noch einmal und in aller Aufrichtigkeit, dass es auf der ganzen Welt niemanden gibt, der geeigneter wäre als Aydrian, die Geschicke des Königreiches in neue Bahnen zu lenken. Sollte Aydrians Zeit der Thronbesteigung kommen, bevor Ihr aus diesem Leben scheidet, wäre es um ihn und das Königreich besser bestellt, wenn ihm Targon Bree Kalas treu zur Seite stünde, um die Allhearts im Hinblick auf ein neues Königreich zu einen – oder, besser gesagt, im Hinblick auf das Königreich, wie es einmal war.«

Kalas brauchte einen Augenblick, um diesen Vorschlag zu verdauen, doch als es so weit war, bekam er große Augen. »Die Allhearts einen?«, entfuhr es ihm.

Als Antwort senkte De'Unnero seinen Blick abermals auf die verstreuten Edelsteine und stieß ein amüsiertes Lachen aus. »Davon besitze ich noch viele tausende«, sagte er zum dritten Mal und gab damit unmissverständlich zu verstehen, dass er und seine Gefolgsleute bereits Soldaten aus Kalas' Truppen angeworben hatten.

»Euer Freund, König Danube, hat nichts zu befürchten«, versicherte De'Unnero dem besorgten Herzog. »Jedenfalls nicht von Aydrian; ich bezweifle allerdings, dass seine Wahl der Königin ihn vor den Feinden in seiner engsten Umgebung schützen wird. Wenn der Augenblick der Thronfolge gekommen ist, wird das Bärenreich wieder zu jenem leuchtenden Stern werden, der es einst war: vor den Dämonenkriegen, vor den Verirrungen des ehrwürdigen Vaters Markwart und bevor sich Jilseponie in die königliche Familie einschmeicheln konnte.«

Kalas verharrte lange in seiner nachdenklichen Haltung. »Was verlangt Ihr, dass ich tue?«, fragte er schließlich.

»Nichts, das ist ja gerade das Wundervolle«, antwortete De'Unnero. »Die Ereignisse nehmen bereits ihren Lauf, ohne dass irgendjemand, nicht einmal ich, eingreifen müsste. Um die bevorstehenden Wirren zu überstehen, müsst Ihr klug entscheiden, welche Seite die Oberhand behalten wird. Allerdings tätet Ihr auch gut daran, auf Euer Herz zu hören. Aydrians Königreich wird kein Freund der alpinadoranischen Barbaren sein – wird man das Gleiche von Midalis' Herrschaft behaupten können, sollte es jemals dazu kommen? Aydrians Königreich wird auch kein Freund der Kirche sein, so wie sie sich gegenwärtig darstellt; er wird eine Rückbesinnung auf alte Traditionen durchsetzen. Die Ordensbrüder werden sich weniger um das Treiben des gemeinen Pöbels kümmern und wieder erkennen, dass in den Augen Gottes ein grundlegender Unterschied zwischen einem König und seinen Untertanen besteht, genau wie zwischen einem Herzog und dessen Untertanen.«

De'Unnero bemerkte, wie Kalas Augen bei dieser Bemerkung zu leuchten begannen.

»Kann man das Gleiche von einem Königreich sagen, das von Prinz Midalis regiert wird, der Jilseponie so sehr schätzt?«, fragte De'Unnero.

Kalas zuckte zusammen, nur ganz leicht; De'Unnero entging es trotzdem nicht.

»Ich bin nur ein winziges Rad im Getriebe einer Armee, die Aydrian an die Macht spülen wird, wenn unsere Zeit des Aufstiegs gekommen ist«, fuhr der ehemalige Mönch fort. »Ich erzähle Euch das alles, weil ich Euch als Mitstreiter äußerst schätze, auch wenn wir keine Freunde sind.«

»Und dennoch intrigiert Ihr gegen meinen König.«

»Das tue ich keineswegs«, log De'Unnero. »Ich intrigiere allenfalls gegen das Krebsgeschwür, das sich des Königreichs bemächtigt hat und das in Staat und Kirche um sich greift.«

»Versprechen kann ich Euch nichts«, sagte Herzog Kalas.

Das war bereits mehr, als De'Unnero hören musste. Einen kurzen Augenblick lang hatte er befürchtet, der Herzog würde ihn auf der Stelle verhaften lassen. Offenbar hatten die ernüchternde Niederlage auf dem Turnierplatz und die jedes Begriffsvermögen überfordernde Rettung aus dem Reich der Toten einen mächtigen Eindruck bei diesem sonst so launischen Mann hinterlassen.

Kalas sah hinunter auf die Edelsteine. »Sind sie magisch?«, fragte er.

»Nein«, antwortete De'Unnero. »Aber wir besitzen viele, die es sind, und die befinden sich in den Händen derer, die sie am besten zu benutzen wissen – und nicht einmal Königin Jilseponie wäre im Stande, Aydrian in einem mit Magie geführten Kampf zu besiegen. Ich möchte behaupten, seine Kräfte gehen weit über die eines normalen Sterblichen hinaus.«

Herzog Kalas, von dem jungen Mann aus dem Reich der Toten zurückgeholt, mochte dem nicht widersprechen.

»Unsere Schwerter sind allerdings noch eindrucksvoller als unsere Magie«, fuhr De'Unnero fort. »Ein Wink von mir, und ich könnte das Königreich in einen Kampf Bruder gegen Bruder, Soldat gegen Soldat, Allheart gegen Allheart stürzen. Wie wir beide sehr wohl wissen, besteht dieses Geschwür aus Königin und Kirche, und sobald König Danube bereit ist, das zuzugeben, oder wenn für ihn die Zeit gekommen ist, aus dieser Welt zu scheiden, wird dieses Geschwür entfernt werden.«

Herzog Kalas, offensichtlich hin und her gerissen, sah ihm fest in die Augen.

Marcalo De'Unnero erhob sich, und ohne sich auch nur die Mühe zu machen, das Säckchen mit den Edelsteinen wieder an sich zu nehmen, was seine Behauptung unermesslichen Reichtums nur noch unterstrich, verbeugte er sich und verließ den Raum.

Sein Schritt war geradezu beschwingt, als er, erfüllt von Vorfreude und gespannter Erwartung, an diesem Abend Ursal verließ. Er wusste, dass er zu Herzog Kalas, dem wertvollsten Verbündeten, den er finden konnte, durchgedrungen war. Er wusste es einfach! Ihr Ziel schien plötzlich greifbar nahe!

Auch Aydrian, in der Villa draußen vor den Toren der Stadt, wusste es, denn er hatte seinen Körper mit Hilfe eines Seelensteins verlassen und De'Unnero den ganzen Tag über heimlich begleitet. Er hatte De'Unneros Gespräche mitverfolgt, insbesondere die mit Constance und Herzog Kalas, und war, nachdem De'Unnero gegangen war, noch eine Weile bei Kalas geblieben. Der Mann war beunruhigt und schockiert, geradezu verzweifelt.

Trotzdem hatte Kalas nicht versucht, De'Unnero zurückzuhalten, und war mit den erschreckenden Neuigkeiten auch nicht zu seinem König gelaufen.

Die Zeit reifte schnell heran, wie Aydrian noch deutlicher erkannte als zuvor schon De'Unnero. Alles, was sie jetzt noch brauchten, war ein Auslöser, und dann würden sie den Thron an sich reißen.

Als er sich noch einmal De'Unneros Unterredung mit der besonders verwirrten und geschwächten Adligen ins Gedächtnis rief, dämmerte Aydrian, wo ein solcher Auslöser zu finden sein könnte.

14. Handlanger und treibende Kraft

»Alle Welt erzählt sich, er sei der Geliebte Eurer Gemahlin!«, wagte Constance Pemblebury, es laut auszusprechen.

Sie war zum ersten Mahl seit vielen Monaten allein mit König Danube, denn sie hatte ihn bemerkt, als er seinen Morgenspaziergang entlang der nördlichen Festungsmauer machte. Sie sah sofort, dass seine Überraschung, sie zu sehen, echt war und auch seine Bemerkung ehrlich gemeint war, sie erfreue sich an diesem Tag wohl bester Laune und Gesundheit.

Und das entsprach durchaus der Wahrheit. Die letzten paar Nächte seit dem Turnier gehörten zu den besten, die Constance seit vielen Monaten erlebt hatte. Sie hatte geträumt – und ihre Träume waren eine Art Vorgefühl auf ein Königreich ohne Jilseponie, wie sie vermutete, auf eine Rückkehr zu den Zeiten, da sie als Freundin, Vertraute und Geliebte an Danubes Seite geritten war.

Und Constance wusste ganz genau, dass es mehr als nur Träume waren; Besuche eines Schutzengels vielleicht, der ihr riet, nicht von ihrem Weg abzuweichen, und ihr bessere Zeiten versprach. Und so hatte sie ihren Mut wiedergefunden, hatte sich an diesem Morgen auf die Suche nach Danube gemacht und beschlossen, alles zu tun, damit auf Schloss Ursal wieder bessere Zeiten einkehrten.

»Die Leute reden viel«, erwiderte ein dieses Geredes offensichtlich überdrüssiger König Danube.

»Ihr seid dafür unempfänglich, weil Ihr es ganz einfach nicht hören wollt«, sagte Constance.

Als Danube daraufhin Anstalten machte, sich zu entfernen, hielt sie ihn am Arm fest und zwang ihn, sich umzudrehen und ihr ins Gesicht zu sehen. Erschrocken wich sie einen Schritt zurück, denn was sie dort in Danubes Augen erblickte, diesen Hass und diesen Zorn kurz vor der Entladung, gefiel ihr ganz und gar nicht.

»Ihr habt selbst gehört, was der junge Kämpe sagte«, fuhr Constance fort, mit einer Stimme, die bereits deutlich kraftloser war als bei ihren vorigen Äußerungen. »Und dieses Getuschel –«

»Ist das Werk von Dummköpfen und Unruhestiftern«, erwiderte der König. »Schwätzer, die nur darauf aus sind, ihrem schnöden Dasein um jeden Preis, und sei es um den der Wahrheit, einen gewissen Reiz zu geben. Ich kenne die Identität dieses jungen Mannes nicht, und ich weiß auch nicht, warum er sich als Kämpe der Königin bezeichnet hat, aber lieber will ich annehmen, dass deine Freunde ihn angeworben haben, als dass ich an einen Betrug meiner Gemahlin glaube.«

Constance war entsetzt, doch Danube war noch längst nicht fertig.

»Meine *Gemahlin*, Constance«, sagte er mit größerem Nachdruck, packte sie bei den Schultern und schob sein wütendes, bärtiges Gesicht dicht vor ihres. »Nicht bloß die Königin. Nicht irgendeine auf Schloss Ursal nicht willkommene Bäuerin, sondern meine Frau, meine Geliebte. Ich würde mein Leben für sie geben, hörst du? Ihretwegen würde ich einen Krieg anfangen, begreifst du das überhaupt?«

Bei jeder Frage schüttelte der König Constance, und das leidenschaftliche Funkeln in seinen Augen wurde heftiger. Doch dann stieß Constance einen kleinen Schrei aus, woraufhin Danube schlagartig ruhiger wurde; er ließ von ihr ab und trat einen Schritt zurück.

»Ich will nichts mehr davon hören«, sagte der König. »Weder von dir noch von sonst jemandem.«

»Danube«, weinte sie und warf sich ihm an die Brust. »Ich tue es doch nur, weil ich Euch liebe ...«

Er stieß sie grob von sich, so dass sie mehrere Schritte nach hinten taumelte.

»Dein Verhalten widert mich an«, sagte der König. »Nimm dich in Acht, Lady Pemblebury, dein Tratsch grenzt an Verrat.«

Constance stand zitternd da, und ihre Augen weiteten sich.

»Nimm dich in Acht, Lady Pemblebury«, wiederholte der König leise und drohend, »sonst wirst du eines Tages feststellen, dass man deine Kinder aus der Thronfolge gestrichen hat.«

Mit einem Aufschrei stürmte Constance davon.

Die Wochen nach dem Turnier waren für Jilseponie alles andere als einfach. Wer war dieser junge Kämpe? Er trug einen Elfennamen – einen Namen, der sehr an den elfischen Titel erinnerte, den man Elbryan verliehen hatte. Er bediente sich beim Kampf des *Bilnelle dasada* – sie hatte diesen Kampfstil eindeutig wiedererkannt! Und er besaß ein Elfenschwert – und dieses Schwert benutzte er im Kampf ebenso wie die Steinmagie!

Und er ritt Symphonie.

Symphonie, das prächtige Pferd, das sie und Elbryan nach dem Kampf gegen den geflügelten Dämon nach Hause getragen hatte, das prachtvolle Ross, das so viel mehr war als bloß ein einfaches Tier. Obwohl es Jilseponie nicht recht gelingen wollte, das Alter dieses Pferdes mit dem Gesundheitszustand von Tai'maqwilloqs Streitross auf dem Turnierplatz in Einklang zu bringen, wusste sie doch, dass es Symphonie gewesen war, den sie dort unten gesehen hatte. Sie hatte ihn gerufen, und er hatte geantwortet; keine andere Stimme war ihr ähnlich vertraut.

Aber wer war sein Reiter, dieser Hüter, der behauptete, in ihrem Namen zu kämpfen?

Natürlich waren auch ihr die Gerüchte zu Ohren gekommen, dieses hässliche Getuschel hinter vorgehaltener Hand, das Tai'maqwilloq als ihren heimlichen Geliebten bezeichnete. Anfangs hatten ihr die Gerüchte noch heftig zu schaffen gemacht, zumal dieser junge Krieger an besagtem Tag auf dem Turnierplatz reichlich unverschämt aufgetreten war und mit keinem Wort und keiner Tat dazu beigetragen hatte, dass dieses Getuschel verstummte; im Gegenteil, er schien ihm sogar noch zusätzliche Nahrung gegeben zu haben.

Am Abend nach dem Turnier hatte Jilseponies Gemahl sie aufgesucht, und sie hatte sofort gewusst, dass er die Gerüchte ebenfalls gehört hatte.

Aber Danube erwähnte es ihr gegenüber mit keinem Wort; in jener Nacht liebten sie sich zärtlich, und dann noch mehrere Male in den darauf folgenden Wochen.

Kein einziges Mal fragte König Danube Jilseponie nach dem jungen Krieger; und nur einmal, unmittelbar nach dem Turnier, hatte sie sich vertrauensvoll an ihn gewandt und gestanden, dass dieser Tai'maqwilloq sie ebenso verwirrte wie ihn und alle anderen.

Das Geschwätz, dieser junge Krieger sei ihr Liebhaber, beeinträchtigte ihre Beziehung zu Danube in keiner Weise, und das wiederum gab Jilseponie die Kraft, die Sticheleien zu ertragen, ohne sich davon sonderlich beunruhigen zu lassen.

Der junge Krieger dagegen beschäftigte sie nach wie vor, denn sie hielt ihn für eine nicht sehr feinsinnige Ermahnung oder gar Warnung von Lady Dasslerond. Um dem nachzugehen, bediente sie sich aller ihr zur Verfügung stehender Quellen, darunter auch des Küchenchefs, mit dem sie sich inzwischen angefreundet hatte, sowie einer Reihe von Dienerinnen, die viel zu weit unten im gesellschaftlichen Gefüge standen, um sich an dem Getratsche zu beteiligen. Sie ließ Kundschafter sich unter das gemeine Volk Ursals mischen und versuchte auf diese Weise, Informationen über die wahre Identität Tai'maqwilloqs zu erhalten.

Als diese auch nach einigen Tagen noch ausblieben, dehnte sie ihre Erkundungen auf das weitere Umland aus und versicherte sich sogar der Dienste eines Kaufmanns, der nach Palmaris segeln sollte, um Roger Flinkfinger einen Brief zu überbringen. Vielleicht konnte sich Roger mit Bradwarden in Verbindung setzen, und der Zentaur anschließend mit den Touel'alfar.

Das würde natürlich einige Monate dauern.

»Was bedrückt dich, meine Liebe?«, erkundigte sich König Danube, als er an jenem Abend ihre Privatgemächer betrat und Jilseponie am Fenster sitzend vorfand, aus dem sie gedankenverloren nach draußen starrte.

»Tai'maqwilloq«, antwortete sie wahrheitsgemäß. Sie hörte, wie der König, eben noch auf dem Weg zu ihr, stehen blieb.

Jilseponie wandte sich zu ihrem Gemahl um und bat ihn, sich neben sie zu setzen. »Sein Auftauchen macht mir Angst«, erklärte sie.

»Falls er überhaupt noch hier ist«, erwiderte der König. »Seit dem Turnier hat ihn kein Mensch mehr zu Gesicht bekommen. Es ist, als sei er nur zum Tjost erschienen und danach gleich wieder verschwunden. Wäre ich nicht ein so vernünftiger Mensch, ich würde glatt denken, Elbryan sei aus dem Grab auferstanden, um für seine Geliebte zu reiten!«

Die Bemerkung traf Jilseponie vollkommen unerwartet; einen erschrockenen Ausdruck im Gesicht, drehte sie sich zu Danube um und überlegte, ob ihn vielleicht Eifersucht zu dieser Bemerkung verleitet hatte. Doch was sie sah, war etwas völlig anderes. Ihr Gemahl wirkte vollkommen gelöst, so als könnte selbst das – selbst wenn er Recht haben sollte und Elbryans Geist tatsächlich zurückgekommen war – seine Liebe zu ihr nicht erschüttern.

»Er ist Elbryan ähnlicher, als du vielleicht ahnst«, gestand Jilseponie, woraufhin Danube schließlich doch leicht zusammenzuckte.

»Woher willst du das wissen?«, fragte der König. »Du hast ihn doch gar nicht ohne Helm gesehen.«

»Sein Kampfstil«, erwiderte sie. »Du weißt, dass ich das Geheimnis der elfischen Kampfmethode bewahre.«

König Danube nickte nachdenklich.

»Tai'maqwilloq – ein Elfenname, der Nachtfalke bedeutet – hat im Stil der Elfen gekämpft, noch dazu mit einem Schwert, das seinem Stil zuträglich war, ein sicheres Zeichen, dass es sich um eine Elfenwaffe handelte«, erklärte Jilseponie.

»Bist du sicher?«

Sie nickte.

»Du glaubst, Lady Dasslerond hat ihn geschickt?«, fragte Danube.

Für Jilseponie war es sehr befremdlich, den Namen der Herrscherin von Caer'alfar aus Danubes Mund zu hören. Natürlich hatte Danube von ihr gehört und sie sogar persönlich kennen gelernt, aber er wusste auch, was sich für ihn in Bezug auf die zurückgezogen lebenden Elfen ziemte. Sein Königreich – und ganz sicher auch das von Lady Dasslerond – war erheblich besser dran, wenn die Elfen für die einfachen Menschen des Bärenreiches nichts weiter waren als Märchengestalten in abenteuerlichen Geschichten, die man sich am Lagerfeuer erzählte; ihres Wissens war es das erste Mal in all den Jahren an seiner Seite, dass sie ihn Dassleronds Namen aussprechen hörte.

»Er macht dich neugierig«, sagte Danube.

»Er macht mir Angst«, korrigierte sie. »Es entspricht einfach nicht der Art eines Hüters, bei einem Turnier zu erscheinen, um sich dort zu beweisen.« Sie wollte noch eine Erklärung hinzufügen, schüttelte dann aber nur den Kopf.

König Danube legte ihr den Arm um die Schultern. »Wir werden ihn ausfindig machen und in Erfahrung bringen, was er, wenn überhaupt, damit beabsichtigte«, versuchte er seine Frau zu beruhigen.

»Dein Hofstaat macht sich zweifellos einen Spaß daraus, irgendwelche Schlüsse daraus zu ziehen«, erwiderte Jilseponie, wenn auch mit einem Lächeln auf den Lippen.

Danube musste lauthals lachen. »Man könnte den Eindruck gewinnen, mein Hofstaat bestehe aus einigen überaus gelangweilten Menschen«, sagte er. »Also spinnt man Intrigen, um für ein bisschen Aufregung zu sorgen.«

»Die Leute tratschen, um sich wichtig zu machen.«

»Das natürlich auch«, gab ihr Gemahl ihr Recht und wandte

sich zu ihr um; sein Gelächter verstummte, als er in ihre blauen Augen sah, und sein Ausdruck wurde ernst.

Er beugte sich zu ihr, gab ihr einen Kuss und zog sie sachte zu sich aufs Bett.

Trotz der gehässigen Gerüchte war Jilseponie in diesem Moment überglücklich, dass sie Danubes Angebot, nach Schloss Ursal zurückzukehren, angenommen hatte.

»Genau«, sagte Constance, und obwohl sie sich an diesem Tag keinen einzigen Schluck Schnaps genehmigt hatte, klang sie sehr betrunken. »Ganz recht«, lallte sie. »Ich werde dieser Hexe etwas weit Schlimmeres antun, als sie bloß umzubringen.«

Ihr entfuhr ein hämisches Lachen, woraufhin sie sich die Hand vor den Mund schlug; dann kicherte sie erneut, bis sie schließlich einen hysterischen Lachanfall bekam.

Aydrians Geist schwebte ganz in der Nähe und beobachtete all dies mit Vergnügen. Er war mit seiner Geduld am Ende, und angesichts des Sinneswandels des Herzogs, oder doch zumindest seiner Unentschlossenheit, sah der ungeduldige junge Hüter keinen Grund mehr, länger zu warten. Er brauchte einen Auslöser, jemanden, der das Königreich ins Chaos stürzte.

Also hatte er Constance unsichtbar aufgesucht und ihr einen Plan eingeflüstert, der das Königreich stürzen und ihm und seinen Gefährten die benötigte Gelegenheit verschaffen würde.

Natürlich hatte Constance nicht die geringste Ahnung, woher dieser durchtriebene Vorschlag stammte, trotzdem hatte sie sich mit Begeisterung darauf gestürzt.

Endlich hatte jemand das Stundenglas herumgedreht, und der Sand verrann schnell.

Als Aydrian in dem Herrschaftshaus vor den Toren Ursals in seinen Körper zurückkehrte, sah er De'Unnero genau vor sich sitzen. Er wartete bereits auf ihn.

»Was treibst du?«, fuhr der ehemalige Mönch ihn mit strenger Miene an. »Von Geisteswanderung war nie die Rede.«

»Brauche ich dazu vielleicht Eure Erlaubnis?«, entgegnete Aydrian. Er starrte De'Unnero bei diesen Worten trotzig in die Augen, sah den Zorn aufblitzen und erwartete fast, geschlagen zu werden.

»Entweder wir machen dies zusammen oder wir lassen es ganz sein«, sagte De'Unnero.

»Ich werde bestimmt nichts tun, was unser Ziel gefährden könnte«, erwiderte Aydrian. »Ein Ziel, das mir übrigens genauso lieb und teuer ist wie Euch, mein Freund.«

»Königin Jilseponie ist im Umgang mit den Edelsteinen überaus geschickt«, sagte De'Unnero. »Wenn du dich ihr in deiner geistigen Gestalt näherst, wird sie dich spüren und möglicherweise sogar verfolgen. Diese Art der Auseinandersetzung können wir im Augenblick nicht gebrauchen.«

»Ich war nicht einmal in Jilseponies Nähe«, versicherte ihm Aydrian. »Jedenfalls nicht unmittelbar. Ich habe mich der Dienste einer Verbündeten versichert, die allerdings noch nichts von ihrem Glück weiß.«

De'Unnero runzelte die Stirn und sah ihm fest in die Augen.

»Ich fürchte, Constance Pemblebury ist innerlich zerbrochen«, sagte Aydrian.

»Und zu nichts mehr zu gebrauchen«, betonte der ehemalige Mönch.

»Das würde ich nicht sagen«, erwiderte Aydrian grinsend. »Was sie an Unruhe zu stiften vermag, wird sich vielleicht noch als ganz nützlich erweisen. Vielleicht aber auch nicht«, fügte er hinzu. »Trotzdem sollte man diese Gelegenheit beim Schopf packen, denn sie birgt für uns kein Risiko.«

»Du hast von Constance Besitz ergriffen?«, fragte De'Unnero ungläubig, der über die Vorstellung nicht allzu glücklich schien.

»Ich habe ihr einen Vorschlag unterbreitet«, erklärte Aydrian. »Ich habe ihr ein paar Bilder aus einer möglichen Zukunft gezeigt, von Jilseponie, die ihre Kinder töten lässt, um sich ihren Platz in der königlichen Erbfolge zu sichern. Es war nicht schwer, sie zu überzeugen.«

»Überzeugen von was?«, wollte De'Unnero wissen.

Aydrian zuckte mit den Schultern; er hatte nicht die Absicht, ins Detail zu gehen. »Was immer sie auch tut, es wird Jilseponie nicht gefallen, da bin ich ganz sicher«, antwortete er. »Und jede Verwirrung wird nützlich für uns sein, oder irre ich mich da?«

De'Unnero starrte ihn einfach nur an.

Aydrian wusste ganz genau, dass der ehemalige Mönch sich nicht einmischen würde. De'Unnero war ebenso frustriert wie er selbst, trotz der offenkundigen Vorteile, die sie sich durch das Turnier und mit Herzog Kalas verschafft hatten. Sie hatten am Hof, innerhalb des Militärs und in den südlich gelegenen Abteien des Bärenreiches, von St. Bondabruce bis hin zu St. Honce, eine nicht unbedeutende Allianz geschmiedet. Darüber hinaus hatten sie eine schlagkräftige Söldnertruppe aus Landvolk und Piraten aufstellen lassen, die bereit stand, auf ein Wort von Abt Olin hin aus einer ganzen Reihe von Orten nach Ursal zu marschieren. Sie standen dicht vor der Machtergreifung, doch noch immer fehlte ihnen das entscheidende Ereignis, das die Revolution auslösen würde.

»Ich bin das Warten langsam leid«, sagte Aydrian. »Ich bin dazu geboren, über das Bärenreich zu herrschen. Niemand sollte meine Abstammung unterschätzen, außerdem hat kein Mensch in der Geschichte unserer Art jemals eine umfassendere Ausbildung und Erziehung genossen. Ich bin dazu ausersehen zu herrschen, und das werde ich auch tun.«

De'Unnero starrte ihn fassungslos an; er war über das offene Eingeständnis bestürzt.

»Überrascht Euch das etwa?«, fragte Aydrian. »Oder überrascht es Euch, dass der Schüler plötzlich bei seiner eigenen Thronbesteigung eine Rolle spielen möchte? Ihr seht, mein Freund, wir stehen hier vor einem Problem, mit dem Ihr wohl oder übel erst einmal selbst fertig werden müsst. Ihr seht in mir eine Möglichkeit, Eure Machtposition zurückzugewinnen, und das trifft wohl auch zu. Aber deswegen bin ich noch lange keine Marionette.«

»Du solltest dein Verständnis der Situation nicht überschätzen«, warnte ihn De'Unnero.

»Das Gleiche gilt für Euch«, erwiderte Aydrian. »Ich habe die Dinge heute Abend mit Constance Pemblebury ins Rollen gebracht. Von jetzt an wird alles sehr rasch seinen Lauf nehmen, wir müssen also wachsam sein und uns bereit halten.«

»Bereit wozu?«, fragte De'Unnero.

»Bereit, uns das zu nehmen, was uns gebührt«, antwortete Aydrian. »Und das bedeutet mindestens den Thron des Bärenreiches – und für Euch die Führungsposition innerhalb der abellikanischen Kirche.«

Es war unschwer zu erkennen, dass De'Unnero darauf nichts zu erwidern wusste.

»Haltet die Augen offen, mein Freund, und seid bereit, loszuschlagen«, sagte Aydrian zu ihm. »Denn möglicherweise steht schon bald ein Thron leer, auf dem viele werden Platz nehmen wollen.«

»Nimm dich in Acht«, warnte ihn De'Unnero.

»Haltet Euch bereit«, erwiderte Aydrian mit der für ihn typischen Dreistigkeit.

15. Schachmatt

Jilseponie war nicht wenig überrascht und sofort auf der Hut, als eine Hofdame ihr die Nachricht überbrachte, Constance Pemblebury habe um ein Treffen mit ihr ersucht, und zwar bei einem gemeinsamen Nachmittagstee.

Lange saß die Königin vollkommen reglos da und starrte die Hofdame an.

»Mylady?«, fragte die Hofdame.

»Constance Pemblebury wünscht den Tee mit mir zu nehmen?«, fragte Jilseponie misstrauisch.

»Ganz recht«, antwortete die Überbringerin der Einladung. »Sie bat mich, Euch augenblicklich aufzusuchen und Eure Einwilligung in dieser Sache einzuholen. Sie konnte es gar nicht abwarten, Euch zu sehen, Mylady. So ungeduldig war sie.«

»Aber warum?«, entfuhr es Jilseponie, bevor sie überhaupt merkte, dass ihr die Worte über die Lippen kamen, denn sie hatte eigentlich nicht die Absicht, die Botin in diese Dinge einzuweihen; sie wollte keinen Außenstehenden in die schmutzigen Geschäfte des Adels hineinziehen.

»Mylady?«, wiederholte die Botin, die offenbar nicht verstand.

Jilseponie sah die Frau lächelnd an. Sie wusste ganz genau, dass sie die Bedeutung der Frage verstanden hatte und über das Durcheinander hinter den Kulissen bei Hofe bestens unterrichtet war. Diese Gewissheit ermöglichte es ihr, weiter nachzuhaken. »Und worüber wünscht Lady Constance mit mir zu sprechen?«, formulierte sie ihre Frage unverblümter. »Möchte sie irgendeine Beschwerde vorbringen? Bezüglich ihrer Kinder vielleicht?«

»Es steht mir nicht zu –«, begann die bedauernswerte, völlig verunsicherte Botin, doch Jilseponie schnitt ihr das Wort mit einer Handbewegung ab.

»Doch, tut es, wenn ich Euch um Eure Meinung bitte«, sagte die Königin. »Warum wünscht Lady Constance mich zu sprechen? So redet schon. Wie ist ihre Stimmung, wenn Ihr schon nichts über ihre Absichten wisst?«

Einen Moment lang schien die Botin verlegen, dann zeigte sich ein Lächeln auf ihrem Gesicht. »Sie schien sich sehr auf diesen Tee zu freuen, Mylady«, antwortete sie. »Sie bat mich, Euch augenblicklich aufzusuchen. Kann sein, dass es um Merwick und Torrence geht, aber ganz bestimmt nicht um eine Beschwerde, da bin ich sicher. Eigentlich habe ich Lady Pemblebury schon seit Monaten nicht mehr in so prächtiger Laune gesehen, Mylady.«

Jilseponie bedachte die Frau mit einem langen, fragenden Blick. Durfte sie sich Hoffnungen machen, dass Constance endlich ihre düstere Phase, ihren Zorn und ihre Eifersucht überwunden hatte? Es schien fast zu schön, um wahr zu sein. Trotzdem, wenn die Frau gewillt war, ihr die Hand zu reichen, sollte sie dann nicht zugreifen? Was würde Jilseponie dafür geben, wenn sie endlich Ruhe vor dem Getratsche fände!

»Richtet Lady Constance aus, ich werde ihr morgen Nachmittag im Westsalon beim Tee Gesellschaft leisten«, sagte sie.

»Gern, Mylady«, rief die Dienerin und klatschte in die Hände. Sie wandte sich ab und wollte sich rasch entfernen, blieb dann aber noch einmal stehen, drehte sich um und machte einen Hofknicks, um gleich darauf abermals herumzuwirbeln und zur Tür zu laufen.

Jilseponie stand auf, begann im Zimmer auf und ab zu gehen und über die überraschende Wendung der Ereignisse nachzudenken. In ihren Gedanken schrillten leise Alarmglocken, denn Constance hatte ihr durch absolut nichts zu verstehen gegeben, dass sie gedachte, sich ihretwegen zu beruhigen. Ganz im Gegenteil! Nicht einmal beim Turnier war sie erschienen, dabei war das Getuschel über den jungen Krieger – und angeblichen Liebhaber der Königin – gewiss auch bis zu ihr gedrungen.

Ja, das war vermutlich der Grund, überlegte Jilseponie. Wahrscheinlich hatte Constance die Absicht, ihr irgendwelche Information zu entlocken, die sie später gegen sie verwenden konnte.

Oder reagierte sie jetzt selbst schon überzogen?, fragte sie sich.

Sie spielte mit dem Gedanken, Danube aufzusuchen und ihm von der Einladung zu erzählen, entschied sich dann aber dagegen. Dies war allein ihr Problem, daher sollte sie ihren ohnehin schon von allen Seiten belagerten Gatten nicht damit behelligen. Was immer die Frau im Schilde führen mochte, sie würde mit Constance Pemblebury schon fertig werden.

Aber sie würde Vorsicht walten lassen müssen.

Trink es endlich, jetzt sofort, verlangte die Stimme in Constances Kopf, unmittelbar bevor sie den Westsalon betrat, wo Königin Jilseponie auf sie wartete.

Constance holte ein kleines Fläschchen hervor und machte Anstalten, den Korken herauszuziehen, hielt dann aber inne und starrte darauf.

Zum Zögern ist keine Zeit, flüsterte ihr die Stimme Aydrians telepathischen Befehl zu, woraufhin eine rasche Abfolge von Bildern an Constances innerem Auge vorüberzog. Sie sah Merwick und Torrence, erhängt auf einem öffentlichen Platz, eine Hinrichtung, bei der Königin Jilseponie den Vorsitz führte.

Noch bevor sie sich richtig überlegen konnte, was sie tat, zog Constance den Korken heraus und leerte das Fläschchen in einem Zug. Es brannte in der Kehle.

Das Hinunterrinnen der Flüssigkeit wurde von einem an- und abschwellenden Schwindelgefühl begleitet, einem brennenden, jegliche Orientierung raubenden Gefühl.

Constance riss sich zusammen; so schnell konnte die Wirkung unmöglich einsetzen.

Sie lief zum nahen Fenster, das zu einem steil abfallenden Abhang hinausging, vergewisserte sich mit einem hastigen Blick, dass niemand sie beobachtete und warf das Fläschchen den steinigen Hang hinunter.

Sie fuhr sich über die Lippen, riss sich zusammen und betrat entschlossenen Schritts den Salon.

Neben ihr trat ungesehen Aydrians Geist mit ein.

Jilseponie saß auf der anderen Seite des Zimmers an einem kleinen, am Fenster stehenden Tisch und wärmte sich in den Strahlen der tief stehenden Sonne. Sie trug ein vergleichsweise schlichtes, größtenteils rosafarbenes Kleid, das mit Streifen aus dunklerem Violett abgesetzt war. Ihr blondes Haar war hochgesteckt und wurde von einer edelsteinbesetzten Spange gehalten.

Constance zögerte. Diese Frau war unbestreitbar schön, ihr gesamtes Erscheinungsbild zweifellos elegant. Äußerlich wurde Jilseponie ihrer Rolle als Königin durchaus gerecht.

Aber sie ist keine Königin, ermahnte sich Constance, ganz bestimmt nicht ihrer Herkunft nach. Man konnte sie so prachtvoll ausstaffieren, wie man wollte, im Grunde gehörte die Frau in Wildledergamaschen gesteckt, mit einem Schwert an ihrem Gürtel. Sie gehörte in die Wälder, um Jagd auf wilde Tiere und Goblins zu machen.

Das einzige Rouge, das sich auf Jilseponies sonnengegerbtem Gesicht gut machen würde, war das Blut ihrer Opfer.

Constances Magen krampfte sich zusammen, als sie näher trat, und das nicht nur aus Nervosität. Trotzdem gelang es ihr, die Schmerzen gekonnt zu überspielen, und als sie auf dem Stuhl gegenüber der Königin Platz nahm, setzte sie ein freundliches Lächeln auf.

»Tee?«, fragte Jilseponie und griff nach der silbernen Kanne.

Constance hielt ihr lächelnd ihre hauchdünne Tasse hin. Das silberne Service war ihr nur zu vertraut, hatte sie es doch selbst schon oft benutzt, um Gäste auf Schloss Ursal zu bewirten. Mit ansehen zu müssen, wie Jilseponie jetzt damit hantierte, bestärkte sie nur in ihrem Entschluss und ermöglichte es ihr, die nächste Schmerzenswelle, die sich ihres Bauchs bemächtigte, mit einem Lächeln zu überspielen.

Jilseponie beendete das Eingießen und lehnte sich dann, Tasse samt Untertasse in der Hand, zurück. Das offene Fenster schien ihre Aufmerksamkeit ebenso zu fesseln wie Constance, obwohl diese deutlich spürte, dass Jilseponie sie kaum aus den Augen ließ.

»Ihr seid überrascht, weil ich Euch um ein Treffen gebeten habe?«, begann Constance.

Jilseponie stellte Tasse und Untertasse ab. »Sollte ich etwa nicht?«, fragte sie. »Verzeiht meine Direktheit, Lady Pemblebury, aber schließlich war ich Euch nie willkommen, weder nach meiner Rückkehr nach Ursal noch in den vielen Monaten vor meiner Abreise.«

»Das ist wohl wahr«, gestand Constance. »Aber könnt Ihr denn meine Besorgnis nicht verstehen?«

Daraufhin entspannte sich Jilseponie sichtlich, und ihre Gesichtszüge wurden weicher. »Die verstehe ich nur zu gut«, räumte sie ein. »Deswegen überrascht mich diese Unterredung ja auch so.«

»Es geht mir um den Schutz meiner Kinder«, erklärte Constance.

»Sie müssen nicht beschützt werden, jedenfalls nicht vor mir«, beeilte sich Jilseponie zu erwidern. »Ich hatte nie die Absicht, Merwick und Torrence, den prächtigen Söhnen meines Gemahls, Schaden zuzufügen.«

»Und den Erben seines Throns«, betonte Constance.

Jilseponie erhob ihre Tasse zu einem Toast. »Darauf wird es wohl hinauslaufen«, pflichtete sie ihr bei. »Es sei denn, Prinz Midalis besteigt nach seinem Bruder den Thron und zeugt selbst Kinder. Aber selbst in diesem unwahrscheinlichen Fall erwarte ich nicht, dass Merwick und Torrence aus der Erbfolge gestrichen werden.«

»Oder aber ihr selbst bringt noch ein Kind zur Welt«, warf Constance ein.

Jilseponie lächelte und schüttelte dann amüsiert den Kopf. »Nein, das müsst Ihr wirklich nicht befürchten«, sagte sie. »Mir ist durchaus bewusst, wieso Ihr in mir eine Bedrohung seht, doch das bin ich nie gewesen. Und das war auch nie meine Absicht.«

Constance sah ihr fest in die Augen, und für einen winzigen Augenblick bedauerte sie ihr Einstellung gegenüber Jilseponie. Einen winzigen Augenblick fragte sie sich, ob alles nicht vielleicht auch ganz anders hätte kommen können.

Und dann erschienen wieder diese heimtückischen Bilder vor ihrem inneren Auge, von Jilseponie, die der Hinrichtung von Merwick und Torrence vorsaß, und schlagartig wurde Constance bewusst, dass dies kein trügerischer Tagtraum war, sondern vielmehr eine düstere Ahnung.

Der milde Ausdruck auf ihrem Gesicht erlosch.

»Ich bin mir auch im Klaren darüber, dass es Euch nicht kalt lässt, mich in den Armen Eures früheren Geliebten zu sehen«, gestand Jilseponie. Constance wusste sofort, dass die Königin die Veränderung, die über sie gekommen war, bemerkt hatte. »Aber wie schon gesagt, meine liebe Constance, es gibt nichts, was ich an diesen Gefühlen ändern könnte – weder an Danubes noch an Euren.«

Constances Unterleib geriet in Aufruhr – vor Zorn, aber auch wegen des Gifts. Sie schickte sich an, etwas zu erwidern, bekam aber einen Hustenanfall. Schließlich sprang sie auf, einen ungläubigen Ausdruck im Gesicht.

»Constance?«, fragte Königin Jilseponie besorgt.

Constance wischte Teetasse samt Untertasse vom Tisch, die mit lautem Klirren auf dem Boden zersprangen. Sofort flog die Tür auf, und die Dienerinnen steckten den Kopf zur Tür herein.

»Mörderin!«, fuhr Constance Jilseponie an, wankte auf unsicheren Beinen zur Königin und fiel über sie.

Jilseponie war sofort aus ihrem Sessel aufgesprungen und fing Constance mit sicherem Griff auf, merkte dabei aber nicht, dass die Frau, von dem Gift längst nicht so mitgenommen, wie sie vorgab, ein angebrochenes Briefchen unter die Schärpe ihres eleganten Kleides schob.

»Constance!«, rief Jilseponie und versuchte sie zu stützen.

Das Beweisstück untergeschoben, stieß Constance sich von Jilseponie ab und wankte zur Tür, wo die Dienerinnen standen. »Man hat mich ermordet!«, schrie sie. »Die Königin hat mich getötet! Schande über Euch! Was soll jetzt aus meinen Kindern werden!«

Die Dienerinnen fingen sie auf, als sie nach vorne kippte, und legten sie sacht auf den Fußboden.

»Schnell, einen Seelenstein«, rief Jilseponie einer der Dienerinnen zu. »Beeilt Euch!«

Die Frau wandte sich bereits zum Gehen, während ihre Begleiterin sich Constances annahm und ihr den Schweiß von der Stirn tupfte, als Constances Hand vorschnellte und sie an ihrem Kleid festhielt. »Nein!«, kreischte sie. »Lasst diese Hexe bloß nicht in meine Nähe! Diese Mörderin!«

»Constance!«, rief Jilseponie. »Ich habe doch überhaupt nichts getan!« Sie sah zu der verwirrten und verängstigten Dienerin. »So lauft schon!«, fuhr sie sie an. »Lauft zu meinem Gemach und holt mein Säckchen mit den magischen Steinen! Sofort!«

Constance schrie erneut und weigerte sich loszulassen. Obwohl sie sich unter größter Anstrengung zwingen musste, Luft hinunterzuwürgen, blieb ihr Griff eisenhart und widerstand allen Bemühungen Jilseponies, ihre Finger vom Kleid der Dienerin zu lösen.

Aydrians Geist verfolgte all dies mit amüsierter Gleichgültigkeit, so wie man ein Schauspiel auf einer Bühne betrachtet. Es kümmerte ihn wenig, dass das Gift inzwischen durch Constances Körper strömte, ihr den Magen verätzte und ihre Muskeln lähmte. Hätte die Dienerin sich losreißen können, Aydrian hätte sie überwältigt, um zu verhindern, dass sie Jilseponies Säckchen holen ging.

Nein, diesmal würde seine geliebte Mutter nicht die Heldin spielen.

Einer plötzlichen Eingebung folgend, schwebte Aydrians Geist davon und kreiste weit oben über dem Schloss, bis er Herzog Kalas ausgemacht hatte.

Ein kleiner Wink genügte, und schon eilte der Herzog der sterbenden Constance zu Hilfe.

»Lady Constance Pemblebury, Mylord!«, rief der Page, während er in den Thronsaal stürmte. »Sie ist ermordet worden, beziehungsweise soll ermordet werden! Den Worten der Sterbenden nach von der Königin höchstpersönlich!«

König Danube versuchte, eine passende Erwiderung darauf hervorzubringen, doch die Worte blieben ihm im Halse stecken. Er erhob sich von seinem Thron und taumelte vorwärts. Alles um ihn herum drehte sich.

Draußen auf dem Korridor war das gesamte Schloss in Aufruhr; Männer und Frauen, Adlige und gemeines Volk, alles lief durcheinander und schrie, Lady Pemblebury sei ermordet worden, und bezeichnete Königin Jilseponie lauthals als Mörderin.

Danube brachte, zumindest, was diese letzte Äußerung betraf, jeden Einzelnen von ihnen zum Schweigen, indem er den Missetäter mit einem eiskalten, harten Blick bedachte, der jeden dieser Schwätzer daran erinnerte, dass diese Behauptung einem Hochverrat gleichkam.

In Wahrheit aber war Danube wie vom Donner gerührt und fragte sich, was hier gespielt wurde. Eins aber glaubte er mit absoluter Sicherheit zu wissen: Seine Gemahlin war niemals eine Mörderin.

Oder etwa doch?

In diesem Augenblick schoss Danube ein Bild durch den Kopf, ein Bild von Jilseponie, die eine teuflische Flüssigkeit in einen Pokal füllte und diesen Constance reichte. Es berührte ihn auf einer Ebene seines Unterbewusstseins, irgendwo in einem verborgenen Winkel seiner Gedanken.

Aydrians Geist wusste schon dafür zu sorgen, dass es für den liebeskranken Trottel nicht zu offensichtlich war.

Herzog Kalas fing Jilseponie ab, als sie gerade aus dem Zimmer stürmte, das er betreten wollte.

»Was ist passiert?«, schrie er ihr ins Gesicht. »Was habt Ihr getan?«

»Redet nicht daher wie ein Narr, Kalas«, erwiderte die Königin. »Und jetzt lasst mich los! Constance geht es schlecht, wovon, weiß ich allerdings nicht.«

»Ihr habt sie vergiftet!«, schrie ein anderer Adliger, der noch vor Kalas am Tatort eingetroffen war. »Das hat sie selbst gesagt!«

»Sie weiß doch nicht, was sie da redet!«, fauchte Jilseponie, bevor sie sich wieder Kalas zuwandte. »Gebt mir einen Seelenstein, dann wird es ihr in wenigen Augenblicken wieder besser gehen.«

Sie versuchte sich loszureißen, doch Kalas hielt sie fest.

Jilseponie fixierte ihn mit einem absolut herrischen Blick.

»Ihr werdet sie begleiten«, wies der Herzog den Adligen an, zwängte sich an Jilseponie vorbei ins Zimmer und eilte an die Seite der schwer angeschlagenen Constance.

»Ganz ruhig«, sagte Herzog Kalas zu seiner lieben Freundin. Er ließ sich auf die Knie sinken, befreite Constance aus den Armen der Dienerin und nahm ihren Kopf in seine Hände. »Seid jetzt ganz ruhig«, murmelte er. »Hilfe ist bereits unterwegs. Jilseponie holt einen Seelenstein und –«

»Nein!«, kreischte die im Sterben liegende Frau; sie fand gerade noch die Kraft, sich aufzurichten und Kalas an der Vorderseite seines Rocks zu packen. »Nein! Sie wird meine Seele ebenso vernichten, wie sie meinen Körper zerstört hat. Nein, Ihr müsst es mir versprechen!«

In diesem Augenblick trat König Danube ins Zimmer und eilte zu Constance.

»Sie behauptet, Eure Gemahlin habe sie ermordet«, erklärte Kalas.

»Der Tee … vergiftet«, hauchte Constance. »Man hat versucht mich umzubringen.« Noch einmal gelang es ihr, sich aufzurichten; sie klammerte sich fest an Kalas. »Merwick und Torrence«, stieß sie flehend hervor. »Die Hexe wird sie aus dem Weg räumen.«

»Das ist doch Unsinn!«, rief König Danube.

Aydrian wusste, dass Jilseponie schon bald mit einem Seelenstein zurück sein würde, mit dessen Hilfe sie das Gift neutralisieren konnte. Also suchte er Constance auf und redete noch einmal auf sie ein. Er führte ihr die am Galgen baumelnde Königin vor Augen und zeigte ihr, wie Merwick als König des Bärenreiches den Thron bestieg.

Und besänftigte sie damit so nachhaltig, dass sie sich nicht mehr gegen das Gift sträubte.

Constance ließ sich zurücksinken und starb.

Jilseponie stürzte ins Zimmer, das Säckchen mit den magischen Steinen in der Hand, doch als sie sah, wie Kalas Constances Kopf behutsam auf den Boden legte und ihre leeren Augen schloss, hielt sie jäh inne.

Bestürzt schüttelte sie den Kopf; obwohl sie immer noch nicht recht wusste, was sie von alldem halten sollte, spürte Jilseponie, wie ein Dutzend anklagender, bohrender Blicke drückend auf ihr lastete.

»Ich habe nichts getan«, sagte sie an ihren Gemahl gewandt, als dieser sich erhob und sich zu ihr umdrehte.

König Danube wollte gerade erwidern: »Natürlich nicht, mein Liebes«, als Aydrian ihm abermals ins Unterbewusstsein einflüsterte, dass es Jilseponie gewesen sei, die Constance ermordet habe, und schon brachte er die Worte nicht mehr über seine Lippen.

Er hätte ebenso gut vor sie hintreten und sie ohrfeigen können, so tief erschütterte sie sein Zögern.

»Durchsucht sie!«, befahl Herzog Kalas und winkte im Aufstehen zwei Wachen heran.

Als die beiden unschlüssig zögerten, fuhr Jilseponie sie an, sie sollten zurückbleiben. Die beiden verharrten und sahen erst Herzog Kalas und dann König Danube fragend an.

Der König schlug bedrückt die Augen nieder.

»Durchsucht sie!«, wiederholte Kalas knurrend und legte seine Hand ans Schwert, als sei er bereit, es jeden Augenblick zu ziehen und Jilseponie auf der Stelle damit zu durchbohren. Stattdessen langte er nach unten, packte die in Tränen aufgelöste Kammerzofe und zog sie grob auf die Füße. »Dann werdet Ihr das eben übernehmen«, befahl er ihr, stieß sie zu Jilseponie hinüber und bedeutete den beiden Wachen, sich ihrer anzunehmen.

Das taten sie auch; sie packten sie bei den Armen, was sie sich widerstandslos gefallen ließ. Wie vom Donner gerührt stand sie da und starrte ihren Gemahl fassungslos an.

Selbstverständlich ging sie davon aus, dass sie nichts finden würden, schließlich hatte sie ja nichts getan, doch auch als die Dienerin an ihrer Schärpe nestelte und erschrocken das kleine Briefchen zum Vorschein brachte, war Jilseponie nicht wirklich überrascht.

Wie hatte Constance ihr das nur antun können?, überlegte sie, denn natürlich bestand kein Zweifel, dass die ganze Geschichte abgekartet war. Aber das ergab doch keinen Sinn, überhaupt keinen Sinn!

Denn vor ihr auf dem Boden lag Constance, tot, und dort stand Danube, offenbar zutiefst getroffen.

Man nahm ihr die magischen Steine ab und bog ihr die Hände auf den Rücken, um sie zu fesseln. Die Worte der Dienerinnen drangen wie aus weiter Ferne an ihr Ohr, beharrlich wiederholten sie nacheinander, es sei die Königin gewesen, die den Tee geordert habe.

Dann hörte sie die Echos durch die Flure hallen, Rufe, in denen es hieß, die Königin, sie, sei eine Mörderin und habe Lady Pemblebury umgebracht.

Den Blick noch immer unverwandt auf Constances Körper gerichtet, vernahm sie Kalas' schneidenden Kommandoton: »Fort mit ihr; schafft sie in den Kerker!« Sie spürte, wie die Wachen an ihr zerrten.

Dann, endlich, schritt König Danube ein und dirigierte die Wachen zu Jilseponies Privatgemächern um, allerdings nicht ohne ihnen den Befehl zu geben, sie dort einzuschließen und unter Bewachung zu halten.

Sie sah zu ihrem Gemahl hinüber, fand aber keine passenden Worte für eine Erwiderung, denn der Ausdruck schierer Verzweiflung auf seinem Gesicht verletzte sie zutiefst.

Es war ein einziger Wahnsinn.

16. Am Galgen

Von den sich überschlagenden Ereignissen mitgerissen, landete sie schließlich, die Hände hinter dem Rücken gefesselt, in ihren Privatgemächern. Wachen durchstöberten auf der Suche nach magischen Steinen oder Waffen hektisch das Zimmer. Sie nahmen Beschützer mit, ihr Schwert, ein Diadem, das Jilseponie aufbewahrt hatte, sowie ein Katzenauge, das seinem Benutzer das Sehen im Dunkeln ermöglichte.

»Werdet Ihr uns auch keinen Ärger machen, Mylady?«, fragte einer der Männer, als er hinter sie trat und nach den Stricken griff, mit denen man ihre Handgelenke gefesselt hatte.

Jilseponie, viel zu bestürzt, um auf den Irrsinn, der plötzlich auf Schloss Ursal um sich griff, auch nur zu reagieren, schüttelte bloß den Kopf. Was war nur geschehen? Wer hatte Constance ermordet und aus welchem Grund?

Und wieso hatte die Frau so steif und fest behauptet, Jilseponie habe sie getötet? Und wie war das angebrochene Briefchen unter Jilseponies Schärpe gelangt?

Das alles ergab für sie keinen Sinn.

Nahezu reglos registrierte sie, wie die Wachen an ihr vorbei und aus dem Zimmer gingen. Derjenige, der sie losgebunden hatte, blieb kurz stehen, machte eine angedeutete Verbeugung, dann verließ auch er das Zimmer und schloss hinter sich die Tür.

Wie hatte es nur so weit kommen können?

Dann fiel es ihr wie Schuppen von den Augen; es war so sonnenklar und andererseits doch vollkommen absurd.

Hatte Constance sich am Ende selbst umgebracht? War sie mit dem ausdrücklichen Vorsatz zum Tee erschienen, Jilseponie zu belasten, selbst auf Kosten ihres eigenen Lebens? Das war verrückt. Außerdem: Wer würde eine solche Geschichte glauben?

Aber das war ja gerade das Fantastische daran. Aus Jilseponies Sicht fügte sich plötzlich eins zum anderen: Constances gehobene Stimmung und ihre Bitte um eine Einladung zum Tee. Und schließlich das bittere Ende, Constances Weigerung, sich von Jilseponie helfen zu lassen, einer Frau, der, was ihre Heilkraft mit den Steinen anbelangte, niemand das Wasser reichen konnte. Doch von jeder anderen Warte aus betrachtet würde die Geschichte völlig unglaubwürdig, ja geradezu unfassbar erscheinen. Wenn Jilseponie tatsächlich bemerkt hatte, dass Constances Stimmung sich gebessert hatte, wäre es dann nicht viel wahrscheinlicher, dass sie beschlossen hatte, etwas gegen diese Frau, gegen ihre erklärte Feindin, zu unternehmen, gerade weil sie sich offenbar aus ihrem Elend befreit hatte?

Jilseponie ging hinüber zum Bett und ließ sich darauf nieder. Dort blieb sie für den Rest des Tages alleine sitzen, bis ein unruhiger Schlaf sie übermannte.

Wie, zumindest für Herzog Kalas, vorauszusehen, suchte Marcalo De'Unnero ihn noch am selben Abend in seiner Maskerade als Brutus von Oredale auf.

»Das alles hat mich nicht sonderlich überrascht«, bemerkte De'Unnero gleich zu Beginn und setzte sich in den bequemen Sessel unmittelbar gegenüber dem Herzog, der erneut in ein Buch vertieft war, diesmal in einen Band über das Rechtswesen des Königreichs. »Sie war immer schon eine rachsüchtige Hexe.

Offenbar ist ihr die arme Lady Pemblebury zu sehr auf den Leib gerückt.«

»Was wisst Ihr darüber?«, fragte Kalas.

De'Unnero lehnte sich zurück, verschränkte die Hände ineinander und führte sie ans Kinn. Richtig, was wusste er schon wirklich darüber? Hatte Jilseponie Constance wirklich umgebracht? Nach allem, was er über Jilseponie und Constance wusste, ergab das einfach keinen Sinn. Aber was sonst mochte zu diesem schauerlichen und unerwarteten Vorfall geführt haben? De'Unnero fielen darauf nur zwei mögliche Antworten ein. Zum einen konnte es sich um einen unglücklichen Zufall handeln. Vermutlich enthielten die Gerüchte, Jilseponie habe alles abgestritten und behauptet, Constance habe sich selbst entleibt, mehr als nur ein Fünkchen Wahrheit. Hatte es die Frau aus freien Stücken getan, gewissermaßen als tragisches Ende einer tragischen und fehlgeleiteten Person?

Oder war da vielleicht noch jemand anderer im Spiel, der die Macht besaß, Constance zu beeinflussen, und der sie bis an den Abgrund und dann noch einen Schritt darüber hinaus getrieben hatte?

Dann fiel es ihm wie Schuppen von den Augen. Ganz tief in seinem Herzen wusste er, dass Aydrian für all das verantwortlich war. Vielleicht hatte der junge Krieger von Constance Besitz ergriffen – dank seiner Steine besaß er zweifellos die Macht dazu – und sich anschließend ihres sterblichen Körpers bedient, um Jilseponie ins Verderben zu stürzen.

Aber zu welchem Zweck? Das war für De'Unnero nach wie vor schleierhaft. Er vertraute allerdings darauf, dass Aydrian ihn bald ins Bild setzen würde.

»Mir ist bekannt, was man sich bei Hofe erzählt«, antwortete er dem geduldig wartenden Herzog Kalas. »Jilseponie hat Constances Tee mit Gift versetzt.«

»So hat es jedenfalls den Anschein«, erwiderte Kalas.

»Habt Ihr etwa Grund, an dieser Annahme zu zweifeln?«

Kalas zögerte einen Augenblick, dann sah er De'Unnero wieder an und schüttelte den Kopf. »Die Beweise gegen sie sind erdrückend, zumal Constance Jilseponie noch kurz vor ihrem Tod selbst bezichtigt hat«, räumte er ein. »Aber verratet mir eins, mein Freund, wie kommt es, dass Euch diese unerwartete Wendung der Ereignisse in eine solche Aufregung zu versetzen scheint?«

»Für den Tod Eurer verstorbenen Freundin empfinde ich tiefes Bedauern – erlaubt, dass ich Euch in dieser Stunde des Schmerzes mein Beileid ausspreche«, erwiderte De'Unnero aalglatt.

Kalas zuckte nicht mit der Wimper.

»Aber bestürzt es mich zu hören, dass Jilseponie auf ihrem ebenso verschlungenen wie gefahrvollen Weg zur Macht doch noch gestrauchelt ist?«, fuhr De'Unnero fort. »Ganz sicher nicht! Mir ist schon seit vielen Jahren bekannt, was es mit dieser Hexe tatsächlich auf sich hat – ich wünschte nur, ich hätte eine Möglichkeit gesehen, diese Tragödie irgendwie zu verhindern.«

»Es sollte Euch in Aufregung versetzen«, sagte Kalas. »Jedenfalls wenn man den Zeitplan für Euren Schützling bedenkt.«

De'Unnero schüttelte den Kopf. »Ganz und gar nicht«, erwiderte er.

»Wenn ihr der Prozess gemacht wird …«

»Nur zu!«, rief der ehemalige Mönch. »Auf der Stelle, ich bitte sogar darum. Hängt diese Hexe auf, oder verbrennt sie von mir aus. Sie hat gewiss nichts Besseres verdient.«

»Macht Euch der Hass auf Jilseponie dermaßen blind?«, fragte Kalas, in seinem Sessel nach vorne rutschend. »Wenn Jilseponie verurteilt und aufgehängt wird, wird der König Eurem werten Aydrian höchstwahrscheinlich jeden Anspruch auf den Thron verweigern.«

»Vor mir aus, wenn das die unabwendbare Folge ist«, antwortete De'Unnero ohne das geringste Zögern. »Ich bin überzeugt, Aydrian ist darauf vorbereitet, das Bärenreich vernünftig zu regieren; allerdings bin ich sehr viel mehr um das Wohl des Königreiches besorgt als um seinen persönlichen Gewinn. Das Königreich wird diese Krise überstehen. König Danube wird durch Euch und all die anderen, die schon lange vor Jilseponie hier waren, zu alter Stärke zurückfinden.«

»Und was wird aus Euch?«

»Ich gehe davon aus, dass Ihr meine Rückkehr in den Orden und die Rückbesinnung der Kirche auf ihre frühere Frömmigkeit unterstützt«, antwortete der ehemalige Mönch.

»Glaubt Ihr wirklich, der König wird sich in die Geschicke der Kirche einmischen?«, fragte Kalas skeptisch. »Oder etwa ich?«

»Wird er den Bischof von Palmaris im Amt belassen?«, fragte der ehemalige Mönch. Die Frage bewirkte, dass Herzog Kalas sich in seinem Sessel aufrichtete.

De'Unnero wusste, dass er ins Schwarze getroffen hatte.

»Drängt auf eine Anklage, auf einen Prozess und eine schnelle Hinrichtung«, sagte er zu Kalas. »Und befreit die Welt ein für alle Mal von dieser Geißel namens Jilseponie. Der junge Aydrian wird seinen Weg machen, und ich zweifellos auch, letztendlich aber wird unser beider Ziel stets das sein, was auch für das Bärenreich am besten ist.«

Kalas sah De'Unnero eindringlich an, ohne ihm jedoch die Bestätigung zu geben, dass er genau das zu tun gedachte.

Doch De'Unnero war auf keinerlei Bestätigung angewiesen. Er wusste, dass diese Saat keiner weiteren Pflege bedurfte. Er glaubte fest daran, dass Herzog Kalas alles in seiner Macht Stehende tun würde, um Jilseponie endgültig zu vernichten.

Noch war De'Unnero nicht völlig klar, wie Aydrian dies zu ihrer beider Vorteil zu Ende bringen würde, doch eins wurde ihm mit jedem Augenblick klarer: dass er dem jungen Krieger vertrauen konnte.

Hatte Aydrian nicht soeben jene Frau vernichtet, die seit über einem Jahrzehnt De'Unnero geradezu verfolgte?

Und das alles nahezu mühelos.

Sie erwachte noch vor dem Morgengrauen, saß mehrere Stunden da und dachte noch einmal über die plötzliche und dramatische Wendung der Ereignisse nach, als die Tür aufging und König Danube und Herzog Kalas ins Zimmer traten. Der Herzog marschierte wütend auf sie zu, als wollte er sie auf der Stelle erwürgen.

»Mörderin!«, sagte er leise, fast ruhig, obwohl er sichtlich Mühe hatte, seine überbordende Wut im Zaum zu halten.

»Genug jetzt, Herzog Kalas«, versuchte König Danube ihn zu beruhigen und legte dem Herzog die Hand auf die Schulter.

»Ich habe mir nichts zu Schulden kommen lassen«, sagte Jilseponie.

Kalas hielt ihr das angebrochene Briefchen vors Gesicht. »Josanthawurzel«, schnaubte er. »Aus Behren. Ein durchaus gängiges Mittel aus der Apotheke von St. Honce, zu der Ihr ungehindert Zugang hattet!«

»Davon weiß ich nichts«, protestierte die Königin. »Constance muss es in meine Schärpe geschoben haben, als sie gegen mich fiel.«

Kalas hob den Arm, als wollte er sie schlagen, doch Danube packte ihn und hielt ihn fest. Jilseponie war ohnehin sofort aufgesprungen, bereit, sich zu ducken oder den Schlag zu erwidern.

»Warum sollte ich sie überhaupt umbringen?«, fuhr Jilseponie ihn an, der die schlichte Logik dieser Feststellung wieder ein wenig Kraft zu geben schien.

»Warum solltet Ihr sie zum Tee zu Euch bitten?«, konterte Herzog Kalas. »Welchen Grund könnte Königin Jilseponie haben, die Gesellschaft von Constance Pemblebury zu suchen?«

»Aber ich habe doch *ihre* Einladung angenommen!«, protestierte Jilseponie, doch ihr Aufbrausen verfehlte die beabsichtigte Wirkung, als sie gleich darauf zu ihrem Ehemann hinübersah, der bei ihren Worten zusammenzuckte und den Blick abwandte, so als sei er im Besitz von stichhaltigen Beweisen, die genau das Gegenteil belegten.

Als Jilseponie einen Augenblick darüber nachdachte, fiel ihr sofort die Kammerzofe ein, die ihr Constances Einladung überbracht hatte. »Was hat sie erzählt?«, fragte sie die beiden.

Keine Antwort.

»Ich verlange sie sofort zu sprechen«, erklärte Jilseponie. »Die Kammerzofe, Madame Tonnebruk. Bringt sie zu mir; ich werde die Wahrheit schon aus ihr herausbringen.«

»Ihr werdet noch Gelegenheit bekommen, Euch zu den Vorwürfen zu äußern!«, erwiderte Herzog Kalas. »Und zwar dort draußen«, fügte er hinzu und zeigte aus dem Fenster. »In aller Öffentlichkeit auf dem Galgen, der jetzt, in diesem Augenblick, errichtet wird. Oh ja, Ihr werdet noch Gelegenheit bekommen, Euch zu dem Mordvorwurf zu äußern, und anschließend wird man Euch an Eurem hübschen Hals aufknüpfen.«

»Das reicht!«, schrie Danube. Er schob Kalas zur Seite, dann trat er ans Bett und ergriff Jilseponies Hände, küsste sie zärtlich nacheinander und sah ihr in die blauen Augen.

»Vergib mir«, sagte er.

»Vergeben?«, wiederholte Jilseponie leise. Sie traute ihren Ohren nicht. Würde es Danube tatsächlich so weit kommen lassen?

Doch als sie tiefer in die traurigen Augen ihres Ehemannes blickte, begriff sie plötzlich, dass er gar keine Wahl hatte, dass er es nicht verhindern konnte.

Jilseponie atmete tief durch und schloss die Augen.

»Ihr werdet Euren Prozess bekommen«, brach Herzog Kalas einen Augenblick später das Schweigen. Als Jilseponie ihn daraufhin wütend anfunkelte, wurde ihr klar, dass er sich diese allzu genüssliche Bemerkung einfach nicht hatte verkneifen können. »Und zwar in aller Öffentlichkeit, auf dem Galgen, wie es das Gesetz vorschreibt. Ihr werdet Euren Prozess bekommen, obwohl ich beim besten Willen nicht zu erkennen vermag, wie Ihr dem Unvermeidlichen entgehen wollt.«

»Ich habe mir nichts zu Schulden kommen lassen«, wiederholte Jilseponie.

»Euer Leugnen wird nicht genügen, um Euch vor dem Henker zu bewahren«, erwiderte Kalas, und noch bevor sich Danube zu ihm umdrehen und ihn zurechtweisen konnte, machte der Herzog eine knappe Verbeugung, stürmte hinaus und schlug die Tür hinter sich zu.

»Was für ein Irrsinn«, sagte König Danube zu seiner Gemahlin, als sie allein waren.

»Constance hat sich eigenhändig umgebracht«, sagte Jilseponie. Danube riss erstaunt die Augen auf. »Sie wollte sich damit vorsätzlich an mir rächen, wenn auch um einen sehr hohen Preis.«

Danube, das Gesicht zu einer Maske völliger Verständnislosigkeit erstarrt, schüttelte nur den Kopf.

»Sie hatte sich längst aufgegeben«, versuchte Jilseponie zu erklären, obwohl sie selbst kaum nachvollziehen konnte, welche Verdrehung der Wirklichkeit Constance zu einer solchen Tat verleitet haben mochte. »Sie wusste, dass sie Eure Gunst niemals zurückgewinnen konnte und erst recht nicht den Thron, also beging sie dieses Verbrechen, um den Verdacht auf mich zu lenken. Sie wollte mich vernichten, indem sie sich selbst vernichtete.«

König Danube, der mittlerweile vor ihr kniete, sah zu ihr hoch.

Das Ganze war so vollkommen absurd, dass Jilseponie einen Moment lang lächelte. Dann legte sie die Hände ihres völlig verwirrten Gemahls an ihre Lippen und bedeckte sie mit zärtlichen Küssen.

Kurz darauf verließ Danube, das Gesicht tränenüberströmt, der Blick starr vor Zorn und Fassungslosigkeit, auf unsicheren Beinen ihr Gemach.

»Sie hat es nicht getan«, sagte König Danube an Kalas gewandt, als die beiden vor dem Haupttor des Schlosses standen, um beim Bau der hohen, hölzernen Plattform und der Falltür zuzusehen, durch die schon bald eine überführte Mörderin in den Tod stürzen würde. Obwohl die Verhandlung erst in einigen Tagen stattfinden würde, hatten viele Straßenhändler bereits am äußeren Rand des Platzes Stellung bezogen, um sich ein Fleckchen zu sichern, auf dem sie ihre Waren an die Massen verkaufen konnten, die man zu diesem Spektakel, dem Prozess gegen Königin Jilseponie, erwartete.

Danube betrachtete sie voller Abscheu, enthielt sich jedoch jeden Kommentars. Er wusste, dass das Landvolk in Scharen auf den Platz strömen würde, die weitaus meisten von ihnen in der Hoffnung, einer Verurteilung und anschließenden Hinrichtung beizuwohnen. Es entsprach ganz einfach ihrem Naturell. Im Grunde ging es nicht mal um Jilseponie selbst, doch es erfüllte den einfachen Mann mit Genugtuung, zu sehen, dass sich selbst die Mächtigen dem starken Arm des Gesetzes beugen mussten. Es ging nicht um Jilseponie, sondern um das Schauspiel, das Spektakel, die Hinrichtung, die sich für immer in die Erinnerung der Zuschauer eingraben würde.

»Sie hatte doch überhaupt keinen Grund ...«

»Als Constance Ursal verließ, tat sie es einzig deswegen, weil Eure Gemahlin, die Königin, sie verbannt hatte«, erwiderte Herzog Kalas. »Wusstet Ihr das?«

Ein fragender Ausdruck erschien auf Danubes Gesicht, als er den Herzog ansah.

»Jilseponie hatte herausgefunden, dass Constance ihr heimlich Kräuter verabreichte, die Kurtisanen zur Schwangerschaftsverhütung benutzen«, erklärte Kalas. »Deswegen hat sie Constance fortgejagt. Und Ihr habt sie zurückgeholt. Wie es scheint, war das mehr, als Euer Weib ertragen konnte.«

Damit hatte er Danube zweifelsohne in Verwirrung gestürzt, doch aller äußerlichen Unsicherheit zum Trotz blieb der König innerlich gefasst. »Sie hat es nicht getan«, wiederholte er mit größerem Nachdruck. »Sie würde so etwas niemals tun! Das Ganze ist Wahnsinn; ich werde nicht zulassen, dass es zu diesem Prozess kommt. Pfeift Eure Henker zurück, Herzog Kalas!« Mit diesen Worten wandte er sich zum Gehen, doch Kalas packte ihn am Arm und weigerte sich loszulassen.

»Das könnt Ihr unmöglich tun«, sagte der Herzog.

»Ich weiß, dass meine Frau unschuldig ist«, erwiderte Danube.

»Was Ihr wisst, ist gegenüber dem Gesetz ohne Belang«, entgegnete Kalas. »Gegenüber dem Gesetz Eurer Vorväter, das hochzuhalten Ihr geschworen habt, als Ihr dem Volk des Bärenreiches Euren Eid geleistet habt.«

»Ich bin der König«, erwiderte Danube. »Ich werde das nicht zulassen.«

»Und was will König Danube der nächsten Bäuerin erzählen, die vor Gericht erscheint, um die Unschuld ihres Mannes zu beteuern, mit dem Argument, sie wisse, ihr Mann könne das Verbrechen, dessen er angeklagt ist, gar nicht begangen haben? Wird König Danube, der Gerechte, den Prozess gegen diesen Bauern genauso niederschlagen?«

»Passt auf, was Ihr sagt«, knurrte Danube warnend.

»Und Ihr solltet auf Euer Königreich aufpassen«, erwiderte Kalas, noch immer nicht bereit, klein beizugeben. »Die Königin steht unter Anklage – die Beweise sind erdrückend. Das könnt Ihr nicht einfach per Dekret aus der Welt schaffen, jedenfalls nicht, wenn Ihr Euch nicht der Treue Eurer Untertanen berauben und sie zur offenen Rebellion auffordern wollt! Und überhaupt, welcher Adlige oder Bauer wird Eure Gemahlin jemals wieder akzeptieren, wenn jedermann weiß, dass sie ihren Hals nur aufgrund der Einflussnahme ihres königlichen Gemahls aus der Henkersschlinge ziehen konnte?«

»Sie ist meine Frau, meine große Liebe«, wandte Danube ein und schüttelte verzweifelt den Kopf.

»In allererster Linie ist sie eine Königin, die unter Mordanklage steht«, erwiderte Kalas kühl. »Ihr muss und wird vor Krone und Hof der Prozess gemacht werden. So lautet das Gesetz! Wenn Ihr Euch dem widersetzt, mein alter Freund, dann habt Ihr Euch die Folgen selbst zuzuschreiben.«

»Ihr wollt mir drohen?«

»Ich warne Euch ganz offen«, sagte Kalas. »Denn wenn Ihr Jilseponies Unschuld per Dekret feststellt und somit der Gerechtigkeit den erforderlichen Prozess verweigert, gefährdet Ihr damit das ganze Königreich!«

»Und wo steht Herzog Kalas, sollte es tatsächlich zu einer solchen Rebellion kommen?«, fragte Danube, und seine Augen verengten sich zu schmalen Schlitzen.

»Auf Seiten des Bärenreiches«, antwortete der Herzog, ohne zu zögern.

Danube ließ ihn stehen und ging davon.

Das Hämmern hallte durch die morgendliche Luft.

Die ersten Straßenhändler begannen damit, ihre Waren zum Verkauf auszulegen.

»Der König sitzt in der Falle, und Jilseponie wird der Prozess gemacht, und zwar öffentlich«, verkündete De'Unnero an Sadye und Aydrian gewandt. »Wenn Danube nicht sein ganzes Königreich in Aufruhr stürzen will, hat er gar keine andere Wahl – ein Aufruhr übrigens, den wahrscheinlich weder er noch sein zum Untergang verdammtes Weib überleben würden. Der Adel will Jilseponie verurteilt und hängen sehen; er würde den Aufschrei der Empörung bis zur Entladung aufheizen.«

Sadyes Lächeln wurde breiter; sie schüttelte ungläubig den Kopf über die unerwartete Wendung der Ereignisse.

Aydrian dagegen wirkte völlig ruhig und gefasst.

»Das ist dein Werk«, sagte De'Unnero zu Aydrian. »Du hast Constance zu Jilseponie geführt und sie in den Selbstmord getrieben.«

»Glaubst du etwa nicht, dass es die Königin war, die dieses Weibsstück umgebracht hat?«, fragte Sadye ehrlich überrascht. »Nach all dem Ärger, den Constance Jilseponie beschert hat, scheint das nicht gerade unglaubhaft.«

»Genauso werden es die Massen beim Prozess sehen«, pflichtete De'Unnero ihr bei. »Aber das ist ja gerade das Elegante daran, nicht?«, fragte er Aydrian mit einem verschmitzten Lächeln.

»Ist das tatsächlich dein Werk?«, fragte Sadye den jungen Krieger. »Hast du Constance irgendwie dazu verleitet, sich selbst umzubringen, damit man Jilseponie die Schuld daran gibt?«

Aydrian lehnte sich grinsend zurück.

»Glaubst du tatsächlich, das wird für uns von Vorteil sein?«, fügte De'Unnero hinzu. »Was gewinnen wir, wenn wir die Königin in Misskredit bringen und sie beseitigen? Wenn wir deine Mutter aus dem Weg räumen und mit ihr unsere vielleicht einzige Verbindung zum Thron? Du kannst mir glauben, wenn ich sage, es tut mir in der Seele gut zu sehen, wie diese Hexe vor Gericht gestellt und hingerichtet wird, und ich bin mir durchaus bewusst, wie groß deine Genugtuung ist, ihr endlich heimzahlen zu können, dass sie dich bei diesen niederträchtigen Elfen zurückgelassen hat. Aber zu welchem Zweck? Haben wir etwa unser Ziel aus den Augen verloren?«

»Ich nicht, das kann ich Euch versichern«, erwiderte Aydrian mit ungebrochenem Selbstvertrauen. »Im Übrigen wird es sich durchaus zu unserem Vorteil auswirken – wenn es so weit ist.«

»Du hast dir das alles wohl schon genau zurechtgelegt?«, fragte Sadye.

Wieder lehnte sich Aydrian einfach auf seinem Stuhl zurück und grinste.

Sadye sah zu De'Unnero, der Aydrian nickend musterte. Sein Vertrauen in den jungen Krieger war unverkennbar.

»Diese Geheimniskrämerei gefällt mir nicht«, sagte Sadye nach einer Weile. »Was steckt wirklich hinter dieser unerwarteten Entwicklung? Und wie sollen wir sie für uns nutzen? So red schon, wenn du etwas darüber weißt! Sind wir etwa keine Partner? Mitverschwörer? Wie sollen wir einander vertrauen, wenn wir nicht in die Pläne der anderen eingeweiht sind?«

»Ob Constance sich selbst umgebracht hat oder sie von Jilseponie getötet wurde, ja sogar, ob irgendjemand sonst dieses Weibsstück umgebracht hat, ist im Grunde völlig belanglos«, erklärte Aydrian, offenbar ganz Herr der Lage. »Für uns zählt allein die Tatsache, dass die Beweise Jilseponie in den Augen der Öffentlichkeit zur Täterin stempeln, und das wiederum wird die Vorbehalte noch unterstreichen, die die meisten Adligen von Anfang an gegen sie gehegt haben. Man wird ihr den Prozess machen, und wenn nicht noch ein Wunder geschieht, wird sie schuldig gesprochen und gehängt werden. Und auch König Danube wird diese schwere Prüfung nicht unbeschadet überstehen.«

»Aber was bedeutet das für uns?«, hakte Sadye nach. »Mit Jilseponies Beseitigung wird auch unsere – deine – Chance auf den Titel beträchtlich schwinden, womöglich sogar ganz.«

Sie schickte sich bereits an, das näher auszuführen, als De'Unneros Gelächter ihr das Wort abschnitt. Sie schaute zum ehemaligen Mönch hinüber und sah, wie er Aydrian bewundernd musterte.

»Er sagte doch: ›Wenn nicht noch ein Wunder geschieht‹«, erklärte De'Unnero. »Gehe ich fehl, wenn ich vermute, dass unser junger Aydrian eine weitere Überraschung für uns bereithält?«

Aydrian zuckte nicht mit der Wimper, zeigte nicht das geringste Schmunzeln. »Nichts, was geschehen ist, geschah unüberlegt oder ohne Rücksicht auf unser großes Ziel«, war die einzige Antwort, zu der er sich bewegen ließ.

Am Morgen des Prozesses gegen Jilseponie standen die drei Verschwörer mitten in der Menge. Abt Olin war ebenfalls anwesend, des Weiteren eine große Schar als Bauern verkleideter Söldner. Da sie nicht wussten, wie die Sache ausgehen würde, wollten De'Unnero und Abt Olin auf alles vorbereitet sein.

Der eigentliche Prozess ging rasch vonstatten, wobei Herzog Kalas als Jilseponies Ankläger die illustren Gäste willkommen hieß, eine Aufgabe, die der Mann sichtlich genoss. Er stand oben auf der Plattform, unmittelbar neben der ebenfalls stehenden Königin, der man die Hände auf den Rücken gefesselt hatte. Während Kalas seine königliche Allheart-Uniform angelegt hatte, war Jilseponie eher schlicht gekleidet: Sie trug eine einfache braune Jacke und eine hellbraune Hose. Man hatte ihr die

Entscheidung überlassen, und sie hatte beschlossen, sich in einem Stil zu präsentieren, in dem sie sich am wohlsten fühlte, in der Kleidung, die am ehesten widerspiegelte, was sie im Grunde immer gewesen war: eine junge Frau vom Land, aufgewachsen im Grenzgebiet des zivilisierten Königreichs.

Sie verfolgte das Geschehen mit seltsamer, fast schon heiterer Gelöstheit. Dort standen sie und waren im Begriff, über ihr Leben zu entscheiden, und doch war es für Jilseponie nichts weiter als ein lächerliches Spektakel, das ihre Aufmerksamkeit nicht verdiente. Sie kannte die Wahrheit und vermutete, dass viele ihrer Ankläger das ebenfalls taten. Aber kam es darauf überhaupt an?

Kalas ließ die so genannten Zeugen auf dem hohen Podest aufmarschieren, angefangen bei der Kammerzofe, die das Treffen zwischen Jilseponie und Constance überhaupt erst arrangiert hatte.

»Königin Jilseponie hat darauf bestanden, Mylord«, antwortete die ängstlich zitternde Frau auf Kalas' Frage nach dem Tee. »Ich suchte Lady Pemblebury auf, und sie erklärte sich einverstanden, obwohl sie durchaus Bedenken hatte.«

Jilseponie senkte den Kopf, damit die am nächsten stehenden Zuschauer ihr Lächeln angesichts dieser offenkundigen, himmelschreienden Lüge nicht sehen konnten und es womöglich falsch auslegten. Offenbar hatte sich Constance also bereits vorher der Dienste dieser Frau versichert, die jetzt wirklich kaum mehr tun musste, als die Lüge fortzuschreiben.

Wie gern hätte sie sich in diesem Augenblick gewehrt! Wie gern wäre sie erhobenen Hauptes vor diese Kammerzofe getreten, um sie nach jeder Einzelheit ihrer Geschichte zu befragen, bis sie sich schließlich zwangsläufig immer mehr in ihren eigenen Lügen verstrickte. Und wie viel Freude würde es Jilseponie bereiten, diese Geschichte in der Luft zu zerreißen und der Frau das Eingeständnis abzunötigen, dass es Constance gewesen war, nicht Jilseponie, die zum Tee geladen hatte, und dass Constance, und nicht Jilseponie, sich des Gifts bedient hatte.

Aber das Gesetz erlaubte keine Zeugenbefragung durch den Angeklagten. Dieses Privileg stand allein dem Adelsstand zu, allen außer ihrem Ehemann, der als Oberster Richter ein wenig abseits saß. Und von denen würde es keiner tun, das wusste sie. Niemand bei Hofe hatte ein Interesse daran, die Wahrheit herauszufinden, zumindest dann nicht, wenn diese Wahrheit Jilseponie entlastete und Constance zur Schuldigen machte.

Während der gesamten Prozedur hielt Jilseponie den Kopf gesenkt oder schaute zu ihrem Gemahl hinüber. Flankiert von unerschütterlichen und disziplinierten Soldaten der Allhearts, die eher Statuen als lebendigen Menschen glichen, saß Danube am Seitenrand der Bühne auf seinem Thron. Sie sah sein gequältes Gesicht und konnte deutlich erkennen, wie er unter jeder vernichtenden Anschuldigung zusammenzuckte.

Dieses Drama war im Begriff, ihn zu vernichten, vielleicht noch mehr, als es sie jemals vernichten konnte, selbst wenn man sie an diesem Morgen hängte.

Als er seine Ansprache beendet hatte, wandte Herzog Kalas sich um und betrachtete Jilseponie kopfschüttelnd, einen Ausdruck vollendeter Abscheu im Gesicht.

Er drehte sich wieder um, um sich, wie es das Protokoll vorschrieb, vor der Menge zu verbeugen; seine Pflicht war erfüllt, also schickte er sich an, die Bühne zu verlassen, wählte dafür aber einen Umweg, der ihn unmittelbar an der Gefangenen vorbeiführte.

»Ich gebe es zu, ich konnte Euch nie leiden«, raunte er ihr zu. »Trotzdem hätte ich mir niemals träumen lassen, dass Ihr fähig wärt, Constance so etwas anzutun. Hat es Euch nicht gereicht, all ihre Hoffnungen und Träume zu zerstören?«

»Ich habe mir nichts zu Schulden kommen lassen«, erwiderte Jilseponie. »Und Ihr wisst genau, dass das die Wahrheit ist.«

Kalas bedachte sie mit einem verächtlichen Schnauben, verließ die Bühne und mischte sich unter die Adligen in der ersten Zuschauerreihe.

Das Geschrei setzte unmittelbar nach seinem Abgang ein, im ganzen Publikum wurden Rufe laut, die den Tod der Königin verlangten. Alles war so einseitig verlaufen, vorgetragen von Personen, die kein Interesse daran hatten, auch nur den leisesten Zweifel an dieser hinterhältigen Geschichte aufkommen zu lassen, dass Jilseponie diesen Menschen, die hier lauthals ihren Tod verlangten, im Grunde keinen Vorwurf machen konnte. Die Rufe nahmen an Stärke und Eindringlichkeit noch zu, als König Danube sich von seinem Platz erhob und nach vorne in die Bühnenmitte trat. Dort angekommen, bat er mit erhobenen Händen um Ruhe, woraufhin die Rufe nach und nach allmählich verstummten.

Danube drehte sich um, bedeutete Jilseponie, sich neben ihn zu stellen, und gab den Wachen in ihrem Rücken, die sich ihr bereits nähern wollten, ein Zeichen, wieder zurückzutreten.

Noch war seine Gemahlin durchaus im Stande, diesen Weg allein zu bewältigen.

Und genau das tat Jilseponie. Sie stellte sich neben ihn, bemüht, sich jedes vorwurfsvollen Gesichtsausdrucks zu enthalten. Sie wollte dies alles für Danube nicht noch schmerzlicher machen.

»Ihr habt Anklage und Zeugenaussagen vernommen«, sagte König Danube, und Jilseponie spürte deutlich, wie sehr er sich bemühte, das Beben in seiner Stimme zu unterdrücken. »Erklärt Ihr Euch schuldig, oder beharrt Ihr nach wie vor auf Eurer Unschuld?«

»Ich bin unschuldig im Sinne dieser Vorwürfe«, erklärte Jilseponie im Brustton der Überzeugung. »Ich habe Lady Pemblebury nicht getötet.«

Das Ende ihrer Erklärung ging im erneut einsetzenden Geschrei unter, als der Pöbel sie als »Lügnerin!« und »Mörderin!« beschimpfte.

»Ich weiß nicht, was über Lady Pemblebury gekommen ist, dass sie so etwas getan hat«, fuhr Jilseponie fort. Sie bemühte sich nicht einmal, das Geschrei zu übertönen, sondern wandte sich ausschließlich an ihren Gemahl und nicht an die Zuschauer. »Ich war ebenso überrascht wie jeder hier, als ich Constance nach ihrem Zusammenbruch auffing und sich herausstellte, dass es sich um eine Vergiftung handelte …« An dieser Stelle hielt sie inne, denn ihr war klar, dass es ihr nichts nützen würde, die Wahrheit zu erzählen, dass sie niemanden von ihrer Unschuld würde überzeugen können. Kein Mensch hier wollte überzeugt werden. Die Adligen waren gekommen, um sich zu rächen, und zwar für sehr viel mehr als nur für den Mord an Constance Pemblebury. Sie wollten sich an Jilseponie rächen, weil sie es gewagt hatte, jemals nach Ursal zu kommen, und sich angemaßt hatte, eine der ihren zu sein.

Und die einfachen Leute? Ein-, zwei-, dreimal war sie zu ihrer Heldin geworden, als sie erst den Geflügelten, dann Markwart und schließlich die Pest besiegt hatte. Doch offenbar reichte ihre Erinnerung nicht sehr weit zurück.

Diese Menschen waren gekommen, um eine Hinrichtung zu sehen. Sie waren gekommen, um den Beweis dafür zu erhalten, dass nicht einmal die Krone über den Gesetzen stand, die ihr Leben bestimmten, dass selbst die Krone nicht nach Belieben töten konnte. Diese Gewissheit forderten sie ein, und wenn Jilseponies Untergang zum Auslöser für diese tröstliche Erkenntnis werden musste, dann war das eben nicht zu ändern.

Dies alles war ihr durchaus klar, weswegen sie an diesem

Punkt innehielt, um ein weiteres Mal zu wiederholen: »Ich habe mir nichts zu Schulden kommen lassen.«

Pfiffe und Buhrufe, sowie die Forderung, man solle sie doch endlich hängen, schallten über den Platz und ließen keinen Zweifel daran, dass man ihren Worten keinen Glauben schenkte. An diesem Punkt des Prozesses war es Brauch, dass der König die Adligen einen nach dem anderen aufforderte, ihr Urteil abzugeben, aber in diesem Augenblick erschien dieses Verfahren nachgerade lächerlich, denn nicht eine einzige Stimme schien sich für Jilseponies Unschuld auszusprechen.

Abermals blickte Jilseponie zu ihrem Ehemann hinüber, der unter dem Ansturm der Rufe, die verlangten, sie unverzüglich aufzuhängen, allen Mut zu verlieren schien.

Doch plötzlich gab sich König Danube einen Ruck, und er nahm eine aufrechte, geradezu trotzige Haltung an. Er hob die Hände, eine kraftvolle Geste, und brüllte: »Ruhe!«

Wie vom Donner gerührt verstummte die Menschenmenge.

Danube wandte sich seiner Frau zu. »Sag es mir«, bat er sie mit leiser Stimme. »Ich muss es aus deinem Munde hören, hier und jetzt, von Angesicht zu Angesicht. Hast du Constance das angetan? Hast du in irgendeiner Weise ihren Tod verursacht?«

Einen Moment lang sah Jilseponie ihn einfach nur an. »Ich bin für einen großen Teil ihres Leids verantwortlich«, gestand sie, »wenn auch ohne es zu wollen. Und meiner Ansicht nach hat das zu ihrem Tod geführt. Aber was den eigentlichen Vorgang des Vergiftens betrifft, nein, damit habe ich nichts zu tun, nicht das Geringste.«

»Du hast ihr nicht mehr Leid zugefügt als ich«, stellte Danube traurig fest und sah ihr zärtlich in die Augen, und in diesem Moment wurde ihr klar, wie sehr er sie liebte und bewunderte, vielleicht mehr als je zuvor.

Danube lächelte sie an.

»Das Königreich«, sagte sie leise.

»Ist ohne eine gerechte Justiz bedeutungslos«, erwiderte er und wandte sich wieder der Menge zu.

»Wir haben erschütternde Geschichten vernommen«, rief er. »Das kann ich nicht bestreiten. Und keine davon war erschütternder als die Wiedergabe der letzten Worte von Lady Constance, die eine liebe Freundin von mir war. Doch lasst Euch eins gesagt sein, Lady Constance hat Jilseponies Untergang betrieben, vom ersten Tag an, da sie hier eintraf!

Nein!«, fuhr er fort, als das Gemurmel daraufhin erneut einsetzte. »Sogar schon vor diesem Tag! Sie wollte Jilseponies Untergang, seit sie dahinter gekommen war, dass ich die Absicht hatte, um Jilseponies Hand anzuhalten und sie zur Frau zu nehmen. Und damit hatte sie, möchte man meinen, auch Erfolg. Doch hört mich an, denn ich verfüge Folgendes«, rief er mit kraftvoller Stimme, seinen Finger gen Himmel gereckt. »Meißelt meine Worte in Stein, Schreiber. Mir wurde kein einziger Beweis vorgelegt, der Jilseponie dieses abscheulichen Verbrechens überführt hätte! Kein einziger, außer den Worten einer verzweifelten, mit dem Tode ringenden Frau, die sich nichts sehnlicher wünschte als den Untergang der Königin, die sich nichts sehnlicher wünschte, als dass ihr erfolgreiches Leben – und das ihrer beiden Kinder – unangetastet blieb!«

Bei diesen Worten bedachte er Merwick und Torrence mit einem eindringlichen Seitenblick, und Jilseponie konnte deutlich sehen, wie er in diesem Moment versuchte, ihnen stillschweigend klarzumachen, dass die Sünden ihrer Mutter nicht auf sie zurückfallen würden und dass sich an der Thronfolge nichts ändern würde.

»Somit verfüge ich das Ende des Prozesses; man möge die Königin, der keinerlei Schuld nachgewiesen wurde, von ihren Fesseln befreien!«, verkündete Danube. Dies stand durchaus in seiner Macht, schließlich war er der König. Er konnte tun und lassen, was immer ihm beliebte.

Nur, um welchen Preis?

Aydrian hörte weder Danubes Erklärung, noch bekam er etwas von dem wütenden Protestgeschrei oder den ungläubigen Rufen von De'Unnero und Sadye mit, die unmittelbar neben ihm standen.

Er war gar nicht anwesend. Der junge Krieger hatte seinen Körper mit Hilfe seines Seelensteins verlassen und war zu dem kleinen Friedhof von Schloss Ursal geschwebt. Er drang durch das Erdreich, durch den kiefernen Holzdeckel des Sarges, hinab zu Constance Pemblebury Leichnam.

Dort angekommen, nahm er Kontakt zu der Toten auf, stellte eine Verbindung zu ihrem verstorbenen Geist her.

Er riss den gequälten Geist aus seiner letzten Ruhestätte, zwang ihn mit seiner Willenskraft, vorbei an den Schlossmauern auf den offenen Platz zu schweben, wo er Constances Geist Materie und sichtbare Gestalt verlieh.

Blinzelnd schlug Aydrian inmitten des wilden Getöses die Augen auf, als Soldaten gerade die Bühne umstellten, um den Ansturm der empörten Zuschauermassen aufzuhalten.

»Hast du das etwa gewollt?«, fragte ihn De'Unnero vorwurfsvoll. »Der König hat das Königreich in Aufruhr und Chaos gestürzt – was leicht zu einer Revolution führen könnte. Siehst du die Adligen? Siehst du, wie sehr sie sein Vorgehen missbilligen? Oh, Danube, dieser Narr!«

»Aber genau das war doch unsere Absicht«, sagte Aydrian mit Unschuldsmiene.

»War das etwa dein Plan?«, fragte De'Unnero höhnisch. »Begreifst du eigentlich nicht, dass Jilseponie dadurch in jedem Fall in Misskredit gerät? Begreifst du nicht, dass du dich soeben selbst jeder Möglichkeit beraubt hast, legal den Thron zu besteigen?«

»Das werden wir ja sehen«, erwiderte Aydrian grinsend, und noch während er dies sagte, wechselte das Geschrei vieler in der Menge die Tonart und schlug von wütender Empörung in etwas sehr viel Ursprünglicheres um – in absolutes Entsetzen.

Das Anschwellen dieser von einem ganzen bestimmten Bereich des Platzes kommenden Schreie ließ den Rest der Menschenmenge verstummen und bewirkte, dass aller Augen sich auf eben jene Stelle richteten, wo sich die Menge teilte wie der Ozean vor dem Bug eines gewaltigen Schiffes.

Abgerissen und schmutzig, totenbleich und fast vollkommen durchsichtig, näherte sich Constance Pemblebury's Geist langsam und gemessenen Schrittes dem Galgenpodest und damit auch König Danube und Jilseponie.

Als Aydrians Blick dann von seinem heraufbeschworenen Geist zu König und Königin hinüberwanderte, sah er das Grauen in ihren Gesichtern; es war einer der erfreulichsten Anblicke, die er je erlebt hatte. Vor allem Danube wurde leichenblass und schien jeden Augenblick das Bewusstsein zu verlieren.

»Allhearts nach vorn!«, kommandierte Herzog Kalas und bezog hektisch vor dem Galgen Posten; seine Kühnheit beflügelte ein paar andere, es ihm gleichzutun.

Constance marschierte glatt durch sie hindurch; ihre Schwerter schlugen in Nebel, ihre Hände griffen ins Nichts.

Dann war sie oben auf der Bühne und stand neben König und gefangener Königin.

Danube wich schwer atmend zurück und versuchte Jilseponie mitzuziehen. Die Königin aber, die über ein sehr viel tiefer gehendes Verständnis der Geisterwelt verfügte als ihr Gemahl, die Königin, die diese Schattenwelt bereits selbst betreten hatte, wich keinen Zoll zurück.

»Ich bin gefangen«, schrie Constances Geist, dessen gespenstische Stimme über den gesamten Platz hallte. Viele hatten bereits die Flucht ergriffen, die meisten jedoch waren, gebannt und überwältigt, stehen geblieben. »Mein eigener Betrug hält mich an diesem Ort gefangen.«

Danube straffte die Schultern und winkte Kalas und die anderen, die soeben allen Mut zusammennahmen und sich erneut anschickten, den Geist von ihrem König fern zu halten, mit einer Handbewegung zurück.

»Constance?« Mutig ging Danube dem Geist entgegen.

»Niedertracht bleibt niemals ohne Folgen«, erklärte der Geist und machte dabei einen verzweifelten, hoffnungslosen Eindruck. »Und meine eigene Niedertracht wiegt immer schwerer, je länger ich dies tatenlos geschehen lasse.«

Jilseponie trat neben ihren Gemahl, stellte sich unmittelbar vor den Geist. Natürlich hatte sie nicht die geringste Ahnung, wie dies möglich war. Welche Magie war im Stande, einen Geist aus dem Jenseits zu befreien? Trotzdem hatte sie nicht den geringsten Zweifel, dass dies der Geist von Constance Pemblebury war.

»Das ist Euer Werk!«, fuhr Herzog Kalas, der seitlich hinter ihr stand, die Königin an.

Statt einer Antwort drehte sich Jilseponie halb herum und zeigte ihm ihre gefesselten und leeren Hände hinter ihrem Rücken.

»Königin Jilseponie trifft keine Schuld«, verkündete Constances Geist weinend, und alle auf dem Platz Versammelten konnten ihre Worte klar und deutlich verstehen. »Sie hat mit meinem Ableben nichts zu tun; mit meinem Tod, den ich eigenhändig vorbereitet habe, um …«

Der Geist, offenbar von Kummer und Entsetzen übermannt, geriet ins Stocken. Constance drehte sich ein kleines Stück, so dass sie König Danube direkt ins Gesicht sehen konnte. »Sorgt dafür, dass die Sünden der Mutter nicht auf deren Kinder zurückfallen, ich bitte Euch«, flehte sie mit leiser werdender Stimme.

Danube schüttelte sofort den Kopf; wenigstens diese eine Bitte wollte er der bedauernswerten Toten noch gewähren und sicherte ihr zu, man werde sich gut um Merwick und Torrence kümmern.

Genau in diesem Moment kletterten die beiden auf die Bühne, Merwick vorneweg, Torrence ein kleines Stück dahinter.

»Mutter, was hast du nur getan?«, rief ihr ältester Sohn, der Prinz des Bärenreiches, bei jedem Wort zitternd. »Wie konntest du nur, Mutter?«

Er machte einen Schritt auf sie zu, doch der Geist bedachte ihn nur mit einem versonnenen Lächeln und verschwand, löste sich auf in unförmigen Nebel, der von der morgendlichen Brise davongetragen wurde.

Ein tausendstimmiges Raunen ging durch die Menge.

»Das war dein Werk«, sagte De'Unnero vorwurfsvoll zu Aydrian. »Aber wie hast du das angestellt?«

»Und vor allem, warum?«, fragte Sadye. »Mit welcher Absicht? Was haben wir dadurch gewonnen, außer dass wir Constance Pemblebury los sind, deren Tod lediglich der Königin das Leben leichter macht? Warum …?«

Sie ließ die Frage unbeendet, als sie sah, dass Marcalo De'Unnero mit einem verschmitzten Grinsen nickte.

»Die Stunde meiner Thronbesteigung ist gekommen«, erklärte Aydrian.

»Nach Aussage des Geistes ist Jilseponie unschuldig!«, verkündete König Danube. »Möge jeder, der dies bestreitet, jetzt seine Stimme erheben oder für immer schweigen!«

Die Antwort erfolgte in Form eines gewaltigen, donnernden Jubelschreis des wie immer wankelmütigen Volkes.

Danube drehte sich zu Kalas um, der noch immer mit gezücktem Schwert dastand. Der Herzog schien wie gelähmt; er wusste nichts darauf zu erwidern.

»Somit ist der Prozess beendet!«, rief Danube in den anhaltenden, sogar noch anschwellenden Jubelsturm, riss die Arme in die Höhe und sonnte sich in dem vielleicht größten Triumph seines Lebens. Lächelnd sah er hinüber zu Jilseponie, und der Blick, den sie zurückgab, verhieß nichts als aufrichtige Liebe. Denn er hatte ihr zur Seite gestanden, obwohl er alles dabei hätte verlieren können. Er hatte ihr, allen Widrigkeiten zum Trotz, mit seiner Ehre und Liebe beigestanden.

Und sein Lächeln wurde immer strahlender.

Dann, plötzlich, zuckte er unvermittelt zusammen und fasste sich an die Brust.

Und stürzte rücklings auf die Bühne.

In den nächsten Augenblicken, als die Jubelfeier in verstörte Verwirrung und blankes Entsetzen umschlug, drängten sich De'Unnero, Sadye und Aydrian durch die Reihen der Adligen hindurch zum Rand des Podests.

Dort lag Danube, schwer atmend, und fasste sich an die Brust; offenbar hatte er große Schmerzen.

Bei ihm waren Kalas und Jilseponie, die an ihren Fesseln zerrend eine Hand freizubekommen versuchte, um den im Sterben liegenden König halten zu können.

Sie rief ihm zu, dass sie ihn liebe, und legte ihren Kopf an seine Wange.

»Einen Hämatit!«, schrie sie. »Einen Seelenstein, und zwar schnell!«

Zu ihrer Überraschung war es Herzog Kalas persönlich, der ihr den glatten, grauen Edelstein in die Hand schob.

Jilseponie ließ sich in die Magie des Steins sinken, in die Welt des Heilens, und eilte ihrem Gemahl zu Hilfe.

Aydrian erwartete sie bereits.

Selbstverständlich in einer Gestalt, in der sie ihn unmöglich erkennen konnte. Was Jilseponie dort vorfand, war lediglich eine körperlose Hand, und diese Hand hatte sich mit unbarmherzigem Griff um das Herz ihres Gemahls geschlossen.

Sie zerrte mit ihren Fingern daran, versuchte verzweifelt, es zu befreien, und nach einer Weile erzielte sie auch die ersten Fortschritte.

Dann war die Hand verschwunden, und Danube war von dem eiskalten, mörderischen Griff befreit.

Doch es war zu spät.

Als Jilseponie aus ihrer Trance erwachte, sah sie ihren Gemahl tot vor sich liegen, über ihn gebeugt Herzog Kalas, dem eine einzelne Träne über die Wange lief. Der Herzog sah zu ihr hoch, und sie schüttelte den Kopf.

»Ich habe es nicht geschafft«, erklärte sie mit matter Stimme.

Kalas sog scharf die Luft ein und stand auf, den Blick starr auf sie gerichtet. »Natürlich nicht«, sagte er. Er wandte sich den Allhearts und anschließend der riesigen Menschenmenge zu.

»König Danube ist tot«, verkündete er. »Dies ist ein schwarzer Tag.«

»Ein Botenläufer zu Prinz Midalis!«, rief einer der Adligen in der Nähe des Podests. »Lang lebe Midalis, König des Bärenreiches!«

So wie selbst in einem solchen Augenblick des Kummers Brauch war, griffen viele den Ruf nach dem neuen König auf.

Herzog Kalas sah zur Seite hinüber, zu Marcalo De'Unnero und dem unmittelbar neben ihm stehenden jungen Krieger, dem unbekannten jungen Prinzen, der ihn erst besiegt und anschließend aus dem Reich der Toten zurückgeholt hatte.

»Halt!«, verkündete der Herzog, und als seine Worte über den Platz hallten, wurde es ganz still in der Menge, und die Augen eines jeden, insbesondere die von Aydrian und Merwick, richteten sich auf ihn.

»Nach König Danubes eigenen Worten würde Prinz Midalis ihm nur dann auf den Thron folgen, wenn Jilseponie keine Kinder zur Welt gebracht hätte«, erläuterte der Herzog.

»Erwartet sie etwa ein Kind?«, entfuhr es einem schockierten Adligen, und eine wahre Flut verstörter Gesichter schien Jilseponie zu bestürmen, die selbst allerdings nicht weniger verblüfft dreinblickte.

»Sie hat bereits ein Kind zur Welt gebracht«, erklärte Kalas, dem jedes Wort sichtlich Mühe bereitete.

In diesem Moment sprang Aydrian auf die Bühne und trat voller Selbstbewusstsein nach vorn; derweil gab De'Unnero einem seiner Agenten das verabredete Zeichen.

»Tai'maqwilloq«, verkündete Herzog Kalas. »Aydrian, der Nachtfalke, Sohn von Königin Jilseponie, der neue König des Bärenreiches!«

»Niemals!«, brüllte Merwick und sprach damit vielen geradezu aus der Seele.

Die eine Hälfte der Menge jubelte, die andere verfiel in wütendes Protestgeschrei.

»Welch ein Wahnsinn«, entfuhr es Jilseponie, die, den Blick auf Aydrian geheftet, zu wanken begann, als sie die Wahrheit erkannte und plötzlich absolut sicher wusste, dass dieser blonde junge Mann tatsächlich ihr und Elbryans Sohn war. Seine ganze Art zu gehen und zu kämpfen, sein Schwert – das unverhüllt an seiner Hüfte hing und in dem sie jetzt Sturmwind wiedererkannte – und schließlich sein Pferd, all das ließ keinen Zweifel zu.

»Dasslerond«, stieß sie hervor. »Was habt Ihr nur getan?«

»Niemals!«, wiederholte Merwick und zog sein Schwert.

»Ich bin der Herzog von den Wester-Honce!«, brüllte Kalas hinüber zu den Allhearts, von denen viele eine drohende Haltung annahmen. »Zurück, sage ich! So lauteten Danubes eigene Worte, gesprochen am Tag seiner Eheschließung. Der König ist tot, lang lebe Tai'maqwilloq!«

»Was wisst Ihr über diese Sache?«, rief ein Adliger vom Rand der Bühne aus. »Woher kennt Ihr überhaupt seinen Namen, Kalas? Das riecht nach Verrat!«

»Ich bin der Abt von St. Bondabruce«, mischte sich Olin ein und ging, sich mit seinem Gefolge aus Mönchen eine breite Schneise bahnend, auf den Adligen zu. »Und alsbald zweifellos auch der ehrwürdige Vater des Abellikaner-Ordens. Nehmt Euch in Acht, denn es könnte sein, dass diese Äußerungen auf Euch selbst zurückfallen, werter Herr.«

Noch nie hatte Ursal einen derartigen Tumult, ein solches Wehgeheul und zornentbranntes Geschrei erlebt, das sich mit jedem Augenblick noch bedrohlich steigerte. Unter den Zuschauern kam es zu wüsten Schlägereien, und auch viele Soldaten begannen aufeinander einzuprügeln.

De'Unneros Agenten, seine Söldner, waren sofort zur Stelle und unterbanden jede Gewalttätigkeit, um das Gelingen ihrer geheimen Mission nicht zu gefährden.

Jilseponie stand wie vom Donner gerührt da; sie bekam weder mit, was Kalas sagte, noch wurde ihr bewusst, dass sich vor ihren Augen eine Verschwörung abgespielt hatte, eine Verschwörung, die soeben ihrem Gemahl das Leben gekostet hatte. Sie stand einfach in großer Hilflosigkeit da – die noch zunahm, als Kalas ihr den Seelenstein aus den gefesselten Händen riss – und starrte Aydrian an, den jungen Mann, der ihr Sohn war.

Plötzlich sah sie, wie Merwick, rasend vor Zorn, auf ihn zustürzte.

Verzweifelt den Kopf schüttelnd, versuchte sie den jungen Mann noch mit einem Zuruf zurückzuhalten, doch als sie sah, wie Aydrian als Reaktion darauf breit grinsend sein Schwert zu ziehen begann, wusste sie, was gleich geschehen würde. Zu ihrem Entsetzen machten Herzog Kalas und die anderen Allhearts Platz für das Spektakel – offenbar galten Duelle als anerkannte Möglichkeit, derartige Dinge zu regeln.

Und tatsächlich, die Konfrontation zwischen dem soeben ernannten König und dem zweiten Mann in der Thronfolge sorgte in der Nähe des Podestes für ein gewisses Maß an Beruhigung, als die Menge sich gaffend der Bühne zuwandte.

Merwick, das Schwert geführt von unbändigem Zorn, warf sich mit voller Wucht auf ihn. »Ich erkenne Euch nicht an!«, schrie er, die letzte Silbe mit einem senkrechten Hieb seines Schwertes und einem plötzlichen Stoß unterstreichend.

Der Hieb verfehlte Aydrian um ein gutes Stück, und auch der Stoß, pariert von einer kaum merklichen Schwertbewegung Aydrians, traf nicht ins Ziel.

Aber Merwick setzte sofort nach; ein weiterer Hieb, ein Stoß, dann noch einer – schließlich, als der zurückweichende Aydrian am Rand der Plattform in die Enge getrieben schien, machte Merwick einen Satz nach vorn und holte mit dem Schwert weit über seine Schulter aus, zielte auf Aydrians Kopf.

Sein Schwert hatte die Schulter noch nicht passiert, als er jäh innehielt und sah, dass sich Sturmwind tief in seine Brust gebohrt hatte.

Aydrian stieß die Klinge bis zum Heft hinein und schob sein Gesicht ganz nah an Merwicks. »Und ich erkenne Euren Protest nicht an«, sagte der junge König kalt.

Ein harter Stoß, ein Ruck, und Merwick glitt von der Klinge ab und sank auf den Boden, wo er sterbend neben seinem toten Vater liegen blieb.

Kopfschüttelnd senkte Jilseponie den Blick; ein größerer Irrsinn schien ihr kaum vorstellbar.

Als sie den Kopf wieder hob, sah sie, wie ein merkwürdig vertrauter Mann sich mit energischen Schritten einen Weg zu Aydrian und Herzog Kalas bahnte.

Marcalo De'Unnero.

Eine ganze Weile wagte sie nicht Luft zu holen, nicht mit der Wimper zu zucken. Die Angelegenheit schien erledigt, und noch dazu so rasch. Wer eben noch lauthals nach Prinz Midalis gerufen hatte, war brutal niedergeknüppelt und zum Schweigen gebracht worden, und der arme Torrence wurde von zwei Rittern der Allhearts vorgeführt.

Rittern der Allhearts! Soldaten, die treu zur Krone standen. Und doch führten sie jetzt Torrence vor den neuen König!

Anders als sein Bruder, machte der jüngere Sohn von Constance und Danube alles andere als einen draufgängerischen und mutigen Eindruck; er hatte nicht einmal versucht, sein Schwert zu ziehen, um Tai'maqwilloq zum Duell herauszufordern. Er war längst geschlagen, seine Augen bettelten um Gnade, und fast schien es, als müssten ihn die beiden Soldaten rechts und links stützen, damit er sich überhaupt auf den Beinen halten konnte.

Jilseponie konnte das nur zu gut verstehen. Eben noch hatte er den Geist seiner Mutter gesehen, hatte miterleben müssen, wie sein Vater und sein Bruder umgekommen waren. Und jetzt stand er vor dem Mann, in dessen Macht es stand, ihn vollends zu vernichten, und der vermutlich auch nicht zögern würde, es zu tun.

»Trefft jetzt eine kluge Entscheidung«, raunte Herzog Kalas Aydrian zu, als der neue König Torrence mit hartem Blick musterte. »Prinz Midalis wird dies nicht hinnehmen.«

»Er wird überhaupt nichts hinnehmen«, erwiderte Aydrian kichernd. »Aber was will er schon dagegen machen?«

»Merwick hat Euch offen herausgefordert und wurde im Kampf besiegt«, sagte Kalas. »Torrence dagegen hat keinerlei Anstalten gemacht, Euch anzugreifen.«

»Wenn Ihr ihn tötet, würdet Ihr damit Midalis einen Grund geben, noch energischer gegen Euch ins Feld zu ziehen«, pflichtete Marcalo De'Unnero ihm bei.

»Verschwinde aus Ursal«, verkündete Aydrian, an Torrence gewandt. »Heute noch – sofort. Ein Pferd!«, rief er. »Ein Pferd für Torrence Pemblebury.

Denn das wird von nun an dein Name sein«, erklärte Aydrian dem jungen Burschen – der in diesem Augenblick tatsächlich eher einem Jungen glich als einem erwachsenen Mann. »Weder steht dir noch länger der Name Ursal zu, noch irgendwelche Vergünstigungen, zu denen dich dieser Name berechtigen könnte. Geh und mache deinen Weg, und bleib gesund – unser Respekt ist dir gewiss.«

Einen winzigen Augenblick lang schien es, als würde sich Torrence auf Aydrian stürzen wollen; doch der junge König lächelte nur und schien ihn geradezu herauszufordern.

Herzog Kalas schob sich an Aydrian vorbei und trat vor den jungen Pemblebury. »Ich habe deiner Mutter versprochen, mich um euch zu kümmern«, erklärte er, doch als sein Blick dabei auf den toten Merwick fiel, wurde ihm der Aberwitz seiner Worte bewusst. »Deinen Bruder habe ich nicht vor sich selbst beschützen können, dich aber möchte ich bitten, das Pferd zu besteigen und dich so weit wie möglich von Ursal zu entfernen. Verlasse diesen Ort und verzichte auf den Thron. Nach deines Vaters, des Königs, eigenen Worten steht er jetzt rechtmäßig Aydrian zu.«

»König Danube hätte niemals –«, wollte Torrence protestieren, doch Kalas legte ihm einen Finger auf die Lippen und brachte den jungen Mann zum Schweigen.

»Was er gewollt hat, lässt sich jetzt nicht mehr feststellen«, erklärte der Herzog. »Und angesichts der Situation spielt das auch keine Rolle mehr. Ich bitte dich, Torrence, geh fort. Sobald sich die Wogen wieder etwas geglättet haben, werden wir noch einmal miteinander reden.«

Kalas gab den Soldaten rechts und links von ihm ein Zeichen, woraufhin diese ihn zu dem wartenden Pferd führten.

Anschließend lösten Kalas' Allhearts die Menge auf und ebneten dem neuen König den Weg zur Inbesitznahme seines Throns.

Epilog

»Bei der Kontrolle des Pöbels hat sich Herzog Kalas als überaus nützlich erwiesen«, sagte De'Unnero etwas später zu Aydrian, als endlich wieder Ruhe und Ordnung in der Stadt hergestellt waren.

De'Unnero war nicht mit Aydrian ins Schloss zurückgekehrt, sondern hatte mit Abt Olin und dessen Gefolge aus St. Bondabruce sowie Abt Ohwan die Abtei St. Honce aufgesucht, um ihn dort wieder als Abteivorsteher einzusetzen.

Abt Ohwan wurde dort von vielen mit offenen Armen aufgenommen, was seine und De'Unneros Aufgabe, die gefährlichen Ordensbrüder dieser Abtei in Schach zu halten, sehr erleichterte. Sie machten keinen Hehl aus ihrer Absicht, dem Abellikaner-Orden eine neue Richtung zu geben und Abt Olin, selbst auf die Gefahr eines Schismas hin, als ehrwürdigen Vater einzusetzen. Ebenso unbekümmert wie bei der Wahl ihrer Worte waren sie bei der Wahl ihrer Mittel gegen alle Andersdenkenden. Als der Nachmittag sich dem Ende zuneigte, war ein Dutzend Ordensbrüder tot und ein weiteres Dutzend saß im Kerker unterhalb der Abtei.

Die Abtei dagegen umgab jetzt, wie auch das Schloss, eine Aura von Frieden und Sicherheit.

»Aber er hasst mich«, antwortete Aydrian gedankenverloren auf De'Unneros Feststellung. Der junge König warf lässig ein Bein über die Lehne seines Throns. »Er hat gehofft, Merwick würde mich mit seinem Schwert durchbohren – das war der einzige Grund, weshalb er den Kampf nicht unterbrochen hat.«

»Ich hatte gar nicht den Eindruck, dass er Euch so sehr hasst«, warf Sadye ein.

»Weil seine Angst vor mir noch größer ist als sein Hass.«

»Und genau das finde ich besonders merkwürdig«, gestand De'Unnero. »Herzog Kalas ist alles andere als ängstlich; er hat dem Tod schon hundert Mal ins Auge gesehen. Warum sollte er sich ausgerechnet jetzt vor ihm fürchten?«

»Weil ich ihm mit etwas Schlimmerem als nur dem Tod gedroht habe«, kam prompt Aydrians Antwort. »Dadurch, dass ich ihn beim Turnier aus den Fängen des Todes gerettet habe, konnte ich ihm vor Augen führen, dass ich in der Lage bin, seine Seele zu vernichten oder mich ihrer zu bedienen und sie für meine eigenen Zwecke zu benutzen. Oh, der gute Herzog hat den eigentlichen Sinn des Spektakels heute Vormittag durchaus begriffen. Er weiß, dass ich es war, der Constance aus ihrem Grab zurückgeholt hat. Vermutlich argwöhnt er sogar, ich – oder die in meinem Interesse handelnde Constance – hätte König Danube getötet.

Aber Kalas ist sich auch darüber im Klaren, dass kein Weg an mir vorbeiführt«, fügte Aydrian hinzu. »Und wichtiger noch, er weiß, dass es gar keinen anderen Weg gibt.«

De'Unnero schüttelte den Kopf.

»Und was wird aus Torrence?«, fragte Sadye schließlich. »Es war richtig, ihm gegenüber Gnade walten zu lassen. Trotzdem macht der Junge mir Angst – wie übrigens auch der Beistand, den er bekommen könnte und mit dessen Hilfe er zweifellos Midalis unterstützen wird.«

»Er befindet sich doch auf dem Weg nach Norden, oder?«, fragte Aydrian.

»Nach allem, was man hört«, sagte Sadye.

»Dann schickt Soldaten los, die ihn aufspüren und gefangen nehmen sollen«, befahl Aydrian.

De'Unnero, amüsiert lachend, gab Aydrian mit einem Blick zu verstehen, dass er absolut der gleichen Meinung war.

»Und wenn sie ihn gefangen genommen haben?«, hakte Sadye nach.

»Sollen sie ihn umbringen«, antwortete der König. »In aller Stille und ohne Zeugen. Sie sollen ihn umbringen und unter den Stufen der ins tiefste Verlies führenden Treppe verscharren.«

Sadye wirkte schockiert, aber nur für einen Moment, dann wandte sie sich zum Gehen. De'Unnero schloss sich ihr an.

»Er ist absolut skrupellos«, raunte ihm die Frau zu. »Er wird jeden vernichten, der sich gegen ihn zu stellen wagt.«

De'Unnero drehte sich kurz zu Aydrian um, der lässig auf seinem Thron saß.

»Das war mir vom Augenblick unserer ersten Begegnung an klar, als wir das erste Mal miteinander kämpften«, erwiderte der Mönch.

»Was war dir klar?«

»Das Wunder namens Aydrian«, antwortete er. »Einfach großartig.«

»Er ist der Sohn deiner meistgehassten Feindin«, erinnerte ihn Sadye.

»Was es nur umso wunderbarer macht«, erwiderte der Mönch sofort.

Anschließend ging Sadye daran, Aydrians jüngste Anordnung in die Tat umzusetzen, während De'Unnero mit Jilseponie im Schlepptau in den Thronsaal zurückkehrte.

Offenbar hatte die Frau nach den tumultartigen und folgenschweren Ereignissen des Vormittags weitgehend ihre Fassung zurückgewonnen. Sie riss sich von De'Unnero los und trat, dabei den Ausrufer, der sie angekündigt hatte, zur Seite stoßend, entschlossenen Schrittes vor den jungen König.

»Bist du wirklich ein solcher Narr?«, fuhr sie ihn an. »Dass du dich in die Verschwörung dieses Mannes hineinziehen lässt?« Sie deutete mit einer vorwurfsvollen Geste auf De'Unnero. »Kennst du etwa seine Vorgeschichte nicht? Weißt du nicht, welch entsetzliche Tragödien dieser Mann zu verantworten hat?«

»Du wagst es, so mit mir zu sprechen?«, erwiderte Aydrian mit einem spöttischen Lachen. »Du, die du mich im Stich gelassen und in den Klauen dieser herzlosen Elfen zurückgelassen hast? Oh, wie werde ich Lady Dasslerond diese Behandlung heimzahlen! Nach allem, was du getan hast, wagst du es, mir Vorwürfe zu machen und diesen Mann zu verurteilen?«

»Aber … aber ich wusste doch nichts davon«, stammelte Jilseponie, die von Schuldgefühlen geradezu überwältigt wurde. »Ich hatte doch keine Ahnung, dass du überhaupt lebst.«

»Dann hättest du es eben in Erfahrung bringen müssen, findest du nicht?«, lautete Aydrians ebenso schlichte wie vernichtende Erwiderung.

»Dieser Mann, den du als deinen Berater bezeichnest, hat auf der Seite Markwarts gekämpft.« Anklagend und mit vor Wut zitternder Stimme deutete Jilseponie auf De'Unnero. »Bruder Richter wurde er genannt, ein skrupelloser Meuchelmörder und letztendlich einer der Hauptschuldigen am Tod deines Vaters.«

Aydrians amüsierte spöttische Miene ließ Jilseponie abrupt verstummen. Sie sah, dass sie mit ihren Vorwürfen auf taube Ohren stieß.

»Der Thron gehört mir«, stellte Aydrian fest. »Entweder du akzeptierst das, oder du wirst zu einem Dorn in meinem Fleisch, den ich entfernen muss.«

»Der Thron hat König Danube gehört«, erwiderte Jilseponie mit leiser, ruhiger Stimme. »Und wird jetzt an Prinz Midalis fallen. Es war niemals die Absicht meines Gemahls …«

Aydrian unterbrach sie, indem er den Arm ausstreckte und einen einzelnen magischen Stein, einen Ladestein, in ihre Hand fallen ließ. Anschließend lehnte sich der junge König zurück, öffnete sein Hemd und rückte einen metallenen Anhänger, den er an einer Kette um den Hals trug, so zurecht, dass er in der Vertiefung unter seinem Brustbein zu liegen kam. »Wie du siehst, ist das Königreich zerrüttet«, sagte er. »Also stell die alte Ordnung wieder her, Mutter. Ein magischer Energiestoß, ich höre auf zu existieren, und der Weg ist frei für Prinz Midalis – selbst Herzog Kalas hätte gegen diese Thronbesteigung nichts einzuwenden.«

Jilseponies Augen wurden zu schmalen Schlitzen, als sie ihn musterte. Als sie zögernd die Hand hob, wurde Aydrians Grinsen sogar noch breiter.

»Ein Energiestoß, und es ist vollbracht; der Ladestein wird mein Herz durchstoßen«, sagte Aydrian.

Jilseponie hob abermals die Hand, woraufhin De'Unnero und Sadye, die etwas abseits standen, eine drohende Haltung annahmen. Sie mischten sich jedoch nicht ein, was Aydrian verriet, dass sie ihm mittlerweile tatsächlich vertrauten.

Eine ganze Weile verharrte Jilseponie in dieser Haltung; mehrmals ballte sie die Hand zur Faust, offenbar bemüht, die nötige magische Energie in den todbringenden Stein fließen zu lassen.

»Du würdest mich doch am liebsten vernichten«, stachelte Aydrian sie noch zusätzlich an.

Schließlich ließ Jilseponie den Arm kraftlos sinken; Aydrian streckte die Hand aus und nahm den magischen Stein wieder an sich.

»Aber das bringst du nicht fertig«, fuhr der junge König im nächsten Moment fort. »Du bist gar nicht in der Lage, die Frucht deines Leibes zu vernichten.« Er warf den Stein in die Luft und fing ihn wieder auf. »Mit deiner Fähigkeit zum Mitgefühl hast du im Grunde nie hierher gehört.« Er gab den im Thronsaal stehenden Wachen ein Zeichen, woraufhin sie Jilseponie rechts und links packten.

Herzog Kalas trat ins Zimmer, als sie gerade weggebracht wurde. Er sah sie, nickte ihr zu, vollführte eine knappe, höhnische Verbeugung und trat dann auf Aydrian zu.

»Sie wird bis zum Ende ihrer Tage im Verlies einsitzen?«, fragte er.

»Draußen wartet eine Kutsche auf sie, die sie aus Ursal herausbringen wird«, erwiderte Aydrian. Als Kalas daraufhin empört zu einer scharfen Erwiderung ansetzen wollte, bedachte Aydrian ihn mit einem unnachgiebigen Blick.

»Sie stellt keine Bedrohung für uns dar.«

»Ihr solltet sie nicht unterschätzen«, sagte Kalas, während sein Blick von Aydrian zu De'Unnero hinüberwanderte; er hoffte auf die Unterstützung des gefährlichen Mönchs, der Jilseponie mindestens ebenso gut kannte wie er selbst und sie genauso hasste.

Lachend erhob sich Aydrian schwungvoll von seinem Thron, ging entschlossenen Schrittes quer durch den Saal und lief den Flur entlang bis hinaus in den Innenhof des Schlosses, wo Jilseponie soeben im Begriff war, in die mit einem Verdeck versehene Kutsche zu steigen, deren Lenker und Gespann abfahrbereit warteten.

»Leb wohl, Mutter«, sagte Aydrian, den Kopf zu ihr hineinsteckend.

Jilseponie warf ihm einen traurigen Blick zu, und er wusste, dass sie am liebsten mit ihm geredet, ihn zur Vernunft gebracht hätte. Aber sie schwieg. Was hätte sie auch sagen können, um ihn umzustimmen?

»Sieh zu, dass du dich hier nie wieder blicken lässt und mir niemals irgendwelchen Ärger machst«, warnte Aydrian sie.

»Du wirst schon bald von Prinz Midalis hören«, erwiderte Jilseponie. »Und wenn du verhindern willst, dass –«

»Sollte es zu einem Krieg kommen, wäre mir das gerade

recht!«, fiel Aydrian, in dessen Augen ein wütendes Funkeln aufblitzte, ihr ins Wort. »Ich warne dich; ich kann den von König Danube abgebrochenen Prozess jederzeit wieder in die Wege leiten.«

»Was sollte das für einen Sinn haben?«, fragte Jilseponie unsicher.

»Ich kann Constances Geist jederzeit wieder auf den Plan rufen, liebste Mutter«, versicherte ihr Aydrian. »Und sie zwingen auszusagen, was immer mir beliebt. Vielleicht hättest du mich töten sollen, als du noch die Möglichkeit dazu hattest, denn in den nächsten Monaten wirst du dir noch sehr oft wünschen, ich sei tot; aber die Gelegenheit ist ein für alle Mal vorbei.«

»Lang lebe der König«, murmelte Jilseponie.

»König Aydrian Boudabras«, erwiderte Aydrian, sich einen elfischen Zunamen gebend, einen Ausdruck, den Jilseponie mit Sicherheit kannte.

Boudabras. Mahlstrom.

Und in der Tat, mit diesem Augenblick hatte der Mahlstrom eingesetzt.

BLANVALET

DIE KRIEGER DER DRACHENLANZE

Drachenlanze – der Fantasy-Welterfolg

Neue Abenteuer aus Krynn – der phantastischen Welt, in der Magie und Zauber, dunkle Mächte und tapfere Kämpfer regieren.

Theros Eisenfeld
24888

Der Lanzenschmied
24889

Diebesglück
24890

Die Ritter der Rose
24891